Zu diesem Buch

Als die achtzehnjährige Georgina den Heiratsantrag eines vermögenden jungen Mannes ausschlägt, wird sie auf den Landsitz irischer Verwandter geschickt, wo ihr erst einmal die Flausen ausgetrieben werden sollen. Hier begegnet das selbstbewußte Mädchen dem übelbeleumundeten Mr. Shannon, der zum Entsetzen der Familie das Gut geerbt hat. Mit ihren einfallsreichen Streichen macht Georgina ihm das Leben schwer, bis sie erkennt, daß Shannon eigentlich ein Pfundskerl ist . . .

Clare Darcy (Pseudonym), geboren in Ohio, hat Sprachen und Musik studiert und unterrichtet. Sie schreibt historische Romane, in denen es ihr vor allem darum geht, «zu unterhalten und zu amüsieren und ein Zeitalter der Eleganz wieder aufleben zu lassen, in dem Menschen trotz der napoleonischen Kriege und der Unsicherheiten ihre Würde und Lebenslust bewahrten». In der Reihe der rororo-Taschenbücher erschienen bereits: «Cecily und der Herzensbrecher» (Nr. 4328) und «Lydia – Das Mädchen aus Louisiana» (Nr. 4416).

Clare Darcy

Georgina

und das widerspenstige Glück

Deutsch von
Lydia Dewiel

rororo

Rowohlt

Die Originalausgabe erschien 1971 unter dem Titel «Georgina»
bei Walker and Company, New York
Umschlagentwurf Eva Kausche-Kongsbak

Veröffentlicht im Rowohlt Taschenbuch Verlag GmbH,
Reinbek bei Hamburg, September 1980

Satz Bauer & Bökeler, Denkendorf
Gesamtherstellung Clausen & Bosse, Leck
Printed in Germany
480-ISBN 3 499 14601 0

I

An diesem strahlenden Märztag lag über Lady Mercers Haus in der Great Pulteney Street spannungsvolle Erwartung. Die gesamte Dienerschaft – von Finch, Lady Mercers gesetztem, älterem Butler, bis zur jüngsten Hausgehilfin – wußte, daß hinter den geschlossenen Türen des großen Salons Mr. Burford Smallwoods, der einzige Sohn und Erbe von Sir Anthony Smallwoods, gerade um die Hand von Miss Georgina anhielt. Kein Wunder, daß die verschiedensten Mitglieder des Personals jeden nur möglichen Vorwand suchten, um sich in der Nähe der geheimnisvollen Tür zu schaffen zu machen.

Wie es dazu kam, daß die Neuigkeit die Runde machte, war schwer zu sagen. Sicherlich hatte man weder von Lady Mercer noch von ihrer Tochter, Mrs. Power, erfahren können, daß die Möglichkeit einer Verbindung zwischen Mr. Smallwoods und Miss Georgina bestünde. Auch bei Miss Georgina selbst hatte sich keines der Anzeichen bemerkbar gemacht, die auf Verliebtheit deuten. Andererseits wußte man, daß Mr. Smallwoods seine Besuche in der Great Pulteney Street sehr eifrig betrieben hatte. Und als seine Mutter, Lady Smallwoods, sich nach einem Besuch bei Lady Mercer am letzten Mittwoch in der Garderobe fertig machte, hatte man sie sagen hören, daß Miss Georgina ein «hübsches Geschöpf» sei.

Finch, der in diesen Dingen Erfahrung hatte, meinte, daß dies eine ebenbürtige Verbindung sei. Mrs. Nudge jedoch, die Haushälterin, entgegnete erregt, wenn Sir John noch lebte, würde es niemals so weit kommen, daß Miss Georgina mit so einem aufgeblasenen Ekel verheiratet würde.

Ihre Neugier wurde bald belohnt. Knapp eine Viertelstunde nachdem Mr. Smallwoods in den großen Salon geführt worden war, wurde die Tür jäh geöffnet, und der junge Herr kam heraus. Er wirkte sehr niedergeschlagen, lief eilig die Treppe hinunter, nahm von Finch Hut und Handschuhe entgegen und verließ wortlos das Haus. Kurz darauf erschien Miss Georgina selbst, die in ihrem blaßlila Morgenkleid aus Chintz bezaubernd aussah. Ihr Gesicht war gerötet, und sie verschwand im Damenzimmer, wo Lady Mercer und Mrs. Power über ihren Stickrahmen saßen.

Sie schloß die Tür dieses Raumes mit Nachdruck hinter sich, und so mußte es verborgen bleiben, was sie dort mit ihrer Mama und ihrer Großmama besprach. Man vermutete jedoch, es würde einen ziemlichen Skandal geben, wenn Lady Mercer erführe, daß Miss Georgina Mr. Smallwoods zukünftigen Titel und sein ansehnliches Vermögen ausgeschlagen hatte.

Tatsächlich trafen in diesem Fall die Vermutungen zu. Als Lady Mercer von ihrer Enkelin hörte, daß sie Mr. Smallwoods abgewiesen hatte, setzte sie sich kerzengerade auf und erklärte, daß sie von allen Charaktermängeln die Undankbarkeit am meisten verabscheue. Sie bedachte dabei ihre Enkelin mit einem so mißbilligenden Blick, daß eine schwächere junge Dame dabei den Mut verloren hätte.

Georgina jedoch, hinter deren klarer, von Locken umrahmter Stirn sich ebensoviel Verstand wie Eigensinn verbarg, bemerkte in bestimmtem Ton: «Ich kann nicht verstehen, weshalb es Dankbarkeit *Ihnen* gegenüber bedeutet hätte, Mr. Smallwoods Antrag anzunehmen, Großmama. *Ihm* gegenüber vielleicht, doch was hat er denn schon für mich getan, außer mir ein paar langweilige Bücher aus Meylers Bibliothek zu bringen und uns alle zur Trinkhalle oder Bath Abbey zu begleiten?»

Lady Mercer war eine zierliche Dame mit fahlem Gesicht und von unscheinbarem Äußeren, doch täuschte man sich, wenn man hinter dieser wenig beeindruckenden Fassade auch einen schwachen Charakter vermutete. Sie erwiderte in beißendem Ton: «Heißt das, daß du Mr. Smallwoods Antrag geneigter gewesen wärst, wenn er ein Gentleman mit weniger Takt gewesen wäre und die Tatsache, daß du bis vor vierzehn Tagen in Trauer warst, mißachtet und dich zu törichten Vergnügungen begleitet hätte?»

«Keineswegs», sagte Georgina bestimmt. «Er wäre mir kein bißchen lieber, wenn er jeden Abend mit mir zu einem Ball gegangen wäre. Jetzt hör auf zu weinen, Mama!» sagte sie zu Mrs. Power, einer blassen, recht hübschen Frau, die wie immer in Tränen ausgebrochen war, als sie die Mißstimmigkeit zwischen ihrer Mutter und ihrer Tochter bemerkte. «Ich bin überzeugt davon, daß du – was Großmama auch immer denken mag – nicht gewünscht haben kannst, daß ich Mr. Smallwoods Antrag annehme. Er ist genau das, was Sir John einen widerlichen kleinen Angeber genannt hätte.»

«Aber nein, meine Liebe», stammelte Mrs. Power mit einem ängstlichen Blick auf Lady Mercer. «Ein Herr von allergrößtem Ansehen – solch ein willkommenes Vermögen – alles bei ihm von vornehmster . . .»

«Mama, das hat nichts zu bedeuten, wenn ich dir sage, daß ich ihn nicht lieben kann!»

Lady Mercer legte ihren Stickrahmen sorgfältig beiseite. «Ich wäre dir sehr dankbar, Georgina», sagte sie mit kaum bezähmter Erregung, «wenn du in Zukunft solche vulgären Ausdrücke vermeiden würdest.

Eine junge Dame deiner Herkunft sollte einen Herrn, mit dem sie verlobt ist, *achten*. Jede stärkere Gefühlsäußerung macht sie verdächtig, eine unschickliche Leidenschaft zu hegen, die ihrer Stellung im Leben nicht im geringsten entspricht.» Georgina schien geneigt, dieser Ansicht zu widersprechen, doch ein Blick auf das erregte Gesicht ihrer Mutter hielt sie davon ab. Sie wußte, Mrs. Power war in diesem Punkt sehr empfindlich, war sie doch selbst als Siebzehnjährige mit Owen Power, dem leichtsinnigen jüngeren Sohn einer sehr angesehenen irischen Familie, davongelaufen. Diese Tatsache hatte ihr ihre Mutter in den zehn Jahren ihrer mittellosen Witwenschaft ständig vor Augen gehalten. Ja, Lady Mercer hatte sogar erklärt, daß sie ihr eigenes beträchtliches Vermögen direkt an Georgina überschreiben würde, denn sie war auch jetzt noch nicht imstande, den empörenden Mangel an gutem Benehmen zu verzeihen, den ihre Tochter in dieser kritischen Zeit ihres Lebens gezeigt hatte.

Es schien jedoch, daß Georgina in einer ähnlichen Phase ihres Lebens gewillt war, den Erwartungen Lady Mercers ebensowenig zu entsprechen, denn sie erklärte nun trotzig: «Auf keinen Fall beabsichtige ich, Mr. Smallwoods zu heiraten. Und ich sehe auch nicht ein, warum ich es sollte, denn ich bin erst achtzehn und – wie Sie zugeben müssen, Großmama – noch nicht ganz altjüngferlich!»

«Doch, wirklich», sagte Mrs. Power, die nun, wenn auch zaghaft, den Mut fand, ihrer Tochter zu Hilfe zu kommen. «Erinnere dich, Mama, daß sie noch nicht einmal eine Saison in London mitgemacht hat. Vielleicht, wenn sie die Gelegenheit bekommt, mehr junge Leute kennenzulernen als bisher . . . Wir haben ja hier in Bath immer so zurückgezogen gelebt, seit Papa starb – und davor, in Herefordshire, war sie nur ein Kind.»

Lady Mercer warf ihrer Tochter einen schnellen Blick zu und brachte sie zum Schweigen.

«Ich wundere mich», sagte sie bestimmt, «daß du so unklug bist und die Rede auf London bringst, Maria! Schließlich war Lady Smallwoods so freundlich, Georgina zu erlauben, sie zu besuchen, wenn sie und Sir Anthony im Mai ihre Empfänge in ihrem Haus in der Hill Street geben. Ja, sie bot sogar an, sie in der Londoner Gesellschaft einzuführen und bei Hof vorzustellen. Nichts hätte für uns angenehmer sein können, denn Dr. Porton ist nicht damit einverstanden, daß ich mich den Anstrengungen einer Londoner Saison aussetze. Doch wenn die Verbindung mit Mr. Smallwoods nicht eingegangen wird, erübrigt sich darüber jedes weitere Wort.»

«Ich mache mir ganz und gar nichts daraus», sagte Georgina ungerührt. «Sir John hat immer gesagt, daß es mich tödlich langweilen würde, jeden Abend zu Bällen und ähnlichem Gedränge zu gehen und Leuten, die ich kaum kenne, Höflichkeiten sagen zu müssen.»

«Sir John . . .» begann Lady Mercer mit Schärfe, doch dann bezähmte sie sich, weil ihr Mann ja tot war und es wenig passend gewesen wäre, an seinem Benehmen, das ihr Eheleben gewürzt hatte, Kritik zu üben. «Der Einfluß deines Großvaters auf deine Ansichten, meine liebe Georgina», sagte sie mäßigend, «war leider nicht sehr glücklich. Ich mache mir Vorwürfe, daß ich deine Erziehung so vollständig ihm überlassen habe.»

«Nun, daran hätten Sie wenig ändern können», sagte Georgina. «Denn wenn Sir John sich einmal etwas in den Kopf gesetzt hatte, konnten selbst Sie ihn nicht umstimmen.» Sie seufzte leise. «Ich vermisse ihn sehr», sagte sie.

«Ich bin sicher, daß er Mr. Smallwoods ebensowenig hätte leiden können wie ich.»

Obwohl Lady Mercer um ihren Mann ein ganzes Jahr gewissenhaft getrauert hatte, schien sie die Gefühle ihrer Enkelin nicht zu teilen. Sie betrachtete Georgina merkwürdig nachdenklich und sagte dann unvermittelt: «Am besten schickt man dich wohl nach Irland.»

«Nach Irland?» Georgina schaute sie fragend an, und ihre Mutter sagte mit schwacher Stimme: «Nach Irland, Mama! Aber wie? Wohin?»

«Um die Cousine deines Mannes zu besuchen, Arabella Quinlevan», erklärte Lady Mercer. Sie dachte an die verwitwete Dame, die von Declan Power, Owen Powers älterem Bruder, nach dem Tod seiner Frau vor zwölf Jahren gebeten worden war, ihm das Haus zu führen. Sie sollte ihren Sohn Brandon mitnehmen, auf Powers Besitz Kerry seinem Haushalt vorstehen und sich um die Erziehung seiner Tochter Nuala kümmern. «Ich hatte natürlich vor, ihre Einladung, die heute morgen kam, höflich abzulehnen, doch unter diesen Umständen scheint es mir das beste, sie anzunehmen. So kann Georgina wenigstens dem Geschwätz entgehen, das sicher entstehen wird, wenn man erfährt, daß sie Mr. Smallwoods nicht heiratet. Und Lady Smallwoods wird dadurch die Peinlichkeit erspart, ihre eigene großzügige Einladung, Georgina nach London mitzunehmen, rückgängig zu machen.»

«Aber – Irland! Die Quinlevans!» Georginas erste Überraschung wich freudiger Aufregung, und ihr Interesse erwachte. «Ist das wirklich Ihr Ernst, Großmama? Tante Bella hat mich eingeladen? Aber wir haben doch kaum etwas von ihr gehört, seit sie und Brandon uns vor vier Jahren in Herefordshire besucht haben!»

«Im Gegenteil», berichtigte Lady Mercer. «Wenn du dich erinnerst, bekamen wir beim Tod deines Onkels, Declan Power, vor zwei Jahren von ihr einen teilnahmsvollen Brief und einen zweiten beim ebenso unerwarteten Tod seiner Tochter Nuala in Brüssel im Jahr darauf. Im allgemeinen, meine liebe Georgina, schätze ich den Stil deiner Tante Arabella keineswegs, doch muß ich zugeben, daß sie in diesen Dingen höchst gewissenhaft ist. Man könnte allerdings wünschen, daß sie in anderer Beziehung weniger krause Ideen hätte. Wie konnte sie zum Beispiel so sorglos sein und deiner Cousine Nuala erlauben, diese schreckliche Ehe zu schließen? Das habe ich niemals verstanden.»

«Aber sie wurde doch gar nicht gefragt, Großmama», erinnerte sie Georgina. «Sie hat uns damals doch geschrieben, daß Nuala in Schottland Freunde besuchte, während sie in Wirklichkeit mit Mr. Shannon davonlief.»

«Ich glaube kaum», sagte Lady Mercer streng, «daß ich die Umstände dieser höchst bedauernswerten Angelegenheit jemals vergessen werde. Doch ich bin der Ansicht, Georgina, daß dies eine Sache ist, über die eine wohlerzogene junge Dame es sich verbieten müßte, zu sprechen.»

«Nun, es besteht kein Anlaß vorzugeben, daß ich nichts davon weiß», sagte Georgina freimütig. «Sir John und ich haben nämlich seinerzeit die ganze Geschichte genau besprochen, und er hat mir alles erzählt, zum Beispiel, daß Mr. Shannon ein . . .»

«Georgie!» rief ihre Mutter mit schwachem Entsetzen.

«Daß er ein unehelicher Sohn des Vaters vom jetzigen Lord Cartan ist», fuhr Georgina ungerührt fort. «Soll ich vielleicht nicht zugeben, daß ich etwas von diesen Dingen weiß, Mama? Sir John hat mir gesagt, daß es heuchlerisch sei, wenn eine junge Dame so tue, als wisse sie nichts davon.»

«Wenn du nur das geringste Zartgefühl hättest, Georgina», sagte Lady Mercer mit Nachdruck, «wäre es für mich nicht nötig, dich darüber zu belehren, daß solche Aussprüche aus dem Mund einer jungen Dame höchst unschicklich sind. Gerade dieses Benehmen läßt mich ernstlich zweifeln, ob es richtig ist, dich in Arabella Quinlevans Obhut zu geben. Sie hat sich ja bei deiner Cousine als gänzlich unfähig erwiesen, so verwerfliche Neigungen in Zaum zu halten. Ich habe sogar oft darüber nachgedacht, wie verhängnisvoll es war, daß Mrs. Declan Powers früher Hingang deinen Onkel dazu bewog, ihr Nualas Erziehung anzuvertrauen. Ich glaube jedoch, daß sie für ihre Sorglosigkeit genug zu büßen hat. Sie schreibt mir, daß sie, da Nualas Vermögen ganz auf Mr. Shannon übergegangen ist, nun mit ihrem Sohn gezwungen ist, The Place of the Oaks zu verlassen und sich auf ihren eigenen Besitz in Craythorne zurückzuziehen. Ein trauriger Niedergang, für den sie sich jedoch bei sich selbst zu bedanken hat.»

Georgina dachte darüber nach. «Ich glaube nicht, daß es ihre Schuld war, daß Nuala sich in Mr. Shannon verliebt hat», sagte sie. «Ihr wäre es sicher lieber gewesen, es wäre nicht passiert, denn es muß für sie doch sehr unangenehm sein, das Leben in einem großen Haus, das sie seit Jahren gewohnt ist, aufzugeben. Ein Haus, das sie als ihr eigenes Heim betrachtet hat und das nun an einen so schrecklichen Glücksjäger fällt. Nicht», setzte sie nachdenklich hinzu, «daß er ganz und gar schrecklich wäre. Denn sonst hätte sich meine Cousine Nuala doch bestimmt nicht so verzweifelt in ihn verliebt. Vielleicht ist er sogar sehr anziehend!»

«Georgie!» entrüstete sich Mrs. Power. «Doch nicht ein Mann mit einem derartigen Charakter!»

Lady Mercer schaute grimmig drein. «Wenn nur die leiseste Möglichkeit bestünde», sagte sie, «daß du in Kerry in Mr. Shannons Gesellschaft geraten könntest, Georgina, würde ich nicht im Traum daran denken, dir zu erlauben, Mrs. Quinlevans Einladung anzunehmen. Ich habe jedoch ihrem Brief entnommen, daß er noch im Ausland ist. Es wird deswegen für dich keine Möglichkeit geben, ihn kennenzulernen.»

Sie erhob sich und deutete damit an, daß die Unterredung für sie beendet sei. Als sie das Zimmer verlassen hatte, erschien wieder der ängstliche Ausdruck auf dem Gesicht ihrer Tochter.

«Mein Gott», sagte sie, «sie ist so ungehalten über dich, daß sie es nicht fertigbringt, länger mit dir in einem Zimmer zu bleiben.» Zaghaft fragte sie: «Du meinst nicht, meine Liebe – das heißt, du würdest dir nicht vielleicht noch einmal überlegen . . .»

«Mr. Smallwoods zu heiraten? Mama, das kann ich nicht, noch nicht einmal dir zuliebe», sagte Georgina und schüttelte ihren Lockenkopf. «Ich weiß, wie angenehm es für dich wäre, wenn ich einen eigenen Haushalt hätte, so daß du bei mir leben könntest, statt hier mit Großmama eingemauert zu sein, doch ich kann den Antrag von Mr. Smallwoods wirklich nicht annehmen.»

«Nein, meine Liebe, wenn du ihn gar nicht leiden kannst, wollen wir jetzt nicht mehr darüber sprechen», sagte Mrs. Power resignierend. «Und vielleicht wirst du in Irland einen netten jungen Mann kennenlernen. Ich glaube, es wäre sehr schön, in Irland zu leben.»

«Meilenweit von Großmama entfernt», fuhr es Georgina heraus, was ihr einen leisen, jedoch nicht ganz überzeugenden Ausruf des Vorwurfs von ihrer Mutter einbrachte. Sie sprang auf und gab ihrer Mutter einen Kuß auf den Scheitel. «Nicht böse sein, Mama», sagte sie. «Wenn ich in Ungnade gefallen bin und nach Irland geschickt werde, versuche ich natürlich, das Beste aus der Situation zu machen. Vielleicht hat mein Vetter Brandon das Haus voller junger Männer. Einige von ihnen werden ja wohl Großmamas Ansprüchen genügen.»

«Aber Brandon ist doch ein Krüppel und zudem ein Bücherwurm», sagte Mrs. Power und schaute sie zweifelnd an.

«O ja, ich weiß! Doch nicht so tödlich langweilig wie Mr. Smallwoods!»

Mit diesen vergnügten Worten verließ sie ihre Mutter und rannte hinaus in ihr Zimmer, um für die Reise ihren Kleiderschrank zu inspizieren. Ihre ungetrübte Stimmung führte Mrs. Nudge dazu, unter den Dienstboten zu verkünden, daß es mehr als ein Donnerwetter von seiten der alten Dame bedürfe, um Miss Georgina den Mut zu nehmen. Doch als Finch von dem geplanten Aufenthalt in Irland erfuhr, machte er düstere Andeutungen über die Gefahren einer solchen Reise und von schrecklichen Seeungeheuern, doch jedermann wußte, daß sich hinter diesen Reden nur ein betrübtes Herz verbarg.

Dem jüngsten Hausmädchen jedoch fiel es schwer, seine Meinung zu teilen. Sie wußte zwar nichts von Seeungeheuern, doch es schien ihr, daß jedes junge Mädchen glücklich zu preisen sei, das der Zuchtrute von Lady Mercer auch nur für kurze Zeit entkommen konnte. Sie war sogar der Ansicht, daß Miss Georgina wie üblich als Siegerin aus diesem Kampf hervorgegangen war.

2

Einige Wochen später, an einem Aprilmorgen, war Mrs. Quinlevan gerade damit beschäftigt, sich durch einen Berg von Rechnungen hindurchzukämpfen, der sich im Arbeitszimmer von The Place of the Oaks angehäuft hatte, als ihr Bruder, Mr. Jeremy Barnwall gemeldet wurde.

«Führen Sie ihn in die Bibliothek, Higgins», wies sie den Butler an, der – wie die meisten Bediensteten in The Place of the Oaks seit dem Tod ihres Vetters Declan Power – entweder neu oder unfähig oder beides zu sein schien. «Ich nehme an, es ist der einzige Platz im Haus, der durch die Räumerei nicht völlig durcheinander ist.»

Higgins verschwand, und sie blickte traurig auf den weiten Rasen draußen vor den Fenstern, an dessen Ende eine Reihe alter Eichen, die dem Besitz den Namen gaben, den Beginn des Home Wood anzeigten. Dann seufzte sie, erhob sich und bewegte ihre füllige Gestalt in dem taubengrauen Morgenkleid in die Bibliothek, wo sie Jeremy Barnwalls noch stattlichere Erscheinung im bequemsten Sessel des Raumes vorfand.

«Was zum Teufel ist denn los, Bella?» fragte er, als sie den Raum betrat. «Ich habe noch nie ein so höllisches Durcheinander gesehen wie hier. Ich nahm an, daß du schon längst nach Craythorne gezogen bist. Ich bin dort hingefahren, aber es war kein Mensch da, bis auf die

Dienstboten, die beim Putzen einen so tollen Staub aufgewirbelt haben, daß es lebensgefährlich war, überhaupt dort hinzugehen.»

Mrs. Quinlevan sank in einen Sessel und bat Higgins nachzusehen, ob der Madeira schon verpackt war, und wenn nicht, eine Flasche für Mr. Barnwall zu holen.

«Obwohl ich nicht sicher bin», sagte sie, «daß man ihn trinken kann, denn Papa hat immer gesagt, einem guten Wein bekäme es nicht, wenn man mit ihm nicht sorgsam umgeht. Und was die mit ihm angestellt haben, weiß ich natürlich nicht.»

Mr. Barnwall überlegte sich, was er sagen sollte. Er war ein ziemlich großer Mann mit einem glänzenden, halb kahlen Kopf, umkränzt von dicken schwarzen Haaren. Als Sohn eines leichtsinnigen irischen Gentleman, ohne Vermögen oder Beruf, hatte er bald entdeckt, daß sein schöner Bariton und eine glückliche Hand beim Kartenspiel ihm in der Londoner Gesellschaft ein ausreichendes Auskommen verschaffen würden, ohne daß er die Einkünfte seines kleinen Besitzes in Kerry antasten mußte. Dieser Besitz lag fünf Meilen von The Place of the Oaks entfernt, und er hatte es sich zur Gewohnheit gemacht, bei seinen gelegentlichen Besuchen in Irland bei seiner verwitweten Schwester vorbeizuschauen.

«So, Madeira», bemerkte er mit leichtem Stirnrunzeln. «Mir scheint doch, Bella, du solltest dich nicht auf so etwas einlassen. Es gehört dir ja nicht, das weißt du doch. Declan hat alles Nuala hinterlassen. Shannon hat jetzt ein Recht darauf.»

Mrs. Quinlevan schüttelte heftig den Kopf, so daß die Bänder auf ihrem Spitzenhäubchen zitterten. «Schon wieder Shannon!» sagte sie. «Ich habe es allmählich gelernt, diesen Namen zu verabscheuen. Wie kann es gesetzmäßig oder christlich oder angemessen sein, daß er alles bekommt? Nur weil dieses törichte Kind so schwach war, sich von ihm entführen und heiraten zu lassen.»

«Ich weiß, wie dir zumute ist, meine Liebe», sagte Mr. Barnwall. «Verteufelt dumme Sache, zusehen zu müssen, wie die Familie leer ausgeht. Doch der Bursche hat seine Rechte, das mußt du einsehen. Hat das Mädchen geheiratet. Ist ja nicht seine Schuld, daß sie so bald gestorben ist. Sie hätten genausogut vierzig Jahre zusammenleben und ein Dutzend Kinder haben können – dann wäre es dir nicht so komisch vorgekommen.»

«Das hätte ich sowieso nicht mehr erlebt», sagte Mrs. Quinlevan streng. «Aber es macht mich wütend, wenn ich daran denke, daß solch ein Kerl einfach daherkommt und uns ohne Umschweife hinaussetzt. Und jetzt will er schon morgen hier sein, schreibt er – morgen! Wie glücklich bin ich, daß du gerade jetzt kommst, Jeremy, denn ich bin mit meiner Weisheit am Ende. Heute nachmittag kommt Georgina Power, und die Huddlestons können erst in zwei Tagen aus Craythorne wegziehen, so daß Brandon und ich gezwungen sind, hierzubleiben. Ich weiß wirklich nicht, was ich tun und wo ich anfangen soll. Und dann ist da dieser schreckliche Verwalter, der sämtliche Rechnungen durcheinandergebracht hat.»

Mr. Barnwall, der bei der Aufzählung allen Mißgeschicks ein immer verdrießlicheres Gesicht machte, hob in diesem Augenblick die Hand und sagte: «Moment mal. Was soll das bedeuten? Owens Tochter? Teufel noch mal, Bella, du willst mir doch nicht sagen, daß du sie in dieses Tohuwabohu eingeladen hast?»

Mrs. Quinlevan tastete nach ihrem Taschentuch, preßte es an die Augen und sagte trotzig: «Ja, das habe ich.»

«Aber warum, um Himmels willen?»

«Weil sie Brandon heiraten wird!»

Das Erscheinen von Higgins, der den Madeira brachte, ließ Mr. Barnwall zunächst schweigen. Als der Buttler gegangen war, sagte er mit Befriedigung: «Ja, wenn das so ist, bist du glücklich zu nennen, Bella! Hätte niemals gedacht, daß du für den Jungen so eine Frau findest – verdammt, ich meine doch mit seinem Leiden und alldem. Nicht, daß er nicht gut genug aussähe, doch ich hätte nicht erwartet, daß du ihn so einfach unterbringst. Dieses Kind von Owen wird ja ein nettes kleines Vermögen erben, wenn ihre Großmutter mal zur Hölle gefahren ist.»

Mrs. Quinlevan, die mehrmals vergeblich versucht hatte, die Rede ihres Bruders zu unterbrechen, kam jetzt endlich zu Wort.

«Natürlich ist noch nicht alles perfekt», sagte sie. «Sie hat ihn ja nicht gesehen, seit er fünfzehn war! Doch ich denke mir, daß sehr wahrscheinlich etwas daraus wird, wenn sie jeden Tag beisammen sind.»

Diesmal war es an Mr. Barnwall, sie zu unterbrechen. «Sag mir die Wahrheit, Bella», sagte er ernst. «Ist das alles nur ein Plan von dir – nichts weiter?»

«Natürlich ist bis jetzt alles nur ein Plan», sagte Mrs. Quinlevan abwehrend. «Aber ich sehe nicht ein, warum er nicht gelingen sollte. Als wir in Herefordshire waren, hat sie sich mit Brandon sehr gut vertragen . . .»

«Damals waren sie Kinder», warf Mr. Barnwall schonungslos ein.

«Ja, das ist wahr, doch das hat nichts zu sagen.»

Mr. Barnwall schüttelte den Kopf. «Man muß der Wirklichkeit ins Auge sehen, Bella. Der Junge ist ein Krüppel – jedenfalls nicht weit davon entfernt. Ein harter Ausdruck, doch es ist die Wahrheit.»

«Dasselbe gilt für Lord Byron», gab Mrs. Quinlevan zurück. «Und trotzdem hält es diese verrückten Frauen in England nicht davon ab, hinter ihm herzulaufen. Und Brandon könnte ja eines Tages auch ein berühmter Dichter werden oder was Ähnliches. Mr. Peabody hat immer gesagt, daß er noch nie einen so begabten Schüler hatte.»

«Das sind Träume, Bella», sagte Mr. Barnwall mit brüderlicher Offenheit. «Ich will damit nicht sagen, daß der Junge nicht ein heller Kopf ist. Doch wenn du meinst, daß dieses Mädchen deine Erwartungen erfüllt und brav ja sagt zu deinem Heiratsplan, dann mußt du nicht ganz bei Trost sein. Verdammt noch mal, du weißt doch so gut wie ich, daß er nur ein paar Tausender im Jahr haben wird, und du brauchst nicht zu glauben, daß er von mir einen dicken Brocken erbt, denn ich muß dir sagen, daß ich ganz schön pleite bin.»

Doch dann wandte er sich naheliegenderen Problemen zu. «Sagtest du nicht, daß du diesen Mann von Nuala auch erwartest?» Er blickte sich in dem unordentlichen Raum um. «Ich hoffe, er hat nicht vor, jetzt schon hier zu wohnen?»

Mrs. Quinlevan schüttelte gequält den Kopf. «Um die Wahrheit zu sagen, Jeremy», sagte sie, «ich habe nicht die geringste Ahnung. Du weißt – beziehungsweise du weißt wohl nicht, denn ich bin sicher, daß du die Briefe, in denen ich dich um Rat bat, nicht einmal gelesen hast –, daß ich von diesem schrecklichen Menschen seit Monaten nichts gehört hatte. Damals schrieb er mir, daß er noch eine Weile im Ausland auf Reisen sei, wie er es seit Nualas Tod immer getan hatte, und daß ich mir mit dem Umzug Zeit lassen könne. Und ich wollte ja schon längst hier fort sein, doch das Unglück wollte es, daß die Huddlestons nicht zur vereinbarten Zeit Craythorne räumen konnten.» Sie bemerkte, daß ihr Bruder mißbilligend den Kopf schüttelte und sagte grimmig: «Natürlich hätte ich es getan, wenn ich die geringste Ahnung gehabt hätte, daß dieser abscheuliche Mr. Shannon gerade jetzt auftaucht. Aber woher sollte ich das wissen, wenn ich seit Monaten nichts von ihm gehört habe und schon beinahe dachte, ihn habe auch das Fieber gepackt, wie die arme Nuala!» Sie schaute ihren Bruder hoffnungsvoll an. «Ich nehme an, man kann nicht hoffen, daß er von kränklicher Konstitution ist und es nicht mehr lange machen wird?» fragte sie.

Mr. Barnwall holte seine Tabatiere aus der Tasche, nahm eine kleine Prise und bedeutete seiner Schwester, sich in dieser Hinsicht keinen Illusionen hinzugeben.

«Nach dem, was ich gehört habe, ist er das Abbild von Cartan – dem alten Grafen natürlich, nicht dem jetzigen», sagte er. «Du weißt ja, was das für ein Jäger war und wie teuflisch gut er seine Vierspänner gefahren hat. Und dabei ist er neunundsiebzig geworden.»

«Also da besteht dann keine Hoffnung», sagte Mrs. Quinlevan niedergeschlagen. «Ich fürchte, dieser lästige Mensch wird morgen hier sein, genau wie er es geschrieben hat – und ich habe keine Ahnung, was ich tun werde, denn ich kann frühestens in einer Woche nach Craythorne ziehen.»

«Sag ihm, er soll so lange im Gasthaus logieren», schlug Mr. Barnwall vor. «Das wird ihm vielleicht nicht passen, aber du kannst ihn unmöglich hier wohnen lassen. Im übrigen», fügte er hinzu, «würde ich, wenn ich du wäre, nicht das geringste mit dem Kerl zu tun haben wollen. Gib ihm die Schlüssel, wenn du bereit bist abzureisen, und überlasse ihm alles Weitere. Er hat es ja so gewollt, und nun bekommt er es, aber ich würde nicht daran denken, ihn in der Nachbarschaft einzuführen.»

«Das werde ich bestimmt nicht», versicherte Mrs. Quinlevan. «Ich nehme an, das Leben wird ihm hier nicht leichtgemacht, denn niemand wird von ihm Notiz nehmen, noch nicht einmal die Malladons, obwohl sie verbreitet haben, daß er letztlich doch akzeptabel sei. Aber nur, weil es ihre Machenschaft war, daß Nuala davonlaufen und ihn heiraten konnte. Ich habe immer geglaubt, daß Lady Eliza eine Närrin ist, doch wenn es mir nur im entferntesten in den Sinn gekommen wäre, daß sie so wenig Verstand hat und nicht sieht, was dieser Mann mit Nuala vorhat, dann hätte ich Nuala niemals erlaubt, mit ihr und Colonel Malladon nach Schottland zu reisen.»

Mr. Barnwall sagte, etwas peinlich berührt: «Nun, nach dem, was ich gehört hab, Bella, hat sich diese Geschichte nicht ganz so abgespielt. Ich meine, daß er angeblich hinter ihr her war. Tatsächlich gab man mir sogar zu verstehen, daß es genau umgekehrt war.»

«Willst du damit sagen, daß Nuala ihn einfangen wollte? Das glaube ich nicht, Jeremy – niemals!»

«Du kannst glauben, was du willst, an der Sache änderst du nichts», sagte Mr. Barnwall eigensinnig. «Mein Gott, Bella, du kanntest doch Nuala ebensogut wie ich, sogar noch besser. Wenn sie etwas gesehen hat, was ihr gefiel, mußte sie es auch sofort haben.»

«Und du willst mir erzählen, daß sie diesen – diesen Shannon wollte?» sagte Mrs. Quinlevan wütend. «Du mußt nicht ganz bei Trost sein, Jeremy!»

Mr. Barnwall schürzte die Lippen. «Ein Bild von einem Mann, nach dem, was ich gehört habe.»

«Und mindestens dreißig Jahre alt! Sicher für ihre Begriffe viel zu alt.» Doch dann kam ihr ein neuer Gedanke, und sie sagte hoffnungsvoll: «Vielleicht ist er leicht zu überreden. Ich meine, vielleicht ist er umgänglich?»

«Nein, nein!» sagte Mr. Barnwall. «Er ist, soviel ich weiß, ein richtiger Grobian, der mit niemand auskam als mit Cartan. Ist auch kein Wunder, bei dem wilden Blut in der Familie. Die Mutter soll ein übles Weibsbild gewesen sein, die Tochter eines irischen Kesselflickers, die Cartan in einer seiner tollen Nächte in Tothill Fields aufgelesen hat. Sie hatte die Frechheit, ihm den Balg zu bringen, als er acht oder neun Jahre alt war, und ihn zu fragen, ob er ihm nicht ganz aus dem Gesicht geschnitten sei. Wie ich den alten Cartan kenne, hat ihm das sogar noch Spaß gemacht. Er gab der Frau ein paar Guineas, genug, damit sie sich damit zu Tode trinken konnte, nehme ich an, ließ den Jungen abschrubben und in die Schule stecken . . .»

«Ich wünschte, du würdest diese alten Geschichten nicht immer aufwärmen, Jeremy», sagte Mrs. Quinlevan ärgerlich. «Immerhin hat Nuala ihn geheiratet, und obwohl ich nicht vorhabe, mich mit ihm abzugeben, kann es unserem Ruf nicht guttun, wenn bekannt wird, daß die Geschichte wirklich so schlimm ist, wie du sagst. Was für ein Jammer, daß Sir John Mercers Gut nur einem männlichen Erben zufällt. Er hatte in ganz Herefordshire den schönsten Besitz, und ich bin davon überzeugt, daß es für Brandon und Georgina, wenn sie verheiratet sind, viel besser wäre, weit weg von diesem schrecklichen Skandal . . .»

«Illusionen, Bella», unterbrach Mr. Barnwall sie. «Es wäre viel besser, du würdest dir diese ganze Geschichte aus dem Kopf schlagen. Wo steckt Brandon übrigens?»

«Ich habe ihn heute morgen nach Craythorne geschickt, um die Leute dort etwas auf Trab zu bringen. Seit Mrs. Heaton fort ist, kann man sich auf die Dienstboten nicht mehr verlassen. Aber sie wollte unbedingt mit den Huddlestons gehen, obwohl ich ihr gesagt habe, daß ich ihr gerne dasselbe Gehalt zahlen würde.»

Mr. Barnwall hörte den Klagen über die Dienstboten eine Weile zu und erklärte dann, daß er nun gehen werde. Er war eine bequeme Natur, und die Aussicht, von seiner Schwester in all die Schwierigkeiten, die ihr bevorstanden, verwickelt zu werden, behagte ihm nicht. Deswegen schlug er auch ihre Einladung zum Dinner aus, unter dem Vorwand, daß zu Hause dringende Geschäfte auf ihn warteten. Er verabschiedete sich, und Mrs. Quinlevan war um keines ihrer Probleme ärmer, die aus der Ankunft der beiden angemeldeten Besucher resultierten.

Der erste dieser Besucher kam abends in The Place of the Oaks an. Mrs. Quinlevan hatte Nora Quill, Brandons altes Kindermädchen, die in allen häuslichen Dingen ihre Stütze war, nach Kenmare geschickt, um Georgina zu holen. Dort hatten sie ihre Freunde, mit denen sie nach Irland gekommen war, verlassen, und die beiden setzten die Reise nach The Place of the Oaks in Mrs. Quinlevans eigener Chaise fort. Obwohl

Georgina überrascht war, als sie erfuhr, daß sie nach The Place of the Oaks fahren würden und nicht nach Craythorne – denn Mrs. Quinlevan hatte klugerweise Lady Mercer ihre häusliche Situation nicht geschildert, um ihre Pläne nicht aufs Spiel zu setzen –, war sie nicht im geringsten bestürzt über diese Tatsache. Im Gegenteil, als der Wagen die Auffahrt vor dem verwinkelten Tudor-Bau hinauffuhr, erfüllte es sie mit einer gewissen Befriedigung, daß sie nun das Haus ihrer Vorfahren betreten würde und nicht Mrs. Quinlevans kleineres Haus in Craythorne.

Als die Stufen des Wagens hinuntergelassen wurden, öffnete sich die Eingangstüre, und Georgina sah einen schlanken jungen Mann mit hellblonden Haaren, der etwas älter war als sie selbst. Er kam heraus, um sie zu begrüßen, und ging so schnell, wie sein deutliches Hinken es ihm erlaubte.

«Hallo!» rief er. «Ich habe schon lange nach dir ausgeschaut. Ihr habt lange gebraucht – aber das ist auch kein Wunder bei den Gäulen, die meine Mutter sich hält.»

Georgina streckte ihm freudig ihre Hand entgegen.

«Brandon! Wie groß du geworden bist?» sagte sie und schaute zu ihm auf. «Du bist sicher einen Kopf größer als ich – und kannst du dich erinnern, daß ich damals in Herefordshire ein paar Zentimeter größer war als du?»

«Und du bist eine junge Dame geworden», sagte Brandon und bestaunte ihren modischen hellgrünen Redingote und die kleine Kappe in derselben Farbe. «Wer hätte das gedacht? Damals warst du der tollste Wildfang, den man sich vorstellen kann.»

Er führte sie in die große Halle, wo seine Mutter schon wartete, um ihren Gast zu begrüßen.

«Mein liebes Kind», sagte Mrs. Quinlevan zu Georgina, als sie sie umarmte. «Ich weiß nicht, was du von uns denken wirst. Unser Haus ist in einem fürchterlichen Zustand. Alles steht auf dem Kopf. Aber das ist die Schuld von diesem schrecklichen Shannon, denn wenn er es sich nicht in den Kopf gesetzt hätte, so plötzlich bei uns einzufallen, hätten auch die Huddlestons rechtzeitig ausziehen können. Doch du bist sicher müde. Willst du gleich hinaufgehen, oder soll ich dir erst eine Tasse Tee bringen lassen? Wir leben hier ganz ländlich und essen schon um sechs. Doch ich habe etwas von dem Essen beiseite stellen lassen, weil ich wußte, daß du später kommst.»

Georgina sagte, daß sie überhaupt nicht müde sei, doch gerne eine Tasse Tee trinken würde. Man führte sie in die Bibliothek, nachdem Higgins ihren Redingote und ihre Kappe an sich genommen und Grady, der Kutscher, zusammen mit einem Diener ihre Koffer und ihre Hutschachteln hinaufgebracht hatte. Sie setzte sich zu einem gemütlichen Plausch mit Brandon und Mrs. Quinlevan hin, doch bald wurde man durch Nora Quill unterbrochen, die ein Teetablett brachte und sich über die Dienstboten beklagte, die zu nichts nütze seien.

Als Mrs. Quinlevan besorgt fragte, was denn geschehen sei, sagte Nora mit unheilvollem Ton, daß die Köchin, die man beim Einpacken der Küchengeräte nicht zu Rate gezogen habe, erklärt hätte, sie könne mit den restlichen Töpfen kein Mahl zubereiten.

Bei dieser schlimmen Nachricht griff Mrs. Quinlevan nach ihrem Riechfläschchen. «Ich glaube nicht», sagte sie zu Georgina, «daß ich heute bei dem Zustand meiner Nerven noch einen Schock vertragen kann. Du hast keine Ahnung, was heute alles passiert ist!»

Georgina merkte, daß ihre Ankunft zu dem übrigen Malheur noch weitere Schwierigkeiten heraufbeschworen hatte, doch sie wußte, daß Tante Bella gerne jammerte, und machte sich deshalb nicht allzu viele Gedanken.

Als der Tee getrunken war, führte man sie hinauf zu dem Schlafzimmer, das sie bewohnen sollte, solange die Familie noch in The Place of the Oaks war. Wie in jedem anderen Raum im Haus, den sie gesehen hatte, waren auch hier alle schweren Möbel weggeräumt worden. Es war nichts weiter da als ein altes, geschnitztes Pfostenbett aus Eiche, ein Stuhl, der aussah, als sei auch er aus der elisabethanischen Zeit übriggeblieben, und eine modernere dreischübige Kommode mit Spiegel, von der sie wußte, daß sie speziell für ihre Cousine Nuala angeschafft worden war.

Nualas Name wurde im Gespräch noch einmal erwähnt, als Georgina zum Abendessen herunterkam – jetzt nicht mehr in ihrem Reisekleid, sondern in einem Kleid aus französischem Musselin. Als sie ins Eßzimmer kam, fiel ihr Blick auf das Porträt einer jungen Frau, das an der Wand gegenüber der Stirnseite des Tisches hing. Der moderne Schnitt des hochtaillierten seegrünen Kleides machte ihr klar, daß es sich um Nuala handelte, und sie betrachtete das Bild mit großem Interesse.

«Meine Cousine Nuala», sagte sie zu Mrs. Quinlevan, als sie sich zu Tisch setzte. «Sie war sehr schön, nicht wahr?»

«Die schönste Frau in der ganzen Grafschaft», sagte Mrs. Quinlevan stolz. «Die jungen Männer nannten sie die ‹Dunkle Lilie›, denn sie hatte schwarzes Haar und einen wunderbaren Teint und große dunkelblaue Augen mit langen schwarzen Wimpern. Wenn sie nur eine Saison in London gewesen wäre, was meinst du, was sie da für Chancen gehabt hätte!»

«Nun», sagte Brandon, «daraus hätte ja auch etwas werden können.

Ich weiß doch, daß sie dir vor zwei Jahren in den Ohren lag wegen eines Besuchs bei den Martin-Burnses in der Brook-Street.»

«Aber sie war damals doch noch ein Kind», wehrte Mrs. Quinlevan ab. «Und wie gut war es, daß ich nicht auf sie gehört habe, denn dann wäre sie nicht hiergewesen, als ihr armer Vater starb. Ich glaube sogar, daß ich eine Vorahnung hatte, so etwas könne geschehen.»

«Du hattest eine Vorahnung, daß sie in London einen Beau kennenlernen könnte, der ihr einen Antrag machen würde und alle deine Hoffnungen zunichte machte, mich unter ihre Fuchtel zu bekommen, meine Liebe», sagte Brandon mit vergnügter Offenheit. «Als ob sie und ich nicht immer wie Hund und Katze waren! Sie hätte mich niemals genommen, auch wenn ich mit Brillanten gespickt gewesen wäre – und ich sie übrigens auch nicht. Sie war ein verflucht launisches Mädchen.»

Mrs. Quinlevan sagte erregt, daß dies keineswegs so gewesen sei und daß er ein böser Junge sei, so etwas zu behaupten. Ihr Unwille wich jedoch Entsetzen beim Anblick des unansehnlichen Tellers Suppe, der ihr hingestellt worden war. Anscheinend waren Nora Quills Bemühungen, die Köchin dazu zu überreden, etwas Besseres als diese scheußliche Brühe auf den Tisch zu bringen, umsonst gewesen.

«Ich weiß nicht, was Lady Mercer und deine Mutter sagen würden, wenn sie sähen, was ich dir für ein Essen vorsetze», sagte sie unter Tränen zu Georgina. «Ich wäre für sie bestimmt erledigt, und das wäre kein Wunder – doch ich weiß einfach nicht, wie ich in diesem Haus alles regeln soll. Ich schwöre, daß ich nie in meinem Leben so viel durchgemacht habe wie mit diesem schrecklichen Mann. Alles wäre so wunderbar gegangen, wenn nicht dieser Umzug gewesen wäre. Das ist alles seine Schuld.»

Georgina dachte sich, daß es wohl kaum Mr. Shannon zur Last gelegt werden konnte, wenn Mrs. Quinlevan ein Haus voll nichtsnutziger Dienstboten engagiert hatte, und man konnte es ihm auch nicht verdenken, daß er nun, nachdem dieses Haus schon zwölf Monate ihm gehörte, auch davon Besitz ergreifen wollte. Doch sie wollte ihre Cousine nicht kränken und behielt ihre Gedanken für sich.

Es war ihr jedoch klar, daß sie sich mit ihrer Reise nach Irland in eine höchst ungemütliche Situation begeben hatte. Wenn sie von Natur aus nicht optimistisch gewesen wäre und es nicht mehr bedurft hätte als einer verzweifelten Gastgeberin, eines chaotischen Haushalts und eines schlechten Abendessens, um sie zu erschüttern, wäre sie, als sie an diesem Abend zu Bett ging, vielleicht ziemlich unglücklich gewesen.

3

Am nächsten Morgen jedoch erwartete sie ein schöner Apriltag, und als sie aus dem Bett sprang und das Fenster weit öffnete, war sie so zufrieden mit dem, was sie sah, daß ihre Befürchtungen vom Abend zuvor verflogen. Sie sah einen Himmel mit weißen Wolken über einem hübschen, stillen Park und dahinter Hügel, die mit jungem Gras bewachsen waren. Sie beschloß, schnell aufzustehen und Brandon zu bitten, ihr die Ländereien zu zeigen, weil sie dazu sicherlich keine Gelegenheit mehr haben würde, wenn der Eindringling Shannon sich erst mal hier niedergelassen hatte.

Als sie hinunterkam, stellte sie zu ihrer Befriedigung fest, daß Brandon schon die gleiche Idee gehabt hatte. Er war gerade im Frühstückszimmer und beauftragte Nora, in der Küche für den Lunch etwas mehr als Schinken und Käse aufzutreiben.

«Ich nahm an, daß du keine Lust hast, hierzubleiben und Shannon zu treffen», sagte er zu Georgina. «Obwohl du vielleicht nicht wie andere Mädchen bist und dir nichts dabei denken würdest, einige Worte mit so einem windigen Burschen zu wechseln, der in der angesehenen Gesellschaft nicht empfangen wird. Ich muß sagen, daß ich sogar etwas neugierig auf ihn bin.»

«Ja, ich auch», gestand Georgina. «Aber ich sollte es eigentlich nicht zugeben. Trotzdem glaube ich, daß es besser ist, wenn wir ihm bei seiner Ankunft nicht über den Weg laufen.»

«Mama ist auch der Ansicht», sagte Brandon bedauernd. «Übrigens mußt du sie heute morgen entschuldigen, denn unser Verwalter Mulqueen ist bei ihr, und sie haben eine fürchterliche Auseinandersetzung wegen der Rechnungen. Ich nehme an, er hat sie wieder alle durcheinandergebracht, wie das seine Art ist. Und Mama ist nicht fähig, ihn zu ändern.»

«Nein», sagte Georgina vorsichtig, als sie den Deckel von einer Platte mit sichtbar angebranntem Schinken, die auf dem Serviertisch stand, abhob. Sie mußte sich mit einem Frühstück abfinden, das aus heißer Schokolade und kaltem Toast bestand. «Ich glaube, das Verwalten liegt ihr nicht. Du nimmst es mir hoffentlich nicht übel, Brandon, wenn ich dir sage, daß sie im Grunde sicher froh ist, die Verantwortung für diesen Besitz los zu sein, selbst wenn er an diesen erbärmlichen Shannon übergeht.»

«Ja, ich glaube es auch», gab Brandon zu, «nur hat sie immer sehr viel Wert darauf gelegt, die Mrs. Quinlevan von The Place of the Oaks zu sein. Sie hat einige Jahre die verrückte Idee, daß Nuala und ich heiraten würden, und dann hätte sie niemals hier weggehen müssen. Ich muß dich warnen», sagte er grinsend, «denn sie hat dich als nächstes Opfer ausersehen. Wenn sie dir mal erzählt, welche Vorzüge es hat, mich zu heiraten, dann sage ihr bitte, daß ich dir selbst erklärt habe, keine Absicht zu haben, überhaupt zu heiraten.»

Georgina lachte. «Nun, das erleichtert mich sehr», sagte sie. «Nicht daß ich bezweifle, daß wir gut miteinander auskommen würden», sagte sie freundlich, als sie sich an den Tisch setzte. «Denn du bist noch genauso wie früher, und wir haben uns ja damals in Herefordshire wunderbar vertragen. Aber ich habe nicht vor, nur zu heiraten, um ein sorgenfreies Leben zu haben.»

«Und ich habe, wie gesagt, nicht vor, überhaupt zu heiraten», sagte Brandon vergnügt. «Jedenfalls auf Jahre hinaus nicht. Dr. Culreavy ist nämlich der Ansicht, daß ich, wenn ich so weitermache, später nach Oxford gehen kann. Und dann habe ich etwas Besseres zu tun, als irgend jemand zu heiraten. Doch wenn ich es vorhätte, hätte ich nichts dagegen, wenn du diejenige wärst», fügte er großzügig hinzu. «Ich nehme an, du weißt, daß du ein verteufelt hübsches Mädchen geworden bist. Und du kannst mit Pferden umgehen und hast keine Launen . . .»

«Ja, aber das solltest du lieber nicht deiner Mama sagen», warnte Georgina. «Sag ihr, daß du mich ganz nett fändest, aber daß ich – daß ich für deinen Geschmack zu groß bin und etwas zu eigensinnig und zu selbständig . . .»

«Ach, das macht ihr doch gar keinen Eindruck», erklärte Brandon. «Wenn ich sie wirklich von der Idee abbringen will, muß ich ihr sagen, daß du bei Lady Mercer in Ungnade gefallen bist und sie beschlossen hat, dich zu enterben.»

«Nein, das geht nicht», sagte Georgina. «Denn das würde Großmama sicher erfahren, und es würde ihr nicht gefallen. Übrigens kann ich mir nicht denken, daß Tante Bella wirklich so aufs Geld aus ist.»

«Nun, unsere Taschen sind ziemlich leer», sagte Brandon kleinlaut. «Mich bekümmert es ja nicht, denn ich glaube, es wird viel angenehmer sein, in Craythorne zu leben als in diesem großen, ungemütlichen Haus. Aber Mama ist anders. Es entspricht ihrer Art von praktischem Denken, wenn sie dich hierher einlädt und hofft, wir könnten uns zusammenfinden.»

Es war ein leichter Dämpfer für Georginas Stolz, denken zu müssen, daß man sie nur deshalb in The Place of the Oaks so herzlich empfangen hatte, weil man erwartete, daß sie eines Tages ein ansehnliches Vermögen erben würde. Doch sie war froh darüber, daß Brandon ihr reinen Wein eingeschenkt hatte. Es war ihr nicht entgangen, daß Mrs. Quinlevan am Abend zuvor, als sie beisammensaßen, beide so wohlgefällig angesehen hatte. Nun fühlte sie sich viel wohler, weil sie wußte, daß diese Idee nicht auch in Brandons Kopf herumspukte. Als sie wenig später losfuhren, um den Besitz zu besichtigen, freute sie sich darüber, daß sie noch die gleiche geschwisterliche Beziehung verband wie früher, als Brandon sie in Herefordshire besucht hatte.

Sie war entzückt von der Schönheit dieser Landschaft in Kerry – die Laubwälder, die bunten Felder und kleinen weißgetünchten Häuschen mit ihren braungrauen Strohdächern, die blauen Hügel mit ihren Schaf- und Ziegenherden, deren Glöckchen lustig läuteten. Bei aller Begeisterung stellte sie jedoch fest, daß hier sehr viel heruntergekommen war. Ihr Auge war durch ihren Großvater für diese Dinge geschärft, denn er hatte seinen Besitz sehr gut verwaltet.

«Ich begreife nicht, warum du zugelassen hast, daß hier alles so vernachlässigt wird», sagte sie und schaute Brandon vorwurfsvoll an. «Ich verstehe ja nichts von Landwirtschaft und habe nur hin und wieder etwas aufgeschnappt, wenn ich mit Sir John ausgeritten bin, doch sogar ich kann sehen, daß hier alles in einem schlimmen Zustand ist.»

Brandon zuckte mit der Achsel. «Das ist Mulqueens Schuld», sagte er abwehrend. «Mama wollte ihn unbedingt als Verwalter engagieren, obwohl er in der ganzen Nachbarschaft als Trunkenbold bekannt ist. Sie hat in solchen Dingen ein Brett vor dem Kopf und ist davon überzeugt, daß er ebenso viel taugen muß wie seine Schwester, die einmal bei uns Haushälterin war und eine sehr ehrbare Frau ist.» Er fügte hinzu: «Natürlich war das alles in einem anderen Zustand, als mein Vetter Declan noch gelebt hat. Doch er ist seit zwei Jahren tot, und seitdem haben Mama und Mulqueen hier geschaltet und gewaltet.»

«Hatte Tante Bella allein die Verantwortung für The Place of the Oaks?» fragte Georgina. «Gab es denn keinen anderen Verwandten, der sich dafür hätte einsetzen können?»

«Ja, da ist noch mein Onkel Barnwall», sagte Brandon, «doch er ist auch nicht besser als Mama und verbringt außerdem die meiste Zeit in England, so daß er nicht weiß, was hier vorgeht.» Er fügte reumütig hinzu: «Ich nehme an, du wirst jetzt sagen, daß ich mich selbst hätte umschauen und Mama dazu bewegen müssen, energischer einzugreifen. Doch um ehrlich zu sein, habe ich nicht das geringste Interesse an der Landwirtschaft!»

«Ich auch nicht», sagte sie, «doch Sir John hat immer gesagt, wenn man Land besäße, habe man die Pflicht, dafür zu sorgen, daß weder die Leute, die darauf leben, noch der Boden selbst schlecht behandelt würden. Und da hatte er recht.»

Ihre Freude über den Ausflug war jedoch so groß, daß ihre Kritik bald verstummte. Als sie bei einem der Cottages haltmachten, um frische Milch zu holen – sie wollten sie zu ihrer Wildpastete und den kleinen Rosinenkuchen trinken, die ihnen zum Lunch in einen Korb gepackt worden waren –, mußte sie schließlich zugeben, daß wenigstens dieses Häuschen ordentlich war. Die breiten gefliesten Stufen, die zur Tür führten, waren reinlich gefegt, und als sie von der kleinen dicken Frau, die sie begrüßte, zum Eintreten aufgefordert wurden, sahen sie, daß auf dem Herd ein Torffeuer brannte und ein Kessel dampfte. Auf dem frisch geputzten Tisch stand ein großer Kuchen bereit.

Dies war das Häuschen von Dansel Lynch, der bald auch selbst erschien – ein gutgelaunter Landmann mit frischem Gesicht, dessen dicke Wollhosen und genagelte Schuhe noch Spuren von der Morgenarbeit im Feld zeigten. Er verbeugte sich vor Miss Power, doch man merkte ihm an, daß sein Hauptinteresse nicht ihr galt, sondern dem zweiten Besuch, der in The Place of the Oaks erwartet wurde – dem neuen Besitzer.

«Ich nehme an, es wird sich vieles ändern, wenn er kommt», sagte er unfroh. «Erst heute morgen hab ich gesagt: Ich möchte mal den Schotten sehen, der nicht eine gierige Klaue hat. Es kann nichts Gutes für das Land bedeuten, das so einer übernimmt.»

«Oh, es muß nicht so schlimm sein, wie Sie befürchten», sagte Brandon. «Immerhin sind Sie dann den alten Mulqueen los, und dieser Bursche hat den Besitz von Lord Cartan verwaltet, ist also wenigstens kein Grünhorn.» Doch Dansel schüttelte den Kopf und sagte mit unheilvollem Ton: «Besser ein Grünhorn als ein Eindringling. Nein, es ist ein trauriger Tag für uns, Master Brandon, wenn wir zusehen müssen, wie die letzten Powers The Place of the Oaks verlassen.» Er schaute Georgina an und sagte: «Wäre es nicht das Erbe dieser jungen Dame, wenn Miss Nuala nicht fortgegangen wäre und geheiratet hätte? Die alte Frau und ich haben es erst heute morgen gesagt – da sie ja Mr. Owens einziges Kind ist . . .»

Brandon grinste und sagte: «Ja, daran habe ich noch gar nicht gedacht, aber Sie haben natürlich recht. Der Besitz wäre an sie gegangen.»

Später, als sie zurückfuhren, sagte er zu Georgina: «Also bist du es eigentlich, die er um den Besitz bringt, nicht Mama und ich! Sicher hat sie daran noch gar nicht gedacht – sie dachte immer nur an das, was man uns antut, und nicht an das Unrecht, das andern geschieht. Doch es ist wahr, du bist Nualas direkte Cousine und ihre nächste Verwandte.»

Georgina blickte auf das graue Gemäuer von The Place of the Oaks, das nun vor ihnen auftauchte.

«Ja, ich hätte hier gerne gelebt», gab sie zu. «Dann hätte ich viel Geld gehabt und wäre unabhängig gewesen, und dann hättet ihr, du und Tante Bella, bei mir sein können, ganz wie zu der Zeit, als Nuala noch lebte. Aber es hat ja keinen Zweck, an so etwas zu denken, oder? Ich glaube kaum, daß Mr. Shannon darüber nachdenkt, welche Rechte ich gehabt hätte, wenn er meine Cousine nicht geheiratet hätte!»

Es war nach zwei Uhr, als sie und Brandon durch die Eingangstür von The Place of the Oaks gingen, und beide waren gespannt darauf, ob der neue Besitzer schon angekommen und vielleicht sogar schon wieder abgefahren war. Sie vergaßen ihn jedoch sofort wieder, als sie Nora Quill sahen, die mit bleichem Gesicht die Treppe herabeilte, was darauf schließen ließ, daß sich eine mittlere Katastrophe ereignet hatte.

«Oh, Master Brandon, Sie sind es nur!» rief sie. «Ich glaubte, es sei der Arzt.»

«Der Arzt?» rief Brandon. «Warum, was ist los, Nora? Weshalb wird der Arzt gebraucht? Ist meine Mutter . . .?»

«Ja, es ist wegen der Herrin», sagte Nora verzweifelt. «Oh, Master Brandon, wirklich, Sie haben keine Ahnung, was heute morgen schon alles passiert ist. Zuerst dieser niederträchtige Mulqueen, der es wagte, mit der Herrin zu streiten, und dann davongerauscht ist wie ein Lord . . .»

«Mein Gott, Nora, Sie haben doch nicht nach Dr. Culreavy geschickt, nur weil meine Mutter mit Mulqueen Streit hatte?» rief Brandon ungeduldig. «Was ist denn los mit ihr? Ist sie wirklich krank?»

«Krank!» sagte Nora zornig. «Ja, sie ist krank, aber lassen Sie mich wenigstens ausreden. Sie ist hier die Treppe hinuntergestürzt, weil sie so erregt war wegen Mulqueens Unverschämtheit und wegen diesem Shannon, der nun über uns hereinbricht. Sie wußte nicht mehr, wo ihr der Kopf steht. Ich fürchte, sie hat sich das Bein gebrochen.» Sie wischte mit dem Rand ihrer Schürze über die Augen, während Brandon und Georgina sie bestürzt ansahen. Georgina hatte sich als erste wieder gefaßt.

«Ich gehe zu ihr hinauf», sagte sie, doch Nora verstellte ihr den Weg.

«Nein, tun Sie das nicht, Miss», sagte sie. «Denn ich habe sie gerade zur Ruhe gebracht, sie war am Rand der Hysterie, und wenn Sie zu ihr gehen, könnte sie sich wieder von neuem aufregen. Es wäre viel besser, wenn Sie und Mr. Brandon unten blieben und Mr. Shannon empfingen, wenn er kommt. Die Pest über ihn, den Teufel, daß er gerade an diesem Tag kommen muß!»

Die Ankunft des Arztes machte jeder weiteren Unterhaltung ein Ende, denn er eilte sofort hinauf zu seiner Patientin, begleitet von Nora. Brandon und Georgina standen in der Halle und schauten sich an.

«Eine schöne Überraschung», sagte er nach einer Weile. «Die Treppe hinuntergefallen. Wenn sie wirklich das Bein gebrochen hat . . .»

«Bevor wir es nicht genau wissen, hat es keinen Sinn, sich darüber Gedanken zu machen», sagte Georgina bestimmt. «Wahrscheinlicher ist, daß sie eine schlimme Verstauchung hat. Doch was sollen wir inzwischen mit Mr. Shannon anfangen? Tante Bella kann ihn heute nicht empfangen. Vielleicht könnte er mit eurem Verwalter sprechen?»

Brandon schüttelte den Kopf. «Das halte ich nicht für richtig», sagte er. «Du hast ja gehört, was Nora gesagt hat. Wenn er den Job nicht sowieso hingeschmissen hat, wird er so wütend sein, daß er nur noch rot sieht. Ich kann einen der Stallburschen losschicken, um meinen Onkel Barnwall zu holen. Vielleicht ist das auch schon veranlaßt worden, doch wenn er nicht rechtzeitig ankommt, fürchte ich, daß wir Shannon selbst empfangen müssen.»

«Wir?» rief Georgina aus.

«Ja, du kannst nicht verlangen, daß ich die ganze Angelegenheit selbst erledige», sagte Brandon mit ungewohnter Schärfe. «Teufel noch mal, Georgie, ich dachte, du wolltest mir dabei helfen.»

«Ja, das will ich auch», sagte Georgina nicht ganz aufrichtig, denn sie dachte sich, daß es etwas anderes sei, nur interessierter Zuschauer zu sein, als sich einer so unbekannten Person wie Mr. Shannon entgegenzustellen.

Sie war gerade dabei zu erklären, daß sie hinaufgehen wolle, um sich zu frisieren und umzuziehen, weil der morgendliche Ausflug ihr Haar durcheinandergebracht hatte und ihr das einfache Kleid, das sie anhatte, nicht gerade passend erschien, um einen Besuch zu empfangen. Doch in diesem Augenblick ertönte ein festes Pochen am Türklopfer. Sie fuhren beide erschrocken zusammen und schauten sich an.

«Das ist natürlich Shannon!» sagte Brandon aufgeregt. «Es ist besser, wir stehen hier nicht herum. Komm in die Bibliothek!»

Er ergriff ihre Hand und zog sie durch die Halle. Sie warteten darauf, daß Higgins dem Besucher die Tür öffnen würde.

Doch kein Higgins erschien, und das Pochen ertönte noch einmal, diesmal noch nachdrücklicher als zuvor.

«Hol's der Teufel!» brummte Brandon ungehalten. «Das ist wirklich die Höhe. Das ganze Haus steht auf dem Kopf, meine Mutter liegt im Bett, und jetzt ist noch nicht einmal ein Dienstbote da, um die Tür zu öffnen. Ich wette, daß sie alle auf den Speicher oder in den Keller geschickt worden sind, um beim Packen zu helfen.» Er zerrte wütend am Klingelzug neben dem Kamin, doch ohne Erfolg. «Ich nehme an, ich muß selbst gehen», sagte er verzweifelt.

«Ich komme mit dir», sagte Georgina ruhig. «Wir werden ihm einfach sagen, daß es einen Unfall gegeben hat und daß er ein andermal wiederkommen muß.»

«Nein, um Gottes willen, das können wir nicht tun», sagte Brandon. «Dieses verwünschte Haus gehört ja ihm. Laß mich das machen.»

Er hinkte durch die Halle zur Tür, und Georgina, die sich bezähmen mußte, um nicht ihre achtzehn Jahre zu vergessen und wie ein Schulmädchen durch den Türspalt zu gucken, griff sich wahllos ein Buch vom Regal und setzte sich in einen Sessel neben dem Kamin. Sie fühlte sich nicht genötigt, die aufgeschlagene Seite auch wirklich zu lesen, sondern hielt ihre Ohren offen, damit ihr nicht entging, was sich draußen in der Halle abspielte.

4

Das erste, was sie hörte, nachdem die Eingangstür sich geöffnet hatte, war eine männliche Stimme, die nach Mrs. Quinlevan fragte, sofort gefolgt von Brandons ziemlich verwirrter und hastiger Erklärung über die Vorfälle im Hause, die ihn dazu gezwungen hatten, statt eines Dieners zur Tür zu gehen, und die es dem Besucher nicht erlaubten, seine Mutter zu sehen. Georgina konnte einen großen Teil der Unterhaltung, die nun folgte, nicht mithören, weil der Besucher mit einer tiefen, ruhigen Stimme sprach, doch sie hatte den deutlichen Eindruck, daß Mr. Shannon sich wegen der erstaunlichen Situation, der er gegenüberstand, keineswegs beunruhigte. Aus irgendeinem Grund ärgerte sie das. Sie war sich dessen bewußt, daß sie selbst ziemlich aufgeregt war und Brandon noch viel mehr, und die Tatsache, daß ihr Besucher die Fassung so vollständig bewahrte, ließ in ihr die Meinung aufkommen, daß dieser Mann unausstehlich arrogant sein müsse.

Sie hatte keine Zeit mehr, sich noch eine weitere Meinung von ihm zu bilden, denn nun kam er mit Brandon in die Bibliothek. Der Eindruck von Arroganz wurde sofort verstärkt durch seine Erscheinung: ein großer stattlicher Mann in einem gut sitzenden Jackett, Wildlederhosen, hohen Stiefeln und mit einem kantigen Gesicht mit kühlen grauen Augen.

«Das ist Mr. Shannon, Georgie», sagte Brandon in einer ärgerlichen Förmlichkeit, die seine Erregung verriet.

«Meine Cousine, Miss Power.»

Shannon verbeugte sich leicht und sah sich dann mit einem Blick im Raum um, der besagte, daß ihm Miss Power im Augenblick nicht von allergrößter Wichtigkeit war.

«Ich muß mich wohl entschuldigen, daß ich in solch einem Augenblick komme, Mr. Quinlevan», sagte er mit kühlem Ton zu Brandon. «Doch ich hatte nach zwölf Monaten natürlich keinen Anlaß anzunehmen, daß meine Ankunft völlig unerwartet käme. Noch konnte ich den unglücklichen Unfall Ihrer Mutter voraussehen, der jedoch wohl nichts mit der Tatsache zu tun hat, daß sie noch nicht aus diesem Haus ausgezogen ist.»

«Wenn Sie meinen, daß dies alles ein Vorwand ist, um Sie hinzuhalten, irren Sie sich», sagte Brandon heftig. «Sie ist wirklich gestürzt, es ist noch keine zwei Stunden her, und der Arzt ist gerade bei ihr.»

«Ja, natürlich», sagte Shannon immer noch reserviert. «Ich versichere Ihnen, daß ich keinen Augenblick an dem zweifle, was Sie sagen. Auf jeden Fall ist es kein Grund, daß wir uns wegen dieser Angelegenheit aufregen. Vielleicht könnte ich einen älteren Verwandten von Ihnen sprechen – Sie haben doch einen Onkel, soviel ich weiß?»

«Man wird ihn holen, doch er ist jetzt nicht im Haus.»

«Dann Ihr Verwalter . . .?»

«Er – ist auch im Augenblick nicht verfügbar», mußte Brandon eingestehen.

«Tatsächlich? Dann könnte man ihn vielleicht holen lassen?»

«Er ist – entlassen oder betrunken, Sir!» antwortete Brandon, dessen Gesicht immer röter wurde, als er genötigt war, dies zu sagen. «Ich glaube, meine Mutter und er hatten heute morgen eine Auseinandersetzung.»

Shannon zog die Augenbrauen hoch. «Wenn es so ist», schlug er vor, «könnten wir uns vielleicht miteinander hinsetzen, damit ich mich kurz mit Ihnen unterhalten kann – das heißt, wenn Sie im Augenblick keine dringlicheren Dinge zu erledigen haben.»

«Nein – natürlich nicht», stammelte Brandon, der sich plötzlich seines kläglichen Versagens als Gastgeber bewußt wurde. «Bitte nehmen Sie Platz, Sir, ich werde etwas zu Trinken kommen lassen.»

Er betätigte den Klingelzug und schaute dabei Georgina hilfesuchend an. Sie reagierte sofort und sagte mit betont würdevoller Gelassenheit: «Sie müssen die Unordnung im Haus entschuldigen, Sir, doch es wird Sie sicherlich nicht überraschen, weil Sie zweifellos sehen, daß meine Verwandten gerade dabei waren, nach Craythorne überzusiedeln, als sich heute morgen Mrs. Quinlevans Unfall ereignete. Vielleicht darf ich vorschlagen, daß Sie, wenn Sie sich etwas erfrischt haben, zum Dorfgasthaus gehen. Dort sind Sie sicher recht bequem untergebracht, bis alles soweit ist, daß wir Sie hier empfangen können.»

Sie hatte versucht, den beherrschten Tonfall ihrer Großmutter nachzuahmen, doch es machte sie wütend, daß dieser fürchterlich gelassene Mensch von ihrer Vornehmheit nicht im geringsten beeindruckt zu sein schien.

Seine Antwort war noch weniger zufriedenstellend. «Verzeihen Sie», sagte er mit barscher Förmlichkeit, «doch dies ist genau das, was ich nicht vorhabe, Miss Power. Jedenfalls nicht, bis ich mich davon überzeugt habe, daß hier im Haus jemand in der Lage ist, alle Angelegenheiten zu regeln. Als ich hierherfuhr, hatte ich reichlich Gelegenheit zu sehen, in welch haarsträubendem Zustand das Land hier ist, und nun habe ich den Eindruck, daß auch im Haus nur noch Chaos herrscht.»

Brandon platzte ärgerlich heraus: «Das ist nicht Ihre Angelegenheit.» Doch er hatte sich gleich wieder in der Gewalt. «Verdammt noch mal, ja, es ist natürlich Ihre Sache», sagte er und wurde rot. «Aber – aber mein Onkel . . .»

Er wurde durch das Erscheinen von Higgins unterbrochen.

«Sie haben geläutet, Sir?» fragte er lässig, doch Brandon starrte ihn nur an.

Und das mit Recht, dachte sich Georgina. Higgins hatte sich das Durcheinander im Haus zunutze gemacht und sich – vielleicht auch aus Sympathie zu seinem Freund Mulqueen – erlaubt, den Madeira zu versuchen, den er für Craythorne verpacken sollte. Sein rötliches Haar sah aus, als sei gerade ein Wirbelwind hindurchgefahren, und sein Benehmen – weit entfernt von der bescheidensten Höflichkeit, die von einem auch nur passablen Butler verlangt wurde – war dreist.

«Ich habe gedacht, es würde Sie interessieren, Master Brandon», äußerte er ungefragt, als Brandon noch immer fassungslos nach Worten suchte. «Mr. Barnwall ist nach London zurückgefahren. Hat heute morgen das Haus verlassen. Hat eine Nachricht für die Herrin geschickt – der Bote hat unsern unterwegs getroffen.»

«Das genügt, Higgins», sagte Brandon mit erstickter Stimme.

Higgins verbeugte sich und ging. Bevor er den Raum verließ, drehte er sich um und fügte leutselig hinzu: «Dachte, es würde Sie interessieren, Master Brandon.»

«Das ist doch die Höhe!» explodierte Brandon. «Ich habe meiner Mutter immer wieder gesagt, sie soll diesen Kerl fortschicken.»

«Ein ausgezeichneter Ratschlag, möchte man sagen», bemerkte Shannon trocken. Er stand auf und sagte: «Wenn Sie erlauben, Mr. Quinlevan – ich habe meine Pferde hierhergefahren und habe nicht die Absicht, sie noch länger in diesem Wind stehenzulassen. Hätten Sie etwas dagegen, wenn ich meinen Burschen anweise, sie in den Stall zu bringen?»

«Keineswegs, Sir – wenn Sie – wenn Sie die Absicht haben zu bleiben», stammelte Brandon.

«Sehr gut. Bitte entschuldigen Sie mich, Miss Power – ich bin sofort wieder da.»

Er schritt hinaus, und Vetter und Cousine blickten ihm sprachlos nach. Georgina hatte sich zuerst wieder erholt.

«So eine widerliche Arroganz!» sagte sie wütend. «Er hat die Absicht zu bleiben, Brandon, das ist die einzige Erklärung. Oh, nicht einmal der lumpigste Landstreicher würde daran denken, einer Familie seinen Besuch in so einem Augenblick aufzuzwingen. Wie konnte meine Cousine so jemand heiraten!»

«Still, er könnte dich hören», sagte Brandon besorgt. Doch dann setzte er hinzu: «Ja, ich muß sagen, du hast recht, doch trotzdem – da Mulqueen gegangen und mein Onkel in London ist und Mama im Bett – da muß wirklich jemand dasein, der alles in die Hand nimmt.»

«Das könnten wir sehr gut alleine schaffen, mit Nora und den Dienstboten», sagte Georgina aufgebracht. «Guter Gott, Brandon, du bist doch nicht so ein Hasenfuß und wünschst, daß er hierbleibt? Er ist ein impertinenter Kerl – schließlich ist es nicht seine Angelegenheit, wenn euer Butler etwas beschwipst ist. Wenn ich an deiner Stelle wäre, würde ich ihm ins Gesicht sagen, daß er sich davonmachen soll!»

«Dann ist es sehr gut, daß Sie nicht an seiner Stelle sind», ertönte Shannons ruhige Stimme von der Tür her, «denn ich würde mir solche Impertinenz von ihm kaum gefallen lassen.» Er kam herein, streifte lässig seine Handschuhe ab und sagte im gleichen sachlichen Ton zu Brandon: «Wäre es wohl möglich, in diesem Durcheinander einen Diener zu finden, der klar genug im Kopf ist, um mir eine Flasche des ausgezeichneten Madeiras zu bringen, der nach der Erzählung meiner verstorbenen Frau hier im Keller lagern soll? Ich hatte eine ziemlich lange Fahrt, und Sie waren so freundlich, mir eine Erfrischung anzubieten.»

Brandon schaute Georgina unglücklich an. Er wußte, daß er Shannon wegen seiner Unverschämtheit zurechtweisen müßte, doch er war es nicht gewohnt, solche Situationen zu meistern, und so sagte er schließlich resignierend: «Also dann – meinetwegen. Es muß ja irgend jemand dasein . . .»

Er hinkte hinaus, während Georgina am Kamin stehenblieb und Shannon betont unfreundlich ansah. Shannon begegnete ihrem Blick ohne das leiseste Zeichen einer Erregung und sagte schließlich mit der gleichen unbekümmerten Höflichkeit, die sie zuvor so wütend gemacht hatte: «Wollen Sie sich nicht hinsetzen, Miss Power? Ich kann es leider nicht, bevor Sie es tun, und ich glaube wirklich, es wäre gemütlicher, wenn wir sitzen würden, anstatt uns hier im Stehen wie zwei Kampfhähne anzustarren.»

Sie wurde rot vor Ärger, weil sie genau wußte, daß er recht hatte, jedoch den Ton, in dem er es sagte, nicht ausstehen konnte. Sie ließ sich hastig in den nächsten Sessel sinken. Shannon setzte sich mit aller Gelassenheit und streckte seine langen Beine aus, ganz wie ein Mann, der es sich im eigenen Haus bequem macht. Dann sagte er: «Ich schließe aus

Ihrem Namen, Miss Power, daß wir angeheiratete Verwandte sind. Vielleicht wären Sie so freundlich, mir zu sagen, welchen Grades?»

«Ich bin Owen Powers Tochter – Nualas direkte Cousine», sagte sie mit einer Kälte, die seinem eigenen Ton entsprach.

Er blickte nachdenklich drein, als ob er sich an etwas erinnern wollte. «Ich verstehe», sagte er. «Dann ist dies nicht Ihr Zuhause? Ich glaube mich daran zu erinnern, daß meine Frau gesagt hat, sie habe Verwandte in Shropshire . . .»

«Herefordshire», verbesserte ihn Georgina. «Das heißt, unser Wohnort ist jetzt Bath, seit Sir Johns – seit meines Großvaters Tod. Doch ich verstehe nicht, weshalb Sie das interessiert, Mr. Shannon. Ihre Frau ist tot, deswegen sollten Sie beachten, daß jede Verbindung, die es einmal zwischen uns gegeben hat, beendet ist.»

Er verbeugte sich leicht, doch sie hatte das deutliche Gefühl, daß er wiederum von ihrer Bemühung um Förmlichkeit nicht beeindruckt war und sie mit der gleichgültigen Aufmerksamkeit betrachtete, die er vielleicht einem Schulmädchen entgegengebracht hätte.

«Dafür bin ich Ihnen sogar zu Dank verbunden», sagte er kühl. «Die Tatsache bleibt jedoch bestehen, daß Sie allem Anschein nach in meinem Haus wohnen und ich ein Interesse habe zu erfahren, wer meine Gäste sind.»

Sie war so verwirrt, daß sie nicht wußte, was sie entgegnen sollte, und war erleichtert, als Brandon wieder hereinkam. Er brachte eine Karaffe und ein einzelnes Glas.

«Hier ist Ihr Wein, Sir», sagte er steif, stellte das Glas auf den Tisch und füllte es.

«Sie wollen mir nicht Gesellschaft leisten?» fragte Shannon ihn mit lässiger – und, wie es erschien, ziemlich ironischer – Höflichkeit.

«Nein, danke», sagte Brandon kurz. «Sir, ich dachte . . .»

Doch in diesem Moment hörte man ein leises Räuspern aus der Richtung der Halle, und drei Augenpaare richteten sich auf einen kleinen, dünnen, unauffällig gekleideten älteren Herrn, der an der Tür stand.

«Dr. Culreavy!» rief Brandon aus. «Kommen Sie herein, Sir – bitte! Wie geht es Mutter? Ist etwas gebrochen?»

Der Arzt blickte etwas überrascht auf Shannon, der es sich in einem Lehnstuhl bequem gemacht hatte.

«Verzeihen Sie, Brandon», sagte er. «Ich hatte keine Ahnung, daß Sie Besuch haben.»

«Dies ist Mr. Shannon, der – der Mann meiner Cousine Nuala», stammelte Brandon. «Dr. Culreavy.»

«Zu Ihren Diensten, Sir», sagte Shannon und erhob sich behende. «Wollen Sie ein Glas von diesem köstlichen Madeira mit mir trinken?»

Georgina gab einen entrüsteten Laut von sich, als er sich so frech die Rolle des Gastgebers anmaßte, und Dr. Culreavy schaute ihn ebenfalls etwas argwöhnisch und mißbilligend an.

«Nein, danke, Sir», sagte er ablehnend. «Ich hätte nur gerne kurz mit dem jungen Mr. Quinlevan gesprochen.» Er machte eine Pause und schien zu erwarten, daß Shannon sich entschuldigen und den Raum verlassen würde, doch der schien nicht die geringste Absicht zu haben, dies zu tun.

«Sie haben meine Cousine, Miss Power, noch nicht kennengelernt, Dr. Culreavy», sagte Brandon ärgerlich und drehte Shannon den Rükken zu.

Dr. Culreavy verbeugte sich. «Ich darf wohl sagen, es ist ein glücklicher Umstand, daß Sie hier sind, Miss Power», erklärte er. «Mrs. Quinlevan hatte einen schlimmen Schock – sehr schlimm sogar. Ich glaube nicht, daß ein Knochen gebrochen ist, aber sie hat eine böse Verstauchung, die ihr sehr zu schaffen macht. Ich überlasse sie nicht gerne nur der Pflege der Bediensteten, obwohl Nora Quill sie sicher grenzenlos verwöhnen wird. Doch Ihre Gegenwart muß für sie außerordentlich beruhigend sein.»

Georgina wußte nicht, wieweit diese Erklärung auf die altmodische Höflichkeit des Arztes zurückzuführen war und wieweit auf seine wirkliche Überzeugung, doch sie murmelte ein paar passende Worte. Ihre Besorgnis um ihre Cousine Bella wurde jedoch fast verdrängt durch ihre Empörung über Shannon, der beharrlich an diesem Gespräch teilnahm. Ihre Entrüstung wuchs weiter, als er Brandons Gespräch mit Dr. Culreavy unterbrach, um den Arzt zu fragen: «Soll das heißen, daß es einige Zeit dauern wird, bis Mrs. Quinlevan in der Lage ist, entweder nach Craythorne umzuziehen oder die Beaufsichtigung über dieses Haus und den Besitz zu übernehmen?»

Dr. Culreavy schaute ihn mißbilligend an. «Meine Güte, ja», sagte er bestimmt. «Ich möchte nicht, daß sie ihr Bett in der nächsten Woche verläßt, und auch danach muß sie noch sehr vorsichtig sein. Eine starke Reizung ihrer Nerven, mein lieber Herr, verbunden mit physischen Erschütterungen und Quetschungen als Folge eines schlimmen Sturzes. Und Mrs. Quinlevan ist eine Dame, deren Nerven sehr leicht in Unordnung geraten.»

Shannon erwiderte darauf nichts mehr, doch sobald der Arzt gegangen war, setzte er sein Glas nieder und sagte in sachlichem Ton zu Brandon: «Damit ist der Fall natürlich geklärt. Ich werde bleiben. Wenn einer Ihrer bewundernswerten Diener gefunden werden kann, um meinen Koffer hinauf in ein Schlafzimmer zu bringen, werde ich die Zeit bis zum Abendessen damit zubringen, den Aufenthaltsort Ihres Verwalters ausfindig zu machen. Vielleicht gelingt es mir, ihn in einen Zustand ausreichender Nüchternheit zu versetzen, damit er mir einen Bericht seiner Tätigkeit geben kann.»

Dann schritt er hinaus, als ob nun alles Nötige besprochen sei. Georgina schaute Brandon an, und in ihren Augen funkelte es gefährlich.

«Brandon», sagte sie, «soll das heißen, daß du diesem abscheulichen Menschen erlauben wirst, dieses Haus zu betreten und sich zu benehmen, als ob wir Kinder wären, als ob wir nichts zu sagen hätten?»

«Mir ist es natürlich auch nicht recht», sagte Brandon kleinlaut. «Doch was soll ich machen? Ich kann ihn ja nicht hinauswerfen, wenn er vorhat zu bleiben. Das mußt du doch einsehen.»

«Ich sehe gar nichts ein», erwiderte Georgina. «Du könntest ihm wenigstens zeigen, daß du sein Benehmen übelnimmst!»

Brandon lächelte gezwungen und sagte in kläglichem Ton: «Mein Gott, das klingt ja so, als erwartest du, daß ich ihn hinauswerfe.»

«Das stimmt», sagte Georgina erbarmungslos.

«Der würde mich doch überhaupt nicht ernst nehmen, wenn ich so ein Dummkopf wäre, das zu tun», erwiderte Brandon. «Der würde nur denken, daß ich nicht ganz bei Trost bin. Zum Teufel, Georgie, wir sind diejenigen, die nicht hier zu sein hätten, wenn du es recht bedenkst. Mama hatte zwölf Monate Zeit, um auszuziehen, und sie hat es nicht getan, ich weiß, daß sie es ihm immer wieder versprochen hat, aber sich nicht bemüht hat, ihr Wort zu halten. Du kannst ihm schwerlich einen Vorwurf machen, daß er nun allmählich die Geduld verliert.»

Die Logik dieses Arguments machte jedoch auf Georgina wenig Eindruck, und sie bezichtigte Brandon wenig zartfühlend, Angst vor Shannon zu haben. Wenn sie ein Mann wäre, das könne sie ihm schwören, hätte sie Shannon innerhalb von fünf Minuten aus dem Haus geworfen. Dieser Vorwurf machte Brandon viel wütender als Shannons Unverschämtheit. Er schleuderte ihr entgegen, sie sei eine dumme Göre und es täte ihm leid, daß sie überhaupt nach Irland gekommen sei, weil man viel besser ohne sie vorankommen würde. Dann verließ er hinkend den Raum und ging hinauf, um nachzusehen, wie es seiner Mutter ging.

Georgina versuchte, so gut sie es vermochte, mit ihrer Wut fertig zu werden, und setzte sich hin, um zu überlegen, was jetzt zu tun sei. Nach fünf Minuten jedoch wußte sie sich noch immer keinen Rat, und so folgte sie Brandon, um sich nach Mrs. Quinlevan zu erkundigen. Nora Quill saß bei ihr, und als sie Georgina sah, erhob sie sich sofort, legte den Finger an den Mund, ging ihr in den Flur entgegen und schloß die Tür hinter sich.

«Der Doktor hat ihr eine Arznei gegeben, und jetzt ist sie endlich eingeschlafen», sagte sie mit tiefer, etwas gereizter Stimme. «Deswegen ist es besser, sie nicht zu stören, Miss. Sie hat heute einen schweren Tag gehabt, und es ist ein Wunder, daß kein Knochen gebrochen ist.»

Georgina bekundete ihre Anteilnahme und fragte, ob sie der Kranken irgendwie helfen könne. Nora schien etwas besänftigt und schüttelte den Kopf. «Für die Herrin ist keine Hilfe nötig, Miss, denn ich werde selbst nach ihr sehen. Das lasse ich mir nicht nehmen. Doch wenn Sie unten ein wenig nach dem Rechten sehen würden – ich bin sicher, daß Master Brandon keine Hilfe ist, wenn etwas von ihm verlangt wird, was nicht in seinen langweiligen Büchern steht. Jetzt hat er auch noch gesagt, daß dieser Teufel von einem Shannon entschlossen ist, heute hier zu übernachten – als ob wir sonst noch nicht genug zu tun hätten.»

«Ja», sagte Georgina, «er wünscht, daß ihm ein Schlafzimmer zurechtgemacht wird.» Sie wollte nicht mit einem Dienstboten über den zukünftigen Herrn von The Place of the Oaks klatschen, ganz egal, ob sie sich geärgert hatte, doch sie zweifelte nicht daran, daß Nora auch so merkte, wie ihr zumute war. «Wenn Sie mir sagen könnten, welches am geeignetsten ist.»

«Geeignet!» platzte Nora heraus. «Wenn Sie mich fragen, was für ihn geeignet ist, so sage ich Ihnen: das Kohlenloch!» Sie zuckte mit den Achseln, als Georgina auf diesen Ausbruch nicht reagierte, und sagte mürrisch: «Also gut, Sie können Mrs. Hopkins sagen, sie solle ihm das grüne Zimmer anweisen, das nach vorne hinaus liegt. Es war Mr. Declans Schlafzimmer, und da er hier der Herr sein wird . . .»

Sie kehrte zu ihrer Patientin zurück, während Georgina auf die Suche nach der Haushälterin ging. Sie fand sie schließlich in der Küche, wo sie gerade mit dem Koch zankte. Sie fragte sich, ob man in diesem Haus bei dem ständigen Tumult jemals hatte gemütlich leben können, doch als sie Mrs. Hopkins ihre Anweisungen wegen des grünen Zimmers gegeben hatte und in die Bibliothek kam, wohin sich Brandon zur Lektüre lateinischer Gedichte zurückgezogen hatte, ließ er sie wissen, daß Declan Power hier früher ein strenges Regiment geführt hatte.

«Mama hat bei der Verwaltung nie etwas getaugt», sagte er freimütig. «Das hatte Onkel Declan auch nicht erwartet, als er sie hierherholte. Alles, was er wollte, war eine respektable weibliche Verwandte, die sich um Nuala kümmern sollte. Alles andere hat er selbst in die Hand genommen. Wir hatten eine perfekte Haushälterin in all den Jahren, Mrs. Curran, doch als Onkel Declan starb, fühlte Mama sich verpflichtet, sich um den Haushalt zu kümmern, und die Folge davon war, daß Mrs. Curran hochmütig auf ihre Einmischung reagierte. Ehe wir es uns versahen, hatte sie ihre Koffer gepackt und war nach Cork zurückgefahren.»

Er schien seinen Groll ihr gegenüber vergessen zu haben und Georgina, die froh darüber war, daß er ihr nichts nachtrug, setzte sich zu ihm und fragte, was man wegen des Abendessens tun sollte. «Ich nehme an, Shannon hat vor, seine Mahlzeiten hier einzunehmen», sagte sie.

«Ja, das nehme ich auch an», sagte Brandon. «Ich war gerade bei den Ställen und sah, wie sein Bursche die Pferde versorgte. Ich hatte nicht den Eindruck, daß er heute noch wegfahren wird. Übrigens ein paar prachtvolle Grauschimmel, tolle Renner. Hanger – der Bursche – sagte, daß er sie in Cork gekauft hat. Der hat ein Auge für Pferde, das muß ich zugeben.»

«Ich würde mich mit seinem Burschen nicht einlassen, wenn ich du wäre», sagte Georgina streng. «Wir sind dazu gezwungen, mit Shannon unter einem Dach zu leben, solange deine Mutter hier nicht weg kann, doch was mich betrifft, so habe ich nicht vor, irgendeinen persönlichen Kontakt mit ihm zu haben.»

Brandon zuckte die Achsel. «Nun, das ist deine Sache», sagte er. «Aber es hat keinen Sinn, deswegen einen Streit anzufangen, Cousine. Du hast selbst gesagt, daß es gut wäre, wenn hier jemand nach dem Rechten sieht. Und jetzt scheint das jemand zu tun, und ich muß sagen, ich bin froh darüber. Dadurch wird alles bedeutend gemütlicher, solange Mama im Bett liegen muß.»

«Du wirst ihn doch nicht verteidigen wollen?» rief Georgina entrüstet. «Ich wette, daß er bei all seiner widerlichen Höflichkeit insgeheim nur über uns lacht.» Dann fügte sie mit düsterer Miene hinzu: «Ich werde es nicht umgehen können, beim Essen mit ihm an einem Tisch zu sitzen, doch ich versichere dir, daß ich ihm in diesem Haus nicht mehr Rechte einräumen werde, als er sich sowieso schon genommen hat. Ich werde kein einziges Wort an ihn richten.»

Dieser Entschluß ließ sich sehr leicht durchführen, denn als sie sich etwas später zu Tisch setzten, schien Shannon nicht das geringste Interesse daran zu haben, mit ihr zu sprechen. Statt dessen führte er mit Brandon eine sehr sachliche Unterhaltung über Dinge, die das Gut betrafen, wobei er den Eindruck machte, daß er alles von ihm erfahren wollte, was für seine zukünftige Aufgabe von Wert sein konnte.

Brandon der trotz seiner Gutmütigkeit wegen ihres Benehmens ihm gegenüber etwas verärgert war, machte auch keineswegs den Versuch, sie in die Unterhaltung einzubeziehen. So geschah es dann – als der Savoy Cake, der zuletzt gereicht wurde, gegessen war –, daß Brandon, statt seine Cousine aus dem Zimmer zu begleiten, mit Shannon im Eßzimmer blieb, wo dieser ein Glas von Declan Powers exzellentem Brandy kostete. Das war zuviel für Georgina. Sie fühlte sich von diesem unfreundlichen Benehmen provoziert, zog sich in ihr Schlafzimmer zurück und beschäftigte sich damit, eine Weile im Zimmer auf und ab zu gehen, wobei sie einige empörte und wenig schmeichelhafte Verwünschungen ausstieß.

Es hätte sie jedoch noch unglücklicher gemacht, wenn sie gewußt hätte, daß Brandon fast eine ganze Stunde bei Shannon sitzen blieb und daß die Unterhaltung außerordentlich friedlich verlief. Es war sogar Shannon und nicht ihr Vetter, der diesem Gespräch ein Ende machte und erklärte, er müsse sich nun ins Arbeitszimmer zurückziehen, um sich für den Rest des Abends über die Geschäftsbücher zu setzen.

Brandon machte sich dann auf, um seine Cousine zu suchen, doch als er von einem der Dienstmädchen hörte, daß sie schon in ihrem Zimmer sei, ging er recht zufrieden in die Bibliothek, um seine Lektüre fortzusetzen.

5

Am folgenden Morgen war Georgina erleichtert, als sie feststellte, daß sie wenigstens frühstücken konnte, ohne in den Genuß von Shannons Gesellschaft zu kommen. Man hatte ihr nämlich, als sie herunterkam, erzählt, daß er schon fortgegangen sei, begleitet von Brandon und dem Verwalter Mulqueen. Sie frühstückte allein und ging dann hinauf, um Nora Quill zu fragen, ob ihre Tante Bella schon wach sei. Man führte sie sogleich in das Krankenzimmer, und sie fand Mrs. Quinlevan vor, die mit einem Frühstückstablett im Bett saß und sehr viel gesünder aussah, als die düsteren Bemerkungen Noras es ihr angedeutet hatten.

Als sie ihrer Tante deswegen gratulierte, wurde sie jedoch mit einer langen Liste verzweiflungsvoller Symptome konfrontiert, die Mrs. Quinlevan in der Nacht zu schaffen gemacht hatten, so daß Georgina jede Hoffnung begraben mußte, bald The Place of the Oaks verlassen zu können und damit Shannons unwillkommene Gesellschaft.

«Natürlich», sagte Mrs. Quinlevan und kam gleich auf die verhaßte Gegenwart des neuen Besitzers zu sprechen, «hat dies außerordentlich zu meiner Beunruhigung beigetragen, meine Liebe. Stell dir doch nur vor, wie mir zumute war, als Nora mir heute morgen sagte, daß er tatsächlich die Nacht hier verbracht hat! So ungehörig! So schrecklich aufdringlich!»

«Ja, wirklich, Madam, das finde ich auch», sagte Georgina. «Aber machen Sie sich bitte nicht auch noch meinetwegen Gedanken.»

«Wenn du meinst, es stört dich nicht sehr . . .» sagte Mrs. Quinlevan zweifelnd. «Doch ich weiß wirklich nicht, ob es Lady Mercer recht wäre, daß du Mr. Shannon überhaupt kennengelernt hast, ganz zu schweigen davon, daß du gestern mit ihm zusammen essen mußtest, wie mir Brandon sagte.»

Georgina wäre froh gewesen, sie hätte diesbezüglich ihr Herz ausschütten können, doch sie wollte ihre Tante nicht mehr beunruhigen und sagte deshalb, daß es ihr nichts ausmache.

Da Nora ihr einen Wink gab, daß ihre Herrin wieder Ruhe brauche, verließ sie bald das Zimmer. Sie ging hinunter in die Bibliothek und hatte gerade einen Brief an ihre Mutter angefangen, als Higgins erschien, um ihr mitzuteilen, daß Lady Mott und ihre Tochter gekommen seien, um nach Mrs. Quinlevan zu fragen. Georgina hatte keine Ahnung, wer Lady Mott war, doch da Brandon nicht zur Verfügung stand, hielt sie es für ihre Pflicht, die Gastgeberin zu spielen, und deswegen bat sie Higgins, die Besucher in die Bibliothek zu führen.

Kurz darauf erschien eine biedere Dame mittleren Alters von beachtlichem Umfang, in einem apfelgrünen Kleid, auf dem Kopf einen hohen Hut mit wippenden Straußenfedern. Sie wurde begleitet von einem jungen Mädchen in Georginas Alter, das ein unauffälliges taubengraues Seidenkleid trug.

«Mein liebes Kind», rief die ältere Dame aus, als Georgina aufstand, um sie zu begrüßen. «Ich bin sofort gekommen, als ich es gehört habe. Wir wollen keine langen Umstände machen, denn ich kannte Ihren Vater schon, als er noch ein kleiner Junge war. Bitte, sagen Sie mir – wie geht es der armen Bella?»

«Ich glaube, es geht ihr heute schon viel besser», sagte Georgina. «Doch ich habe leider nicht die Ehre, Sie zu kennen, Madam.»

«Natürlich, natürlich!» unterbrach sie die Dame, deren Stimme sympathisch offen klang. «Natürlich kennen Sie uns nicht. Ich bin Lady Mott, und dies ist meine Tochter Betsy. Unser Land grenzt an das der Powers. Das heißt – bis Nuala töricht genug war, diesen Shannon zu heiraten. Ich muß sagen, es paßt weder mir noch Sir Humphrey, ihn als Nachbarn zu haben, doch darüber machte sich Nuala keine Gedanken, als sie mit dem Kerl davonlief.» Georgina unterbrach ihren Redestrom, um die Besucher zu bitten, Platz zu nehmen und Higgins anzuweisen, die Getränke zu bringen. Dann setzte sie sich selbst, um sich Lady Mott weiter zu widmen. Sie konnte nicht umhin, sich über deren Aussehen zu amüsieren, denn ihre modischen Kleider und die auffallenden Farben paßten nicht zu ihrem vollen Gesicht und der kräftigen Gestalt. Doch zugleich merkte sie, daß Lady Mott ein freundlicher und aufrichtiger Mensch war, der das Leben – wie sie selbst – mit gesundem Menschenverstand meisterte.

Ihre Tochter, die in der übersprudelnden Gegenwart ihrer Mutter nur still dabeisaß, ähnelte ihr nicht im geringsten. Sie hatte ein recht hübsches Gesicht mit auffallenden kornblumenblauen Augen. Da ihr Beitrag zu der Unterhaltung hauptsächlich aus «Nein, Mama» und «Ja, Mama» bestand, konnte sich Georgina keinen rechten Eindruck von ihrem Charakter, ihrer Intelligenz machen. Als sie sich alle gesetzt hatten, ließ Lady Mott sich zuerst über Mrs. Quinlevans Sturz und Shannons Ankunft berichten und erklärte dann unumwunden, daß es nach ihrer Meinung für Georgina nicht gut sei, wenn sie als Shannons Gast in The Place of the Oaks bliebe.

«Denn darauf kommt es hinaus, meine Liebe, ganz egal, wie man zu der Sache steht. Und da Bella an ihr Zimmer gebunden ist, ist niemand da, um Sie zu beschützen, außer Brandon, und der ist so gut wie gar kein Schutz. Nein, das geht nicht. Ich glaube, es wäre viel besser, wenn Sie mit mir nach Hause kämen, bis Bella in der Lage ist, nach Craythorne umzuziehen. Sie sind bei uns sehr willkommen, und da Sie und Betsy gleichaltrig sind, werden Sie sich nicht in der Gesellschaft von so alten Leuten wie Sir Humphrey und mir langweilen müssen.»

Sie schien zu glauben, daß die Sache schon so gut wie abgemacht sei, aber Georgina stellte zu ihrem eigenen Erstaunen fest, daß sie von dem Vorschlag keineswegs entzückt, sondern darüber sogar ziemlich verärgert war. Während Higgins erschien und Likör reichte, wurde die Unterhaltung unterbrochen, und sie hatte Gelegenheit, sich über ihre eigenen Empfindungen klarzuwerden. Sicherlich war es nicht Antipathie gegenüber Lady Mott, daß sie sich über diese Einladung ärgerte; im Gegenteil, sie glaubte sogar, daß sie mit ihr sehr gut auskommen würde. Noch war es die Annahme, daß ihre Gegenwart für Mrs. Quinlevan ein besonderer Trost sei; ihre Tante wäre vielleicht sogar erleichtert darüber, einen Gast unter solchen Umständen nicht bei sich haben zu müssen.

Nein, sie mußte sich eingestehen, daß sie in Wirklichkeit Shannons wegen bleiben wollte. Sie hatte ihm den Fehdehandschuh hingeworfen – und nun wegzulaufen, bevor es zum Kampf gekommen war, das erschien ihr als eine Feigheit, gegen die sich all ihre Instinkte wehrten. Es wäre etwas ganz anderes, wenn sie unter normalen Umständen mit ihren Verwandten nach Craythorne ziehen würde. Doch sie wollte ihm nicht die Genugtuung geben, zu erfahren, daß seine anmaßende Unverschämtheit sie aus dem Haus getrieben hatte.

Als Higgins den Raum verlassen hatte, gab ihr Lady Mott zum Glück noch zusätzliche Zeit, sich eine Ausrede für die Ablehnung der Einladung auszudenken. Sie erging sich in Erinnerungen an Georginas Vater und erzählte, daß sie schon als Kind mit ihm gespielt habe. Dann erhob sie sich und sagte, daß sie nun hinaufgehen und nach der armen Bella schauen wolle.

«Nicht daß ich glaube», fügte sie hinzu, «ihr auch nur ein bißchen helfen zu können. Ich bin selbst nie krank, und Sir Humphrey erklärt mir immer, daß ich nicht das nötige Zartgefühl für Kranke hätte. Doch ich will nicht gehen, ohne bei ihr hineingeschaut zu haben. Und ich will mich davon überzeugen, daß sie die Schweinesülze bekommt, die ich ihr mitgebracht habe. Ihre eigene Köchin ist die Unfähigkeit in Person, und ich bezweifle, daß sie in der Lage ist, irgend etwas zusammenzubrauen, was einen Kranken stärkt.»

Mit diesen Worten segelte sie aus dem Raum und wies ihre Tochter an, bei Georgina zu warten. Georgina entdeckte dann, daß Miss Mott, wenn sie einmal von der überwältigenden Gegenwart ihrer Mutter befreit war, so herzhaft plappern konnte wie jedes andere Mädchen auch. Innerhalb einer Viertelstunde gab sie eine eingehende Beschreibung aller Vergnügungen, die sich in der Nachbarschaft anboten, von Gesellschaften, Privatbällen, Picknicks und Ausritten, wobei sie auch nicht vergaß, die jungen Männer zu erwähnen, die Georgina vielleicht bei diesen Gelegenheiten kennenlernen würde.

«Ich werde sicher sehr eifersüchtig auf dich sein, denn du bist viel hübscher als ich», sagte Betsy freimütig. «Das heißt, ich sollte es sein, nur glaube ich nicht, daß Robert sich von mir abwenden wird, auch wenn ich neben dir weniger vorteilhaft aussehe.»

Georgina versuchte sich von ihren Gedanken loszureißen und gab sich den Anschein von Aufmerksamkeit.

«Robert?» fragte sie höflich. «Oh – du bist verlobt?»

Betsy sufzte. «Nicht wirklich verlobt», sagte sie. «Papa glaubt, ich sei zu jung.»

Georgina schaute sie erstaunt an. «Zu jung? Wie alt bist du denn? Du mußt doch so alt sein wie ich?»

«Ich bin achtzehn geworden.»

«Ich auch», sagte Georgina zufrieden. «Doch mein Problem ist genau das Gegenteil von deinem. Man wollte mich zum Heiraten zwingen.»

«Jemand, den du nicht liebst?» fragte Betsy mit leuchtenden Augen, weil sie eine romantische Geschichte vermutete.

«Genau!» sagte Georgina kurz. «Jemand, den niemand lieben kann, bis auf seine Mutter, die in ihn vernarrt ist.»

Doch dann hielt sie sich zurück, weil ihr klar wurde, daß dies nicht die Zeit für Vertraulichkeiten sei, auch wenn Betsy Mott der Typ war, dem man Vertrauen schenken konnte. Aber Betsy gab sich nicht so schnell zufrieden, da man schon einmal beim Thema Romantik angekommen war.

«Wie traurig!» sagte sie eifrig. «Weißt du, daß ich immer versucht habe mir vorzustellen, wie du aussiehst, seit Mrs. Quinlevan uns von deinem Besuch erzählt hat? Da du Nualas Cousine bist, dachte ich mir immer, du seist wie sie – aber ich sehe nun, daß du ganz anders bist. Ich meine – wie mutig von dir, dich gegen deine Familie durchzusetzen, wo sie entschlossen waren, dich mit diesem – diesem Mann zu verheiraten.»

«Was das betrifft», berichtigte Georgina, «so kann man kaum von einem Mann sprechen, denn er ist erst zwanzig, sieht aus wie achtzehn und ist ein perfekter Trottel. Und mutiger als Nuala bin ich auch nicht. Ich bin ja schließlich nicht durchgebrannt und habe so jemand wie Shannon geheiratet!»

«Ja, aber ich glaube, daß er sie geheiratet hat», sagte Betsy. «Mama hat immer gesagt, Nuala würde eines Tages jemand treffen, der sie beim Wort nehmen würde. Sie war nämlich ganz groß im Flirten und nicht eher zufrieden, bis jeder Mann in ihrer Nähe ihr zu Füßen lag. Aber hier in der Gegend wußte jeder, daß sie es nie ernst meinte. Und ich glaube, das wußte Mr. Shannon nicht. Und wenn er es wußte, hat es ihm nichts ausgemacht.» Sie neigte sich etwas näher zu Georgina und fragte leise: «Wie ist er denn in Wirklichkeit? Ist er fürchterlich attraktiv?»

«Er ist die unverschämteste, abscheulichste Kreatur, die ich in meinem Leben je gesehen habe», sagte Georgina unmißverständlich. «So ist er in Wirklichkeit.» Sie hielt inne, als sie Higgins an der Tür stehen sah.

«Lady Eliza Malladon», verkündete er, und im selben Augenblick erschien eine Dame von etwa dreißig, nach der letzten Mode gekleidet, in einem kirschroten Jackenkleid mit rosa-rot gestreiftem Halstuch. Zuerst konnte Georgina das Gesicht, das unter dem hohen Hut mit üppigem Federbusch hervorschaute, kaum als hübsch bezeichnen, denn die Nase war stumpf, die Lippen waren zu voll und die braunen Augen standen etwas hervor. Doch Lady Eliza war noch nicht fünf Minuten im Raum, da hatte sie schon allein durch ihr Auftreten klargestellt, daß sie es gewohnt war, bei jeder Gelegenheit, die sie mit ihrer Anwesenheit beehrte, als Schönheit zu gelten. Sie war übertrieben lebhaft und machte sofort Georginas Versuche, als Gastgeberin aufzutreten, zunichte. Sie gab sofort zu verstehen, daß ihr, da sie mit The Place of the Oaks so vertraut war, diese Rolle zukam.

Sie begrüßte Miss Mott mit herablassender Liebenswürdigkeit und sagte, nachdem sie sich nur flüchtig nach Mrs. Quinlevan erkundigt hatte, zu Georgina: «Ich habe eben von Higgins gehört, daß Sie tatsächlich Shannon im Haus haben! Das muß Sie ja in schreckliche Verlegenheit gebracht haben. Aber das ist typisch für ihn – er fühlt sich nie verpflichtet, sich so zu benehmen wie andere.» Sie ließ sich ein Glas Ratafia-Likör geben und machte es sich auf dem Sofa bequem. «Erzählen Sie, was halten Sie von ihm, meine Liebe? Natürlich muß man zugeben, daß er gut aussieht – in seiner eigenen, widerwärtigen Weise.»

«Das finde ich nicht, Madam», sagte Georgina etwas schroff.

Lady Eliza hob die Augenbrauen. «Nein? Dann wird er sich eben schon unhöflich Ihnen gegenüber benommen haben. Denn, meine Liebe, ganz abgesehen von seinem Gesicht, das vielleicht ein wenig kantig ist – diese phantastische Figur! Cartan – der alte Graf – wurde zu seiner Zeit als Adonis gepriesen. Obwohl ‹Adonis› nicht ganz der richtige Ausdruck für all diese Männlichkeit ist. Und Shannon soll sein Abbild sein. Natürlich haben Sie vollkommen recht, solch einen Grobian abzulehnen, meine Liebe. Er war das Verderben Ihrer armen Cousine!»

Georgina war es ziemlich gleichgültig, welche Richtung diese Unterhaltung nahm, denn sie fand Lady Elizas Art, einen Mann zu tadeln, in dessen Haus sie zu Gast war, ebenso geschmacklos wie Shannons eigene Unverschämtheit. Sie war jedoch erleichtert, als Lady Mott, die ihren Besuch bei der Kranken beendet hatte, wieder hereinkam.

«Nanu, Eliza! Sie hier?» sagte sie und schaute Lady Eliza etwas mißbilligend an. «Ich muß sagen, das überrascht mich. Ich dachte, Sie stehen nie vor zwölf auf!»

«Unsinn», sagte Lady Eliza rasch. «Natürlich bin ich sofort gekommen, als ich von dem Unfall der armen Bella hörte.»

«Wahrscheinlich sind Sie nur gekommen, um selbst mal nachzusehen, was hier vorgeht», sagte Lady Mott schonungslos. «Ich muß sagen, eine scheußliche Lage, in die Bella da geraten ist! Da liegt sie nun im Bett mit einem verstauchten Bein und kaputten Nerven, und da kommt dieser aufgeblasene Kerl daher und reißt alles an sich. Wenn ich sie wäre, das schwöre ich Ihnen, würde ich keine Nacht mehr unter diesem Dach verbringen, und wenn man mich direkt ins Grab brächte!»

Lady Eliza lachte. «Oh, Lucinda, so schlimm ist es doch nicht», sagte sie. «Shannon wird sie ja nicht gleich fressen. Und wenn Sie an Miss Power denken – ich zweifle sehr daran, daß er dasselbe Spiel in der Familie zweimal spielen wird.»

«Nein, das wird er allerdings nicht», sagte Lady Mott entschieden. «Denn ich habe vor, sie sofort mit mir nach Hause zu nehmen.»

Das war zuviel für Georgina, die nicht die Absicht hatte, sich von den zwei Damen behandeln zu lassen, als sei sie noch ein Kind.

«Was das betrifft, Lady Mott», sagte sie hoheitsvoll, «so weiß ich Ihre freundliche Einladung sehr zu schätzen, doch ich glaube nicht, daß ich Tante Bella verlassen darf. Ich werde so lange hierbleiben, bis sie fort kann.»

«Den Teufel werden Sie», sagte Lady Mott erzürnt. «Ich habe schließlich mit Bella gesprochen, und sie ist genau wie ich der Meinung, daß Sie nicht hierbleiben dürfen.»

«Ich bin kein Kind mehr, Lady Mott!»

Lady Eliza lachte klirrend. «Nein, das sind Sie allerdings nicht!» sagte sie. «Und genau deswegen, meine Liebe, ist Lucinda so bestrebt, Sie hier fortzubringen.»

Sie saß in der Nähe der Tür, und in diesem Augenblick hellte sich ihr Gesicht auf, und sie sagte schadenfroh: «Aber da ist ja Shannon selbst! Er soll doch hereinkommen! Shannon! Shannon! Wollen Sie Ihren Gästen nicht guten Morgen sagen?»

Georgina, die schnell zur Tür blickte, als Lady Eliza verkündete, daß Shannon ins Haus gekommen sei, sah, wie er in der Halle haltmachte und dann langsam auf die Tür zur Bibliothek zuging. Er wurde von Brandon begleitet, der hinter ihm herhinkte und dem man ansehen konnte, daß weder Lady Mott noch Lady Eliza zu seinen bevorzugten Besuchern gehörten.

«Guten Morgen, Lady Eliza», sagte Shannon mit der gleichen Gelassenheit, die Georgina am Tag zuvor schon so gereizt hatte.

Sie vermutete, daß Lady Eliza dieses Benehmen ebenso mißfiel, denn als sie ihm nachlässig die Hand reichte, sagte sie abfällig: «Ich merke, daß Sie immer noch derselbe abscheuliche Mensch sind, Shannon! Haben Sie denn kein Mitgefühl mit der armen Mrs. Quinlevan? Sie ist an ihr Bett gefesselt, und Sie übernehmen ihr Haus . . .»

«Im Gegenteil, Lady Eliza, es ist mein Haus.» Shannon übersah die Handbewegung Lady Elizas, mit der sie ihn aufforderte, neben ihr Platz zu nehmen. Er schritt statt dessen gemächlich zum Kamin, lehnte sich an den Sims und steckte die Hände in die Taschen. «Und ich habe das größte Mitgefühl mit Mrs. Quinlevan», fuhr er fort, «gerade deswegen habe ich mich hier niedergelassen, um zu verhindern, daß es ein noch größeres Chaos gibt.»

Lady Eliza und Lady Mott hörten sich dies mit skeptischer Miene an, und letztere sagte verächtlich: «So ein Unsinn.»

Doch Brandon kam unerwartet seinem Gast zu Hilfe.

«Das stimmt, er hat recht!» sagte er eifrig. «Er hat den ganzen Morgen damit zugebracht, die Dinge hier ins Gleis zu bringen, und ich muß Ihnen sagen, daß alles bereits jetzt besser läuft als zuvor!» Er grinste anerkennend. «Sogar die Köchin ißt ihm schon aus der Hand, glauben Sie mir, und der Erfolg davon wird sein, daß wir heute abend etwas Eßbares zum Dinner bekommen und nicht das Zeug, das wir gewohnt sind.»

In diesem Augenblick fühlte sich Georgina wieder verpflichtet, als Gastgeberin aufzutreten, und machte Lady Mott und ihre Tochter mit Mr. Shannon bekannt. Sie sprach mit betont kühler Stimme und deutete damit an, daß nur ihr ausgeprägter Sinn für gutes Benehmen sie dazu zwang, seine Gegenwart überhaupt zur Kenntnis zu nehmen. Lady Mott reagierte ähnlich, stand sofort auf und sagte unumwunden: «Wir sind nicht gekommen, um *Sie* zu sehen, Mr. Shannon, sondern um Mrs. Quinlevan und Miss Power zu besuchen. Georgina, meine Liebe, wenn Sie die Dienstboten anweisen wollen, Ihre Koffer heute nachmittag nach Mott House zu bringen – ich sehe keinen Grund, warum Sie nicht sofort mit uns das Haus verlassen.»

Shannons Brauen gingen in die Höhe, und er schaute Georgina an.

«Sie verlassen uns also, Miss Power?» fragte er, und es schien ihr, als sei es ihm ganz gleichgültig, ob sie bliebe oder nicht.

«Nein!» sagte sie schnell. «Das heißt – Lady Mott, ich weiß Ihre Freundlichkeit wirklich zu schätzen, aber ich habe das Gefühl, daß es wirklich nicht recht wäre, meine Tante unter diesen Umständen allein zu lassen.» Sie bemerkte, wie Shannons Brauen sich wieder hoben, was sie noch wütender machte. «Nicht daß ich nicht außerordentlich glücklich wäre, dieses Haus zu verlassen», fügte sie hinzu.

«Dann tun Sie es doch, ich bitte Sie», sagte Shannon. «Ich glaube nicht, daß Sie Mrs. Quinlevan von großem Nutzen sein können, und da ich annehmen muß, daß es einige Zeit dauern wird, bis sie umziehen, sollten Sie so ein ausgezeichnetes Angebot nicht ausschlagen.»

Georgina stieg die Röte ins Gesicht. «Trotzdem bleibe ich hier, Mr. Shannon», sagte sie und fügte spitz hinzu: «Ich verstehe auch nicht, warum das Ihre Sorge ist. Ich versichere Ihnen, meine Tante wird alle Kosten tragen, die entstehen werden.»

Er unterbrach sie lachend: «Nein, nein, so geizig bin ich nicht», sagte er. «Ganz wie Sie wünschen, Miss Power!» Er wandte sich zum Gehen. «Lady Eliza, meine Empfehlung an Colonel Malladon. Lady Mott – Miss Mott – ergebenster Diener. Brandon, wenn Sie mit mir kommen wollen – bitte, kommen Sie.»

Ohne ein weiteres Wort zu verlieren, schritt er aus dem Raum, und zurück blieben Georgina, die vor Wut kochte, Lady Eliza, die ein gekränktes Gesicht machte, und eine zornige Lady Mott.

«Diesmal haben Sie recht, Eliza», erklärte die letztere. «Er ist wirklich ein unausstehlicher Mensch und hat Brandon schon um den kleinen Finger gewickelt. Und ich nehme an, auch Sie, Miss!» sagte sie unverblümt zu Georgina.

Das nahm Georgina den Atem. «Ich! Ich versichere Ihnen, Madam», sagte sie entsetzt.

Lady Eliza lachte. «Die stehen doch auf Kriegsfuß miteinander, Lucinda. Haben Sie denn keine Augen im Kopf, daß Sie das nicht gesehen haben!» sagte sie. Und dann zu Georgina gewandt: «Ich nehme an, Sie bleiben nur, um ihn zu ärgern, Sie schlimmes Mädchen. Doch passen Sie auf! Er kann wirklich ein Scheusal sein. Ich zögere sogar nicht, ihn gefährlich zu nennen.»

Der bedeutungsvolle Ton ihrer scherzenden Stimme machte Lady Mott stutzig, und sie blickte sie scharf an. Im nächsten Moment stand Lady Eliza jedoch auf und sagte förmlich: «Lassen Sie uns jetzt gehen, Lucinda. Ich glaube, wir sind schon zu lange geblieben. Ich werde Bella heute morgen nicht mit meinem Besuch belästigen. Georgina, meine Liebe, ich bin überzeugt, daß wir große Freundinnen werden. Sowie Bella wieder auf den Beinen ist und Sie nach Craythorne umgezogen sind, erwarte ich Sie als ständige Besucherin in Stokings. Ich werde im Mai einen Ball geben, und es werden sehr viele Gäste im Haus sein.»

Georgina murmelte ein paar höfliche Worte. Auf einen Ball in Stokings freute sie sich, doch sie hoffte zugleich, daß sie in Irland auch noch einige nettere Freunde finden würde als Lady Eliza. Sie hatte nichts gegen ihr Benehmen und glaubte, daß sie in einige Londoner Gesellschaftskreise, von denen sie gehört hatte, sicher gut passen würde. Doch sie spürte eine gewisse Feindseligkeit von Lady Elizas Seite und war klug genug, es darauf zurückzuführen, daß sie Angst hatte, von einer jüngeren und hübscheren Frau in den Schatten gestellt zu werden. Wenn Lady Eliza jemals eine «große Freundin» haben würde, so wäre das sicher immer nur eine dicke und langweilige Frau, die mindestens so alt wäre wie sie selbst.

6

Während der nun folgenden Tage mußte Georgina feststellen, daß sogar die Gesellschaft von Lady Eliza eine willkommene Abwechslung für sie gewesen wäre.

Durch die etwas unüberlegte Ablehnung von Lady Motts Einladung hatte sie sich in eine wenig beneidenswerte Lage gebracht. Shannons Anwesenheit im Haus, die sich bald in der Nachbarschaft herumsprach, erwies sich als ein wirksames Mittel gegen weitere Besuche, obwohl ununterbrochen Briefe und Geschenke für die Kranke eintrafen. Da sie so laut bekundet hatte, daß sie sich nun ganz um das Wohl der Kranken kümmern wolle, sahen die Nachbarn davon ab, sie einzuladen. Diese Einladungen wären sicher erfolgt, hätte man gewußt, wie wenig sie ihrer Tante in Wirklichkeit helfen konnte.

Nora Quill war nicht bereit, ihren Posten als Krankenschwester jemand zu überlassen, der so unerfahren war wie Miss Power. Dieser Entschluß wurde noch bestärkt durch die Haltung ihrer Patientin. Georgina merkte bald, daß ihre Anwesenheit im Krankenzimmer die Tante nur aufregte, denn es wurde ihr jedesmal vor Augen geführt, in welch unangenehme Situation sie ihren jungen Gast durch ihre Einladung gebracht hatte. So machte es sich Georgina zur Gewohnheit, ihre Tante nur zweimal am Tag eine knappe Viertelstunde zu besuchen.

All diese Umstände bewirkten, daß sie sehr viel Zeit für sich übrig hatte. Natürlich war Brandon auch noch da, aber seine Nachmittage waren mit dem Unterricht belegt, den ihm ein älterer Geistlicher gab, eine Art Hauslehrer. Und da sie ihm erklärt hatte, daß sie mit Shannon nichts zu tun haben wolle, fiel es ihm offenbar nicht ein, sie zu morgendlichen Ausritten oder Ausfahrten aufzufordern. Georgina war rachsüchtig genug, sich darüber zu freuen, daß Shannon nun Brandon wie einen jungen Hund ständig in seiner Nähe dulden mußte. Denn jeder Nutzen, den er anfangs von ihm hatte, als er sich mit The Place of the Oaks bekannt machen mußte, war wohl inzwischen erschöpft. Brandon verstand gar nichts von der Landwirtschaft oder der Verwaltung der Finanzen, und es mußte jedem Unvoreingenommenen klarwerden, daß der einzige Grund, Shannon so getreulich zu begleiten, Shannon selbst war.

Es kam ihr nicht in den Sinn, daß der Junge, der seit Declan Powers Tod fast ausschließlich der Gesellschaft von Frauen überlassen war – abgesehen von den Dienern und seinem Lehrer –, auch männliche Gesellschaft brauchte. Vor allem der Umgang mit einem älteren Mann, der für ihn ein Ratgeber sein konnte, mußte ihm lieb sein, Georgina jedoch sah in dieser Vorliebe für Shannon nichts anderes als einen Hohn auf ihre eigenen Gefühle, und daher war die Beziehung zwischen Vetter und Cousine zu dieser Zeit so wenig herzlich, daß sie schon fast an Abneigung grenzte.

Es wäre für sie nicht so schlimm gewesen, ihren Vetter jeden Tag mit Shannon ausreiten zu sehen, wenn sie selbst auch das Vergnügen gehabt hätte, täglich zu reiten, und sei es auch nur in Begleitung eines Stallburschen. Doch leider war der Pferdebestand seit Declan Powers Tod so stark reduziert, daß für sie kein passendes Pferd zur Verfügung stand. Es war kein Pferd da, das für eine Dame geeignet war, bis auf den älteren Cob, den Brandon zu seiner bitteren Enttäuschung wegen seines Leidens reiten mußte. Ein einziger Ausritt auf diesem müden Tier hatte Georgina überzeugt, daß es besser sei, zu Fuß zu gehen. So hatte sie es sich zur Gewohnheit gemacht, alleine in der Gegend umherzustreifen. Wenn Shannon mit seinem Einspänner unterwegs war, dachte sie oft sehnsüchtig an sein schönes Vollblut, das nun ständig im Stall stand. Doch sie hätte sich lieber die Zunge abgebissen als ihn gebeten, eines seiner Pferde reiten zu dürfen.

Als ein inhaltsloser Tag dem andern folgte, ärgerte sie sich zuerst darüber, daß sie überhaupt nach Irland gekommen war, doch dann dachte sie darüber nach, wie sie die Langweiligkeit ihres gegenwärtigen Daseins erträglicher machen konnte.

Sie fand die Lösung etwa eine Woche nach Mrs. Quinlevans Unfall in Form eines Abenteuers, das ihre Tante sicher mißbilligt hätte. Doch sie hatte nicht die Absicht, ihr etwas davon zu sagen.

Der Gedanke war ihr gekommen, als sie auf einem ihrer einsamen Spaziergänge beim Cottage der Lynns haltmachte und von Cilly Lynch, Dansels ältester Tochter, zu Tee und frisch gebackenem Rosinenkuchen gebeten worden war. Cilly war erfüllt von der Vorfreude auf die Hochzeitsfeier, die am nächsten Tag in einem der benachbarten Häuschen stattfinden sollte. Sie erzählte Georgina von einem Brauch, der in Kerry bei Hochzeiten üblich war, das frisch verheiratete Paar zu «strohen». Einige Jungen, sagte sie, seien schon dabei, die Strohmützen und -röcke vorzubereiten, mit denen sie sich verkleiden würden, um ihren Besuch im Hochzeitshaus zu machen. Die «Strohjungen», wie sie genannt wurden, würden gemeinsam zu dem Häuschen gehen, sich dort unter die Gäste mischen und mit ihnen feiern, tanzen und singen.

Was diese Strohkostüme bedeuten sollten, konnte Cilly nicht sagen. Sie wußte nur, daß das «Strohen» in Kerry ein alter Brauch war und daß es unmöglich sei herauszubekommen, wer unter der Verkleidung versteckt war, weil die Strohmänner wie wandelnde Strohhaufen aussähen.

Georgina, die in dem reinlichen Häuschen saß und ihren Tee trank, dachte zuerst nur bedauernd an das Fest, das in unmittelbarer Nähe von The Place of the Oaks gefeiert wurde und für sie doch nicht erreichbar war. Doch dann war es nur ein kleiner Schritt zu dem Gedanken, daß es für sie ja durchaus möglich sei, sich – mit Cillys Wissen – als Strohjunge zu verkleiden, um so wenigstens ein klein wenig in den Genuß der Festfreuden zu kommen. Dies war die Art von Spaß, gegen den Sir John, der die konventionellen Vergnügungen der wohlerzogenen jungen Mädchen langweilig fand, nichts einzuwenden gehabt hätte.

Damals, als er solche Späße billigte, war sie allerdings sechs Jahre jünger gewesen. Es kam ihr nicht in den Sinn – und wenn, dann schob sie den Gedanken beiseite –, daß sie nun nicht mehr ein zwölf Jahre altes Schulkind war, das bei einem Streich mitmachte, sondern eine junge Dame, deren Ansehen es beträchtlich schaden konnte, wenn sie bei einer solchen Maskerade entdeckt würde.

Cilly hatte nichts gegen diesen Plan einzuwenden. Im Gegenteil, sie stimmte begeistert zu und versprach, die nötigen Strohutensilien zu besorgen. Sie schlug vor, ihren jüngsten Bruder einzuweihen, der mit von der Partie sein würde. Nur dann könne sie von den anderen Strohjungen akzeptiert werden.

«Er kann sagen, daß Sie ein Vetter von uns aus Kilgarvan sind», sagte sie. «Er ist ein scheuer Bursche, der nie den Mund aufmacht, deswegen müssen Sie auch kein Wort sprechen, wenn Sie nicht wollen, Miss. Oh, das wird ein toller Spaß! Ich werde sicher fast platzen vor Lachen, wenn Sie mit den andern hineingehen!»

«Nein, das dürfen Sie nicht», sagte Georgina warnend. «Denn dann werden die andern neugierig, und ich will auf keinen Fall, daß jemand etwas davon erfährt außer Ihnen und Tim.»

Während Cilly so im Geist schon alle Hindernisse, die sich hätten ergeben können, beiseite räumte, wurde Georgina etwas mulmig zumute. Doch sie war zu stolz, um dies Cilly gegenüber zuzugeben, und als sie wieder in The Place of the Oaks ankam, stand ihr Entschluß fest.

Am folgenden Abend fand sie ihr Strohkostüm an einer Stelle im Dickicht, die sie mit Cilly als Versteck ausgemacht hatte. Zunächst hatte sie Schwierigkeiten, die steife Mütze und den Rock so überzuziehen, daß nichts mehr hervorschaute. Sie war gerade mit der Maskerade fertig, als sie Fußtritte im Wald hörte. Es war Cillys Bruder Tim, ein fünfzehnjähriger Junge, der gekommen war, um sie zu holen. Er zeigte ihr, wie sie die große spitze Strohmütze über den Kopf ziehen mußte, um ihre blonden Locken und das Gesicht zu bedecken. Er war bei der Unterweisung sehr einsilbig, weil es ihm wohl befremdlich erschien, daß eine junge Dame an dem Fest teilnahm. Georgina mußte jede Frage mindestens zweimal stellen, bevor sie eine Antwort aus ihm herauslockte, und konnte angesichts der großen, unförmigen Gestalt in dem steifen Strohkostüm, aus der eine halberstickte Jungenstimme herausdrang, kaum ihr Lachen bezwingen.

Doch schließlich war alles zu ihrer Befriedigung erledigt, und die beiden gingen auf den Weg zu, wo sie die anderen Strohjungen treffen sollten.

Bald sahen sie die Gestalten – es waren etwa fünfzehn – vor sich auftauchen. Georgina wurde angesichts der ausgelassenen jungen Burschen etwas unsicher, obwohl sie unter dem Strohkostüm versteckt war. Sie ließ es geschehen, als Vetter des jungen Lynch vorgestellt zu werden, und marschierte dann am Ende einer Reihe hinter ihm her. Zum Glück lag das Hochzeitshaus schon an der nächsten Wegbiegung. Kurz bevor sie ankamen, wurden die Burschen von ihren Anführern unterwiesen, wie sie sich im Haus zu verhalten hätten, und alle hörten so aufmerksam zu, daß Georgina um ihre Anonymität nicht fürchten mußte.

Musik und Lachen drangen an ihr Ohr, als sie sich dem Häuschen näherten, und sie konnte durch die offene Tür einen Mann mit einer Fiedel erkennen, der an der Küchenwand lehnte. Sein Bogen flitzte nur so über die Saiten, als er den ausgelassenen Leuten zu einem fröhlichen Tanz aufspielte.

Die Gruppe löste sich auf, als die Strohjungen eintraten und die Gäste sich um sie drängten, um die merkwürdigen Besucher zu bestaunen. Als Georgina merkte, daß ihre Verkleidung sie wirklich unkenntlich machte, vergaß sie all ihre Befürchtungen und freute sich zum erstenmal darüber, daß sie gekommen war. Das freundliche Cottage mit den frisch verputzten Wänden, die vergnügten Hochzeitsgäste und der angenehme Duft von Rosinenkuchen und saftigem Spanferkel wirkten auf sie besonders verlockend nach dem Durcheinander und der strengen Isolierung, die sie in The Place of the Oaks auszuhalten hatte, und sie nahm sich vor, den Abend zu genießen.

Sie stand mit den Strohjungen in einer Reihe, und man sang zur Unterhaltung der Gäste. Sie stimmte nicht mit ein, doch es gefiel ihr, mitten unter ihnen zu sein. Als auf dem Weg zum Cottage nur vier von ihnen dazu bestimmt worden waren mitzutanzen, war sie sehr erleichtert gewesen. Sie selbst wurde dazu ausersehen, sich schweigend unter die Gäste zu mischen, höchstens mal zu nicken, wenn jemand versuchte, ihre Identität festzustellen, und im übrigen sich nur ja nicht durch ein unvorsichtiges Wort zu verraten. Sie sah, wie Cilly neben der Braut stand und die Hand vor den Mund hielt, um nicht laut herauszuplatzen. Sie blickte von einer vermummten Gestalt zur anderen, um herauszufinden, hinter welcher sich wohl Georgina verbarg.

Plötzlich jedoch, als der Tanz zu Ende ging, inmitten der Hochrufe und dem Stimmengewirr, stockte ihr der Atem. Ein neuer Gast war hereingekommen, jemand, der sofort alle Blicke auf sich zog, so daß der fröhliche Trubel jäh verstummte. Von ihrem Platz neben dem Küchenschrank konnte sie die Tür gut überblicken, und ihr erster Impuls, als Shannons große Gestalt auftauchte, war zu fliehen. Aber das war nicht möglich. Sie mußte bleiben, wo sie war, und konnte nur hoffen, daß ihre Verkleidung, die sie bisher geschützt hatte, eine weitere Probe bestand.

Sie drückte sich gegen die Wand und beobachtete mit klopfendem Herzen, wie Shannon der Braut und dem Bräutigam gratulierte. Sie stellte fest, daß er sich unter seinen neuen Pächtern sehr wohl zu fühlen schien. Nach der ersten Überraschung, ihn bei sich zu sehen, verloren die Leute bald ihre Scheu, drängten sich um ihn und freuten sich über die freundlichen Worte, die er für sie hatte. Da sie ihn selbst nicht leiden konnte, wäre sie nicht erstaunt gewesen, wenn auch seine Pächter sich ihm gegenüber reserviert zeigten, doch das genaue Gegenteil war der Fall. Er kannte fast jeden von ihnen beim Namen, und seine ruhige, gelassene Art, mit ihnen zu sprechen, die sie selbst als Arroganz auslegte, schien sie nicht zu stören. Die Leute waren offenbar der Meinung, daß diese Haltung einem Mann seines Standes zukäme.

Sie hätte gerne gewußt, wie er zu dieser schnellen Anerkennung gekommen war. Sie erinnerte sich jedoch an das, was Sir John ihr einmal gesagt hatte: Ein Grundbesitzer, der sein Handwerk verstünde und dafür sorgte, daß die Pächter das Beste aus ihrem Land machen konnten, würde nie Schwierigkeiten mit ihnen haben. So ungern sie es auch zugab – nach den Gesprächen zu urteilen, die sie um sich herum jetzt hörte, schien Shannon sich dieser Taktik bedient zu haben. Zweifellos waren die meisten von ihnen, wie Dansel Lynch, traurig darüber gewesen, daß das Land nicht mehr den Powers gehörte, und sie wußten nicht, was sie von dem neuen Besitzer zu erwarten hatten. Nun jedoch, da sie sahen, daß er nicht nur an sein eigenes Wohl, sondern auch an das ihre dachte, hatten sie nichts dagegen, sein Regiment gegen den Dilettantismus einzutauschen, der hier seit Declan Powers Tod geherrscht hatte.

Diese Überlegungen konnte Georgina jedoch nicht in Ruhe anstellen, denn sie war ständig in Angst, entdeckt zu werden, und versuchte verzweifelt, einen Ausweg aus dieser Lage zu finden und Shannons Gegenwart zu entfliehen. Als ihm das schäumende Glas Porter gereicht wurde, damit er auf die Gesundheit des jungen Paares trank, hatte sie einen Augenblick den Eindruck, als ob seine beobachtenden Augen sie unter den Strohjungen entdeckt hätten, doch im gleichen Moment drehte er sich um, und sie konnte wieder aufatmen.

Sie hatte die ganze Zeit die Tür nicht aus den Augen gelassen, und als der Gastgeber Shannon in die «gute Stube» führte, wo das Hochzeitsessen aufgetragen war, benutzte sie die Gelegenheit, schlängelte sich unter dem allgemeinen Gedränge zur Tür und schlüpfte hinaus. Als sie draußen war, seufzte sie erleichtert auf und ging, so schnell es ihr unförmiges Kostüm erlaubte, den Weg hinunter. Sie wagte es nicht, ihr Strohkostüm in der Nähe des Cottages auszuziehen, und wollte damit warten, bis sie das Dickicht erreichte, in dem sie sich verkleidet hatte. Sie war noch etwas von dem Wäldchen entfernt, als sie auf einmal Pferdegetrappel hinter sich hörte. Als sie sich hastig umschaute und hinter sich einen Einspänner sah, hörte sie Shannons gebieterische Stimme.

«Warten Sie einen Augenblick, Miss Power», sagte er, als er neben ihr herfuhr. Sie blieb völlig verwirrt stehen, denn er sprach in so sachlichem Ton zu ihr, als stünde sie in dem normalen Kostüm einer wohlerzogenen jungen Dame vor ihm und nicht in dieser grotesken Strohverkleidung.

«Sie haben bis nach Hause noch eine gute Strecke zu gehen, und ich glaube, es wird bald regnen. Wenn Sie neben mir einsteigen wollen, ist es mir ein Vergnügen, Sie nach Hause zu fahren.»

Er war sich offenbar völlig sicher, Miss Power vor sich zu haben, und das brachte Georgina so in Rage, daß sie die Demütigung vergaß, entdeckt worden zu sein.

«Woher haben Sie gewußt, daß ich es war?» fragte sie. «Niemand anders hat es gemerkt.»

«Da wäre ich mir an ihrer Stelle nicht so sicher», bemerkte er trocken. «Diese Leute haben ziemlich viel Takt, Miss Power, und wenn sie einen Strohjungen mit Schuhen sehen, die unter Landburschen nicht gerade häufig sind, werden sie es nicht auf sich nehmen, ihn – oder sie – in Verlegenheit zu bringen, indem sie darauf aufmerksam machen.»

Sie schaute schnell auf die Spitzen ihrer weichen blauen Slipper, die unter dem Strohrock hervorschauten, und versuchte hastig, sie zu verstecken.

«Ich fürchte, dazu ist es nun zu spät», sagte Shannon, als er ihre Reaktion bemerkte. «Und offen gestanden wäre es angebracht, daß Sie Ihre ganze Verkleidung ablegten, bevor Sie bei mir einsteigen. Wie Sie sehen, scheint mein Pferd eine beträchtliche Abneigung gegen das Kostüm zu haben.»

Sie mußte einfach bewundern, mit wieviel Leichtigkeit er den temperamentvollen Versuch des Grauschimmels parierte, der Nähe des erschreckenden Gegenstandes zu entkommen. Ihre Bewunderung minderte jedoch nicht ihren Zorn, und sie antwortete störrisch: «Ich habe nicht die Absicht, neben Ihnen einzusteigen, Mr. Shannon. Ich werde zu Fuß nach Hause gehen.»

«Ich bin leider anderer Ansicht, Miss Power. Sie werden nichts dergleichen tun», sagte er scharf. «Wenn Sie so wenig Gefühl dafür haben, daß es für eine junge Dame ungehörig ist, nachts alleine in der Gegend herumzulaufen – mit oder ohne Verkleidung –, dann muß ich Ihnen versichern, daß ich Ihren Mangel an Interesse, bezüglich des Anblicks den Sie bieten, nicht billige.»

Sie erkannte sein Gesicht im Dunkeln nicht, doch sie konnte sich genau vorstellen, wie arrogant seine Miene im Augenblick war. Sie war maßlos wütend, denn sie fühlte sich an die Wand gedrängt und merkte, daß sie im Unrecht war. Nur mit der größten Anstrengung gelang es ihr, sich zu bezähmen und ihm ruhig zu antworten: «Wie ich mich benehme, ist nicht im geringsten Ihre Angelegenheit, Mr. Shannon. Ich empfinde Ihre Bemerkungen als sehr aufdringlich.»

«Ja, das sind sie – verdammt aufdringlich», sagte er grob. «Doch es wäre für mich nicht notwendig, solche Bemerkungen zu machen, wenn Sie nicht einen Mangel an Benehmen an den Tag legten, der jedes Schulkind erröten ließe. Und warum ich es zu meiner Aufgabe mache, Miss Power – schließlich leben Sie in meinem Haus, und solange Sie das tun, muß ich Sie bitten, davon Abstand zu nehmen, sich zum Gegenstand des Klatsches zu machen. Wenn Sie einmal nach Craythorne umgezogen sind, können Sie sich so verrückt anziehen, wie Sie wollen, doch während Sie in meinem Haus sind, werden Sie sich benehmen wie eine Dame. Nun ziehen Sie das lächerliche Kostüm aus und steigen Sie ein. Ich habe nicht vor, mich noch in weitere Diskussionen einzulassen.»

Zu ihrer Befriedigung stellte sie fest, daß es ihr ebenfalls gelungen war, ihn zu ärgern, doch zugleich merkte sie, daß es besser war, ihn nicht noch weiter zu reizen. Hastig, doch widerspenstig entledigte sie sich des Strohkostüms, ergriff die Hand, die er ihr reichte, und stieg in den Wagen.

Als sie neben ihm saß, wollte sie eisiges Schweigen bewahren, bis sie in The Place of the Oaks ankämen, doch der Wunsch, sich zu rechtfertigen, war so groß, daß sie nach ein paar Minuten herausplatzte: «Es besteht gar kein Grund, mir so etwas zu sagen! Ich hatte genauso viel Recht wie Sie, zur Hochzeit zu gehen!»

«Sie hatten das Recht, als Miss Power zu gehen, in angemessener Begleitung und aus angemessenem Anlaß, doch nicht, um sich zum Gespött der Leute zu machen», sagte er barsch. «Aber ich werde Ihnen wohl kaum Manieren beibringen müssen, mein Mädchen.»

«Nein, das brauchen Sie nicht. Und ich wäre Ihnen dankbar, wenn Sie es nicht erst versuchten!»

Am liebsten hätte sie vor Wut geheult. Daß sie ausgerechnet von Shannon erwischt werden mußte! Natürlich konnte sie sich vor seiner gnadenlosen Logik nicht bewahren, denn sie wußte so gut wie er, daß sie im Unrecht war. Sie saß steif neben ihm, die Minuten wurden ihr zu Stunden, und sie wünschte inbrünstig, daß er seine Pferde zu einer schnelleren Gangart antreiben würde, damit sie bald zu Hause wären.

In ihrem elenden Zustand konnte sie sich nur damit trösten, daß sie ihn wenigstens genauso geärgert hatte wie er sie. Doch auch dieser Trost wurde ihr genommen, denn nach einigen Minuten des Schweigens sagte er plötzlich: «Ich nehme an, der eigentliche Grund ist, daß Sie sich fürchterlich langweilen. Der junge Quinlevan hat mir gesagt, daß Sie gut reiten. Warum versuchen Sie nicht, Ihre Kräfte auf diese Weise zu üben, anstatt so kindische Streiche auszuhecken?»

Sie wußte nicht, worüber sie sich mehr wundern sollte – darüber, daß er Verständnis für ihre mißliche Lage zeigte, oder darüber, daß er noch immer versuchte, sich in ihre Angelegenheiten einzumischen. Zwischen beiden Gefühlen hin- und hergerissen, gelang es ihr trotzdem, mit gleichgültigem Ton zu sagen: «Nein, danke! Wenn Sie jemals das Pech hatten, eins der Pferde meiner Tante auszuprobieren . . .»

«Von denen spreche ich nicht. Ich meine meine eigenen. Ich glaube nicht, daß Juno sich für eine junge Dame eignet, doch da ist noch ein Brauner, der einen sehr guten Eindruck macht. Hanger hat ihn heute morgen aus Kenmare geholt, und der müßte sehr gut zu Ihnen passen.»

Sie war so sprachlos, daß sie rot wurde. Sie konnte nur sagen: «Aber ich kann nicht – ich könnte nicht . . .»

«Warum nicht?» fragte er. «Meinen Sie nicht, daß Sie mit dem Tier fertig werden?»

«Nein, das ist es nicht. Es ist nur – ich habe keine Lust, Gefälligkeiten von Ihnen anzunehmen, Mr. Shannon!»

Er lachte kurz auf. «Ich bin mir dessen bewußt, daß ein stundenweises Ausleihen eines Pferdes eine sehr geringe Entschädigung dafür ist, daß ich Sie um ein Vermögen gebracht habe, Miss Power», sagte er. «Doch ich glaube immer noch nicht, daß Sie dieses Angebot ablehnen sollten – wenn es Sie davon abhält, weitere Tollheiten zu begehen wie heute nacht.»

Sie blickte ihn überrascht an. Es wäre ihr nie in den Sinn gekommen, daß er die Unhöflichkeit, mit der sie ihn seit seiner Ankunft in The Place of the Oaks behandelt hatte, auf so etwas zurückführen könnte. Die bloße Vorstellung, daß er sie solch einer Haltung verdächtigte, ließ sie vor Entrüstung und Verwirrung rot werden.

«Aber das ist nicht – ich hätte nie gedacht –» stammelte sie.

«Was hätten Sie nicht gedacht, Miss Power?»

«Daß ich – daß Sie – ich hatte nie erwartet, The Place of the Oaks zu erben. Ich habe nie an so etwas gedacht!»

Sie sah, wie er seinen Kopf wandte und sie ungläubig ansah.

«Das soll ich Ihnen glauben?» sagte er in scharfem Ton. «Wo Sie mich ständig geschnitten haben, seit ich in dieses Haus kam?»

«Aber das war doch nur, weil . . .» begann sie und stockte mitten im Satz, weil sie nicht wußte, was sie ihm sagen sollte, daß es seine Arroganz und nicht finanzielle Erwägungen waren, die sie zu dieser Reaktion veranlaßt hatte. Sie schaute ihn schnell von der Seite an, weil sie hoffte, er würde die prekäre Situation durch eine harmlose Bemerkung retten. Doch er schien nicht geneigt, ihre Lage zu erleichtern.

«Weil . . .?» frage er unbarmherzig. «Nun, Miss Power? Ich warte.»

Wieder packte sie der Zorn. «Weil Sie so unverschämt waren und anmaßend und an niemand gedacht haben als an sich selbst!» sagte sie unumwunden. «Und das ist die volle Wahrheit, Mr. Shannon! Sie können es glauben oder nicht, aber ich habe nie daran gedacht, daß ich The Place of the Oaks erben könnte. Und wenn Sie glauben, daß ich ein so widerlicher Mensch bin und jemand nur deswegen nicht leiden kann, weil ich neidisch auf sein Glück bin . . .»

Shannon neigte den Kopf und sagte etwas ironisch: «Ich akzeptiere die Verurteilung meines Benehmens, Miss Power, doch meinen Sie nicht, daß Sie zu weit gehen, wenn Sie den Tod meiner Frau als mein ‹Glück› bezeichnen? Über dieses Thema sind Sie wohl kaum in der Lage, ein Urteil abzugeben.»

«Ich meinte nicht – das war es nicht, was ich sagen wollte», wehrte sie ab. «Ich weiß nichts darüber – und wenn Sie sich über ihren Tod grämen, war es sehr lieblos von mir . . .» Er sagte nichts, um ihr weiterzuhelfen, so daß sie schließlich ziemlich heftig fortfuhr: «Sie haben mich ins Unrecht gesetzt, doch das ändert nichts an den Tatsachen. Sie waren abscheulich rüde, und das werde ich nicht zurücknehmen.»

«Ich sehe für Sie keine Notwendigkeit, es zu tun», sagte er mit seiner üblichen aufreizenden Gelassenheit, «doch ebenso sehe ich keine Notwendigkeit, mein Angebot zurückzunehmen, ein paar Stunden am Tag eines meiner Pferde zu reiten – nur weil Sie finden, daß mein Benehmen zu wünschen übrigläßt. Wenn es Sie geneigter macht, will ich Ihnen sagen, daß meine Motive für dieses Angebot absolut selbstsüchtig sind. Wie ich Ihnen schon erklärt habe, ist es mir nicht angenehm, daß Sie wie eine tolle Göre durch die Gegend ziehen, solange Sie unter meinem Dach leben.»

Sie war vor lauter Ärger still. Das schlimmste an der Sache war, daß sie sein Angebot so gerne angenommen hätte, und das mußte er gemerkt haben, denn nach einer Weile sagte er belustigt: «Der Stolz hat seine Kehrseite, nicht wahr, Miss Power? Brandon sagte mir, daß kein anderes Mädchen so gut reitet wie Sie. Ich kann mir deswegen nicht vorstellen, daß Sie es vorziehen, zu Fuß herumzustreifen statt auf einem erstklassigen Pferd. Wenn Sie jedoch Ihr Mißfallen an mir so weit treiben wollen und es ablehnen, mir wegen des kleinsten Gefallens dankbar sein zu müssen . . .»

«Ich wünsche nicht, es so weit zu treiben, aber ich werde es», sagte sie düster. «Es wird auch zweifellos gut für mich sein. Großmama sagt immer, daß man sehr viel sittlichen Nutzen daraus zieht, wenn man die Pflicht über die eigene Neigung stellt.»

«Die Frage ist nur», sagte Shannon immer noch leicht amüsiert, «ob sie es als Ihre Pflicht ansehen würden, mich so abzufertigen?»

«O ja, das würde sie!» erklärte Georgina rasch. «Meine Güte, wenn sie mich jetzt sehen könnte . . .» Sie brach schnell ab, weil sie Angst hatte, wieder zu weit zu gehen. «Nicht daß ich in *dieser* Hinsicht ganz ihrer Meinung wäre», sagte sie ernsthaft. «Ich meine – sie kennt Sie ja nicht und weiß nichts von Ihnen, außer, daß Sie Nuala geheiratet haben. Sie hatte also keine Veranlassung, über Sie zu urteilen.»

«Sie hingegen», sagte er, «hatten Gelegenheit, mich etwa dreißig Sekunden zu beobachten, um sich eine Meinung zu bilden.»

«Das stimmt nicht!» entgegnete sie heftig. «Das war bedeutend länger!»

«Im Gegenteil, ich habe weit übertrieben – Ihr Gesichtsausdruck, als ich in die Bibliothek kam . . .»

«Ich war aufgeregt wegen des Unfalls meiner Tante! Natürlich erschien ich da nicht sehr freundlich!» Sie hielt inne und zuckte die Achseln. «Abgesehen davon bin ich sicher, daß es Ihnen gar nichts ausgemacht hat, wie ich aussah. Sie hatten sich da schon vorgenommen, uns lästig zu werden. Sie waren noch nicht fünf Sekunden im Raum, da wußte ich das schon.»

«Also gut, lassen wir das», sagte er. «Doch ich verstehe immer noch nicht, warum Sie es ablehnen, das Pferd zu reiten. Das ist purer Eigensinn.»

Da Eigensinn ein Fehler war, der ihr nicht nur von Lady Mercer, sondern auch von Sir John öfters vorgeworfen worden war, konnte sie sich nicht überzeugend gegen diesen Vorwurf verteidigen. Sie mußte feststellen, daß sie es eigentlich auch gar nicht wollte. Je mehr sie das Opfer bedachte, zu dem ihr Stolz sie verpflichtete, desto mehr wurde ihr klar, daß sie sich ins eigene Fleisch schnitt, wenn sie Shannons Angebot ablehnte.

Als die Fenster von The Place of the Oaks in Sicht kamen, sagte sie zögernd. «Gut, was das betrifft haben Sie vielleicht recht. Und ich glaube außerdem, daß das Pferd bewegt werden muß.»

«Zweifellos», stimmte er in sachlichem Ton zu. Zu ihrer Genugtuung war bei ihm kein Triumph zu spüren. Er lenkte den Wagen zur Auffahrt und hielt vor dem Eingangstor. Dann schaute er sie etwas spöttisch an und sagte: «Ich werde Sie nicht hineinbegleiten. Es wäre wohl nicht richtig, wenn die Angestellten erführen, daß Sie mit mir gefahren sind.»

«Ich bin nicht mit Ihnen gefahren», sagte sie hoheitsvoll. «Sie haben lediglich darauf bestanden, mich mitzunehmen, denn ich wäre lieber zu Fuß gegangen. Das ist etwas ganz anderes.»

«So ist es», sagte er. Der belustigte Ton verschwand, und er sagte gleichgültig: «Auf jeden Fall wird es Ihrem Ruf besser bekommen, wenn Sie nicht in meiner Begleitung gesehen werden. Daher gute Nacht, Miss Power. Ich werde Hanger sagen, daß er morgen früh den Braunen für Sie bereithält.»

Als sie die Treppe zur Eingangstür hinaufging, dachte sie – immer noch leicht indigniert –, daß er sich recht viel herausnähme, denn sie hatte ja eigentlich nicht richtig eingewilligt, sein Pferd zu reiten. Doch sie war in den nächsten fünf Minuten mit anderen Dingen zu sehr beschäftigt, um sich weiter mit diesem Gedanken befassen zu können.

Higgins, der ihr die Tür öffnete, zeigte sich sehr überrascht und auch Brandon, der ihr aus der Bibliothek entgegenkam, war sehr erstaunt, daß sie zu dieser Nachtstunde allein nach Hause kam. Higgins Erstaunen beschränkte sich auf den Ausdruck lebhafter Neugierde, doch Brandon war nicht so zurückhaltend und wollte genau wissen, wo sie gewesen war.

«Nirgends – das heißt, nur auf einem Spaziergang. Es ist außerdem nicht deine Angelegenheit, Brandon», sagte sie ziemlich streng. Sie ging direkt die Treppe hinauf und wollte in ihr Schlafzimmer gehen, doch Brandon folgte ihr. Am obersten Treppenabsatz hielt sie an und drehte sich um.

Als er auch oben angekommen war, sagte er schnell: «Nicht meine Angelegenheit! Nun, ich sollte meinen, es müßte irgend jemand etwas angehen, wenn du zu dieser Zeit allein herumspazierst! Was ist denn mit dir los, Georgie? Du bist so schrecklich schlechter Laune, seit Shannon hier ist, und nun schleichst du dich einfach nachts aus dem Haus . . .»

«Ich habe mich nicht hinausgeschlichen!» sagte Georgina ärgerlich. «Ich habe einen Spaziergang gemacht. Und nun bin ich müde und will ins Bett. Sonst kümmerst du dich ja auch nicht um mich. Wenn es nach dir gegangen wäre, hätte ich die ganze letzte Woche genausogut nicht existieren können!»

Sie ging in ihr Zimmer und schloß die Tür vor seiner Nase. Das gab ihr die Genugtuung, ihm wenigstens eins ausgewischt zu haben. Sie war jedoch anständig genug, ihr Benehmen im nächsten Moment zu bedauern. Immerhin mußte sie sich eingestehen, daß sie ihn eigentlich für Shannons Verhalten büßen ließ. Da sie jedoch im Augenblick nicht allzuviel für ihren Vetter übrig hatte, machte sie sich keine besonderen Gewissensbisse. Sie nahm sich aber vor, am nächsten Tag mit ihm wieder alles in Ordnung zu bringen.

7

Sie stand am nächsten Morgen früh auf und hoffte, ihren Vetter noch zu sehen, bevor er mit Shannon fortging. Als sie nach unten kam, um nach ihm zu fragen, wurde ihr jedoch gesagt, daß beide schon zum Stall gegangen seien. Sie war enttäuscht und erleichtert zugleich, denn Entschuldigungen waren nicht gerade ihre Stärke. Sie setzte sich zum Frühstück und hatte nur ein Problem: ob sie Shannon beim Wort nehmen und eins seiner Pferde ausprobieren solle oder nicht.

Diese Frage entschied sich schließlich von selbst, als sie aus dem Fenster schaute. Sie sah einen herrlichen Frühlingsmorgen vor sich – die Wiesen waren leicht betaut nach einem sanften Regen in der Nacht. Die Vorstellung, an einem solchen Tag zu Hause zu sitzen, war wenig verlockend, und so neigte sich die Waagschale eindeutig zugunsten eines Morgenrittes. Nach ihrem Pflichtbesuch an Mrs. Quinlevans Krankenbett ging sie sofort in ihr Zimmer und zog ihr Reitkleid an. Sie war so klug gewesen, mit ihrer Tante nicht über ihr Vorhaben zu sprechen. Weniger aus Furcht, daß diese es mißbilligen könnte, Shannons Angebot anzunehmen, sondern weil sie sich davor scheute, ihr erklären zu müssen, wie es zu diesem Angebot gekommen war.

Als sie zum Stall kam, führte Hanger sofort einen prachtvollen Braunen heraus und legte einen Damensattel auf. Georgina quittierte diese Voreiligkeit mit leichtem Unmut – als ob es für Shannon ganz selbstverständlich war, daß sie an diesem Morgen ausreiten wollte. Als Hanger dann auch noch einen der Grauschimmel herausholte und ihn sattelte, bevor er ihr aufs Pferd half, wurde sie böse.

«Sie wollen doch nicht etwa mitkommen?» fragte sie. «Wo ist Grady?»

«Verzeihung, Miss, er ist unterwegs und macht eine Besorgung für die Herrin.»

Hanger war ein schmächtig gebauter, doch drahtiger Schotte, näher den Fünfzig als den Vierzig, mit einem dunklen, pockennarbigen Gesicht, das – wie eines der Hausmädchen erklärt hatte – «zum Fürchten» sei. Er war wohl der Ansicht, daß er sich genügend deutlich ausgedrückt hatte und Georgina ohne Widerrede seine Begleitung dulden würde. Doch sie sah ihn nur abweisend an, als er ihr aufs Pferd helfen wollte.

«Es ist nicht nötig, daß Sie mitkommen», sagte sie. «Ich bin gewohnt, ohne Begleitung auszureiten.»

Hangers dunkles Gesicht blieb unbewegt. «Befehl vom Herrn, Miss», sagte er kurz.

«Nun, er mag Ihr Herr sein, doch sicherlich ist er nicht meiner», antwortete sie. «Ich brauche Sie nicht.»

Er sagte nichts und half ihr aufs Pferd. Im nächsten Moment jedoch, als sie die Zügel aufnahm und das Pferd antrieb, hörte sie ein verräterisches Geräusch hinter sich, und als sie sich umwandte, sah sie, daß Hanger sich schon in den Sattel geschwungen hatte.

Sie konnte nichts dagegen tun, denn sie wollte sich vor den Augen der gaffenden Stalljungen nicht in eine Diskussion mit ihm einlassen. Sie schwor sich jedoch, nicht ein Wort mit ihm zu sprechen oder auch nur mit einer Kopfwendung anzudeuten, daß sie sich seiner Gegenwart bewußt war. Sie setzte den Braunen in einen schnellen Trab, und dann, als sie im freien Gelände waren, gab sie die Zügel frei und galoppierte davon.

Seit sie nach Irland gekommen war, hatte sie – mit Ausnahme des enttäuschenden Versuchs mit Brandons Cob – nicht mehr auf einem Pferd gesessen. So kam es, daß ihre schlechte Laune rasch verflog, als sie das Temperament dieses Tieres spürte. Es war ein herrlicher Tag, die Natur in voller Blüte: Die großen Stechginsterbüsche zeigten ihr strahlendstes Gelb, und neben den dichten Hecken sprossen Veilchen und Traubenhyazinthen üppig hervor.

Sie trieb ihren Braunen zu einem langen, berauschenden Galopp an, der ihm an diesem prächtigen Morgen ebenso zu gefallen schien wie ihr. Als sie die Zügel schließlich wieder straffte, war sie mit sich und der Welt zufrieden und brachte es sogar fertig, sich nach Hanger umzusehen, um festzustellen, ob er ihr noch folgte.

Er war dicht hinter ihr, und während er seinen Grauschimmel zügelte und neben ihr in ruhigen Schritt verfiel, sagte er anerkennend: «Sie verstehen es, mit ihm umzugehen, Miss. Ich habe dem Herrn gleich gesagt daß er recht nett gehen wird, doch ich dachte damals nicht, daß er eine Dame tragen soll.»

«Er ist ein Schatz», stimmte Georgina begeistert zu und strich dem Tier liebevoll über die Mähne.

«Vielleicht ein bißchen zu temperamentvoll, Miss, aber das scheint Sie nicht zu erschrecken.»

Sie freute sich über seinen respektvollen Ton und sagte lachend: «Ich nehme an, Mr. Shannon dachte, ich würde erschrecken. Deswegen hat er wohl darauf bestanden, daß Sie mit mir kommen?»

Er leugnete es nicht und lächelte leicht.

Sie konnte ihre Neugierde nicht bezähmen und fragte: «Sind Sie schon lange bei ihm, Hanger? Sicher sind Sie nicht aus dieser Gegend?»

«O nein, Miss. Ich war zwanzig Jahre in Lord Cartans Dienst und kenne den Herrn genauso lang. Um die Wahrheit zu sagen, ich habe ihn auf sein erstes Pony gesetzt.»

Er sagte es mit Stolz und sie war überrascht, daß auch dieser Mann seinen Herrn respektierte, wenn nicht sogar verehrte. Dasselbe hatte sie schon in der Nacht zuvor bemerkt, als sie erlebte, wie Shannon von seinen Pächtern begrüßt wurde. Dies machte sie in ihrem eigenen Urteil unsicher, denn Sir John hatte sie gelehrt, daß ein Mann, der sich bei seinen Untergebenen Respekt verschaffte, nicht ganz ohne charakterliche Vorzüge sein konnte.

Es wäre ihr viel lieber gewesen, wenn Hanger seinen Herrn für genauso arrogant und unangenehm gehalten hätte wie sie. Sie war jedoch fair genug zuzugeben, daß ihr eigenes Urteil vielleicht auf Voreingenommenheit beruhte, und daß ihn jemand, der schon so lange bei ihm war wie Hanger, besser kennen mußte.

Shannon kam wie üblich nicht zum Mittagessen, doch Brandon schien schon zu wissen, daß sie an diesem Morgen Shannons Pferd geritten hatte.

«Wie dumm von dir, daß du ihn nicht schon früher gebeten hast, dir ein Pferd zu leihen», sagte er. «Ich habe ihm gesagt, daß du sogar mit Juno fertig werden würdest.»

«*Ich* habe ihn nicht darum gebeten, mir ein Pferd zu leihen», erklärte Georgina. «Wie kommst du dazu, mir diese Dreistigkeit zuzutrauen – wo ich jeden Abend am Eßtisch sitze und kein Wort mit ihm spreche?»

«Ach das!» sagte Brandon freundlich. «Ich glaube, er denkt nur, daß du ziemlich schüchtern bist.»

«Er weiß genau, daß ich es nicht bin», sagte Georgina geheimnisvoll und stürzte sich mit Appetit auf die Wildpastete und das Gelee, das man ihnen serviert hatte. Zum wiederholtenmal konnte sie feststellen, um wieviel besser die Mahlzeiten geworden waren, seit Shannon im Haus war. «*Er* hat mir das Angebot gemacht», fügte sie hinzu.

«Nun, es ist doch nett von ihm, zu erlauben, daß ein Mädchen sein Pferd reitet – das mußt du doch zugeben», sagte Brandon. «Aber ich habe ihm ja auch erklärt, wie gut du mit Pferden umgehen kannst, sonst hätte er es wahrscheinlich nicht riskiert.» Er nahm sich ein Stück von der Wildpastete und fuhr fort: «Er ist gerade auf der Suche nach einem Hunter, und ich habe ihm gesagt, daß ich ihn morgen nach Hauld Hall bringe. Sir Landers hat einen tollen Fünfjährigen, für den er selbst zu schwer ist. Kennst du Sir Landers Hession? Ich glaube nicht, ebenso nicht Lady Hession, denn sie und Mama verkehren kaum miteinander. Zänkische Leute, die beiden, aber man kann nicht bestreiten, daß sie etwas von Pferden verstehen.»

Georgina hörte kaum zu, denn sie war zu sehr beschäftigt mit einem Problem, das plötzlich vor ihr aufgetaucht war. Wie sollte sie sich Shannon gegenüber beim Dinner verhalten? Da sie sich sein Pferd ausgeliehen hatte, konnte sie ihn ja nicht gut schneiden wie bisher. Doch andererseits wollte sie ihm – unter den Umständen, die sie zur Annahme seines Angebots veranlaßt hatten – auch nicht mit allzu großer Dankbarkeit begegnen.

Dieses Problem trug sie den ganzen Nachmittag mit sich herum, mit dem Erfolg, daß sie, als das Dinner bevorstand, immer noch keinen Entschluß gefaßt hatte. Diese Unentschiedenheit veranlaßte sie aus unerfindlichen Gründen dazu, eines ihrer hübschesten Kleider anzuziehen: ein blaßgelbes Musselinkleid mit engem Rock und einem Mieder, das mit Rüschen besetzt war.

Unten warteten Shannon und Brandon vor dem Eßzimmer auf sie. Als sie an Shannon vorbei zur Tür ging, sagte sie zögernd: «Guten Abend.» Er erwiderte ihren Gruß, doch irgend etwas in seinem Blick erinnerte sie an seine spöttischen Augen vom Abend zuvor, und sofort erwachte ihre alte Widerspenstigkeit.

Sie setzte sich mit betonter Feierlichkeit zu Tisch, wobei ihr die formellen Dankesworte, die sie den ganzen Nachmittag hindurch geübt hatte, auf den Lippen erstarben. Sie beruhigte sich damit, daß es wohl natürlicher wirken würde, wenn die Rede von selbst auf dieses Thema käme und sie dann ihren Dank anbringen könnte. Zunächst nahm sie sich vor, sich ganz zurückzuhalten – ein Entschluß, der sofort von Brandon zunichte gemacht wurde, da er sich über ihr elegantes Aussehen überrascht zeigte.

«Donnerwetter, du bist ja angezogen wie für einen Ball», sagte er bewundernd. «Ich muß zugeben, daß es dir gut steht, doch soviel Aufwand brauchst du für Shannon und mich nicht zu treiben. Warte, bis wir in Craythorne sind, dann wirst du reichlich Gelegenheit haben, deine Klamotten vorzuführen.»

«Ich führe gar nichts vor!» sagte Georgina und warf ihm einen vorwurfsvollen Blick zu. «Und es tut mir außerordentlich leid, wenn du meinst, mein Kleid sei unpassend.»

«Nicht unpassend. Es ist nur, weil wir nicht gewohnt sind, dich so großartig angezogen zu sehen», erklärte Brandon und fiel über die köstliche Hammelpastete her, die die Köchin zusammen mit gebackenem Karpfen und grünen Bohnen aufgetischt hatte.

Georgina warf ihm einen vernichtenden Blick zu, den er jedoch übersah. Dann schaute sie hinüber zu Shannon, der sie mit einem leichten, verwirrenden Lächeln ansah. Das brachte sie vollends aus der Fassung.

«Ich nehme an, Sie erwarten von mir, daß ich Ihnen für den Ausritt heute morgen danke», platzte sie heraus.

Shannon schaute sie belustigt an und sagte dann mit seiner üblichen Gelassenheit, daß er hoffe, sie habe einen angenehmen Ausritt gehabt.

«Er wäre sehr viel angenehmer gewesen, wenn Sie Hanger nicht angewiesen hätten, mitzukommen», sagte sie. «Und es wäre mir lieb, wenn Sie ihm sagen würden, daß ich ihn morgen nicht brauche.»

«Wenn Sie Grady mitnehmen oder einen von Mrs. Quinlevans Reitknechten, erübrigt sich das von selbst», sagte Shannon.

«Ja, aber auch wenn ich niemand mitnehme», sagte Georgina beharrlich, «ist es nicht nötig, daß er mitkommt.»

«Es tut mir leid, aber da bin ich anderer Ansicht», sagte Shannon ruhig. «Ist es denn in Herefordshire üblich, daß junge Damen ohne Begleitung ausreiten?»

Sie wollte gerade sagen, daß dies nicht seine Angelegenheit sei, doch dann erinnerte sie sich noch rechtzeitig an die Eskapade der vergangenen Nacht und an seine Zurechtweisung und hielt sich zurück.

«Ich nehme an, Sie befürchten, daß ich mit dem Braunen nicht fertig werde», sagte sie rebellisch.

Er schaute sie offen an und sagte: «Keineswegs. Hanger hat mir gesagt, daß er den größten Respekt vor ihrem Können hat. Aber das hat nichts damit zu tun, daß Sie nicht allein ausreiten sollen.»

In diesem Augenblick mischte sich Brandon ins Gespräch und schlug in aller Unschuld vor, sie solle ihn und Shannon doch nach Hauld Hall begleiten. Wenn es sie langweile, in Begleitung eines Reitknechts auszureiten, könne sie doch mitkommen und Sir Landers Hunter ansehen. Dieser Vorschlag trug ihm jedoch nur ein bestimmtes «Nein, danke» ein. Wenn Brandon so ein Dummkopf war und glaubte, daß es die Nachbarschaft weniger aufregte, wenn sie mit Shannon und ihm in der Gegend herumritt anstatt alleine, so war sie anderer Meinung.

Das Thema wurde dann fallengelassen, doch am nächsten Morgen, als sie beobachtete, wie ihr Vetter mit Shannon losritt, während sie sich unter Gradys Obhut begab, bedauerte sie es doch, die Anstandsregeln befolgt zu haben. Es wäre ihr viel lieber gewesen, mit ihnen nach Hauld Hall zu reiten, um sich Sir Landers Pferd anzusehen. Das Angebot wurde jedoch nicht wiederholt, und so galoppierte sie mit Grady davon und fand bei ihrer Lieblingsbeschäftigung bald wieder ihre gute Laune. Kurz vor dem Mittagessen kehrte sie zu The Place of the Oaks zurück und war erstaunt, als sie Brandons Cob schon wieder im Stall stehen sah. Als sie ins Haus kam, wurde sie schon von Brandon empfangen. Sein Gesicht war rot und vor Ärger verzerrt.

«Ach, ich dachte, es sei Shannon», sagte er schnell, als er sie sah, und ohne ein weiteres Wort zu sagen, machte er kehrt und hinkte zurück in die Bibliothek.

Georgina folgte ihm. «Was ist denn los?» fragte sie. «Hast du dich mit ihm gestitten? Ist es deswegen?»

«Nein, natürlich nicht!» sagte Brandon. Er wandte sich zu ihr und sah sie fast feindselig an. «Um die Wahrheit zu sagen – und ich nehme an, du wirst es sehr gerne hören –, haben sich die Hessions ihm gegenüber unmöglich benommen. Du kannst es dir nicht vorstellen, Georgie! Sir Landers hat in der ganzen Nachbarschaft verkündet, daß er einen Käufer für dieses Pferd sucht. Warum er nun glaubt, daß es unter seiner Würde sei, mit Shannon zu verhandeln . . .»

Georgina starrte ihn an und runzelte die Stirn. «Heißt das, daß er ihm noch nicht einmal das Pferd gezeigt hat?»

«O doch», sagte Brandon, immer noch hochrot, «das konnte er ja nicht anders, weil *ich* mit Shannon gekommen war. Doch er sagte ihm klipp und klar, daß er mit ihm nichts zu tun haben wolle. Und dann mußten wir, als wir fortritten, zu allem Übel noch an dem Landaulet dieser niederträchtigen Person vorbei . . .»

«Welcher niederträchtigen Person?»

«Lady Hession natürlich. Sie fuhr gerade mit ihren beiden ältesten Mädchen los, und ich wußte nicht, wie ich mich verhalten sollte, nach der Abfuhr, die Sir Landers Shannon erteilt hatte – ob ich ihn vorstellen sollte oder nicht. Aber ich dachte dann, es könnte so aussehen, als ob ich mich schämte, mit ihm gesehen zu werden, und so habe ich es getan. Dieses Biest hat sofort ihr Kinn in die Höhe gereckt und ihre Töchter scharf angeblickt, damit sie es ja nicht wagten, Shannon auch nur anzusehen. Und dann gab sie dem Kutscher den Befehl, weiterzufahren. Ich hätte sie umbringen können!» schloß er, und seine Augen blitzten wütend.

Georgina ließ sich in einen Sessel fallen. Sie wunderte sich darüber, daß sie sich ebenso ärgerte wie Brandon, anstatt sich über die Abfuhr zu freuen, die Shannon bekommen hatte. Es war für sie etwas anderes, sich selbst mit ihrem Gastgeber zu streiten, als hören zu müssen, daß eine widerliche Person ihn rüde behandelt hatte.

Sie fuhr aus ihren Gedanken hoch, als Brandon wiederholte: «Ich nehme an, du wirst jetzt sagen, es sei genau das, was er verdiene.»

Doch sie widersprach ihm heftig: «Ich sage nichts dergleichen! Es war unmöglich von ihr! Immerhin hat er ja nichts getan, um sie zu beleidigen.»

«Nun, ich glaube, er hat auch nichts getan, um dich zu beleidigen, und doch bist du auf ihn losgegangen», sagte Brandon schonungslos. «Also bist du gar nicht besser als Lady Hession. Ich verstehe euch Frauen nicht, muß ich sagen – wie kann man so ein Geschrei anstimmen, ehe man sich davon überzeugt hat, was in solch einem Burschen steckt. Doch Sir Landers war ja ebenso unmöglich.»

Georgina sagte verlegen: «Wahrscheinlich habe ich ihm unrecht getan, doch du mußt zugeben, daß er sich mir gegenüber mindestens ebenso unausstehlich benommen hat, wie ich mich ihm gegenüber. Aber das ist eine ganz andere Sache. Er wird mit diesen Leuten hier zusammen leben müssen, und wenn die ihn alle so behandeln, kann das sehr ungemütlich für ihn werden.»

Brandon starrte sie an. «Du willst doch nicht sagen, daß du nun auf seiner Seite stehst», sagte er ungläubig. «Nach alldem, was du von ihm gesagt hast.»

Georgina zuckte die Achseln und errötete leicht. «Davon kann nicht die Rede sein», sagte sie. «Doch ich sehe ein, daß diese dumme Person im

Unrecht ist. Sie hätte wenigstens höflich zu ihm sein können. Immerhin wird er ja doch schließlich nicht gleich ihre kostbaren Töchter verspeisen.»

Als Brandon merkte, daß Georgina seine Ansicht teilte, entspannten sich seine Züge, und er konnte wieder lachen. Auch er war der Meinung, daß Lady Hession an Nuala gedacht hatte.

«Ja, sicher», sagte Georgina mit Schärfe. «Doch sie wird doch kaum so idiotisch sein und annehmen, daß er in der Gegend herumzieht und allen jungen Mädchen Fallen stellt, die ihm unter die Augen kommen. Wenn er Nuala wirklich wegen ihres Vermögens geheiratet hat – und das ist das Schlimmste, was man überhaupt von ihm sagen kann –, so hat er jetzt ja sein Ziel erreicht und braucht sich nicht nach einer weiteren Erbin umzusehen.»

«Es wäre auch verteufelt wenig, was er von den Hession-Mädchen kriegen würde», sagte Brandon. «Es sind ja immerhin fünf, und auch wenn Peter ein ganz schönes Stück Land erben wird, ist Sir Landers kaum gewillt, noch entsprechend für die Mädchen vorzusorgen, wenn sie heiraten – dazu hat er viel zuviel für ein gutes Leben und für seine Pferde übrig.»

«Wie hat Shannon darauf reagiert?» fragte Georgina. «Ich nehme an, er hat sich vor diesen Leuten nichts anmerken lassen?»

«Du lieber Himmel, nein!» sagte Brandon. «Du weißt ja, wie er ist – so kalt wie Eiswasser. Und wenn Sir Landers geglaubt hat, ihm eine Abfuhr zu geben, so hat er selbst auch eine bekommen, das kannst du mir glauben. Aber trotzdem ist es eine scheußliche Sache. Ich denke gar nicht mal an die Hessions – die waren schon immer hochnäsig –, doch wenn Leute wie die Motts oder Malladons sich ebenso verhalten, wird Shannon hier einiges erleben. Und ich mag ihn gerne, Georgie, er ist ein feiner Kerl. Es muß ja für ihn fürchterlich langweilig sein, wenn ich immer hinter ihm herhinke, aber er läßt mich nie merken, daß ich ihm lästig bin.»

Georgina, die das unglückliche Gesicht ihres Vetters sah, schämte sich jetzt, daß sie bei der ganzen Sache nie an Brandons Standpunkt gedacht hatte. Sicher gab es nur wenige Menschen, die seine Behinderung nicht beachteten und die Geduld aufbrachten, ihn am normalen Leben teilnehmen zu lassen. Was auch immer Shannons Motive waren – man mußte zugeben, daß er für Brandon Zeit und Geduld aufbrachte. Sie konnte nun verstehen, wie traurig Brandon bei dem Gedanken war, daß die Feindseligkeiten der Nachbarn ihn vielleicht die Gesellschaft des neuen Freundes kosten würde.

Diese Gedanken trug sie auch später noch mit sich herum, als sie ihren täglichen Nachmittagsbesuch bei Mrs. Quinlevans Krankenzimmer machte. Sie fand ihre Tante bei ausgezeichneter Laune vor: Sie saß aufrecht im Bett, betrachtete ihre neue französische Spitzenhaube im Spiegel und machte Pläne für einen sofortigen Umzug nach Craythorne.

«Denk dir nur, meine Liebe», sagte sie, als Georgina ins Zimmer kam. «Mrs. Hopkins sagte, daß das Haus fast in Ordnung sei und zum Einzug bereit! Und Dr. Culreavy hat mir heute nachmittag versichert, daß mir die Reise nichts schaden könne, wenn das Wetter gut bleibt und Grady die Pferde nicht zu schnell gehen läßt. Ich schwöre dir, daß ich mich noch nie im Leben so gefreut habe, denn mir ist immer ganz angst und bange geworden bei dem Gedanken, daß wir hier in diesem Haus bleiben müßten, mit diesem schrecklichen Mann.»

«Aber da war doch kein Grund zur Aufregung – Sie waren ja nicht gezwungen, ihn zu sehen», sagte Georgina mit mehr Offenheit als Diplomatie. «Und ich muß Ihnen sagen, Tante, daß er außerordentlich freundlich zu Brandon war.»

«Zu Brandon!» sagte Mrs. Quinlevan und schaute sie überrascht an. «Wie meinst du das, meine Liebe? Wenn Brandon höflich mit ihm war, ist es mehr, als er verdient, doch ich kann nicht begreifen, daß Shannon außer einer angemessenen Dankbarkeit für Brandons Aufmerksamkeit noch weiteres Entgegenkommen gezeigt haben sollte?»

Sie wandte sich wieder der kritischen Betrachtung ihrer Haube zu, doch Georgina, die zu ihrer eigenen Überraschung feststellte, daß diese entschiedene Ablehnung Shannons ihr mißfiel, gab nicht nach. «Sicher sind Sie sich dessen bewußt, Madam, daß wir Mr. Shannon in gewisser Weise Dankbarkeit schulden. Nur seinem Eingreifen ist es zu verdanken, daß der Haushalt nicht völlig durcheinandergeraten ist, während Sie krank waren. Und was Brandon betrifft, so war Shannon ihm gegenüber die Freundlichkeit in Person, das kann ich Ihnen versichern.»

Sie hielt ein, weil sie merkte, daß ihre Tante sie fassungslos anstarrte.

«Dankbarkeit schulden – Freundlichkeit in Person!» stieß Mrs. Quinlevan hervor. «Mein liebes Kind, wovon redest du da? Hier ist dieser schreckliche Mensch, der uns alle ins Elend gestürzt hat, und nun behauptest du, er hat uns einen Gefallen getan, sich hier einzunisten! Ich verstehe wirklich nicht, was in dich gefahren ist – es sei denn –» und bei dieser Vorstellung wich die Bestürzung in ihrem Gesicht reinem Entsetzen – «es sei denn, er hat dich ebenso betört wie die arme Nuala! Doch das wäre zu schrecklich – das kannst du mir wirklich nicht sagen wollen, meine Liebe!»

«Unsinn!» sagte Georgina und mußte unwillkürlich lächeln. «Natürlich hat er das nicht getan. Aber mir ist klargeworden, daß wir in unserem Urteil sehr voreilig waren. Sicher war es nicht recht von ihm, mit meiner Cousine durchzugehen – doch gegen Liebe kann man eben nichts machen, Madam.»

«Damals war er aber schon dreißig, meine Liebe!» entgegnete Mrs. Quinlevan erregt. «In diesem Alter hat man nicht mehr das Recht, sich zu verlieben – und nach meiner Erfahrung geschieht das auch sehr selten. Oh, mein Gott! Wo ist mein Hirschhornsalz? Die Schwester sollte es doch auf dem Tisch stehenlassen.»

«Sie brauchen kein Hirschhornsalz, Madam, nur weil ich ein Wort zu Shannons Gunsten gesagt habe», erklärte Georgina und begann nach dem Fläschchen zu suchen. Es kam ihr selbst fast komisch vor, daß sie nun auf einmal die Rolle von Shannons Verteidiger spielte.

Sie fand das Fläschchen und reichte es ihrer Tante, die einen Teelöffel des Inhalts in einem Glas Wasser auflöste, um sich zu stärken. Dann sagte sie Georgina, daß sie gut reden habe, denn in ihrem Alter könne sie noch nicht wissen, mit wieviel List gewisse Männer ihre jungen Opfer verführten. Sich Shannon als einen kunstreichen Verführer vorzustellen war zuviel für Georginas Humor, vor allem wenn sie an den rauhen Wortwechsel dachte, der zwischen ihnen stattgefunden hatte. Sie konnte sich eines Lachens nicht erwehren und versicherte ihrer Tante, daß Shannon mit Sicherheit keine Absichten auf sie habe.

«Sicher kannst du dir nie sein», sagte Mrs. Quinlevan warnend.

Das erheiterte Georgina noch mehr. «Guter Gott, Madam, ich versichere Ihnen, daß er nichts dergleichen beabsichtigt. Wenn er überhaupt einen Gedanken an mich verschwendet, so wird er mich höchstens für ein dummes Mädchen halten, dem jeder Sinn für gute Manieren fehlt.»

«Nun, ich bin gewiß, daß er keinen Grund hat, so etwas von dir zu denken», sagte Mrs. Quinlevan mißbilligend. «Denn du bist eines der wohlerzogensten Mädchen, das mir je begegnet ist, und das werde ich auch deiner lieben Mama erzählen, wenn ich sie das nächste Mal sehe.»

Georgina, die froh war, daß sich ihre Tante mit dieser Erklärung zufriedengab, ging nun in ihr eigenes Zimmer, um sich zum Dinner umzuziehen. Sie kam etwas zu früh hinunter und war gerade dabei, in die Bibliothek zu gehen, um nach Brandon zu sehen, als sich die Eingangstür öffnete und Shannon in die Halle trat. Sein Gesicht wirkte so hart, wie sie es noch nie gesehen hatte, doch das brachte sie mit den Vorgängen am Morgen zusammen, als er von Sir Landers und Lady Hession so schmählich behandelt worden war.

Doch bevor er aufschaute und sie an der Tür zur Bibliothek stehen sah, entdeckte sie noch einen anderen Zug in seinem Gesicht – eine Niedergeschlagenheit, die ganz im Gegensatz zu seinem sonst so selbstbewußten Auftreten stand. Ihr wurde auf einmal erschreckend bewußt, wie schwer die vergangenen Wochen für ihn gewesen sein mußten – die ganze Last eines heruntergewirtschafteten Betriebes, Tage, die er im Sattel verbringen mußte oder bei Inspektionsgängen über die Felder, lange Besprechungen mit aufsässigen oder feindseligen Pächtern und zusätzliche Nachtstunden über schlechtgeführten Rechnungsbüchern, während das ganze Haus schon schlief. Und das alles ohne die Wohltat eines gemütlichen Hauses oder auch nur einer entspannenden Stunde im Kreis von Freunden oder einer Familie, auf die man sich freuen konnte.

Während sie all dies bedachte, fühlte sie selbst auch etwas Scham. Wie schlecht ihre eigenen Beziehungen zu ihm auch gewesen sein mochten – sie war fair genug zuzugeben, daß die Schuld dafür nicht nur bei ihm, sondern auch bei ihr lag. Sie konnte sich sehr wohl denken, was Sir John zu ihrem Benehmen Shannon gegenüber gesagt hätte, und das erfüllte sie mit Unbehagen. Die hochmütigen Äußerungen von Lady Mercer über das Mißgeschick seiner Geburt hätten Sir John nicht im geringsten beeindruckt, und er hätte Georginas empfindliche Reaktion auf die rüden Manieren ihres Gastgebers als unausstehlich zimperlich getadelt. Alles in allem war sie gedämpfter Stimmung, als sie etwas später ins Eßzimmer kam. Sie ging sogar so weit, einige höfliche Worte über die guten Seiten von Shannons Pferd zu sagen, doch sie wurde nicht mit der gleichen Höflichkeit von Shannon belohnt. Er gab ihr nur eine knappe Antwort und wandte sich dann wieder dem Essen zu. Diese Schroffheit hatte jedoch keine Wirkung auf ihr zunehmendes Wohlwollen ihm gegenüber, und sie begnügte sich damit zu schweigen.

Brandon versuchte die ungemütliche Situation dadurch zu überbrükken, daß er das Gespräch auf den Umzug nach Craythorne brachte.

«Ich nehme an, das wird mein letzter Ausritt mit Ihnen sein», sagte er traurig. «Es sei denn –» und seine Stimme klang hoffnungsvoll – «ich gäbe die Anweisung, mich jeden Morgen früh genug zu wecken, damit ich rechtzeitig da bin, bevor Sie losreiten.»

Shannon schaute kurz zu ihm auf. «Das hätte wohl keinen Sinn», sagte er zu Brandons Enttäuschung. «Ein Fünfmeilenritt hin und zurück, und dann noch der Ritt mit mir – das würde zuviel für Sie werden. Ganz zu schweigen von der Tatsache –» und dabei bekamen seine Mundwinkel einen verächtlichen Zug – «daß Ihre Mutter wohl wenig Wert darauf legt, wenn Sie die Bekanntschaft mit mir noch weiter pflegen, da sie jetzt in ihr eigenes Haus einziehen kann.»

«Meine Mutter hat dazu nichts zu sagen!» erklärte Brandon heftig.

Der grimmige Ausdruck wich aus Shannons Gesicht. «O ja, das hat sie», sagte er etwas milder. «Sie sind nicht mündig, und sie ist Ihr Vormund. Sie hat ein Recht, sich dafür zu interessieren, in wessen Gesellschaft Sie sich begeben.»

«In Ihrer Gesellschaft wird mir nichts geschehen», sagte Brandon rebellisch. «Und das werde ich ihr auch sagen.»

Shannon zuckte die Achseln. Georgina wurde beinahe wieder böse mit ihm, weil er Brandons Vorschlag so ungerührt zurückwies, doch dann dachte sie sich, daß sie ihm vielleicht wieder unrecht tat. Er hatte ja an diesem Morgen erlebt, wie weit die Feindseligkeit gegen ihn ging, und nun bediente er sich vielleicht dieses Mittels, um Brandon von seiner Freundschaft zu befreien, die für ihn eine Last werden könnte.

Als sie an diesem Abend in ihr Zimmer ging, wurde ihr klar, daß diese Probleme sie bald nichts mehr angehen würden. Morgen würde sie in Craythorne sein, und damit hätte die Verbindung mit Shannon ein Ende. Merkwürdigerweise stellte sie jedoch fest, daß dieses Ereignis, das sie so sehnlich herbeigewünscht hatte, sie nun, da es bevorstand, gar nicht sonderlich erfreute.

8

Craythorne war ein kleiner Backsteinbau im Wren-Stil, mit heruntergezogenem Dach, hübschen Giebelfenstern und einer Lünette über dem Eingang. Georgina wußte, daß Mrs. Quinlevan dieses Haus im Verhältnis zu The Place of the Oaks als traurigen sozialen Abstieg ansah, doch sie selbst fand die gemütlichen, niedrigen, mit Chintz bespannten Räume sehr viel freundlicher als die großen, doch halbleeren Räume in The Place of the Oaks. Sie war letzten Endes über diesen Wechsel sehr erfreut. – Auch die Veränderung ihrer Lebensweise, die sich sofort nach dem Einzug in Craythorne bemerkbar machte, fand ihren Beifall. Sie hatte kaum Zeit, das Auspacken ihrer Koffer zu überwachen, da setzte schon ein stetiger Besucherstrom ein, und noch bevor vierundzwanzig Stunden verstrichen waren, hatte sie ein halbes Dutzend Einladungen angenommen.

Das erste Angebot kam von Lady Mott, die darauf bestand, daß Georgina an einem Ball teilnahm, der am nächsten Abend für einen Kreis junger Leute gegeben wurde. Obwohl Georgina an Reitjagden mehr Gefallen fand als an Tanzfesten, hatte sie nichts dagegen, sich mit einem Kleid zu schmücken, das Tante Bella für diese Gelegenheit als passend erachtete: ein lila Jaconet-Musselinkleid mit reichem Rüschenbesatz.

Eine Zofe half ihr, das hellblonde Haar so hochzustecken, daß nur noch eine einzige Locke über die Schulter fiel. Sie trug einen zarten Schal, lange französische Glacéhandschuhe und blaue Sandalen, und als

Mrs. Quinlevan sie zum Schluß betrachtete, sagte sie mit Stolz, sie würde sicher die Beauté des Abends sein.

Georgina jedoch hatte nicht so hochgeschraubte Erwartungen, da sie von Bath – unter der einschüchternden Ägide einer Freundin von Lady Mercer – bescheidenere Erfolge gewohnt war.

Deswegen war sie, als sie im Ballsaal ankam, angenehm überrascht, wie viele der jungen Männer, die Lady Mott ihr vorstellte, sich eifrig um sie bemühten. Sie machte auch die Bekanntschaft einiger jungen Damen, die in der Nachbarschaft lebten – unter ihnen zwei der fünf Töchter von Sir Landers Hession, die von ihrer Mama begleitet wurden – einer großen, stattlichen Frau mit römischer Nase in braunrotem Satinkleid und Turban. Sie war die Herablassung in Person, da sie einen Provinzball mit ihrer Anwesenheit beehrte – wo sie es doch gewohnt war, die Gesellschaftssaison jedes Jahr in London zu verbringen. Georgina wußte nun, daß Brandon mit seiner Beschreibung recht hatte, als er ihr von seinem Besuch mit Shannon in Hauld Hall erzählte.

In Lady Motts Landauer hatte Betsy Mott ihr während der Fahrt zum Ballsaal schon angedeutet, daß sie dringend ihre Unterstützung brauche. So war Georgina nicht überrascht, als Betsy sie zwischen zwei Tänzen in eine Ecke zog und sie bat, die Einladung eines Mr. Robert Darlington, sie zum Essen zu führen, anzunehmen.

«Er wagt es nicht, *mich* zu bitten», sagte sie, «weil Mama es sicher nicht billigen würde, doch wenn er mit dir zusammen ist, wird sie nichts dagegen einwenden, und wir können alle drei gemütlich beisammensitzen.»

Georgina war ziemlich erstaunt über diese Eröffnung, denn sie hatte Mr. Darlington schon kennengelernt – einen ziemlich großen, etwas pausbäckigen jungen Mann, der, wie Lady Mott bemerkt hatte, der Erbe eines ansehnlichen Besitzes in der Nachbarschaft war. Lady Mott hatte sie sogar lachend gebeten, nicht ihr Auge auf ihn zu werfen, da er ihrer Betsy zärtlich zugeneigt sei und die beiden wohl eines Tages ein Paar werden würden.

«Natürlich ist sie noch jung», sagte sie in ihrer gemütlichen Art, «und Sir Humphrey meint, sie würde sich selbst noch nicht gut genug kennen, um sich schon festzulegen. Doch wenn die beiden sich bis zum Jahresende auch weiter so gut vertragen, denke ich, daß wir nächstes Frühjahr in Mott House eine Hochzeit feiern können.»

Georgina hatte ihr lächelnd versichert, daß sie ein so hoffnungsvolles Arrangement nicht stören würde, selbst wenn es – was sie sehr bezweifle – in ihrer Macht stünde. Nach diesem Gespräch also war sie sehr erstaunt über Betsys Bitte. Dann kam sie jedoch zu dem Schluß, daß Miss Mott, die ihre Vorstellungen von einer Romanze vielleicht aus Büchern bezogen hatte, wohl nur versuchen wollte, ihre eigene friedliche Liebesgeschichte mit der gleichen Drangsal auszustatten, denen die Heldinnen ihrer Romane immer ausgesetzt wurden.

Da sie selbst an diesem Abend noch keinen jungen Mann gesehen hatte, der ihr so gut gefiel, daß sie die Zusage an Betsy bedauern mußte, nahm sie die etwas errötend vorgebrachte Bitte Mr. Darlingtons höflich an.

«Ich nehme an, Betsy – Miss Mott – hat schon mit Ihnen gesprochen», sagte er vertraulich, als er sie in den Speisesaal führte. «Ich halte es ja für Unsinn, doch sie ist davon überzeugt, daß Lady Mott es nicht schätzt, wenn ich mich auffällig um sie bemühe. Was Sir Humphrey betrifft, kann sie es mir aber nicht weismachen, denn der hat das lezte Mal, als wir zusammen auf der Jagd waren, selbst gesagt, daß ich freie Bahn hätte. Und das hätte er doch sicher nicht gesagt, wenn er mich nicht leiden könnte – oder?»

Georgina stimmte ihm mit ernster Miene zu und hatte keine Schwierigkeiten, ihn, als sie sich hingesetzt hatten, an Betsy zu übergeben. Sie selbst begnügte sich mit der Gesellschaft eines gutaussehenden jungen Mannes, etwas älter als sie selbst, der Betsy zum Essen geführt hatte. Zuerst empfand sie ihn als recht angenehmen Unterhalter, bis sie erfuhr, daß er niemand anders war als Peter Hession, Sir Landers Sohn und Erbe. Jetzt erst entdeckte sie seine Mängel. Sie merkte, daß er zwar gewandter war als die anderen jungen Leute, doch dafür auch sehr überheblich. Sie tadelte seinen zu lang geschwänzten blauen Rock, die auffallend gestreifte Seidenmoiré-Weste und das allzu sorgfältig gebundene Halstuch. Alles Dinge, die nicht den eleganten Gentleman verrieten, sondern den Dandy. – Sie war daher erleichtert, als Lady Eliza Malladon in den Speisesaal kam und sich zu ihr setzte – nachdem sie den jungen Mann, der sie begleitete, ausgeschickt hatte, um für sie einen Teller mit einer Auswahl vom Cremes und Chantillies zu füllen, die für die Gäste bereitgestellt worden waren. Lady Eliza war für diesen Provinzball fast zu elegant angezogen, denn sie trug ein tiefausgeschnittenes Kleid aus himmelblauem Krepp und einen federgeschmückten Kopfputz. Nachdem sie sich nach Mrs. Quinlevan erkundigt hatte, erklärte sie Georgina, daß sie unbedingt noch in dieser Woche zum Tee nach Stokings kommen müsse.

«Wir werden gemütlich plaudern und einander viel, viel besser kennenlernen», sagte sie, und dabei schweiften ihre munteren Augen über den Raum – mit einer Unaufmerksamkeit der Angeredeten gegenüber, die die überschwengliche Herzlichkeit ihres Gebarens nicht sehr überzeugend wirken ließ. «Das heißt, wir werden es tun, wenn ich Sie aus der Gesellschaft der Herren befreien kann», sagte sie. «Denn Giles hat immer noch ein Auge auf gutaussehende Damen, und morgen erwarten wir einige seiner Freunde, die, fürchte ich, die gleichen traurigen Mängel besitzen. Doch Sie müssen sich durch sie nicht aus der Fassung bringen lassen, denn sie sind alle über das Alter hinaus, ein Kind in Ihrem Alter zu interessieren. Major Rothe und Sir Manning Hartily sind zwar Junggesellen, jedoch nicht gerade die Sorte von Männern, die man sich erfleht.»

Gerade in diesem Augenblick kam Colonel Giles Malladon hinzu und wurde Georgina vorgestellt. Nach der Schilderung, die seine Frau eben gemacht hatte, war sie erstaunt, einen großen, blühend aussehenden Herrn vor sich zu sehen, der sicher ein sehr guter Reiter war und ein Mensch, der wohl außer seinen Pferden und seinem Beruf wenig Interessen hatte. Männer dieser Art hatte sie bei ihrem Großvater oft kennengelernt, und sie konnte sich schlecht vorstellen, daß er mit Lady Eliza auskam, die sich nur für Mode zu interessieren schien.

Sie stellte jedoch später fest, daß Lady Eliza diese Schwierigkeit überwand, indem sie die Wünsche ihres Mannes völlig ignorierte und so weit wie möglich ihre eigenen Wege ging. Colonel Malladon seinerseits ließ sie um des lieben Friedens willen gewähren und führte sein eigenes Leben, umgeben von ganz andersartigen Freunden und mit anderen Beschäftigungen.

Als er wieder gegangen war, nahm Lady Eliza ihre Unterhaltung mit Georgina wieder auf.

«Jetzt sind Sie wenigstens diesen schrecklichen Shannon wieder los», sagte sie. «Arme Bella! Noch nie habe ich jemand so bedauert wie sie, als ich hörte, daß er sich in The Place of the Oaks festgesetzt hat. Ich nehme an, sie ist sehr froh, nun in Craythorne zu sein?»

Georgina sagte so reserviert wie möglich, daß sie es auch annehme, doch die Knappheit ihrer Antwort stellte Lady Eliza nicht zufrieden, denn sie schien entschlossen, das Thema weiter zu verfolgen.

«Ich muß sagen, es hat sogar mich überrascht – dabei kenne ich die Frechheit dieses Menschen», sagte sie mit ihrem hellen Lachen, «daß er tatsächlich beschloß, in The Place of the Oaks zu wohnen, während Bella noch dort war. Ich frage mich, welche Absicht er dabei hatte? Vielleicht wollte er dadurch erzwingen, daß Bella Notiz von ihm nimmt – denn das hatte sie nicht vor, wie sie mir einmal gesagt hat.»

Lady Mott erklärte mit aller Bestimmtheit, daß dieser Mann ein Abenteurer sei, dessen Einfälle von einem wohlerzogenen Menschen unmöglich vorhergesehen werden könnten. Diese Bemerkung brachte ihr ein zustimmendes Lächeln von Mr. Hession ein.

«Ausgezeichnet gesagt, Madam», lobte er. «Aber Sie haben vielleicht noch von seinem letzten Einfall gehört? Er besaß die Frechheit, sich vor ein paar Tagen in Hauld Hall zu zeigen – unter dem Vorwand, ein Pferd von meinem Vater kaufen zu wollen. Sie können sich denken, wie er bei meinem Vater abgeblitzt ist! Jammerschade, daß ich nicht dabei war!»

Georgina, der bei diesen Worten die Röte ins Gesicht stieg, entgegnete mit ruhiger Stimme: «Ich fürchte, Sie sind nicht recht unterrichtet, Mr. Hession. Mein Vetter Brandon hat Mr. Shannon vorgeschlagen, ihn nach Hauld Hall zu begleiten, weil er annahm, Ihr Vater wolle ein Pferd verkaufen, das Mr. Shannon vielleicht interessiert hätte.»

Während sie dies sagte, bemerkte sie, daß alle Umsitzenden sie anstarrten und daß insbesondere Mr. Hession sie mit einem ziemlich überlegenen Lächeln betrachtete.

«Oh, meine liebe Miss Power!» sagte er. «Ich glaube, da sind Sie weitab von der Wahrheit. Ein Mann, der keine Bekannten in der Nachbarschaft hat und wohl auch nie welche haben wird, ist bereit, jede Gelegenheit zu benutzen, um sich Menschen unserer Kreise aufzudrängen.»

«Es tut mir leid, daß ich Ihnen widersprechen muß», sagte Georgina, die unter Lady Motts mißbilligendem Blick noch röter wurde, «doch ich glaube, daß ich eher in der Lage bin, die Wahrheit zu kennen, als Sie, Mr. Hession. Ich bin nämlich durchaus davon überzeugt, daß Mr. Shannon ebensogern einen Bauernhof aufgesucht hätte wie Hauld Hall, wenn er geglaubt hätte, dort ein geeignetes Pferd für seinen Stall zu finden.»

Lady Mott sagte: «Aber nicht doch, meine Liebe!» und Lady Eliza lachte und meinte, offensichtlich habe Shannon eine Fürsprecherin gefunden. Dies hatte zur Folge, daß Mr. Hession nicht mehr an der Unterhaltung teilnahm – vielleicht mußte er erst mit dem Schock fertig werden, daß man Hauld Hall mit einem Bauernhof vergleichen konnte.

«Also hat er es auch bei Ihnen geschafft, Sie törichtes Mädchen!» sagte Lady Eliza und drohte Georgina lächelnd mit dem Finger. «Ich habe mich immer gefragt, wie es ihm bei Nuala gelungen ist, denn man hat ihn kaum je zu Gesicht bekommen, und wenn, dann war er immer außerordentlich unhöflich mit uns allen. Als ob er glaubte, man wolle ihm seine kostbare Beute wegnehmen. Lord Cartan mußte sich bei jeder Gelegenheit für sein Benehmen entschuldigen – und dann, eines schönen Abends, war das Mädchen mit ihm durchgebrannt. Wie es ihm nur gelingt, diese Eroberungen zu machen? Das möchte ich wirklich einmal wissen.»

Georgina sagte verärgert: «Er hat bei mir keine Eroberung gemacht, Madam. Ich bitte Sie, so etwas nicht zu sagen, nicht einmal im Scherz.»

Lady Eliza lächelte nachsichtig. «Nun, sicherlich ist es für Sie kein Scherz, da Sie ihn ja ernst nehmen», sagte sie. «Giles und ich haben Nuala vor ihrem Tod in Brüssel oft gesehen, und ich muß Ihnen sagen, daß ich noch nie ein so trauriges und unglückliches Mädchen erlebt habe. Ich kenne überhaupt niemand, der sich so verändert hatte wie sie. Es scheint, daß sie bald von ihrem romantischen Abenteuer enttäuscht war.»

Lady Mott äußerte mit bestimmtem Ton, daß sie dies nicht bezweifle, doch sie sei sicher, daß Georgina nicht so flatterhaft sei wie ihre Cousine und daß man daher zu einem anderen Thema übergehen könne.

Georgina war sehr dankbar für ihr Eingreifen, doch ihre Erleichterung wurde gleich wieder gedämpft, als Mr. Hession die Wendung des Gesprächs für sich nutzte und sie bat, die ländlichen Tänze, zu denen man sich jetzt aufstellte, mit ihm zu tanzen. Sie sah sich genötigt, seiner Aufforderung zu folgen, doch sie ließ ihn merken, daß dies nur aus reiner Höflichkeit geschah.

Sie konnte jedoch nicht umhin, ihre reservierte Haltung aufzugeben, als er ihr – offenherziger, als sie es ihm zugetraut hatte – gestand, daß er Betsy Mott nur deswegen in den Speisesaal geführt hatte, weil sie ihn in ihren Plan mit dem jungen Darlington einweihte.

«In Wirklichkeit hatte ich vor, *Sie* darum zu bitten», sagte er, «sobald ich die Gelegenheit bekäme, Ihnen offiziell vorgestellt zu werden. Ich habe sofort entdeckt, daß Sie das hübscheste Mädchen hier sind. Bleiben Sie lange in Craythorne, Miss Power, oder haben Sie vor zur Saison nach London zu gehen?»

Trotz der vorausgegangenen Meinungsverschiedenheit bezüglich Shannons fand sie Gefallen daran, so aufrichtig bewundert zu werden. Und das von einem jungen Mann, der – wie sie den neidischen Blicken entnahm, die auf sie gerichtet waren – der Favorit der meisten jungen Damen im Ballsaal war.

Ihre Antwort war jedoch zurückhaltend. «Oh, ich glaube, es wird eine Weile dauern, bis ich nach England zurückkehre. Gehen Sie nach London, Mr. Hession?»

«Ja, leider – viel zu bald, wenn Sie hierbleiben!» sagte er. «Mein Vater hat ein Haus am Portland Place, und eine meiner Schwestern wird dieses Jahr in die Gesellschaft eingeführt, daher wird erwartet, daß ich dort erscheine. Doch ich fühle mich nicht verpflichtet, die ganze Saison über dort zu bleiben. Es könnte sein, daß ich Mitte Mai zurückkomme – wenn Sie noch in Kerry sind.»

Georgina lachte und sagte, daß er sich doch von solchen Erwägungen nicht leiten lassen solle – eine Bemerkung, der Mr. Hession heftig widersprach. Es war nicht daran zu zweifeln, daß sie eine Eroberung gemacht hatte, und es war ebensowenig daran zu zweifeln, daß er dies die ganze Gesellschaft merken ließ, indem er sie noch einmal zum Tanz bat.

Sie verübelte ihm zwar die Arroganz, mit der er Shannon als nicht gesellschaftsfähig abgeurteilt hatte, doch sie mußte zugeben, daß er ein amüsanter Unterhalter war, und seine Aufmerksamkeiten schmeichelten ihr, angesichtes der Anziehungskraft, die er auf andere junge Damen hatte. Zum Schluß nahm sie auch seine Einladung an – eine unvorsichtige Handlung, die ihr jedoch auf der Heimfahrt Gratulationen von Lady Mott und Betsy eintrug. Ihre voreiligen Schlüsse mißfielen ihr, so daß sie sich genötigt sah zu sagen: «Ist es denn so schlimm, daß ich zweimal mit ihm getanzt habe? Man wird doch in Kerry kaum annehmen, daß ein Mädchen sich unbedingt in einen jungen Mann verlieben muß, wenn sie so etwas tut!»

«Aber nein! Doch bei Peter kann man ja gar nicht anders», sagte Betsy in ihrer naiven Art. «Ich nehme an, du wirst sogar in Bath nicht viele junge Männer kennen, die ihm an gutem Aussehen und Herkunft ebenbürtig sind. Natürlich hatte er den Vorteil, daß er oft in London war. Denn daher kommt es, sagt Robert – Mr. Darlington –, daß er immer die allerletzte Mode kennt.»

«Oh, sicher ist er die Eleganz in Person», sagte Georgina nicht ohne Ironie. «Doch ich kann dir versichern, daß ich – selbst wenn er so schick ist und seine Röcke bei Weston machen läßt und seine Schuhe bei Hoby – bestimmt nicht ein zweites Mal mit ihm getanzt hätte, wenn ich gewußt hätte, daß man mich verdächtigt, deswegen mein Herz an ihn zu verlieren.»

Lady Mott schienen diese Worte zu mißfallen, denn sie sagte tadelnd: «Nun, meine Liebe, das ist ja alles schön und gut, doch Sie werden zugeben, daß er ein sehr gutaussehender junger Mann ist, obwohl er für meinen Geschmack etwas stutzerhaft ist. Ich versichere Ihnen, daß er das Ideal der meisten jungen Mädchen hier in der Nachbarschaft ist. Und da es für andere junge Männer immer ein Anreiz ist, wenn sie sehen, daß einer der ihren sich um ein bestimmtes Mädchen bemüht, verstehe ich nicht, weshalb Sie so geringschätzig davon sprechen, zweimal mit ihm haben tanzen zu müssen.»

Georgina zuckte die Achseln. Miss Mott jedoch ließ nicht so schnell von diesem Thema ab, das sie so wunderbar romantisch fand. Da Lady Mott unter dem einschläfernden Rütteln ihrer Kutsche eingenickt war, vertraute Betsy Georgina an, daß sie sicher in Gefahr wäre, ihr Herz an Mr. Hession zu verlieren, wenn sie nicht Mr. Darlington schon ewige Treue geschworen hätte. Ihre freundschaftlichen Gefühle hätten allerdings nicht nachgelassen, obwohl sie ihn schon als Kind mit Nankinghosen und Rüschenhemd gekannt hätte.

«Er hat mich immer ganz ekelhaft geneckt, wenn ich nach Hauld Hall kam, um mit seinen Schwestern zu spielen», sagte sie. Dann fügte sie in seelenvollem Ton hinzu, daß die Darlingtons noch nicht sehr lange in der Gegend seien, so daß sie nicht das Vergnügen gehabt hatte, ihren lieben Robert in einem solchen Aufzug zu sehen.

Dann erkundigte sie sich danach, ob Georgina schon einmal darüber nachgedacht habe, wie Mr. Shannon wohl in diesem Alter aussah – eine Frage, die ihre prosaischere Begleiterin an den Rand eines Erstickungsanfalls brachte, weil sie versuchte, ihr Lachen zu unterdrücken.

«Nein, das habe ich wirklich nicht», sagte sie.

«Ich auch nicht», erklärte Betsy. «Doch es ist sehr ergreifend, darüber nachzudenken. Mama hat mir natürlich nicht alle Einzelheiten erzählt», sagte sie. Sie blickte schnell zu ihrer schlafenden Mutter hinüber und flüsterte dann Georgina zu: «Doch ich glaube, daß seine Lebensgeschichte sehr traurig ist, meinst du nicht auch? Und ich finde es sehr edel von dir, daß du ihn heute vor den andern verteidigt hast.»

«Meine Güte, sei doch nicht so albern», schimpfte Georgina. «Daran war absolut nichts ‹edel›. Ich konnte nur nicht still dabeisitzen und zuhören, wie der lächerliche Junge dieser Sache einen Anstrich gegeben hat, den sie nicht verdient.»

«Trotzdem», sagte Miss Mott beharrlich. «Ich fand es unerhört romantisch, daß du die ganze Zeit dazu gezwungen warst, mit ihm in einem Haus zu leben, wo Mrs. Quinlevan ans Bett gefesselt war und niemand außer Brandon dich schützen konnte. Sogar Papa meinte, daß es sehr ungehörig war. Ist er – warst du – war er sehr . . .?» – «Nein, er war nicht», sagte Georgina ziemlich ärgerlich und nahm Betsy die Möglichkeit, sich weiter in dieser Richtung vorzutasten. «Und ich wünschte, du würdest damit aufhören, anderen Leuten solche Ideen in den Kopf zu setzen. Es ist schon schlimm genug, wenn Lady Eliza ihre widerlichen Andeutungen macht, und nun kommst auch noch du und tust, als sei irgend etwas anrüchig daran gewesen, daß Shannon in The Place of the Oaks geblieben ist.»

Miss Mott schien ziemlich enttäuscht über den Dämpfer, den ihre romantischen Phantasien bekommen hatten, doch da sie merkte, daß Georgina dieses Thema mißfiel, gab sie nach. Auf welche Weise Mrs. Quinlevan erfuhr, was sich auf dem Ball ereignet hatte, wußte Georgina nicht, da sie selbst ihrer Tante am nächsten Morgen nur eine kurze Schilderung des Geschehens gegeben hatte und dabei Mr. Hessions Namen nicht erwähnte. Am nächsten Nachmittag jedoch, als Georgina von einem Ausritt mit Betsy Mott und einigen anderen jungen Leuten zurückkam – zu ihrer Freude durfte sie einen prächtigen Rotschimmel aus dem Stall von Sir Humphrey reiten –, wartete ihre Tante Bella mit allen Anzeichen größter Erregung auf sie. Sie ruhte auf einem Sofa in ihrem Ankleidezimmer, doch sie setzte sich auf, als Georgina – von Higgins zum Eintreten aufgefordert – ins Zimmer kam.

«Ich hoffe, es geht Ihnen nicht schlechter, Madam?» fragte Georgina besorgt. «Ich hätte Sie nicht allein gelassen, wenn ich gewußt hätte . . .»

«Nein, das ist es nicht», antwortete Mrs. Quinlevan. «Im Gegenteil – Dr. Culreavy ist gerade gegangen, und er ist so zufrieden mit mir, daß er nichts dagegen hat, wenn ich ausfahre. Doch deswegen wollte ich nicht mit dir sprechen», sagte sie und bemühte sich, ihren Ärger nicht zu zeigen. «Setz dich, meine Liebe. Ich habe das Gefühl, ich müßte mich einmal ernsthaft mit dir unterhalten.»

«Worüber, Madam?» fragte Georgina und setzte sich gehorsam auf einen Stuhl, nicht ohne ihr Erstaunen anzudeuten. – «Über – über Herren, meine Liebe! Und über Peter Hession im besonderen.»

Georgina runzelte die Stirn. «Warum – wieso über ihn, Madam?» fragte sie ziemlich abweisend.

Mrs. Quinlevan schlug ihre Hände flehend zusammen. «Oh, bitte, wenn du in diesem Ton sprichst, meine Liebe, muß es weiter gegangen sein, als ich mir gedacht habe», sagte sie. «Doch du mußt mir glauben – du mußt mir wirklich glauben, das ich nur das Beste für dich will, wenn ich dir sage, daß das nicht geht! Du kannst ihn ja noch nicht kennen – du kannst niemand von diesen schrecklichen Hessions kennen . . .»

«Ich verstehe überhaupt nichts mehr!» sagte Georgina, erhob sich und schaute streng auf ihre Tante hinab. «Was haben die Hessions, bitte, mit mir zu tun?»

Mrs. Quinlevan blickte ihre Nichte, die mit solcher Bestimmtheit auftrat, etwas erschrocken an. Sie stammelte: «Du bist nicht – du bist also nicht besonders von ihm eingenommen?»

«Von ihm eingenommen!» sagte Georgina aufgebracht. «Du lieber Gott, ich habe ihn gestern abend zum erstenmal gesehen!»

«Aber hast du denn nicht zweimal mit ihm getanzt? Und bist heute mit ihm ausgeritten?»

«Er war heute beim Ausritt auch dabei, natürlich», sagte Georgina. «Doch ich versichere Ihnen, daß zwischen uns gar nichts Besonderes ist.» Als sie dies sagte, war ihr nicht ganz wohl zumute, denn Mr. Peter Hession hatte sie tatsächlich während des ganzen Rittes mit seiner ungeteilten Aufmerksamkeit bedacht. Dennoch fuhr sie in bestimmtem Ton fort: «Ich weiß wirklich nicht, wer solche Ideen in Ihren Kopf gesetzt hat, doch ich gebe Ihnen mein Wort, daß man sich irrt, wenn man glaubt, ich sähe in Mr. Hession mehr als einen beliebigen Bekannten.»

Mrs. Quinlevan schien noch nicht ganz überzeugt. «Bist du dir auch sicher?» fragte sie zweifelnd. Dann aber, als sie sah, daß Georgina ärgerlich wurde, fuhr sie, ohne ihre Antwort abzuwarten, fort: «Ich weiß, ich hätte so etwas gar nicht von dir denken dürfen, meine Liebe. Und die alte Mrs. Scanlan, die es mir berichtet hat, war seit Jahren nicht mehr auf einem Gesellschaftsball und wiederholt nur, was ihre Großnichten ihr erzählen, und das versteht sie oft auch falsch. Deswegen hätte ich es auch gar nicht glauben dürfen. Sicherlich ist nur mein schlechter Nervenzustand daran schuld, daß ich ihr auch nur einen Moment Glauben geschenkt habe. Aber du weißt, meine Liebe, daß ich im Augenblick deine liebe Mutter vertreten muß und auch Lady Mercer, was für mich fast eine noch größere Verpflichtung ist – so streng, wie ihre Ansichten sind –, und deswegen darfst du nicht böse mit mir sein, wenn ich diese Dinge wissen möchte.»

«Ich versichere Ihnen, Madam, daß ich es Ihnen sagen werde, wenn ich das Gefühl habe, mein Herz zu verlieren», erklärte Georgina. «Doch was Peter Hession betrifft, so ist meine Bekanntschaft so flüchtig, daß Sie es als reinen Klatsch betrachten dürfen, wenn Ihnen erzählt wird, daß ich für ihn etwas übrig habe.»

Während sie dies sagte, hellte sich Mrs. Quinlevans Gesicht auf, und sie meinte nun mit einem vertraulichen Lächeln: «Ich bin sehr glücklich, daß du das sagst, meine Liebe, denn dieser junge Mann ist tatsächlich ganz ungeeignet für dich, ganz zu schweigen von dem Elend, das einem Mädchen bevorsteht, wenn es Miranda Hession zur Schwiegermutter bekommt. Ich behaupte nicht, daß Peter leichtlebig ist, doch die Hessions verbringen die meiste Zeit in London, und nach dem, was mein Bruder Jeremy erzählt, ist er im vergangenen Jahr in höchst merkwürdige Gesellschaft geraten – sehr unpassend für einen jungen Mann seines Alters. Ich wundere mich, daß Lucinda Mott es dir nicht gesagt hat, bevor du genötigt warst, zweimal mit ihm zu tanzen. Ich muß sagen, es ist wirklich eine Zumutung für dich, zu diesen ländlichen Bällen geschleppt zu werden. Sicherlich gehörst du nicht zu den jungen Mädchen, die sich den jungen Männern in diesen gewagten Kleidern zur Schau stellen, die man heute tragen muß, um modern zu sein. Ich nehme an, du würdest die Zeit viel lieber mit deinem Vetter im Freien verbringen und dich nett mit ihm unterhalten. Wir haben hier ein sehr hübsches Gehölz in Craythorne. Mein verstorbener Mann hat sich immer besonders darum gekümmert, und auch die Huddlestons haben dafür gesorgt, daß es gut gepflegt wird, denn es war immer in bester Ordnung, wenn wir hierher zu Besuch kamen.»

Nun war das Gespräch an einem Punkt angelangt, der Georgina nicht im geringsten interessierte – die Beziehung zu ihrem Vetter Brandon. Sicher wollte ihre Tante jetzt herauskriegen, wie weit sie einander inzwischen nähergekommen waren. Das war zuviel für Georgina, und sie verließ mit einer Entschuldigung den Raum. Als sie die Treppe hinunterging, fiel ihr ein, daß sie Brandon, seit sie in Craythorne waren, wenig gesehen hatte. Sie fragte sich, ob er nicht seinen Plan wahr gemacht hatte, jeden Morgen nach The Place of the Oaks zu reiten, um Shannon dort bei seinem Inspektionsritt zu begleiten. Wenn ja, dann stellte er das sehr listig an – und das war auch nötig, denn wenn seine Mutter es erführe, würde sie alles tun, um es zu verhindern.

Sie entdeckte ihn in dem kleinen gelben Raum im hinteren Teil des Hauses, den er und Reverend Mr. Peabody immer benutzten, wenn sie zusammen lasen. Er war jedoch im Augenblick allein und schaute überrascht auf, als sie den Kopf zur Tür hereinsteckte und fragte, ob sie hereinkommen dürfe.

«Ich habe gedacht, du bist heute nachmittag mit deinem Geliebten fort?» sagte er. – «Meinem . . . was?» Obwohl er sie angrinste, ging sie drohend auf ihn zu. «Wehe, wenn du noch ein einziges Mal so etwas zu mir sagst! Ich komme gerade von deiner Mutter, deswegen nehme ich an, du sprichst von Peter Hession?»

Er schloß sein Buch. «Wem sonst?» fragte er und überging gelassen ihre drohende Gebärde. «Sie war heute nachmittag so aufgeregt, daß ich mir vorgenommen habe, dir viel Vergnügen zu wünschen, sobald ich dich sähe.»

Sie ließ sich seufzend in einen Sessel fallen. «Du liebe Güte», sagte sie verdrossen. «Sich wegen nichts so aufzuregen. Ich habe lediglich zweimal mit ihm getanzt gestern abend – das war alles. Und nun hat sich offenbar irgendein Wichtigtuer in Andeutungen ergangen . . .»

«O nein – weit entfernt davon», versicherte ihr Brandon. «Keine Andeutungen sondern reine Tatsachen, und als Mama das hörte, ging sie in die Luft. Sie war bisher mit ihren eigenen Angelegenheiten so beschäftigt, daß sie sich damit beruhigt hat, du und ich, wir würden uns schon nach ihren Wünschen verhalten. Die Nachricht von deinem Flirt mit Peter hat sie nun aus ihrer Ruhe aufgeschreckt.»

«Brandon, ich warne dich!» sagte Georgina zornig. «Ich bin nicht hinter ihm her, wie es mir deine Mutter gerade vorgeworfen hat. Dazu ist er mir viel zu sehr von sich überzeugt, und außerdem ist er für meinen Geschmack zu sehr Dandy.»

«Aber du darfst dich nicht durch seine Halstücher und Westen beirren lassen», sagte Brandon beharrlich und grinste weiter. «Er ist ein toller Reiter, du solltest ihn mal bei der Hetzjagd sehen.» Er hielt eine Hand hoch, als er sah, daß sie etwas entgegnen wollte. «Also gut, friß mich nicht auf. Ich ergebe mich. Wahrscheinlich hast du Mama schon besänftigt?»

«Ja, ich glaube. Aber der Herr bewahre mich, falls ich wirklich, solange ich hier bin, einen Mann treffen sollte, der mir gefällt!» Dann sagte sie vorwurfsvoll: «Ich dachte, du wolltest ihr sagen, daß du mich auf keinen Fall heiraten willst?»

«Das habe ich auch, meine Liebe, wenigstens ein halbes dutzendmal. Es hat aber alles keinen Zweck. Sie behauptet, ich sei zu jung, um mich genügend zu kennen.»

«Das bist du auch. Neunzehn ist wirklich für einen Mann zu jung, um ans Heiraten zu denken.»

«Ich bin ganz deiner Meinung. Doch wir könnten uns verloben», sagte Brandon verschmitzt. – «Brandon!» – «Das würde dir sehr viel Ärger ersparen», meinte er. «Das würde uns beiden sehr viel Ärger ersparen, wenn man es recht betrachtet. Und dann könnten wir, wenn du wegfährst, die Verlobung auflösen.»

«Es würde mir nicht im geringsten Ärger ersparen», erklärte Georgina. «Denn wenn es Großmama zu Ohren kommt, würde sie mich auf der Stelle nach Bath zurückbeordern. Du bist nicht im entferntesten reich genug für sie, und du hast keinen Titel – noch nicht einmal den eines Baronets.»

«Ich nehme an, sie wäre mit Peter Hession eher einverstanden», sagte Brandon. «Er wird eines Tages Sir Peter werden, dann würdest du Lady Hession sein.»

Georgina bedeutete ihm, daß er endlich mit dem Unsinn aufhören solle. Dann ging sie auf ein anderes Thema über und fragte ihn, was er getan hatte, seit sie nach Craythorne kamen.

«Ich hatte zuviel um die Ohren», sagte sie. «Deswegen habe ich dich kaum gesehen. Warst du in The Place of the Oaks?»

«Ja, gestern», sagte er in wehmütigem Ton. «Es war aber umsonst. Shannon hat mich wieder heimgeschickt. Er wollte nicht, daß ich seinetwegen Schwierigkeiten habe. Er kann verflucht herrisch sein, wenn er will!»

«Ja, das weiß ich», sagte Georgina, die sich nur zu gut an das Gespräch in seinem Wagen erinnerte. Sie runzelte die Stirn. «Es sind diese schrecklichen Hessions», sagte sie nach einer Weile. «Ich nehme an, sie haben ihm klargemacht, daß man ihn in der Nachbarschaft nicht empfangen wird. Es macht mich immer wütend, wenn Menschen sich so aufspielen. Ich wünschte, wir könnten etwas daran ändern.»

«Wir?» fragte Brandon skeptisch. «Du magst ihn ja auch nicht. Warum solltest du etwas für ihn tun wollen?»

«Das hat ja damit nichts zu tun», sagte Georgina hitzig. «Wenn es ungerecht ist, dann ist es ungerecht – ganz egal, was ich selbst empfinde.»

Brandon zuckte die Achseln. «Auf jeden Fall wird es dir nicht gut bekommen, wenn du dich damit befaßt», sagte er. «Wenn er noch nicht einmal etwas davon wissen will, daß ich nach The Place of the Oaks komme, wird er kaum begeistert davon sein, wenn du dich in seine Angelegenheiten einmischst.»

Diese Erklärung konnte Georgina nicht unwidersprochen hinnehmen, und so ergab sich eine Debatte, bei der Brandon betonte, daß Shannon *sein* Freund sei und daher niemand anderes Angelegenheit, während Georgina darauf bestand, mehr an ihm wiedergutmachen zu müssen, da sie ihm so unrecht getan habe. Deswegen müsse sie es auf sich nehmen, dafür zu sorgen, daß nicht die ganze Nachbarschaft ihren Fehler wiederholen würde.

Was jeder von ihnen in dieser Angelegenheit tun konnte – darüber bestand allerdings ziemliche Ratlosigkeit. Shannon selbst hatte Brandon verboten, nach The Place of the Oaks zu kommen, und Georgina hatte das Gefühl, daß ihre eigene Lage diesbezüglich ziemlich heikel war. Angesichts von Lady Elizas Anspielungen und Miss Motts eifriger Neugierde konnte jedes Wort, das sie zu seiner Verteidigung sagte, mißverstanden werden.

Beide kamen schließlich zu dem Ergebnis, daß man abwarten müsse, bis sich von selbst etwas ereignete, was ein Eingreifen zugunsten Shannons möglich machte. Diese freundschaftliche Abmachung hatte zur Folge, daß sie sich am Ende wieder so einig waren und abends in so guter Stimmung erschienen, daß Mrs. Quinlevan beim Dinner wieder Mut schöpfte und sicher war, ihren eigenen Plan aufs schönste verwirklichen zu können.

9

Lady Eliza hielt Wort: Zwei Tage nach dem Ball kam sie nach Craythorne und holte Georgina ab, um mit ihr den Nachmittag in Stokings zu verbringen. Sie lenkte einen sportlichen Zweispänner, gezogen von einem Paar prächtiger Füchse, und hinter ihr ritt ein Reitknecht auf einem dritten Fuchs. Ihre Erscheinung war so elegant – sie trug ein eng geschnittenes gelbgrünes Tuchhabit und einen hohen, tschakoähnlichen Hut in derselben Farbe –, daß Georgina sofort den Wunsch hatte, es ihr gleichzutun. Sir John hatte nie etwas dagegen gehabt, daß sie seine Pferde ritt, und auch nicht, daß sie halsbrecherisch hinter der Meute herstürmte, so daß mancher junge Mann in Herefordshire neidisch wurde. Doch daß eine junge Dame einen sportlichen Zweispänner lenkte, der mit schnellen Pferden bespannt war, tadelte er als «leichtsinnig», und er hätte seiner Enkelin nie erlaubt, etwas anderes als einen langsamen Einspänner zu lenken, mit dem man gemächlich über die Landwege fahren konnte.

Als sie losfuhren, bemerkte sie sofort, daß Lady Eliza die Zügel mit lässiger Leichtigkeit handhabte, und die Art, wie sie die beiden Tiere mit kurzem Peitschenschlag zum Trab antrieb und dann die Zügel mit einer gewandten Drehung des Handgelenks straffte, zeigte ihr, daß sie ihr Handwerk verstand.

Lady Eliza bemerkte das Interesse ihrer Begleiterin, denn schon nach kurzer Zeit ließ sie die Pferde halten und forderte Georgina auf, selbst die Zügel in die Hand zu nehmen.

«Ich sehe, daß es Ihnen Spaß machen würde», sagte sie. «Und ich riskiere sicher nicht zuviel, wenn ich sie Ihnen anvertraue. Ihr Ruhm als Reiterin ist uns nämlich bekannt.»

Georgina schüttelte den Kopf und sagte sehnsüchtig: «Ich würde es sehr gerne tun, doch Sie irren sich, ich habe keinerlei Erfahrung. Ich habe noch nie einen Zweispänner gefahren, und ich habe keine Ahnung, wie man mit Zügeln umgeht.»

«Unsinn!» sagte Lady Eliza lachend. «Sicher sind Sie viel zu bescheiden.»

Obwohl Georgina protestierte, gab Lady Eliza nicht nach, denn sie schien zu glauben, daß sie sich nur zierte, um ihre Künste ins rechte Licht zu setzen. Daher hatte Georgina kurz darauf die Zügel in der Hand und fuhr die Landstraße hinunter – in einem so ruhigen Tempo, wie ihre Unerfahrenheit und das nervöse Temperament der Füchse es erlaubten.

«Na also, Sie sehen, wie einfach das ist», sagte Lady Eliza. «Ich wußte ja, daß Sie das können.»

Georgina selbst war jedoch nicht sehr zufrieden mit ihrer Vorstellung, denn die Füchse waren trotz all ihrer Pracht recht hart im Maul und dazu unruhig. Doch Lady Eliza ließ sich nicht weiter beeindrucken und saß gelassen neben ihr. Sie schaute über die grünen Wiesen und überließ Georgina ihrem Schicksal, ohne einen Gedanken daran zu verschwenden, daß ihre Begleiterin in Schwierigkeiten geraten könne.

«Wissen Sie, Giles war ziemlich ärgerlich, als ich darauf bestand, diese Pferde für mich zu kaufen», plapperte sie munter weiter. «Er wollte mir weismachen, daß sie sich nicht für eine Dame eignen, was natürlich völliger Unsinn ist, wie Sie selbst sehen. In den ganzen vierzehn Tagen, seit ich sie habe, hatte ich nicht die geringsten Schwierigkeiten mit ihnen. Er und Major Rothe waren gestern abend so unfreundlich, mir zu sagen, daß ich auf die Dauer nicht so viel Glück haben würde, denn eines Tages würde ich sicher mit dem Wagen umkippen. Doch sie sind beide solche Brummbären, daß sie immer das Schlechteste an einer Sache sehen. Wenn nicht Sir Manning Hartily im Hause wäre, hätten sie mich auch schon völlig aus der Fassung gebracht. Doch ich habe darauf bestanden, daß Giles Sir Manning einlädt – es gibt keinen angenehmeren Menschen als ihn, er ist immer so gefällig und guter Stimmung. Sie werden ihn heute kennenlernen, und auch Rothe. Doch ich nehme an, Sie werden die beiden nicht sehr aufregend finden, denn natürlich interessieren Sie sich mehr für die jungen Beaus. Was die betrifft, herrscht allerdings hier in der Gegend ein bedauerlicher Mangel. Trotzdem – seien Sie unbesorgt, denn ich werde im nächsten Monat bei meinem Ball das Haus voller Leute haben, und dann kann ich Ihnen die allervornehmsten Gentlemen bieten.»

Georgina konnte dem Geplapper von Lady Eliza nur am Rande folgen, denn sie hatte genug damit zu tun, die unruhigen Pferde in Schach zu halten. Wenn man sie nach ihrer Meinung gefragt hätte, hätte sie ohne Zögern gesagt, daß der Colonel mit seiner Einschätzung der Tiere recht hatte. Sie war gerade dabei, Lady Eliza offen zu sagen, daß diese beiden Pferde tatsächlich nicht in die Hände einer Dame gehörten, als ein plötzliches Zusammentreffen verschiedener Umstände sie dazu veranlaßte, nur noch an eins zu denken: wie sie die Pferde am besten unter Kontrolle halten konnte.

Der erste dieser Umstände war das plötzliche Auftauchen einer Horde kleiner Buben, die aus einer Hecke herausstürmten. Die beiden Füchse nahmen das jähe Auftauchen der Kinder übel und bäumten sich in den Deichseln auf. Schließlich näherte sich noch zu allem Überfluß von der nächsten Wegbiegung eine Karriole in so schnellem Tempo, daß Lady Eliza einen schrillen Schrei ausstieß. Ihr Reitknecht, der die Pferde anhalten wollte, fiel vor lauter Eifer selbst vom Pferd. Während Georgina versuchte die Pferde mit aller Gewalt zu zügeln, glaubte sie einen Augenblick, daß entweder der Zweispänner oder die Kinder umgerannt werden würden. Doch als sie sah, was vor ihr geschah, atmete sie erleichtert auf. Der Fahrer der Karriole hatte seine beiden Grauschimmel zurückgerissen und zum Halten gebracht, zugleich stellte er seinen Wagen quer über den Weg, warf seine Zügel dem Reitknecht neben sich zu und sprang herab, um den Füchsen in die Zügel zu fallen. Alles geschah in Sekundenschnelle, und als Georgina sich wieder gefaßt hatte, erkannte sie Shannon vor sich, wie er die bebenden Pferde beruhigte und gleichzeitig den erschrockenen Kindern, die sich am Rand der Straße zusammendrängten, eine Auswahl passender Schimpfworte zurief.

«Hat einer was abbekommen?» Seine Stimme klang scharf. «Ihr habt wohl nichts Besseres gelernt, als auf der Straße in einen Wagen hineinzurennen! Los, verschwindet, ihr dummen Bengel, und wehe, wenn ich so etwas noch einmal erlebe!»

Sie machten sich schleunigst davon. Lady Eliza, die sich an den Wagensitz mit geschlossenen Augen geklammert hatte, riß sie nun beim

Klang der vertrauten Stimme auf und rief. «Shannon! Oh, Sie sind es. Das hätte ich ja wissen können – was fällt Ihnen ein, in diesem Tempo hier entlangzufahren.»

Georgina fuhr sie entrüstet an: «Wirklich, Lady Eliza, das ist sehr ungerecht von Ihnen! Wenn Mr. Shannon nicht eingegriffen hätte, wären wir sicher umgekippt, denn ich hätte die beiden Pferde bestimmt nicht halten können. Colonel Malladon hat vollkommen recht – die sind für eine Frau nicht geeignet!»

«Dann verstehe ich nicht, daß Sie den Versuch gemacht haben, Miss Power, wenn Sie Colonel Malladons Meinung schon kannten», sagte Shannon ungehalten. Er übergab die Füchse an Lady Elizas Reitknecht, der inzwischen wieder auf den Füßen stand, sprang auf den Fahrersitz des Zweispänners und drängte Georgina unsanft gegen Lady Eliza. «Es sei denn, Sie ziehen es vor, zu Fuß zu Ihrem Bestimmungsort zu gehen», sagte er kühl. «Ich fürchte, Sie werden sich damit behelfen müssen, daß ich Sie dorthin fahre. Ihre Pferde sind nicht gerade in der Verfassung, von einer Frau gelenkt zu werden, Lady Eliza, und Ihr Reitknecht scheint ebenso verstört zu sein wie Sie.»

Ohne auf ihre Einwilligung zu warten, rief er Hanger zu, die Karriole zu übernehmen und die Besorgung, die er machen wollte, zu erledigen. Dann trieb er die Füchse zu einem ruhigen Trab an.

«Ich nehme an, Sie waren auf dem Weg nach Stokings?» fragte er Lady Eliza mit ironischer Höflichkeit.

Sie schien sich schnell von dem Schrecken zu erholen, rückte ihren grünen Hut zurecht, der bei diesem Zwischenfall verrutscht war, blickte Shannon lachend und recht selbstbewußt an und sagte: «Ja, aber was für ein schrecklicher Tyrann Sie sind, Shannon! Als ob ich meine Pferde nicht selbst lenken könnte.»

«Wenn ich so verabscheuenswert wäre, wie Sie glauben, würde ich Sie den Versuch machen lassen», gab Shannon zurück. «Doch zu Ihrem Glück habe ich genügend Barmherzigkeit, es nicht zuzulassen, daß Sie und Miss Power umkippen und im nächsten Graben landen.»

«Ich glaube, er hat recht», sagte Georgina. Dann bemerkte sie jedoch Shannons belustigten Blick und sagte mit scharfem Ton: «Ich hatte nicht die Absicht, mit meinen Fahrkünsten zu protzen. Ich habe Lady Eliza gleich gesagt, daß ich noch nie einen Zweispänner gefahren habe.»

«Um so dümmer, daß Sie es zum erstenmal mit solchen Pferden versucht haben», sagte Shannon mit wenig zartfühlender Offenheit.

Georgina schwieg gekränkt. Ihr war klar, daß sie bei diesem Wortwechsel schlecht abgeschnitten hatte. Sie wollte sich jedoch nicht damit entschuldigen, daß an allem Lady Eliza schuld sei, die darauf bestanden habe, ihr die Zügel zu übergeben.

Lady Eliza verfiel jedoch sofort in ihren Konversationston, bat Shannon, doch nicht so viel Aufhebens um eine Kleinigkeit zu machen, und fragte ihn mit gespielter Gleichgültigkeit, wie er in The Place of the Oaks vorankomme.

«Sehr gut», antwortete er knapp.

Lady Eliza lachte ungläubig. «Ach, tatsächlich? Da haben wir aber etwas ganz andres gehört!» sagte sie. «Soviel ich weiß, sind Sie hier in der Gegend geächtet. Lady Hession hat in der ganzen Nachbarschaft verbreitet, welch phantastische Abfuhr sie und Sir Landers Ihnen erteilt haben, als Sie versucht haben, ihnen Ihre Bekanntschaft aufzudrängen. Wirklich, Shannon, ich glaube, Sie haben keinen einzigen Freund im Land!»

Georgina war sprachlos. Sie war zwar, was das Flirten in der mondänen Welt anging, noch unerfahren, doch sie hatte das Gefühl, daß dieser unverfrorene Ausfall nicht reine Unverschämtheit war, sondern daneben noch eine besondere Bedeutung hatte. Wahrscheinlich wollte sie durch diese frechen Bemerkungen Shannons Aufmerksamkeit auf sich lenken.

Wenn sie das beabsichtigt hatte, war ihr Versuch ein voller Mißerfolg. Georgina, die Shannon anblickte, sah, wie seine Züge sich leicht anspannten, doch er nahm die Augen nicht von der Straße und bemerkte nur mit ruhiger Stimme: «An diesen Zustand bin ich gewöhnt, Lady Eliza.» Dann ging er zu einem anderen Thema über und fragte Georgina, wie es Brandon in Craythorne gehe.

«Sehr gut», antwortete sie und war froh, daß sie die Wirkung von Lady Elizas Worte mildern konnte. «Doch Sie haben ihn, glaube ich, enttäuscht, als Sie ihm sagten, er solle nicht nach The Place of the Oaks kommen.»

Er zuckte etwas gleichgültig die Achseln und meinte, daß solche Enttäuschungen bald vergehen würden.

«Das glaube ich nicht», sagte Georgina eifrig. «Mein Vetter ist nicht wie die anderen Jungen in seinem Alter. Er hat wenig Unterhaltung, und wenn er dann einen Freund gewinnt, hat es für ihn Bedeutung.»

Lady Eliza, die sich nicht so leicht abfertigen ließ, mischte sich in das Gespräch ein und erklärte lachend, daß sie sich wohl geirrt haben müsse. «Mir scheint, Sie haben hier wenigstens zwei Freunde», sagte sie. «Den jungen Quinlevan und Miss Power. Liegt es in der Natur dieser Familie, daß Sie es so leicht haben, ihre Mitglieder für sich einzunehmen?»

Jetzt wurde Georgina wütend und erklärte Lady Eliza, sie solle sich doch nicht wie eine dumme Gans benehmen. Diese Offenheit hätte Sir John gebilligt, doch Lady Mercer hätte sie in höchstes Entsetzen versetzt.

«Ich verstehe nicht, was mit Ihnen los ist, daß Sie die geringste Höflichkeit vermissen lassen», sagte Lady Eliza. Shannon jedoch bemerkte trocken: «Da sind Sie sicher auf einer falschen Spur, Lady Eliza. Miss Power kann mich sogar noch weniger leiden als Lady Hession, doch sie hat offenbar so viel Anstand, daß sie es nicht in der Nachbarschaft verbreitet.»

Georgina war zwar wenig entzückt davon, mit Lady Hession in einem Atemzug genannt zu werden, aber immerhin freute es sie, daß Shannon am Schluß seiner Rede noch ein kleines Lob für sie eingeflochten hatte. Tatsächlich war ihre Freude darüber so groß, daß sie sich erschrocken fragte, was dies wohl zu bedeuten habe. War sie wirklich so töricht, sich für einen Mann wie Shannon zu interessieren – einen bekannten Mitgiftjäger, der mehr als zwölf Jahre älter war als sie selbst und in ihr sicher nur ein dummes Schulmädchen sah?

Sie fühlte, wie sie rot wurde, und war dankbar, als Lady Eliza sich nun an Shannon wandte: «Nun gut, wenn Sie es so haben wollen! Doch haben Sie nie daran gedacht, daß Giles und ich Ihnen vielleicht auch als Freunde zur Seite stehen könnten? Das wäre wohl möglich – vorausgesetzt, man träte in gebührender Form an uns heran. Giles ist einer der gutmütigsten Menschen, die es gibt, und bringt es nicht fertig, schlecht von jemand zu denken – und ich, nun, ich bin eine versöhnliche Natur. Man könnte mich sogar dazu bewegen, Ihnen eine Einladung für meinen Ball zu schicken – vorausgesetzt, Sie benehmen sich anständig.»

Shannon unterbrach sie. «Ich bin nicht auf Einladungen aus, Lady Eliza. Ich habe auch so genug zu tun.»

«Mit Pferden und Schafen und Ernten und dummen Pächtern!» sagte sie. «Das mag genügt haben, als Sie Cartans Vertrauensmann waren, doch nun sind Sie Shannon von The Place of the Oaks, und wenn Sie den geringsten Ehrgeiz hätten, würden Sie Anstrengungen machen, um als solcher anerkannt zu werden. Ich hätte wirklich nicht gedacht, daß Sie so sanftmütig sein könnten, sich von den Hessions wie ein Niemand behandeln zu lassen und die gebührende Antwort schuldig zu bleiben.»

Diesmal hatte sie noch nicht einmal die Genugtuung, die geringste Spur von Verdruß in seinem Gesicht zu entdecken, denn er sagte nur gleichgültig, mit einem Blick auf Georgina: «Dieses Thema dürfte Miss Power kaum interessieren. Da ich hier nur in der Eigenschaft Ihres Fahrers dabei bin, würde ich vorschlagen, daß Sie sich mit ihr beschäftigen.»

Lady Eliza lachte, doch Georgina merkte, daß sie sich ärgerte. «Sie sind wirklich ein undankbarer Kerl, Shannon!» sagte sie. «Ich würde mich nicht wundern, wenn Sie eines Tages froh darüber sind, mein Angebot anzunehmen – sowenig Sie es auch verdienen.»

Damit wandte sie sich Georgina zu und zeigte ihr, was es in der Gegend an Interessantem gab. Es begann dann eine Unterhaltung, die zu Georginas Freude abgebrochen wurde, als die Tore von Stokings in Sicht waren. Jetzt wandte sich Lady Eliza wieder an Shannon.

«Kommen Sie noch mit uns herein, um etwas zu trinken – als Belohnung für Ihre galante Geste, uns zu retten?» fragte sie ihn in neckendem Ton.

«Nein, ich habe noch etwas zu erledigen.»

Sie seufzte. «Noch nicht einmal ‹Nein, ich danke Ihnen›», sagte sie. «Wirklich Shannon, Sie werden es niemals weiterbringen, wenn Sie sich immer so toll benehmen.» Sie fügte hinzu: «Doch wenn Sie es so eilig haben, dann steht Ihnen – wenn Sie uns an der Eingangstür abgesetzt haben – natürlich der Zweispänner zur Verfügung. Ihr Reitknecht kann ihn später zurückbringen – oder vielleicht können Sie es auch selbst tun, wenn Sie etwas mehr Zeit haben.»

«Ich werde nichts dergleichen tun», sagte Shannon. «Ich ziehe es vor, zu Fuß zu gehen.»

«Zu Fuß? Das ist doch nicht Ihr Ernst? Es sind ja mindestens fünf Meilen bis The Place of the Oaks!»

«Trotzdem, ich ziehe es vor, zu Fuß zu gehen.»

Sie zuckte ärgerlich die Achseln, stieg, als er den Zweispänner zum Halten gebracht hatte, eilig ab und verschwand im Haus, wobei sie Georgina, die sich höflicher verabschieden wollte, mit sich zog.

Als sie ihre Handschuhe abstreifte und sie mit ihrem Hut einem Diener übergab, fauchte sie: «Ich schwöre Ihnen, daß ich noch niemals einen so ärgerlichen Menschen erlebt habe wie ihn! Man kann überhaupt nichts für ihn tun – nicht daß ich es auch nur versuchen wollte, denn er hat einen unmöglichen Charakter – doch ich schätze es nicht, wenn jemand so behandelt wird wie er. Giles! Giles! Was meinst du?» fuhr sie fort und führte Georgina in einen roten Salon, der kunstvoll im chinesischen Stil eingerichtet war und in dem drei Herren beisammensaßen. «Wir hatten ein schreckliches Unglück und wären beinahe mit unserem Zweispänner umgekippt, und Shannon fühlte sich verpflichtet, uns nach Hause zu fahren – als ob ich mit meinen eigenen Pferden nicht selbst fertig werden würde. Wenn ich sie selbst gelenkt hätte, wäre es nicht passiert, und Miss Power hat mir gesagt, daß sie nicht versteht, mit Zügeln umzugehen, obwohl sie eine so ausgezeichnete Reiterin ist.»

Nachdem sie alles in buntem Durcheinander den Herren entgegengeschleudert hatte, verlangte sie ein Glas Ratafia für Miss Power und sich und sank in einen Sessel, wobei sie mit lässiger Handbewegung Major Rothe und Sir Manning Hartily vorstellte. Der letztere, ein rosiger, äußerst beleibter Herr in auffallend hellen Pantalons, glänzenden

Schaftstiefeln und einem Halstuch, das mit allem Raffinement des orientalischen Stils gebunden war, forderte sofort nähere Erläuterungen von den Damen. Dabei ächzte er schwerfällig durch den Raum, stellte sich neben sie und führte sein Lorgnon zum Auge, um Georgina zu betrachten. Colonel Malladon kümmerte sich inzwischen darum, daß sie bequem saß und die gewünschte Erfrischung bekam – eine Aufgabe, die Lady Eliza ihm offensichtlich gerne überließ.

Major Rothe, ein sensibel wirkender Mann von etwa achtunddreißig, der nichts von dem geckenhaften Gehabe des anderen Gastes an sich hatte, wandte seine Aufmerksamkeit ebenfalls Georgina zu. Sie war eben dabei, Sir Manning eine weniger blumenreiche Schilderung der Erlebnisse zu geben, als Lady Eliza es zuvor getan hatte. Als sie fertig war, sagte er mit einem leichten Lächeln: «Ja, das ist leider ganz Marks Art. Es graut ihm davor, irgend jemand aus Dankbarkeit verpflichtet zu sein.»

Georgina sah ihn überrascht an. «Mark?» fragte sie. «Oh, Sie meinen Mr. Shannon? Sie sind also mit ihm bekannt?»

«Sehr gut sogar», antwortete Major Rothe. «Ich hatte einen Onkel, der in Schottland Nachbar von Lord Cartan war. Bis zu seinem Tod im letzten Jahr habe ich ihn oft besucht. Mark ist natürlich ein paar Jahre jünger als ich, aber ich kenne ihn schon seit der Zeit, als wir beide noch Jungen waren.»

Jetzt mischte sich Lady Eliza ins Gespräch. «Ach, wirklich?» sagte sie. «Ich habe gar nicht gewußt, daß Sie ihn so gut kennen. Allerdings erinnere ich mich jetzt, daß Sie damals, als wir Nuala in Brüssel besuchten, fast immer unter den Gästen waren. Sagen Sie doch – war er immer so unliebenswürdig? Oder hat er das nur im Laufe der Jahre angenommen?»

Major Rothe antwortete ihr mit betontem Ernst, obwohl er wußte, wie oberflächlich die Frage gemeint war.

«Nun, was das betrifft, Lady Eliza», sagte er, «ja, er war immer ein Einzelgänger mit wenig gesellschaftlichen Gaben. Doch Sie müssen auch bedenken, daß er wenig Gelegenheit hatte, sie zu entwickeln.»

Er blickte zu Georgina hinüber, als ob er zögerte weiterzusprechen, denn er konnte nicht wissen, wieviel von Shannons Geschichte schon in der Nachbarschaft bekannt war. Doch Lady Eliza setzte sich über seine Bedenken hinweg und erklärte ohne Umschweife: «Oh, Sie brauchen keine Angst zu haben, aus der Schule zu plaudern, Major! Jedermann weiß ja, daß Shannon ein uneheliches Kind von Lord Cartan ist – das hat sich doch hier sofort herumgesprochen, als die Nachricht von seiner Heirat mit Miss Power bekannt wurde.»

Major Rothe zögerte jedoch immer noch, die Angelegenheit zu besprechen, und ging – trotz Lady Elizas offenkundiger Begierde, mehr über Shannon zu erfahren – zu einem anderen Thema über. Während Georgina ihren Ratafia trank, stellte sie fest, daß Lady Elizas Interesse an Shannon etwas stark ausgeprägt war und daß ihr Mann allen Grund zur Eifersucht hätte. Doch Colonel Malladon schien dies gar nicht zu beeindrucken, noch schien er sich für die übertriebenen Komplimente zu interessieren, die Sir Manning Hartily während der nächsten halben Stunde seiner Frau machte.

Sir Manning schien zuerst geneigt, seine Aufmerksamkeit vor allem Georgina zuzuwenden, die er Colonel Malladon in hörbarem Flüsterton als «echte kleine Schönheit» anpries und dabei erklärte: «Der Teufel soll mich holen, wenn ich in den zwei letzten Jahren in London ein paar schönere Augen gesehen habe!» Dies konnte sie, wie sie später feststellte, als Kompliment auffassen, denn es zeigte sich im Laufe des Gesprächs, daß Sir Manning Mitglied der «Prince Regents» war, eines exklusiven Kreises, und daß er, was Geschmack und Schönheit betraf, allgemein als Kenner galt. Georgina jedoch wäre leicht auch ohne seine Anerkennung ausgekommen, denn sie hatte eine Menge verliebter Blikke zur Folge und einige so offenkundige Komplimente, daß sie rot wurde. Sie war daher erleichtert, als Lady Eliza, die es offenbar nicht schätzte, zweite Geige zu spielen, gebieterisch Sir Mannings Aufmerksamkeit auf sich lenkte. Es gelang ihr, das Gespräch auf die Jagd zu bringen, was auch das Interesse von Major Rothe und Colonel Malladon erregte. Schließlich schlug Colonel Malladon vor, Georgina solle sich doch die beiden Vollblüter ansehen, die er kürzlich erworben hatte. Sie könne doch als vollendete Reiterin nicht aus Stokings fortgehen, ohne die beiden Tiere gesehen zu haben. Noch bevor Lady Eliza begriffen hatte, was vorging, führten er und Major Rothe ihren Gast durch eine der französischen Türen auf die Terrasse und schlenderten mit ihr über den Rasen in Richtung auf die Ställe.

Georgina war nicht überrascht, daß es Lady Eliza nicht paßte, sich ihnen anzuschließen, denn sie war offenbar nicht bereit, bei einem Plan, den sie nicht selbst entworfen hatte, als Anhängsel mitzuwirken. Ihre Reaktion darauf, daß ihr Gast die Aufmerksamkeit zweier Herren ihres Hofes auf sich gezogen hatte, verblüffte Georgina jedoch: Schon nach fünf Minuten schickte sie einen Diener hinter Colonel Malladon her, mit der Mitteilung, daß sie ihn wegen der weiteren Gestaltung des Tages unbedingt sprechen müsse. Dies war zweifellos nur ein Vorwand, und Colonel Malladon bewies durch den Gleichmut, mit dem er es aufnahm, daß er sich dieser Tatsache wohl bewußt war.

Sein Mißvergnügen führte zwar nicht dazu, die Aufforderung seiner Frau zu mißachten, doch fand er Genugtuung darin, Georgina und Major Rothe zu erklären, daß für sie keine Notwendigkeit zur Rückkehr bestände. Zugleich bat er Major Rothe, ihn in der Zwischenzeit zu vertreten und Georgina herumzuführen. Dann schritt er entschlossen auf das Haus zu. Seine Gäste sahen sich an und versuchten vergeblich, ernst zu bleiben. Georgina war die erste, die herausplatzte.

«Raufen werden sie nicht», erklärte Major Rothe lächelnd, «dazu ist Malladon viel zu sanftmütig.»

Georgina bemerkte bissig: «Vielleicht wäre es für alle besser, wenn er es nicht wäre.» Doch dann bezähmte sie sich und schaute ihren Begleiter reumütig an. «O weh, meine scharfe Zunge!» sagte sie. «Großmama hat mir immer gesagt, daß eine junge Dame keine persönliche Meinung zu äußern hätte, es sei denn, um Artigkeiten zu sagen.»

«Ich fürchte, es würde auf dieser Welt sehr langweilig zugehen, wenn sich alle jungen Damen streng an diese Regel halten würden», sagte Major Rothe amüsiert. Nach einer Weile fügte er hinzu: «Ich nehme an, Sie sind mit den Malladons nicht gut bekannt, Miss Power?»

«Nein, ich bin erst seit ein paar Wochen in Kerry und die meiste Zeit war meine Tante, Mrs. Quinlevan, nicht in bester Verfassung, so daß ich erst vor kurzem aus dem Haus gekommen bin. Wenn Sie öfter hier zu Besuch sind, kennen Sie wohl meine Verwandten, die Quinlevans?»

«Offen gestanden, nein, denn dies ist auch mein erster Besuch in Kerry», sagte Major Rothe. «Doch ich habe gehört, daß Malladon und Lady Eliza sie erwähnt haben. Das ist doch die Familie, die Mark Shannon um den Besitz von The Place of the Oaks gebracht hat, indem er Ihre – Cousine heiratete, nicht wahr, Miss Power?»

«Ja.» Sie schaute ihn neugierig an. «Ich war erstaunt, als ich hörte, daß Sie Shannons Freund sind», sagte sie dann offen. «Ich hätte nicht gedacht, daß er überhaupt Freunde hat, da ihm offenbar nichts daran liegt, angenehm auf andere Menschen zu wirken. Doch vielleicht meinten Sie nur, daß Sie schon sehr lange mit ihm bekannt sind?»

«Im Gegenteil, ich betrachte ihn als einen meiner besten Freunde», sagte Major Rothe.

«Ach, wirklich?» fragte sie naiv. «Dann ist er nicht immer so – so unliebenswürdig, wie er hier den Eindruck macht?»

Major Rothe lächelte. «Da ich erst gestern angekommen bin und nicht gesehen habe, wie er sich hier aufführt, kann ich darüber nichts sagen», meinte er. «Wie ich schon zu Lady Eliza gesagt habe, hat er wenig gesellschaftliche Gaben. Doch wenn er unter Leuten ist, die ihn richtig einschätzen, glaube ich nicht daran, daß er abstoßend wirkt.»

Georgina nickte nachdenklich. «Ja, das habe ich mir beinahe gedacht», sagte sie. «Wahrscheinlich kam er schon mit der Erwartung hierher, geschnitten zu werden, und deswegen hat er von vornherein seine Stacheln gezeigt. Doch das war das schlimmste, was er machen konnte. Ich bin sicher, daß Menschen wie Sir Humphrey und Lady Mott nicht hochmütig sind und willens gewesen wären, ihn anzuerkennen, wenn sie einmal gemerkt hätten, daß er nicht der Abenteurer ist, den man in ihm vermutet. Aber er hat nichts getan, um sie oder andere Leute für sich zu gewinnen. Der Erfolg davon ist, daß er von der Gesellschaft gemieden wird.»

«Es tut mir leid, das zu hören», sagte Major Rothe ernst. «Doch er ist ja noch nicht lange hier. Vielleicht später, wenn er erst besser bekannt ist . . .»

«Er wird nie bekannt werden, wenn man nicht bald etwas unternimmt», sagte Georgina offen. Dann fügte sie hinzu: «Natürlich ist es seine eigene Schuld. Ich muß zugeben, daß ich auch keine gute Meinung von ihm hatte. Doch dann sah ich, wie freundlich er zu meinem Vetter war, der ein lahmes Bein hat und deswegen oft geringschätzig behandelt wird, und daß er schon seine Pächter für sich gewonnen hat.»

«Das freut mich», sagte Major Rothe. «Es hätte auch gar nicht anders sein können, denn ich kenne kaum einen Mann, der mehr von der Landwirtschaft versteht als er. Als der alte Graf noch lebte, wurde immer gesagt, daß Cartans Land in besserem Zustand sei als jedes andere in der Gegend, und damals war Mark ja Cartans Verwalter.»

«Ich frage mich, weshalb Lord Cartan nicht für ihn vorgesorgt hat, bevor er starb – wenn er ihm so viel genützt hat», sagte Georgina, die ihre Neugierde nicht bezähmen konnte. «Ich glaube, er hat es nicht getan?»

«Nein», antwortete Major Rothe. «Ich gebe zu, daß mich das auch gewundert hat, doch man muß bedenken, daß sie ein sehr seltsames Verhältnis zueinander hatten. Sie waren sich in vielen Dingen sehr ähnlich – beide waren harte Männer, denen nicht nur das Geben, sondern auch das Nehmen schwerfiel. Als Mark noch ein Junge war, mußte er sich jedes Vorrecht und jedes Wort der Anerkennung von dem alten Grafen erkämpfen. Ich nehme an, daß Cartan herausfinden wollte, ob die erstaunliche äußere Ähnlichkeit, die Mark mit ihm hatte, auch innen vorhanden war. Und außerdem», fügte er hinzu, als er merkte, wie aufmerksam sie ihm zuhörte, «hat Lady Cartan ihn nie gemocht. Sie war zwar eine ausgezeichnete Frau und sehr fair, doch es hat ihr nicht gepaßt, daß Mark im Haus aufwuchs, fast gleichberechtigt mit seinen anderen Kindern, und sie hatte sehr großen Einfluß auf ihren Mann. Sie hatte eine große Familie, und vielleicht hat sie Cartan davon überzeugt, daß jede Vorsorge für Mark nur das Erbe seiner Kinder schmälern würde.»

Georgina, die ein bekümmertes Gesicht machte, hatte während seiner Erzählung nachlässig die Mähne einer hübschen kleinen Stute gestreichelt, die neugierig auf die Besucher zugekommen war. Als Major Rothe geendet hatte, sagte sie nachdenklich: «Und als der alte Graf starb, hat sein Nachfolger wahrscheinlich die gleiche Einstellung gehabt?»

«Ja, die beiden haben sich nie gut verstanden. Mark war der Ältere und Stärkere, und so entging er den kleinen Schikanen, die ein Junge dem andern zufügt, wenn er einen Vorrang hat. Doch trotzdem ist ihm sein Leben bitter genug geworden, denn er hatte viel Spott zu ertragen.» Er fügte schnell hinzu: «Sie dürfen aber nicht denken, daß er sich darüber bei mir beklagt hat. Alles, was ich davon weiß, stammt von einem der jüngeren Söhne, Edmund, der Mark recht gut gesinnt war und mir gelegentlich Dinge berichtete, die vielleicht besser in der Familie geblieben wären.»

«Und als der alte Graf starb, gab der jetzige Lord Cartan Shannon den Laufpaß?» erkundigte sich Georgina.

«Nein, nicht sofort. Ich war selbst überrascht, daß Mark nicht von selbst gegangen ist, doch er hat wohl zu sehr an seiner Heimat gehangen. Vielleicht hat er auch gedacht, daß er und der junge Graf ganz gut miteinander auskommen würden, wenn sie sich gegenseitig aus dem Weg gingen. Doch dann hatte Cartan plötzlich den Einfall, die Zügel selbst in die Hand zu nehmen, und nach einem Jahr hatten sich die Dinge so zugespitzt, daß Mark gezwungen wurde, sich einen neuen Posten zu suchen. Ich habe das aber erst später erfahren, nach seiner Heirat, denn er ist viel zu halsstarrig, um Hilfe bei einem Freund zu suchen, auch wenn sie ihm gerne gegeben würde. Das erste, was ich hörte, war, daß er Ihre Cousine geheiratet hat und auf dem Kontinent reiste.»

Georgina, die diese Unterhaltung beträchtlich interessierte, ärgerte sich, daß in diesem Augenblick Colonel Malladon auf sie zukam, denn sie wußte, daß man nun zu einem anderen Thema übergehen würde. Das war auch der Fall. Colonel Malladon, dessen gute Laune offensichtlich durch die Auseinandersetzung mit seiner Frau wiederhergestellt war, machte Georgina gleich auf die guten Seiten der Stute aufmerksam, die sie gestreichelt hatte. Er schlug vor, daß man einmal gemeinsam ausreiten und daß Georgina dann dieses Pferd besteigen solle. Während der folgenden Unterhaltung wurde das Thema Shannon nicht mehr berührt.

Bevor die Pferde angespannt wurden, um Georgina zurück nach Craythorne zu bringen, ergab sich für sie keine Gelegenheit mehr, mit Major Rothe über Shannon zu sprechen. Doch dies bedeutete nicht, daß sie nicht während der Heimfahrt fast ununterbrochen an ihn dachte. Während dieses Gesprächs mit Major Rothe war es ihr immer schmerzhafter bewußt geworden, daß ihr erster Eindruck von Shannon nicht richtig war. Major Rothe war ein sensibler, wohlerzogener Mann mit angenehmen Manieren und einer überlegenen Intelligenz. Wenn er nach langjähriger Bekanntschaft mit Shannon sagen konnte, daß er einer seiner besten Freunde sei, dann war ihr Unbehagen, das sie wegen ihrer eigenen negativen Einstellung verspürt hatte, nur zu berechtigt.

Der Bericht, den der Major ihr über Shannons Jugend gegeben hatte, erklärte ihr nun auch seine schroffe Art. Da er in einer Umgebung aufwuchs, in der das Brandmal seiner illegitimen Herkunft ihm immer vor Augen stand, und da er sich niemand zuwenden konnte als seinem Vater, der ebenso unzugänglich gewesen zu sein schien wie er selbst, war es kein Wunder, daß er sich nicht den gesellschaftlichen Schliff aneignen konnte, der ihm in seiner jetzigen Situation wohl die Wege geebnet hätte. Er war mit der Erwartung nach Kerry gekommen, zurückgewiesen zu werden, und sicher würde er sogar verfemt, wenn nicht bald etwas unternommen würde, um ihm zu seinem Recht zu verhelfen. Sie glaubte, daß Major Rothes Anwesenheit in Stokings nützlich sein könnte, doch da er als Gast dort war, konnte er nichts Entscheidendes zugunsten seines Freundes unternehmen.

In Georginas Kopf begann jedoch eine Idee Form anzunehmen, und sie beschloß, darüber bei nächster Gelegenheit mit Brandon zu sprechen.

10

Die Gelegenheit ergab sich noch am gleichen Abend, als Mrs. Quinlevan für ein kurzes Schläfchen in ihr Zimmer gegangen war. Georgina folgte Brandon in den gelben Raum, in den er sich mit einem Buch zurückgezogen hatte.

Ohne Umschweife erklärte sie ihm: «Brandon, ich möchte dich sprechen. Wegen Shannon.»

«Wegen Shannon? Warum denn?»

«Ich habe vor, einen Vorstoß zu machen, damit er in der Nachbarschaft akzeptiert wird. Meinst du, deine Mutter würde nächste Woche hier eine kleine Party geben, wenn ich eine entsprechende Bemerkung mache?»

Brandon schloß sein Buch und sah sie argwöhnisch an. «Was, zum Teufel, hast du vor?» fragte er. «Du mußt nicht ganz bei Trost sein, wenn du glaubst, daß Mama Shannon hier zu einer zwanglosen Party oder sonst etwas einladen würde!»

«Ja, das weiß ich», erwiderte Georgina. «Doch wenn *ich* ihr anbieten würde, die Einladungskarten zu verschicken . . .»

Sie fand es nicht nötig, den Satz zu beenden, weil sie wußte, daß er es auch so begreifen würde. Sie schaute ihn erwartungsvoll an, doch Brandon lachte laut heraus.

«Du meinst, daß *du* ihn einladen würdest? Du hast wirklich Mut. Aber was meinst du, was Mama sagen würde, wenn er zur Tür hereinkäme? Das heißt, wenn sie nicht einen ihrer Anfälle bekommt und sofort in Ohnmacht fällt!»

«Ich würde es ihr natürlich vorher ankündigen», sagte Georgina mit ernster Miene. «Nicht zu lange vorher, denn das wäre nicht im Sinne der Sache, doch immer noch so früh, daß der Schock nicht allzu schlimm ist. Meinst du nicht, daß das eine gute Idee wäre, Brandon? Wenn er erst mal hier ist, kann sie ihn nicht wieder fortschicken – und wenn die andern sehen, daß er in *dieses* Haus eingeladen wird . . .»

Brandon mußte immer noch lachen. «Das ist das Tollste, was ich je gehört habe!» sagte er. «Erstens wird er nicht kommen, und selbst wenn er es täte – guter Gott, was meinst du, was dann los wäre! Nein, es hat keinen Sinn, Cousine.»

Sie setzte sich neben ihn. «Warum denn nicht?» fragte sie eigensinnig. «Brandon, ich habe in Stokings Major Rothe gesprochen. Er sagte, daß er Shannon schon als Jungen kannte, und nach dem, was er mir erzählte, ist mir jetzt klar, daß ich ihn ganz falsch eingeschätzt habe. Ich muß irgend etwas unternehmen, um mein gemeines Benehmen ihm gegenüber wiedergutzumachen. Dir kann es egal sein, ob er von den anderen Leuten hier empfangen wird oder nicht. Doch wenn wir einmal den Leuten zeigen können, daß er nicht der miserable Kerl ist, für den er gehalten wird, könntest du weiter sein Freund sein, und niemand würde dir etwas in den Weg stellen.»

Georgina merkte, daß dieses Argument einigen Eindruck auf ihren Vetter machte. Sie wußte, wie bitter es ihm wurde, diese menschliche Beziehung aufgeben zu müssen, die ihm so viel Freude gemacht hatte. Trotz der Bedenken, die er hatte, bewog ihn der Gedanke an eine weitere Freundschaft mit Shannon schließlich dazu, zuzugeben, daß ihr Plan doch einiges für sich habe. Er ging sogar so weit, ernsthaft mit ihr zu beraten, wie man Mrs. Quinlevan dazu bewegen könnte, in der kommenden Woche in Craythorne eine kleine Party zu geben. Es zeigte sich dann, daß die Angelegenheit auf weniger Schwierigkeiten stieß, als sie es vermutet hatten. Die Anbahnung der ganzen Sache hatte Brandon übernommen, obwohl jedermann wußte, daß er sich nicht viel aus Parties machte. Er ging jedoch sehr geschickt vor und sagte seiner Mutter scherzend, daß man sich doch eigentlich für die vielen Einladungen, die

Georgina bekommen habe, revanchieren müsse. Es wunderte ihn, daß sie noch nicht daran gedacht habe. Als er so weit vorgedrungen war, wollte Georgina sich ins Gespräch mischen, doch noch bevor sie richtig beginnen konnte, wurde sie unterbrochen.

«Es ist merkwürdig, daß du davon sprichst», sagte Mrs. Quinlevan eifrig zu Brandon. «Denn ich habe selbst auch schon daran gedacht. Natürlich kann ich bei meinem Gesundheitszustand nichts Großes arrangieren, doch ich glaube, ich könnte eine kleine Abendparty geben, wobei dann die jungen Leute tanzen können. Sicher würde ein offizieller Ball gar nicht von mir erwartet werden, und außerdem ist dieses Haus für so etwas ganz ungeeignet. Man kann es ja nicht mit The Place of the Oaks vergleichen, wo wir, als die arme Nuala noch lebte, ein paar reizende Bälle gegeben haben, wenn du dich erinnerst.»

Georgina, die befürchtete, daß Mrs. Quinlevan vor lauter Erinnerung an die Vergangenheit das eigentliche Ziel aus den Augen verlieren könnte, meldete sich jetzt auch zu Wort und erklärte, daß ihr eine Party in Craythorne sehr viel Spaß machen würde.

«Und es wird gar nicht nötig sein, Madam, daß Sie sich so viel Arbeit machen», sagte sie, «denn ich könnte Ihnen sicher viele Vorbereitungen abnehmen. Ich würde zum Beispiel sehr gerne die Einladungen verschicken, wenn Sie mir Ihre Liste geben.»

«Wirklich, meine Liebe? Das wäre ganz reizend von dir!»

«Und ich könnte mit Mrs. Hopkins sprechen, wegen der Getränke, wenn Sie es mir erlauben, und – oh, ich bin sicher, daß es viele Kleinigkeiten gibt, die ich Ihnen abnehmen könnte, wenn Sie mir sagen, was ich tun soll.» All diese Hilfsbereitschaft war ganz nach dem Geschmack von Mrs. Quinlevan, und da sie eine gesellige Dame war, die nichts mehr liebte, als Gesellschaften zu geben oder an ihnen teilzunehmen, war sie sofort dabei, endgültige Pläne für das Fest zu machen, das bis vor fünf Minuten nur eine vage Idee gewesen war.

Man unterhielt sich über die Liste der Einzuladenden und nannte die Namen der bedeutenderen Familien in der Nachbarschaft. Natürlich mußten die Motts eingeladen werden, ebenso die Hessions, dann die Malladons mit ihren Gästen, Major Rothe und Sir Manning Hartily. Der letztere – so bemerkte Mrs. Quinlevan zu Georgina – wäre eine außerordentliche Bereicherung der Party, vorausgesetzt, er wäre einverstanden, sie mit seiner Anwesenheit zu beehren.

«Denn er ist ein Mann der allerbesten Gesellschaft, meine Liebe», sagte sie. «Und es ist eine große Auszeichnung für Lady Eliza, daß er bereit war, sich in Stokings aufzuhalten. Wahrscheinlich hat er sich gedacht, daß ein oder zwei ruhige Wochen auf dem Land ihm guttun würden, bevor die Saison beginnt, denn ich glaube, er leidet an Gicht?»

Georgina folgte dem weit ausholenden Monolog ihrer Tante in bester Stimmung, hörte zu, wie ein Name dem anderen auf der Liste hinzugefügt wurde, und malte sich im Geist aus, wie schön es sein würde, die eleganten Einladungskarten mit Goldschnitt zu verschicken. Am nächsten Tag schrieb sie sorgfältig die Adressen und schickte die Karten fort, eine davon für Mark Shannon, Esquire, in The Place of the Oaks.

In den nächsten Tagen überlegte sie sich, mit welchen Gefühlen er wohl diese Einladung empfangen würde. Sicherlich würde er zunächst erstaunt sein, weil er niemals erwartet hätte, daß ihre Tante sich dazu überwinden könnte, ihn in ihr Haus einzuladen. Sie hoffte, er würde auf die Idee kommen, Brandon für diese Einladung verantwortlich zu machen. Wie groß jedoch auch seine Verwunderung sein würde – sie glaubte nicht, daß er die Einladung ausschlagen würde. Selbst ein Mann wie er, der nicht viel auf die Meinung anderer gab, mußte schließlich einsehen, daß eine Anerkennung durch die Familie seiner eigenen Frau ihm nur Vorteil bringen könne. So eine Chance nicht wahrzunehmen wäre gleichbedeutend mit einer Ächtung durch die Gesellschaft für alle Zukunft. Sie glaubte nicht, daß er so dumm sein würde, ihnen aus Stolz eine abschlägige Antwort zu schicken.

Es zeigte sich dann, daß sie recht hatte. Man hatte die Anweisung gegeben, jede mündliche oder schriftliche Nachricht in dieser Woche an sie gehen zu lassen, und so kam es dann, daß sie Shannons Mitteilung selbst öffnete. «Mr. Shannon ist mit Freuden bereit, etc. etc . . .» lautete die formelle Antwort, und sie konnte nur schwer ihren Triumph unterdrücken, als sie den Brief Brandon zeigte. Zu ihrer Überraschung stimmte er jedoch nicht in ihre Freude ein. Statt dessen betrachtete er das Papier mit düsterer Miene und sagte schließlich: «Nun, ich hätte nie gedacht, daß er sich stellen würde. Und jetzt, da er es getan hat – Georgie, mir gefällt die Sache gar nicht!»

«Warum?» fragte sie. «Weil deine Mutter in die Luft gehen wird? Darüber solltest du dir keine Gedanken machen, denn du weißt, daß sie nicht nachtragend ist, und ich bin ganz sicher, daß ich sie schon am Tag danach wieder in Stimmung bringe.»

Brandon schüttelte den Kopf. «Nicht wegen meiner Mutter, sondern wegen Shannon», sagte er barsch. «Wenn er merkt, daß sie gar nicht vorhatte, ihn einzuladen . . .»

«Wie sollte er es herausbekommen? Du wirst es ihm nicht sagen, ich auch nicht, und Tante Bella ebenfalls nicht. Du weißt doch, wie förmlich sie ist – sie würde niemals einen Gast in ihrem Haus beleidigen.»

«Irgendwie wird sie es doch tun», sagte Brandon düster. «Du wirst schon sehen. Du weißt gar nicht, wie ungemütlich sie werden kann, wenn sie wirklich in Bedrängnis gerät.» Er fügte hinzu: «Ich wünschte, du hättest es nicht getan.» Was ihm von Georgina die aufgebrachte Frage eintrug, warum er es nicht gleich gesagt hätte, als sie ihm die Sache eröffnete.

«Das habe ich, aber du hast ja nicht hören wollen», sagte er erregt.

«Nun, jetzt können wir nichts mehr dagegen tun», erklärte Georgina bestimmt. «Wir müssen das jetzt durchstehen. Doch ich glaube bestimmt, daß wir siegen werden.»

«Das glaubst du – ich aber nicht!» sagte Brandon wenig ermutigend. «Ich möchte am liebsten morgen nach The Place of the Oaks reiten und ihm die Wahrheit sagen.»

«Brandon! Das wirst du nicht tun!» sagte Georgina und wurde rot. «Er wird sich denken – ich weiß nicht, was er von mir denken würde! Versprich mir, daß du das nicht tust!»

Es zeigte sich jedoch, daß das Versprechen, das sie von ihm verlangte, nicht notwendig war, denn am nächsten Tag war er nicht in der Verfassung, nach The Place of the Oaks zu reiten. Er war nachmittags beim Ausritt durchnäßt worden und klagte abends über Halsschmerzen und Frösteln. Dr. Culreavy, der am nächsten Morgen von Mrs. Quinlevan gerufen wurde, verordnete seinem jungen Patienten für die nächsten Tage Bettruhe.

Diese Neuigkeiten waren in mancherlei Hinsicht geeignet, auf Georginas Stimmung zu drücken. Erstens tat es ihr leid für Brandon, der nun ein paar ungemütliche und langweilige Tage im Bett verbringen mußte und nicht nur von seiner Mutter, sondern auch von Nora Quill verhätschelt wurde, was er haßte. Zum zweiten aber beunruhigte es sie sehr, daß sie nun bei der Party ohne seinen Beistand auskommen mußte. Die Krankheit ihres Vetters war nicht so gravierend, daß die Einladung rückgängig gemacht werden mußte – obwohl Mrs. Quinlevan es in der ersten Aufregung in Betracht gezogen hatte –, und so war es allein an ihr, Tante Bella zu besänftigen.

Darüber hinaus hatte sie aber auch mit Brandon gerechnet, um gewiß zu sein, daß Shannon während des Abends nicht vernachlässigt wurde. Sie hatte es für ganz ausgeschlossen gehalten, sich selbst um ihn zu kümmern. Doch nun wurde ihr diese Aufgabe auch noch zuteil, und bei dieser Vorstellung wünschte sie sich fast, die ganze Sache gar nicht erst in Angriff genommen zu haben.

Ihr einziger Trost war, daß Major Rothe an dem Abend anwesend sein würde. Auf seine Unterstützung würde sie sich verlassen können, und deshalb würde alles vielleicht doch noch gelingen. Auch mit Lady Mott und Sir Humphrey dürfte es keine großen Schwierigkeiten geben, obwohl beide in ihren Äußerungen sehr freimütig waren. Doch die würden fair genug sein, nicht die kalte Schulter zu zeigen, bevor er nicht selbst dazu Anlaß gab. Und Miss Betsy Mott schien ihm in ihrem romantischen Gemüt so viel Wohlwollen entgegenzubringen, daß Georgina auch aus dieser Richtung glaubte, nichts befürchten zu müssen.

Der Abend der Party kam heran. Die Motts und die Malladons waren zusammen mit ihren Hausgästen um acht zum Essen gebeten worden. Um halb acht pochte Georgina mit einigem Herzklopfen an die Tür von Mrs. Quinlevans Ankleideraum. Sie hatte für diesen Abend ein rosa Seidenkleid mit kleinen Puffärmeln, engem Rock und Brandrüschen gewählt, und als sie hereingebeten wurde, sah sie, daß ihre Tante auch schon fast fertig war. Sie stand in einem braunroten Satinkleid vor dem Spiegel, daneben ihre Zofe, die gerade dabei war, den kunstvollen Kopfputz auf ihre Frisur zu befestigen.

«Oh, meine Liebe, ich hatte gerade vor, Anson zu dir zu schicken», rief Mrs. Quinlevan Georgina entgegen, als sie das Zimmer betrat. «Du kannst doch nicht allein mit diesem dummen Ding zurechtgekommen sein, das Mrs. Hopkins letzte Woche zu dir geschickt hat.»

«Im Gegenteil, Madam, ich bin sehr gut mit ihr zurechtgekommen», sagte Georgina lächelnd, wobei ihr Herz jedoch heftig schlug, weil der Moment gekommen war, ihr Geständnis abzulegen.

Mrs. Quinlevan betrachtete sie kritisch und schien in jeder Hinsicht zufrieden zu sein, wie der anerkennende Ausdruck ihres rundlichen Gesichts zeigte.

«Tatsächlich, meine Liebe», sagte sie, «ich muß zugeben, daß du heute Abend ganz vorzüglich aussiehst. Aber wenn man dein Haar hat, braucht man sich nicht damit abzuquälen, es zu arrangieren, denn es fällt von selbst in den reizendsten Locken herab!» Sie runzelte die Stirn, als sie sich selbst im Spiegel betrachtete, und erklärte der Zofe, daß sie gehen könne. «Aber bitte schicken Sie mir sofort Mrs. Hopkins», sagte sie, als Anson das Zimmer verließ. Und zu Georgina gewandt: «Ich habe das böse Gefühl, daß Eis und Waffeln für heute Abend nicht gerade das richtige sind, denn es ist draußen so kühl und feucht geworden.»

Georgina, die befürchten mußte, daß ihre Tante sich nun über die Unzulänglichkeit des Abendessens und der Getränke ergehen würde, bis Mrs. Hopkins erschien, unterbrach sie schnell: «Tante Bella, es tut mir leid, aber ich muß Ihnen etwas sehr Wichtiges sagen.»

Mrs. Quinlevan schaute sie überrascht an. «Aber natürlich», sagte sie. «Was ist denn?» Plötzlich riß sie die Augen erschrocken auf. «Die Hummer!» sagte sie. «Oh, bitte, sage mir nicht, daß es wegen der Hummer ist!»

«Nein, nein, Madam, das ist es nicht», sagte Georgina und mußte trotz ihrer Beklemmung fast lachen, als sie die tragische Miene ihrer Tante sah. «Ich versichere Ihnen, daß es nichts so Banales ist.»

«Banal!» äußerte Mrs. Quinlevan indigniert. «Wie kannst du so etwas sagen, wo ich Sir Manning Hartily als Gast in meinem Haus habe und jeder weiß, daß er ein Mann der feinsten Lebensart ist, vor allem, was das Essen betrifft.»

«Ich bin überzeugt davon», erklärte Georgina hastig und hatte Angst, daß sich nun ein anderer Monolog über sie ergießen würde, diesmal über das Thema Sir Manning. «Doch meines Wissens steht alles zum besten mit den Hummern, und ich bitte Sie, mir jetzt kurz zuzuhören!» Sie entnahm dem Gesichtsausdruck ihrer Tante, daß diese sich nicht von dem Gedanken an die Küche trennen konnte und im Geist kulinarische Katastrophen vor sich sah. Daher stürzte sie sich verzweifelt in den Kampf und sagte: «Ich muß Ihnen nämlich gestehen, Madam, daß ich mir die Freiheit genommen habe, Mr. Shannon heute abend zur Party einzuladen.»

Wenn sie Mrs. Quinlevan darüber informiert hätte, daß das aufgewiegelte Landvolk vor den Toren Craythornes stünde, um alle Bewohner zu massakrieren und deren Köpfe auf ihren Lanzen aufzuspießen – wie es in ihrer Jugend in Frankreich geschehen war –, hätte sich nicht größeres Entsetzen auf dem Gesicht ihrer Tante zeigen können. Doch schon im nächsten Moment verschwand dieser Ausdruck und machte einem leichten Ärger Platz – ein so komischer Wechsel vom Tragischen zum Alltäglichen, daß Georgina trotz ihrer Nervosität nur schwer das Lachen unterdrücken konnte.

«Ich wünschte, du würdest ausgerechnet jetzt keine Scherze machen, meine Liebe!» sagte Mrs. Quinlevan vorwurfsvoll. «Das erinnert mich an deinen Vater, der leider einen Hang zum Schabernack hatte.»

«Aber ich mache keine Scherze, Tante Bella, bestimmt nicht!» erklärte Georgina. «Es ist wahr, ich habe ihn eingeladen! Ich weiß, daß es unglaublich dreist von mir war, aber . . .»

Sie kam nicht weiter, denn Mrs. Quinlevan schloß die Augen, griff mit einer Hand an ihren stattlichen Satinbusen, sank mit beängstigender Geste in ihren Sessel und murmelte etwas von ihrem Riechfläschchen. Georgina eilte, dieses Utensil herbeizuschaffen, und war erleichtert, als ihre Tante sich nach wenigen Augenblicken wieder erhob und sie mit mitleiderregenden Augen ansah.

«Meine Liebe», sagte Mrs. Quinlevan flehend, «bitte, sage mir, daß das nicht wahr ist! Dieser Mensch – nein, das könntest du nicht – ein Mädchen mit deiner Erziehung . . .»

«Es tut mir furchtbar leid, Tante Bella, aber es ist leider wahr», erklärte Georgina reumütig. «Ich habe nicht gedacht, daß es Sie so aufregen würde! Sie müssen wissen, ich habe mit Major Rothe gesprochen – und er hat Shannon von klein auf gekannt und ist davon überzeugt, daß er die Behandlung, die er hier erfährt, wirklich nicht verdient – er betrachtet ihn sogar als einen seiner besten Freunde . . .»

Sie brach ab, weil sie merkte, daß ihre Erklärung ziemlich armselig und verworren war, doch zu ihrer Befriedigung sah sie, daß sich das Gesicht ihrer Tante wieder etwas aufhellte.

«Major Rothe?» wiederholte Mrs. Quinlevan mit schwacher Stimme. «Meinst du, daß er . . .? Aber es war wirklich unrecht von ihm, dich zu so etwas zu ermutigen!»

«Nein, nein, Major Rothe weiß gar nichts davon», sagte Georgina eilig, weil sie Angst hatte, daß er auch noch in dieses Dilemma mit einbezogen würde. «Es war ausschließlich meine Idee – und auch ein bißchen die von Brandon – denn Sie wissen müssen, daß Brandon Shannon immer gern gehabt hat.»

«Brandon», sagte Mrs. Quinlevan mit strenger Stimme, «ist ein Kind. Ich nehme doch nicht an, daß du dich durch seine höchst unpassende Vorliebe hast beeinflussen lassen, Georgina . . .»

«Ich habe mich durch niemand beeinflussen lassen», erklärte Georgina. «Es war ganz und gar meine eigene Idee – und ich muß sagen, Madam, daß ich mich wundere über diese Einstellung zu Shannon – denn eigentlich ist es gegen das Interesse der Familie! Es wäre doch besser, die Gesellschaft davon zu überzeugen, daß Nuala einen Mann geheiratet hat, der – abgesehen vom Mißgeschick seiner Geburt – durchaus ehrbar ist, anstatt den Anschein zu erwecken, als sei er jemand, mit dem man nicht verkehren kann!»

Mrs. Quinlevan, die an der Richtigkeit ihres eigenen Verhaltens zu zweifeln begann, sich jedoch nicht über das Benehmen ihrer jungen Nichte beruhigen konnte, griff trostsuchend nach ihrem Riechfläschchen.

«Aber – aber Jeremy hat immer gesagt, daß ich nichts mit ihm zu tun haben dürfte!» jammerte sie. «Und so ist es auch in der Nachbarschaft abgemacht. Sogar Lady Mott, die doch die Gutmütigkeit in Person ist, sagt, daß Sir Humphrey ihn nicht empfangen wird, damit hat er ganz recht.» – «Lady Mott folgt Ihrem Beispiel, Madam», sagte Georgina, die im Augenblick eine Chance für sich sah. «Natürlich will sie sich bei Ihnen nicht unbeliebt machen und wagt es nicht, einem Mann entgegenzukommen, dem Sie feindlich gesonnen sind. Doch ich bin überzeugt davon, daß sie auch dann Ihrem Beispiel folgen würde, wenn Sie bereit wären, ihn anzuerkennen.»

«Wirklich? Ich weiß es nicht», sagte Mrs. Quinlevan zweifelnd. «Du könntest recht haben – doch ich bin immer noch davon überzeugt, daß es für uns alle weit angenehmer gewesen wäre, wenn du ihn heute abend nicht hierhergebeten hättest und wenn alles so weitergehen würde wie zuvor. Ich weiß wirklich nicht, was in dich gefahren ist. Allerdings hatte mich Louisa Middlethrope schon davor gewarnt, daß Sir John einen sehr merkwürdigen Einfluß auf deine Erziehung hatte und daß Lady Mercer oft keinen Rat mehr wußte – doch ich hätte das nicht sagen dürfen», sagte sie mit schlechtem Gewissen. «Du hast dich, solange du mein Gast bist, immer sehr gut benommen, und wenn nicht dieser abscheuliche Mann wäre, der offenbar ein Vergnügen daran findet, uns alle durcheinanderzubringen . . .»

«Nein, wirklich, Madam! Das können Sie Mr. Shannon nicht vorwerfen», sagte Georgina, die über die seltsame Logik ihrer Tante lächeln mußte. «Mr. Shannon weiß von alldem nichts. Er ist im Augenblick der Meinung, daß er von Ihnen zu einer Abendparty in Craythorne eingeladen wurde, und ich glaube sicher nicht, daß Sie es fertigbringen, ihn an Ihrer Tür zurückzuweisen. Wenn Sie ärgerlich mit jemand zu sein haben, dann nur mit mir.»

«Ja, aber – ihn hier zu empfangen, meine Liebe, als ob gar nichts dabei wäre, ihn einzuladen – wo jedermann weiß, daß ich hundertmal gesagt habe, es habe niemand in der ganzen Familie die Absicht, ihn anzuerkennen! Oh, meine Liebe! Oh, meine Liebe! Ich weiß wirklich nicht, was ich tun soll.»

Mrs. Quinlevans Gesicht verdüsterte sich wieder. Sie schien den Tränen nahe, und Georgina war erleichtert, als das Erscheinen der Haushälterin dieser höchst ungemütlichen Unterredung ein Ende machte. Sie flüchtete in ihr eigenes Zimmer und grübelte darüber nach, warum sie es nicht fertiggebracht hatte, den Beistand von Mrs. Quinlevan zu gewinnen. Mit wachsender Unruhe sah sie dem Abend entgegen.

Ihre einzige Hoffnung war, daß ihre Tante sicher einen Skandal scheute und deswegen nicht wagen würde, ihrem Gast die kalte Schulter zu zeigen. Doch sie wußte ebenso, daß Mrs. Quinlevan ihre Nerven verlieren könnte und dann ihre ganze gute Erziehung vergessen würde. Es wäre gut möglich, daß alle Anwesenden Zeuge einer schrecklichen Szene würden und daß sie selbst tief bereuen würde, jemals diesen Plan ersonnen zu haben. Und wie sich das alles auf Shannon auswirken dürfte, konnte sie sich nur zu gut vorstellen.

II

Als sie einige Minuten später hinunterkam, fand sie die Motts, die mit altmodischer Pünktlichkeit erschienen waren und gerade ihre Mäntel ablegten, schon in der Halle vor. Es war ein Glück für Georgina und die immer noch sehr aufgeregte Mrs. Quinlevan, daß Lady Mott in gesprächiger Stimmung war und die Unterhaltung fast alleine bestritt, bis die Malladons etwa eine Viertelstunde später eintrafen.

Georginas Befürchtungen wurden noch größer, als sie sah, daß Colonel Malladon und Lady Eliza nur von Sir Manning Hartily begleitet waren. Major Rothe war nicht zu erblicken. Lady Eliza erklärte dies sofort und sagte in gleichgültigem Ton zu Mrs. Quinlevan: «Meine liebe Bella, Sie dürfen mich nicht fressen, obwohl ich weiß, daß es Ihre ganze Tischordnung durcheinanderbringt, aber es war uns nicht möglich, Rothe mitzubringen! Er mußte dringend nach England zurück, denn offensichtlich ist sein Bruder schwer krank, und er mußte schleunigst die Koffer packen. Das ist gegen alle guten Sitten, doch in diesem Fall konnte er sich nicht darum kümmern. Ich habe versprochen, Ihnen sein Bedauern auszudrücken – doch ich möchte wissen, was alle Beteuerungen wert sind, wenn einem der Tisch in Unordnung gerät?»

Georgina, die ihre Tante anblickte, entnahm ihrer Miene, daß dieser neueste Schicksalsschlag im Vergleich zu dem Martyrium, das sie zuvor zu bestehen hatte, von ihr als gelinde betrachtet wurde. Deswegen konnte sie Lady Elizas beiläufige Entschuldigung entgegennehmen, ohne mit der Wimper zu zucken. Georgina jedoch war am Rand der Verzweiflung. Wenn Major Rothe an diesem Abend nicht erschien, hatte sie ihren letzten Verbündeten verloren und mußte mit der Situation allein fertig werden, und das war selbst für eine so optimistische Natur wie sie eine bedrückende Aussicht.

Als sie sich verzweifelt nach einem Helfer in der Not umsah, fiel ihr Auge auf Betsy Mott, die in einem sittsamen blaßblauen Musselinkleid, besetzt mit kleinen weißen Schleifchen, erschienen war. Sie schien bester Stimmung, weil sie einem Abend in der Gesellschaft von Mr. Robert Darlington entgegensah. Plötzlich hatte Georgina eine Idee. Betsy war zwar nicht ganz der Mensch, den sie unter anderen Umständen ins Vertrauen gezogen hätte, doch wenigstens war sie Shannon wohlgesinnt, und vielleicht könnte sie ihr dabei helfen, daß er in Craythorne gut aufgenommen würde.

Das Dinner erschien endlos, denn Mrs. Quinlevan hatte – ängstlich darauf bedacht, den kulinarischen Erwartungen von Sir Manning Hartily zu entsprechen – ihre Köchin dazu inspiriert, zwei volle Gänge mit einem halben Dutzend Zwischengerichten und verschiedenen Beigerichten zu servieren: von einer Aal-Matelote über geschmorte Champignons zur Rheinischen Creme. Trotz der Ambitionen blieb die erwartete Wirkung aus, denn man sah Sir Manning wiederholt recht zweifelnd auf einige der Speisen blicken, so daß er genötigt schien, Trost bei einem angeregten, wenn auch recht einseitigen Flirt mit Georgina zu suchen, die neben ihm saß. Dies paßte Lady Eliza ganz und gar nicht, denn sie hatte zu verstehen gegeben, daß Sir Manning ihr alleiniger Besitz sei. Doch weder Mrs. Quinlevan noch Georgina waren geneigt, sich durch die kaum bemäntelten Sticheleien stören zu lassen, die sie in ihrem Ärger gegen sie beide richtete. Sie waren viel zu sehr mit bedeutend gravierenderen Problemen beschäftigt.

Als die Damen sich vom Tisch erhoben, nahm Georgina – anstatt ihrer Tante und den anderen Damen in den Grünen Salon zu folgen – Betsy am Arm und zog sie in der Halle beiseite.

«Ich muß dich einen Augenblick allein sprechen», sagte sie dringlich. «Kommst du bitte mit mir hinauf? Du kannst deiner Mama ja sagen, daß eine Schleife sich gelöst hat und du sie befestigen mußtest.»

Betsy, deren blaue Augen sich bei dieser geheimnisvollen Andeutung weit öffneten, folgte ihr gehorsam die breite Treppe zu ihrem Zimmer hinauf. Sobald sie drinnen waren, schloß Georgina die Tür sorgfältig hinter sich, stellte sich mit dem Rücken davor und sagte eilig: «Ich weiß gar nicht, wo ich anfangen soll, und ich habe nicht genug Zeit, es dir alles zu erklären, aber ich bin gewiß, daß du mir helfen wirst, wenn du kannst. Offen gestanden bin ich in der scheußlichsten Klemme! Brandon und ich haben heute abend Shannon hierher eingeladen, ohne Tante Bellas Wissen, und nun ist Brandon krank und kann nicht kommen, Tante Bella ist in hellster Aufregung, und sogar Major Rothe, ein alter Freund von Shannon, auf den ich mich ganz verlassen hatte, ist nicht erschienen. Willst du mir wohl beiseite stehen und dabei helfen, daß Shannon keinen allzu unangenehmen Abend hat?»

Sie hielt inne und wartete auf eine Antwort von Betsy, die sie wie hypnotisiert anstarrte.

«Du hast Mr. Shannon eingeladen?» fragte sie entgeistert. «Aber weshalb . . .?»

«Weil ich davon überzeugt bin, daß er die gemeine Behandlung, die er hier erfahren hat, nicht verdient», sagte Georgina ungeduldig und wurde unter dem fragenden Blick Betsys rot. «Die ganze Sache ist viel zu kompliziert, um sie jetzt zu erklären, doch nach Major Rothes Erzählung ist er sehr – sehr respektabel und – und unserer Beachtung würdig.»

«Oh, ich glaube dir», sagte Betsy so leidenschaftlich, daß Georgina doch Bedenken überkamen, ob es recht war, ihr das Geheimnis anzuvertrauen. «Und ich will alles für dich tun – nur, was soll ich überhaupt tun?»

«Tun?» Georgina hatte bisher noch nicht Zeit gehabt, über diesen Punkt nachzudenken, und sagte nach einer Weile etwas stockend: «Nun, du kannst natürlich mit ihm tanzen, wenn er dich auffordert.»

«O ja, ich würde gerne einen Walzer mit ihm tanzen!» sagte Betsy eifrig. «Aber ich habe entsetzliche Angst – bei dem Ruf, den er hat. Aber wenn du meinst, daß er ihn nicht verdient, kann ich es ja wagen.» Doch dann kam ihr ein anderer Gedanke, und sie fragte zweifelnd: «Und wenn er mich nicht auffordert?»

«Wenn er dich nicht auffordert, kannst du natürlich nicht mit ihm tanzen!» sagte Georgina, die allmählich ungeduldig wurde und an dem Nutzen ihrer neuen Verbündeten zu zweifeln begann. «Doch du kannst dich zumindest freundlich mit ihm unterhalten und den Leuten, die es interessiert, sagen, daß es unfair sei, ihn zu verdammen, bevor er beweisen kann, wer er ist.»

«Das werde ich Robert sagen», beschloß Miß Mott. «Erst gestern, als wir auf der Straße an Shannon vorbeikamen, sagte Robert, daß ein Mann, der zwei so phantastische Füchse hätte – oder waren es Grauschimmel? –, kaum ein so miserabler Kerl sein könnte, wie es behauptet würde. Du siehst also, daß er ihm gegenüber keine schlechte Einstellung hat.» Dann fügte sie jedoch etwas bedrückt hinzu: «Ich glaube aber nicht, daß ich so etwas auch zu Mama oder Papa sagen kann. Ich wundere mich wirklich, daß du den Mut hattest, Mr. Shannon ohne Einwilligung von Mrs. Quinlevan einzuladen. Ich glaube, das hätte ich nicht gewagt!»

Georgina hatte in ihrer gegenwärtigen Lage eher den Eindruck, daß Tollkühnheit ein besserer Ausdruck wäre als Mut, doch es war jetzt zu spät, sich darüber Gedanken zu machen. Sie gab Betsy noch einige Instruktionen, ohne jedoch zu glauben, daß es sehr viel Sinn hatte, und führte sie wieder hinunter in den Grünen Salon.

Während der nächsten halben Stunde trafen auch fast alle anderen Gäste ein, und man fing an zu tanzen. Als noch eine halbe Stunde vergangen war, ohne daß Shannon erschien, begann Georgina Hoffnung zu schöpfen. Vielleicht hatte er sich im letzten Moment anders besonnen und beschlossen, nicht zu kommen, sei es aus Stolz oder aus Verlegenheit.

Ähnliche Hoffnungen schien auch die arme Mrs. Quinlevan zu hegen, denn in einer Pause zwischen den ländlichen Tänzen nahm sie Georgina schnell beiseite und flüsterte ihr zu: «Meine Liebe, du hast mir einen Bären aufgebunden, als du mir gesagt hast, daß du diesen schrecklichen Mann eingeladen hast. Wenn das stimmt, war es nicht sehr nett von dir, denn ich bin seither in der allerschlimmsten Verfassung und weiß nicht mehr aus noch ein.»

«Aber nein, ich habe Ihnen die Wahrheit gesagt!» erklärte Georgina. «Es könnte aber sein, daß er doch nicht kommen will, denn immerhin . . .»

Die Worte erstarben auf ihren Lippen, denn genau in diesem Augenblick wurde ein großer breitschultriger Mann hereingeführt, in elegantem Abendanzug mit langem Rockschoß, Rüschenhemd, Kniehosen und Seidenstrümpfen. Obwohl verschiedene Gäste dazwischenstanden und sie gewohnt war, ihn nur in Jagdrock und Wildlederhosen zu sehen, bestand kein Zweifel darüber, daß es Shannon war.

Sie hörte, daß Mrs. Quinlevan neben ihr einen Entsetzenslaut von sich gab und sagte: «Oh, mein Gott! Da kommt er! Oh, nein, was soll ich denn nun tun? Vor all diesen Leuten! Ich bin einer Ohnmacht nahe!»

Georgina machte diesen erregten Ausrufen ein Ende, indem sie ihre Tante energisch am Ellbogen ergriff und schonungslos durch den Raum schob, in Richtung auf Shannon. Die Musiker machten sich gerade bereit, und sie wußte, daß sie den nächsten Tanz Peter Hession versprochen hatte, doch sie setzte sich darüber hinweg und ging mit einem strahlenden Lächeln auf Shannon zu.

«Mr. Shannon! Wie nett von Ihnen, daß Sie gekommen sind!» sagte sie und gab dem Ellbogen ihrer Tante einen leichten Schubs. «Tante Bella, sagen Sie Mr. Shannon guten Abend und erzählen Sie ihm, wie leid es uns tut, daß Brandon heute abend nicht an der Party teilnehmen kann.»

Der forschende Blick, den Shannons graue Augen auf sie und ihre völlig verwirrte Tante richtete, zeigte Georgina, daß er sofort gemerkt hatte, was hier los war. Sie konnte selbst mit ihrem sorglosen Geplapper nicht den hilflosen und entsetzen Ausdruck auf Mrs. Quinlevans Gesicht vertreiben und auch nicht die überraschten Blicke abwenden, die von allen Seiten des Raumes auf ihn gerichtet wurden. Als er sich über Mrs. Quinlevans Hand beugte und einige formelle Höflichkeiten murmelte, hatte sie das überwältigende Bedürfnis, ihm die volle Wahrheit zu sagen. Doch statt dessen hörte sie sich weiter munter drauflosplappern, sie beklagte die Feuchtigkeit des Wetters und die Enge in dem überfüllten Raum – ein Benehmen, wie sie es bei jedem anderen Mädchen verachtet hätte. Ihre einzige Entschuldigung war, daß Mrs. Quinlevan trotz all ihrer Ermahnungen nicht mehr als ein schwaches «Guten Abend» über die Lippen gebracht hatte und sie deshalb alles tun mußte, um Shannon über die Peinlichkeit des Augenblicks hinwegzuhelfen.

Als er sich über ihre Hand beugte, die sie ihm ganz unwillkürlich gereicht hatte, wäre sie am liebsten in Tränen ausgebrochen. Sie wußte, daß sie alles verpfuscht hatte, denn Mrs. Quinlevan stand schweigend und völlig aufgelöst neben ihr. Ihre Tante war nicht fähig, sich zu überwinden, und es mußte nicht nur Shannon, sondern auch den anderen Gästen inzwischen klargeworden sein, daß sie diese Situation nicht selbst herbeigeführt hatte, sondern in sie hineingedrängt worden war.

Als Georgina Shannon ansah, bemerkte sie, daß er nicht so gelassen dreinblickte wie sonst. Seine Miene zeigte Überraschung und verletzten Stolz. Doch nur für einen Moment, dann hatte er sich wieder gefaßt. Georgina wollte die Peinlichkeit der Situation überspielen und sagte mit einem etwas künstlichen Lachen: «Ich hoffe, Sie finden es nicht zu dreist, wenn ich um die Ehre bitte, heute abend als erste Dame mit Ihnen tanzen zu dürfen. Ich glaube, Sie sind hier noch nicht sehr gut bekannt, doch ich werde das später in Ordnung bringen.»

Sie wußte, daß er diese kühne Aufforderung nicht ablehnen konnte, und merkte, daß er überrumpelt war. Zu ihrem großen Ärger wurden sie jedoch, als er sie zu den übrigen Tänzern führte, von Peter Hession angesprochen, der ihr ohne Umschweife erklärte, daß sie ihm den nächsten Tanz versprochen habe.

«Ich dachte, Sie hätten es vergessen», meinte er mit Ironie und schaute durch Shannon hindurch, so daß Georgina ihn hätte ohrfeigen können. «Wenn Sie sich erinnern, ich habe sie vor drei Tagen darum gebeten.»

«Wirklich? Ich erinnere mich nicht daran!» schwindelte Georgina. «Sicherlich meinen Sie die Quadrille, Mr. Hession.»

Er zog die Brauen hoch. «Ich glaube nicht, daß ich das meinte, Miss Power», erklärte er und ignorierte Shannon immer noch. «Tatsache ist, daß ich das Pech hatte, Lizzi Flurnoy in die Falle zu gehen und sie um die Quadrille bitten mußte, ehe ich es Ihnen sagte. Ihre Mutter und meine Mutter sind nämlich Busenfreundinnen.»

In diesem Augenblick machte Shannon der Sache ein Ende, indem er in kühlem, höflichem Ton sagte, daß er einer so langen Abmachung nicht im Wege stehen wolle. Er drehte sich sofort um und verschwand unter den anderen Gästen. Georgina, die sich furchtbar ärgerte, kam nun nicht umhin, ihre Hand Mr. Hession zu reichen, und sie ärgerte sich noch mehr, als er sie fragte, was denn wohl ihrer Tante in den Sinn gekommen sei, so einen gräßlichen Kerl nach Craythorne einzuladen. Das war Georgina zuviel: Sie explodierte und erklärte Mr. Hession, daß dies nicht im geringsten seine Angelegenheit wäre.

«Das ist es auch nicht», gab er völlig ungerührt zu, als habe sie ihn nicht eben grob angefaucht. «Trotzdem – das macht in der Nachbarschaft keinen guten Eindruck. Ich möchte damit sagen: Niemand hat diesen Burschen empfangen und niemand ist bereit, in Zukunft mit ihm zu verkehren.»

«Das», betonte Georgina, «ist ausschließlich Ihre Angelegenheit, Mr. Hession. Wer in dieses Haus eingeladen wird, ist jedoch die Angelegenheit meiner Tante.»

«Das stimmt», sagte er. «Doch ist es so gar nicht ihre Art, denn sie ist doch eine verteufelt ängstliche kleine Frau, die Mrs. Quinlevan. Es paßt gar nicht zu ihr, die Nachbarn so vor den Kopf zu stoßen.» Als Georgina etwas betreten schwieg, fügte er nachdenklich hinzu: «Allerdings weiß man nie, was für verrückte Ideen einer Frau in den Sinn kommen können. Schauen Sie zum Beispiel meine Mutter an: Es gibt in ganz Irland keinen größeren Zankteufel, doch sie hat eine wackelige alte Tante, die sie bei jeder verdammten Party, die sie gibt, der ganzen Gesellschaft vorführt. Und der Grund dafür ist, glaube ich, daß eine ihrer Feindinnen der alten Dame einst eine Abfuhr erteilt hat. Das hat meiner Mutter genügt – so etwas vergißt sie nie.»

Georgina mußte lächeln. Trotz seines dandyhaften Auftretens – an diesem Abend war er mit einem besonders raffiniert gebundenen Halstuch erschienen und mit einem hohen Hemdkragen, der von keinem der anderen Herren übertroffen wurde, ganz zu schweigen von den kleinen modischen Accessoires wie Uhranhängern, Schmucknadeln und einem kunstvoll verzierten Lorgnon, das an einem Band um seinen Hals hing – trotz dieses Auftretens war er im Grunde ein so treuherziger und gutmütiger Junge, daß man ihm sogar seine Hochnäsigkeit nicht übelnehmen konnte. Ohne den Einfluß des kalten, hochmütigen Sir Landers und der überheblichen Lady Hession würde er sicher ein angenehmer, netter junger Mann werden. Doch die Chance würde er wahrscheinlich nie bekommen. Als einziger Junge unter mehreren Schwestern, der von klein auf verwöhnt worden war und in einer Umgebung lebte, die ihm alle Wünsche erfüllte, würde er sicher auch trotz einer Ehe die enge Bindung an die Familie nicht aufgeben.

Im Augenblick hatte sie jedoch nicht die nötige Muße, um sich Gedanken über den Charakter und die Zukunft ihres Begleiters machen zu können, denn sie war zu sehr damit beschäftigt, herauszubekommen, was Mr. Shannon machte. Mrs. Quinlevan, die sich schließlich doch auf ihre Pflichten als Gastgeberin besonnen hatte, machte einen zaghaften Versuch, ihn zwei Damen mittleren Alters vorzustellen, die nur eingeladen worden waren, weil sie entfernte Verwandte ihres Mannes waren. Doch schien die Konversation nicht recht zu gedeihen, denn wenig später sah sie, daß er auf den Alkoven zuging, der zu dem Eßraum führte, wo ein Büffet für die Tanzenden bereitgestellt worden war.

Sobald der Tanz vorüber war, befreite sie sich von Mr. Hession, indem sie ihn bat, sie zu ihrer Tante zu bringen. Bevor Mrs. Quinlevan Zeit hatte, sich bei ihr zu beklagen, flüchtete sie sich ins Eßzimmer. Zu ihrer Erleichterung konnte sie feststellen, daß wenigstens Lady Eliza sich nicht zu gut dünkte, mit Shannon eine Unterhaltung zu führen, denn sie stand neben ihm, blickte ihn mit schelmischem Lächeln an und tippte, während sie mit ihm sprach, mit ihrem Fächer auf seinen Arm. Ihre Erleichterung verwandelte sich jedoch in höchste Verwirrung, als Lady Eliza, die sie entdeckt hatte, ihr zurief: «Oh, meine Liebe, Sie kommen wie gerufen! Sie müssen mir bei einer Wette helfen. Ich habe gegen Shannon eine Guinea eingesetzt, denn ich habe ihm gesagt, daß Bella, bis er vor der stand, nicht gewußt hat, daß er hier eingeladen ist. War das Ihr Werk, Sie unartiges Kind? Ich nehme an, Sie wissen, daß Sie die ganze Gesellschaft schockiert haben!»

Georgina, die das Gefühl hatte, sie müsse die maliziös lächelnde Lady Eliza auf der Stelle umbringen, wußte nicht, wohin sie blicken sollte. Es gelang ihr jedoch, mit einiger Gelassenheit zu sagen: «Sie belieben zu spaßen, Lady Eliza. Haben Sie schon die Hummerpastetchen gekostet? Das sollten Sie tun, denn sie sind heute ganz besonders gut gelungen.»

Lady Eliza ließ sich jedoch nicht so leicht abfertigen. Sie ließ ihr klirrendes Lachen hören und sagte: «Das ist ja recht schön, meine Liebe, doch Sie sollten nicht versuchen, mich an der Nase herumzuführen. Ich weiß ja, was hier gespielt wird. Doch jetzt muß ich mich von Ihnen verabschieden, Shannon. Miss Powers Ruf mag gut genug sein, daß sie mit Ihnen in der Öffentlichkeit ihre Scherze treiben kann, doch meiner ist es sicher nicht!» Sie tippte ihm noch mal mit ihrem Fächer auf den Arm und sagte herausfordernd: «Kommen Sie doch mal zu mir nach Stokings, wenn Sie es satt haben, sich mit dem Kindergarten herumzubalgen!»

Dann schritt sie aus dem Raum, betätigte kokett ihren Fächer und ließ Georgina in einer solchen Rage zurück, daß sie Mühe hatte, die Fassung zu bewahren.

«Welch abscheuliche Frau!» rief sie aus. «Mr. Shannon, Sie dürfen nicht glauben . . .»

Sie kam nicht weiter, denn er blickte sie mit seinen grauen Augen so prüfend an, daß sie schuldbewußt schwieg.

Zum Glück erschien in diesem Augenblick Betsy Mott, um das Werk in Angriff zu nehmen, das sie Georgina gelobt hatte. Sie war mit Robert Darlington ins Eßzimmer gekommen. Als sie Shannon sah, stutzte sie zuerst ein wenig, wurde rot, schritt dann aber entschlossen auf ihn zu.

«Mr. Shannon», sagte sie etwas atemlos und reichte ihm die Hand. «Sie werden sich vielleicht nicht daran erinnern, doch wir haben uns in The Place of the Oaks kennengelernt, als Mrs. Quinlevan krank war. Mama und ich waren gekommen, um uns nach ihr zu erkundigen.»

«Ich erinnere mich sehr gut daran, Miss Mott», sagte Shannon. Sein

Ton war höflich, doch betrachtete er mit Argwohn den jungen Darlington, dem es unangenehm zu sein schien, daß die junge Dame, die er als seine Verlobte betrachtete, öffentlich mit einem Mann wie Shannon sprach.

Georgina kam sofort zu Hilfe und sagte schnell: «Mr. Shannon, ich glaube, Sie haben Mr. Darlington noch nicht kennengelernt?»

Man verbeugte sich – Mr. Darlington sehr steif und Shannon kaum wahrnehmbar. Die Bewunderung von Shannons Pferden, von der Miss Mott Georgina erzählt hatte, führte offensichtlich nicht so weit, daß er auch wünschte, ihren Besitzer kennenzulernen – jedenfalls nicht unter den mißbilligenden Blicken von mindestens einem Dutzend Gästen.

Miss Mott jedoch, die sich über das Unbehagen ihres Begleiters hinwegsetzte, ließ einen etwas verworrenen Monolog auf Shannon los, lobte die gelungene Party, die reizende Dekoration des Hauses und erkundigte sich nach seinen bevorzugten Tänzen.

«Mama findet den Walzer natürlich nicht sehr schicklich», schwatzte sie munter drauflos, «doch es wird gesagt, daß man ihn sogar jetzt in den besten Kreisen Londons tanze. Wir leben zwar hier auf dem tiefsten Land, doch ganz und gar altmodisch sind wir auch nicht. Tanzen Sie Walzer, Mr. Shannon?»

Diese unverhüllte Aufforderung zum Tanz hatte die Wirkung, daß sich Darlingtons peinliches Schweigen in Entsetzen verwandelte.

«Das ist nun wirklich zu stark, Betsy!» sagte er aufgebracht und wandte sich Shannon zu. «Sie tanzt keinen Walzer, Sir – höchstens bei kleineren Parties am Vormittag. Lady Mott schätzt es nicht.»

Betsy richtete ihre blauen Augen indigniert auf ihn. «Wie kannst du so etwas sagen!» rief sie aus. «Ich weiß wirklich nicht, ob dich das etwas angeht, Robert! Wenn Mr. Shannon vorhat, mit mir Walzer zu tanzen, weiß ich nicht, ob du das Recht hast, etwas dagegen einzuwenden!»

Shannon, der diesem Wortwechsel mit zynischem Ausdruck folgte, machte der Sache ein Ende, indem er ihr schonungslos erklärte: «Ich habe aber nicht vor, Walzer mit Ihnen zu tanzen, Miss Mott.» Sie blickte ihn schockiert an und wurde rot. Er fügte schnell hinzu: «Bitte, regen Sie sich nicht auf. Ich möchte nicht unhöflich sein, aber ich habe nur durch mein Erscheinen hier einen solchen Aufruhr verursacht, daß ich schlecht beraten wäre, wenn ich mit einer so ehrbaren Dame wie Ihnen tanzen würde.» Dann wandte er sich Georgina zu und sagte: «Mein Kompliment für Sie, Miss Power, daß es Ihnen gelungen ist, einen Abend zu beleben, der für Ihren Geschmack sonst vielleicht allzu langweilig verlaufen wäre.» Er verbeugte sich leicht und verließ den Raum.

Miss Mott hatte sich zuerst erholt und brach das lähmende Schweigen, in das die drei nach dieser Szene verfallen waren.

«Oh, wie schrecklich», sagte sie und warf dem jungen Darlinton einen vorwurfsvollen Blick zu. «Mußtest du so rüde mit ihm sein, Robert? Natürlich hast du ihn jetzt gekränkt!»

«Verdammt noch mal, das hätte ich doch nicht getan, wenn du dich nicht so ins Zeug gelegt hättest!» verteidigte sich Mr. Darlington. «Sich vor allen Leuten hier so zu benehmen! Was ist denn in dich gefahren Bet? Nur weil es Mrs. Quinlevan eingefallen ist, den Kerl einzuladen . . .» Er brach ab und schaute Georgina betreten an. «Bitte, verzeihen Sie, Miss Power, es geht mich natürlich nichts an», sagte er.

«Allerdings nicht!» antwortete Georgina.

Am liebsten wäre sie gleich hinter Shannon hergelaufen, um sich mit ihm auszusprechen, doch dann beschloß sie, es doch lieber zu lassen, denn sonst würde sie nur noch mehr Unheil anrichten. Ihr angestauter Zorn war jedoch so groß, daß sie ihn gleich an jemand auslassen mußte. Als Ziel bot sich Mr. Darlington an, dem sie unverblümt erklärte, daß sein Benehmen Shannon gegenüber unverzeihlich sei und daß er sich auch nicht besser als die Hessions verhalten habe.

«Ich hätte gedacht, daß Sie mehr Gutherzigkeit und Vernunft besäßen als sie, aber ich habe mich wohl geirrt», sagte sie. «Nur um sich wichtig zu machen – auf Kosten eines Menschen, den Sie gar nicht kennen und ohne Grund verurteilen!»

Dann verließ sie den Raum und ging in den Grünen Salon, wo sie sofort von ihrer Tante Bella beansprucht wurde. «Oh, meine Liebe, er ist gegangen!» sagte Mrs. Quinlevan mit dem Ton tiefster Dankbarkeit. «Du weißt nicht, wie erleichtert ich bin. Ich werde sagen, daß alles ein Mißverständnis war und daß er auch sofort, als er sah . . .»

«Tante Bella, wenn Sie das sagen, werde ich nie mehr mit Ihnen sprechen!» erklärte Georgina heftig.

Mrs. Quinlevan schaute sie entsetzt an und sagte mahnend: «Aber wirklich, meine Liebe, du kannst doch nicht wollen, daß die Leute sagen, ich hätte ihn nur zum Spaß nach Craythorne gebeten – denn das denken sie jetzt!»

«Das denken sie nur, weil Lady Eliza es ihnen in den Kopf gesetzt hat!» sagte Georgina, die nicht bereit schien, sich zu besänftigen. «Sie will nur böses Blut machen, und das kann ich nicht dulden! Wenn Sie nicht sagen wollen, daß Sie ihn eingeladen haben, werde ich jedermann erklären, daß ich es ohne Ihren Willen tat – aber nicht zum Spaß. Und ich werde auch sagen, daß sich die Leute hier unglaublich benehmen – ohne irgendeinen Grund . . .»

«Nein, nein, meine Liebe, das darfst du nicht tun!» sagte Mrs. Quinlevan voller Entsetzen. «Sie werden denken, daß du es auf ihn abgesehen hast, oder etwas ähnlich Vulgäres. Und das, nachdem die arme Nuala –

o mein Gott, o mein Gott, wenn nur Lady Mercer hier wäre oder deine liebe Mama! Ich weiß überhaupt nicht mehr, was ich tun soll. Nuala war ein so wohlerzogenes Kind, obwohl sie hin und wieder ein bißchen geflirtet hat. Doch niemand konnte daran Anstoß nehmen, bei einem so schönen und lebhaften Mädchen wie sie, und sie hat immerhin so viel Anstand gehabt . . .»

Georgina unterbrach sie ungerührt: «Es hat keinen Zweck, Nuala gegen mich ins Spiel zu bringen, Madam. Wenn Sie mein Benehmen anstößig finden, müssen Sie mich wegschicken, doch ich werde nicht dulden, daß die Leute sagen, ich sei so roh gewesen, Mr. Shannon hierher zu bitten, damit er zu meiner Belustigung gedemütigt würde. Entweder ich werde ihnen die Wahrheit sagen, oder Sie werden erklären, daß Sie ihn eingeladen haben. Zu etwas anderem werde ich mich nicht bereit erklären.»

Diesem Ultimatum konnte Mrs. Quinlevan nichts entgegensetzen, sie mußte kapitulieren. Mit schwacher Stimme brachte sie hervor, daß die ganze Sache vielleicht gar nicht weiter erwähnt werden würde. Ihr Optimismus war jedoch nicht berechtigt, denn in diesem Augenblick schritt Lady Hession auf sie zu, majestätischer denn je, um gemeinsam mit ihr die Tatsache zu beklagen, daß Shannon die Frechheit besessen habe, sich in ihrem Haus blicken zu lassen.

«Ich habe gehört, daß Miss Power Schabernack mit uns treiben wollte», sagte sie im Ton höchster Mißbilligung. «Doch ich kann nicht glauben . . .»

«Nein, nein», unterbrach Mrs. Quinlevan sie hastig, mit einem hilflosen Seitenblick zu Georgina. «Das ist nicht wahr – und wenn Sie bedenken wollen, meine liebe Lady Hession», sagte sie mit stockender Stimme, «daß wir alle Christen sind – und daß der Pfarrer erst am letzten Sonntag gesagt hat, was unsere Pflicht ist – obwohl es manchmal sicher sehr schwer ist zu erkennen, worin sie besteht . . .»

«Meine liebe Mrs. Quinlevan, das ist alles schön und gut», sagte Lady Hession, «doch ich kann einfach nicht glauben, daß ausgerechnet Sie, die von diesem Mann so viel zu erleiden hatten, es für Ihre Pflicht halten . . .»

«Nein, nein, das tue ich auch nicht!» beeilte sich Mrs. Quinlevan klarzustellen, doch als sie Georginas strengen Blick bemerkte, zögerte sie und fügte hastig hinzu: «Das heißt – natürlich tue ich es – doch Sie müssen mir glauben – ich meine, Sie können nicht annehmen – o lieber Gott! Da ist die arme Lizzie Flournoy ohne einen Partner, und Mr. Cartwright könnte – wenn Sie mich bitte einen Augenblick entschuldigen, liebe Lady Hession!»

Sie flüchtete mit wehenden Gewändern, und Lady Hession blieb einigermaßen verdutzt alleine mit Georgina zurück. Zunächst richtete sie ihr gestrenges Auge auf sie, doch als sie sie länger betrachtete – in ihrem rosa Kleid und den goldenen Locken –, wich der strenge Ausdruck allerhöchstem Wohlgefallen.

«Sie sehen heute ganz bezaubernd aus, meine liebe Miss Power», sagte sie liebenswürdig. Das brachte Georgina in nicht geringe Verlegenheit, denn sie hatte nicht erwartet, dem schrecklichen Drachen zu gefallen. «Rosa steht Ihnen sehr gut – obwohl ich sagen muß, daß ich im allgemeinen Farben bei jungen Mädchen nicht billige. Bei einer Abendgesellschaft finde ich farbige Kleider erst dann passend, wenn ein junges Mädchen schon ihr Debüt in London hatte. Und nach dem, was mir mein Sohn erzählte, sind Sie noch nicht in die Gesellschaft eingeführt worden, Miss Power?»

«Nein. Sie müssen wissen – der Tod meines Großvaters . . .» begann Georgina.

Sie merkte jedoch sofort, daß die Fragen dieser Dame nur rhetorisch gemeint waren und daß sie nur die allerkürzeste Antwort erforderten oder auch gar keine, denn sie fügte sofort hinzu: «Es ist sehr schade, daß Sie in diesem Frühjahr nicht wenigstens vierzehn Tage in London verbringen, mein liebes Kind, denn meine Amelia wird dieses Jahr ihr Debüt haben, und es wäre für mich eine Freude gewesen, Sie ebenfalls einzuführen. Vielleicht wissen Sie nicht, daß meine verstorbene Mutter, Lady Larkin, eine der engsten Freundinnen Ihrer Großmama war? Die Landsitze ihrer Eltern haben in Lincolnshire aneinandergegrenzt. Ich hatte es beinahe selbst vergessen, bis Peter zufällig erwähnte, daß Sie Lady Mercers Enkelin seien, und dann habe ich mich natürlich sofort daran erinnert.»

Georgina murmelte einige passende Worte und hatte das Gefühl, daß sie unentwegt gemustert und – zur späteren Verwendung – auf ihre guten und schlechten Eigenschaften überprüft wurde. Sie spürte jedoch auch, daß sie letzten Endes gut abschnitt. War es wohl möglich, daß Lady Hession sie als zukünftige Schwiegertochter in Aussicht nahm? Sie hatte Peter Hession in letzter Zeit fast jeden Tag gesehen, sei es auf gemeinsamen Ausritten oder improvisierten Parties, wie sie unter den jungen Leuten in der Gegend üblich waren, und er hatte es fast immer so eingerichtet, an ihrer Seite zu sein. Ihr war jedoch nie in den Sinn gekommen, daß er ernstere Absichten ihr gegenüber haben könnte.

Vielleicht gehörte Lady Hession aber auch zu der Sorte Frauen, die sofort die Initiative ergriffen, wenn ihr Sohn während eines Balles zweimal mit dem gleichen Mädchen tanzte. Mrs. Smallwoods, die Mutter des von ihr abgewiesenen jungen Mannes, hatte auch zu diesen Frauen gehört. Sie mußte sich eingestehen, daß Peter Hession manche Vorzüge hatte, im Gegensatz zu dem wenig sympathischen Mr. Smallwoods – doch was half jegliche gute Eigenschaft, wenn man mit dieser Gorgo so nahe verwandt war?

Ihre Beunruhigung wuchs, als Peter selbst, während die Paare sich zu einer weiteren Folge der ländlichen Tänze aufstellten, herankam. Er sah, daß sie nur in Begleitung seiner Mutter war, und bat sie zum Tanz. Sie konnte ihn nicht zurückweisen, und auch Lady Hession gab ihr keine Gelegenheit dazu.

«Ich bin davon überzeugt», sagte die zufriedene Mama und gab ihrem Sohn einen zärtlichen Klaps mit ihrem Fächer, «daß ihr das schönste Paar hier seid. Sie müssen die Parteilichkeit einer Mutter verzeihen, Miss Power – obwohl Sie selbst zugeben müssen, daß es im Grunde keine Parteilichkeit ist, sondern nur die Anerkennung einer nicht zu bezweifelnden Tatsache.»

Georgina, die Peters maliziösen Blick bemerkte, entgegnete ihr, daß die Bescheidenheit es ihr verbiete, so etwas zuzugeben, da sie selbst in das Kompliment mit einbezogen sei. Während Peter sie zu den anderen Tänzern führte, klangen ihr noch Lady Hessions abschließende Worte im Ohr nach, daß Mrs. Quinlevan sie bald nach Hauld Hall bringen müsse, damit sie besser miteinander bekannt werden könnten.

«Sie hat recht», sagte Peter grinsend, als er mit ihr durch den Raum ging, «Sie sollten wirklich meine Mutter besser kennenlernen, Miss Power. Sie ist eine verdammt tüchtige Frau. Wenn sie sich einmal etwas in den Kopf gesetzt hat, kann sie nichts daran hindern, es zu erreichen.»

Lady Hession hatte die Wahl ihres Sohnes gebilligt, und Georgina nahm an, daß seine Worte sich auf diese Tatsache bezogen. Das trieb ihr die Röte ins Gesicht, doch sie war nicht gewillt, ihre Verwirrung zu zeigen, und sagte lächelnd: «Nun, wer weiß. Ich bin davon überzeugt, daß sie eine Vorliebe für junge Mädchen hat, die sich untadelig benehmen, und mir ist oft gesagt worden, daß diese Beschreibung nicht auf mich zutrifft.»

«Ja, da mögen Sie recht haben», sagte Mr. Hession gelassen, «vor allem, wenn sie eine Passion für solche Späße haben wie heute abend, als Sie diesen Shannon hierher einluden – nur um zu sehen, wieviel Wirbel es macht!»

Er wollte weitersprechen, doch sie unterbrach ihn sofort und fragte: «Wer hat so etwas behauptet?»

Er schaute sie überrascht an. «Wieso? Davon redet hier doch jeder. Ist es nicht wahr?»

«Nein, natürlich nicht!» sagte sie verärgert. «Das ist das Werk von Lady Eliza. Ich weiß wirklich nicht, weshalb sie diesen Groll auf Mr. Shannon hat.»

«Wahrscheinlich, weil sie ihn besser kennt als wir alle», erklärte Mr. Hession offen, was ihm einen erzürnten Blick von seiner Begleiterin eintrug. Er lachte jedoch und sagte: «Machen Sie mir doch nicht weis, daß Sie nicht etwas im Schilde führen! So dumm bin ich nämlich nicht.»

Sie konnte ihn durch nichts von seiner Überzeugung abbringen, und deswegen war sie fast erleichtert, als sie am Ende der Tänze von Sir Manning Hartily beansprucht wurde. Es war zum Glück weitab von seinen Interessen, sich mit Überlegungen darüber zu befassen, warum Shannon nach Craythorne eingeladen worden war.

Ihre Erleichterung war jedoch nicht von langer Dauer, denn sie hatte nun durch die gesamte Folge der nächsten Tänze seinen massiven Flirt zu ertragen. Sir Manning ergriff sogar die Gelegenheit, ihr seelenvoll zu beteuern, das er verteufelt in Gefahr sei, London fahrenzulassen – ganz egal, ob die gesellschaftliche Pflicht ihn rufe –, um sich weiter im Licht ihrer blauen Augen sonnen zu können.

«Bitte, tun Sie das nicht, Sir Manning», sagte sie leicht beunruhigt, weil sie fürchtete, daß er es ernst meinte. «Sicherlich wären Ihre Freunde sehr enttäuscht.»

Er gluckste wohlgefällig, und sein voluminöser Körper geriet in Bewegung. Zufrieden sagte er: «Das könnte allerdings sein. Das muß ich sogar selbst zugeben – Manning Hartily gilt für gewöhnlich als die Seele jeder Gesellschaft, der er seine Gegenwart verleiht. Doch nur ein einziges Wort von Ihnen, mein liebes kleines Mädchen, und sie werden ohne mich auskommen müssen.»

Sie erklärte ihm sofort, daß sie angesichts der Erwartung so vieler vornehmer Freunde so etwas nie sagen würde, und es gelang ihr, ihm bei der Gelegenheit zu entkommen. Sie fiel jedoch sofort einem anderen Partner in die Hände, der es darauf abgesehen hatte, die ganze Geschichte von Shannons Erscheinen in Craythorne aus ihr herauszulokken. Für den Rest des Abends war sie gezwungen, Erklärungen zu erfinden, und dann, als der letzte Gast gegangen war, sah sie sich genötigt, die Klagen ihrer Tante Bella anzuhören. Das dauerte eine gute halbe Stunde, und dann erst konnte sie es sich erlauben, hinauf in ihr Zimmer zu gehen.

Ihr war bitter bewußt, daß es alles in allem ein schrecklich mißlungener Abend war. Shannon – und mindestens die Hälfte aller anwesenden Gäste – mußte nun glauben, daß sie eine gefühllose Göre war, die sich über alles hinwegsetzte, um jemand einen Schabernack spielen zu können. Sie wußte, daß sie es dabei nicht belassen durfte, und bevor sie an diesem Abend einschlief, hatte sie sich vorgenommen, am nächsten Morgen alles wieder in Ordnung zu bringen.

12

Wie sie es jedoch zuwege bringen sollte, war noch ein Problem. Natürlich konnte sie nicht einfach Mrs. Quinlevan bitten, den Wagen vorfahren zu lassen, damit er sie nach The Place of the Oaks bringe und sie mit Shannon alles bereinigen könnte. Allein schon der Gedanke würde ihre Tante zutiefst entsetzen.

Am Morgen ging sie in ihrer Not zu Brandon, der im Bett saß und sich schon viel besser fühlte. Er hörte sich aufmerksam an, was alles am letzten Abend geschehen war. Sein ärgerliches «Das habe ich dir doch gleich gesagt» am Schluß ihrer Erzählung war nicht gerade angetan, ihre Stimmung zu verbessern, die zu diesem Zeitpunkt so schlecht war, daß sie es nicht einmal fertigbrachte, seine Kritik zurückzuweisen. Sie fragte ihn nur voller Verzweiflung: «Was soll ich denn tun?»

«Du hast schon genug angestellt», sagte Brandon roh. «Du hast alles verpfuscht, und nun gibt es für dich nichts mehr zu tun, um die Sache in Ordnung zu bringen.»

«Aber er darf nicht von mir denken, daß ich ihn hierhergelockt habe, um meinen Scherz mit ihm zu treiben!» sagte Georgina beschwörend. «Das muß ich ihm doch sagen. Ich weiß nur nicht, wie ich es anstellen soll.»

«Schreib ihm ein paar Zeilen», schlug Brandon vor, fügte dann aber pessimistisch hinzu: «Obwohl er dir wahrscheinlich nicht glauben wird. Es war wirklich sehr gedankenlos, es zu tun, und bei deinem bisherigen Benehmen ihm gegenüber kannst du kaum erwarten, daß er denkt, du wolltest ihm nur helfen.»

Da Georgina schon zu dem gleichen Schluß gekommen war, konnte sie dieser Ansicht nicht widersprechen.

Sie verließ daher das Zimmer ihres Vetters noch niedergeschlagener, als sie es betreten hatte, und ging ziemlich mutlos hinunter ins Damenzimmer, um einen Brief an Shannon zu schreiben.

Nach einigen fruchtlosen Versuchen war sie schon dabei, die Feder voller Verzweiflung wegzulegen, als Miss Mott gemeldet wurde. Georgina war zwar nicht in der Stimmung, sie zu begrüßen, weil sie wußte, daß die unerquicklichen Geschehnisse des letzten Abends noch einmal zur Sprache kämen, doch sie ließ sie in den Grünen Salon bitten und ging gleich zu ihr.

Betsy hatte ein einfaches, hochgeschlossenes Jaconet-Musselinkleid an, das ihr sehr gut stand, dazu einen Hut im Schäferinnenstil. Sie schien genauso niedergedrückt zu sein wie Georgina selbst, denn sie begann sofort einen tränenreichen Bericht über den Streit mit Mr. Darlington, der durch ihr unbesonnenes Eintreten für Shannon herbeigeführt worden war. Als sie geendet hatte, schaute sie Georgina hilfesuchend an, als erwarte sie von ihr einen Rat, da sie sie ja schließlich in diese Klemme gebracht hatte.

Georgina reagierte jedoch mit Ungeduld und erklärte ihr, daß Mr. Darlington viel zu verliebt in sie sei, um ihr lange zu zürnen, und daß er die ganze Sache sicher in ein paar Tagen vergessen hätte.

«Und wenn es nicht so ist?» fragte Betsy hilflos.

«Sei kein Esel», erklärte Georgina. «Natürlich wird er es wieder vergessen.» Dann fügte sie düster hinzu: «Wenn du das schon für ein Problem hältst, wünschte ich, du hättest meines. Ich bin sicher, daß Shannon denkt, ich hätte ihn hierher eingeladen, um ihn lächerlich zu machen, und er wird es auch weiter denken, wenn ich es ihm nicht selbst erkläre . . .» Plötzlich hatte sie jedoch eine Idee, denn sie brach ab und sagte schnell zu Miss Mott: «Allein kann ich nicht zu ihm – aber wenn du mit mir kommen würdest . . . Ja, ich glaube, das wäre genau das Richtige.»

«Ich mit dir?» stammelte Betsy und schaute sie argwöhnisch an, weil sie an den Folgen ihrer Hilfsbereitschaft immer noch zu tragen hatte. «Aber ich kann doch nicht . . .» sagte sie abwehrend. «Ich meine, Mama würde es mir nie erlauben . . .»

«Deine Mama braucht gar nichts davon zu erfahren», erklärte Georgina. «Wir werden einfach für morgen früh einen Ausritt vereinbaren. Ich nehme an, du hast einen Reitknecht, auf den du dich verlassen kannst? Oder wir könnten uns unter einem Vorwand eine halbe Stunde selbständig machen . . .» Als sie merkte, daß Betsy sie erschrocken anstarrte, sagte sie: «Guter Gott, was ist schon dabei? Ich kann Shannon nicht allein besuchen. Ich habe mir fast den ganzen Morgen den Kopf zerbrochen, wie ich es anstelle, ihm zu sagen, daß ich ihm durch die Einladung hierher nur helfen wollte.»

Es half Betsy auch nichts, Georgina vorzuschlagen, ihm einen Brief zu schreiben, wie es schon Brandon getan hatte. Dieses Argument galt nichts, weil Georgina ihr erklärte, daß sie es schon eine Stunde ohne Erfolg versucht habe.

«Es ist viel besser, so etwas zu sagen, als zu schreiben», sagte sie beharrlich. «Denn der, mit dem man spricht, ist dann gezwungen zu antworten. Und dann kann man debattieren oder auch streiten, während alles, was man schreiben will, albern klingt.»

Miss Mott konnte nicht verstehen, warum ein Streit mit Shannon die Dinge bessern könne, aber sie war ein nachgiebiges Mädchen mit starken romantischen Neigungen, so daß sie einen Besuch in The Place of the Oaks als reizvolles, wenn auch gefährliches Abenteuer ansah.

Schließlich kam sie mit Georgina überein, sie zu begleiten. Sie sagte, sie werde am nächsten Morgen nach Craythorne kommen und Sir Humphreys Rotschimmel als Reitpferd für ihre Freundin mitbringen.

Weder Lady Mott noch Mrs. Quinlevan hatten gegen den keineswegs außergewöhnlichen Plan der beiden jungen Mädchen, in Begleitung eines Reitknechts miteinander auszureiten, etwas einzuwenden. So brachen die beiden am nächsten Morgen sehr früh auf, denn Georgina hatte die Absicht, Shannon zuvorzukommen, bevor er seinen Inspektionsritt begänne. Sie versicherte Betsy, daß sie noch nicht einmal das Haus betreten müßten, denn sie könne alles, was sie Shannon zu sagen habe, auch zu Pferd sagen.

«Am besten ist, du reitest mit Hussey ein bißchen voraus, während ich mit ihm spreche», sagte sie. «Denn ich muß ihm natürlich sagen, daß ich es war und nicht Tante Bella, die ihm die Einladung geschickt hat. Und wenn sich das in der Nachbarschaft herumspricht, kann ich mir die ganze Sache sowieso ersparen.»

Statt sich darauf einzulassen, verbrachte Betsy jedoch die nächste halbe Stunde damit, Georgina von ihrem Vorhaben abzubringen. Sie hatte sich offenbar am Abend zuvor mit Mr. Darlington ausgesprochen, und er hatte ihr in aller Eindeutigkeit erklärt, daß man mit einem so miserablen Kerl wie Shannon nichts zu tun haben dürfe. Sie habe ihm auch versprechen müssen, seinem Rat zu folgen. Ihr Gewissen drückte sie daher an diesem Morgen ganz beträchtlich, und sie versuchte Georgina klarzumachen, daß ihr Plan, Shannon insgeheim zu sehen, sehr unschicklich sei. Außerdem würde es sich sicher in der Nachbarschaft herumsprechen, und das könnte verheerende Folgen haben – nicht nur für Georgina, sondern auch für sie selbst.

«Denn Robert wird furchtbar böse mit mir sein», sagte sie flehend, «und ich könnte es ihm auch nicht verdenken, denn ich habe ihm getreulich versprochen . . .»

«Nun, *ich* habe gar nichts versprochen», sagte Georgina störrisch, «und mir ist es egal, was dein kostbarer Robert sagt – ich werde Shannon auf jeden Fall sehen!» Sie fügte hinzu: «Und wenn du nicht bereit bist mitzukommen, ist es deine Sache. Ich werde es auch alleine tun und das Pferd deines Vaters nach Mott House zurückbringen, wenn ich mit allem fertig bin.»

Doch das konnte Betsy nicht zulassen, denn sie wußte sehr gut, was ihre Mutter sagen würde, wenn sie Georgina alleine durch die Gegend reiten ließ. Nach einer ziemlich erhitzten Diskussion kamen sie schließlich zu einem Kompromiß: Betsy würde mit ihrer Freundin gemeinsam auf The Place of the Oaks zureiten, bis man sehen könne, ob Georginas Plan, Shannon außerhalb des Hauses zu treffen, auszuführen sei. Sowie man den Herren von The Place of the Oaks sähe, würde Betsy mit Hussey weiterreiten und Georgina alleine ihrer Unterredung mit Shannon überlassen. Später würden sie sich dann an einer vereinbarten Stelle wieder treffen.

Was geschehen würde, wenn man Shannon nicht außerhalb des Hauses anträfe, wurde nicht besprochen. Betsy hoffte zweifellos, daß sie in diesem Fall ihre Freundin dazu überreden könnte, ihren Plan aufzugeben; Georgina jedoch war entschlossen, dies nicht zu tun.

Zum Glück sahen sie Shannon schon von weitem, als sie auf The Place of the Oaks zuritten, denn er war gerade dabei, auf seiner Stute Juno das Stallgelände zu verlassen. Er bemerkte sie nicht sogleich und ritt in eine andere Richtung. Georgina rief ihm zu, sprengte ihm mit ihrem Rotschimmel entgegen, und Betsy beorderte Hussey, ihr zu folgen. Shannon, der bei Georginas Zuruf aufschaute, zügelte die Stute und ließ sie wenden. In wenigen Augenblicken war Georgina bei ihm, parierte ihr Pferd und sagte atemlos: «Mr. Shannon! Welch ein Glück, daß ich Sie antreffe. Ich habe Ihnen etwas sehr Wichtiges zu sagen!»

Weiter kam sie nicht, denn sie merkte, daß seine grauen Augen sie nicht sehr freundlich ansahen, und sie zögerte, weiterzusprechen.

«Ja?» sagte Shannon rasch, mit beißender Ironie. «Etwas sehr Wichtiges, Miss Power? Darf ich wohl annehmen, daß es etwas mit dem Spaß zu tun hat, den Sie sich neulich machten. Vielleicht gar eine Entschuldigung? Ich versichere Ihnen, daß das ganz unnötig ist. Zweifellos war es etwas naiv von mir anzunehmen, daß ein solches Unterfangen unter der Würde einer Dame Ihrer Herkunft sei, und in einem solchen Fall muß der Gefoppte sich wohl selbst Mangel an Verstand vorwerfen.»

Georgina war zuerst völlig konsterniert und wußte nicht, was sie ihm entgegnen sollte. Doch dann schoß ihr die Röte ins Gesicht, und sie sagte betont würdevoll: «Ich hatte keineswegs vor, mich bei Ihnen zu entschuldigen! Es gibt nichts, wofür ich mich entschuldigen müßte! Ich wollte Ihnen lediglich eine Erklärung abgeben.»

«Ob Erklärung oder Entschuldigung – das spielt keine Rolle», sagte er gleichgültig. «Betrachten Sie die Sache als erledigt, Miss Power. Und nun, wenn Sie nichts Weiteres hier aufhält . . .»

«O ja, allerdings! Sie verstehen mich überhaupt nicht, und nun wollen Sie mir nicht einmal zuhören.» Als sie sein unbewegtes Gesicht sah, wurde sie zornig. «Aber jetzt könnte es mir fast leid tun, daß ich überhaupt den Versuch gemacht habe, Ihnen zu helfen!»

«Mir zu helfen?» Er blickte sie erstaunt an, doch schien er ihr nicht zu glauben, denn er sagte sarkastisch: «Nein, das nehme ich Ihnen nicht ab, Miss Power. Da müssen Sie sich schon ein anderes Märchen ausdenken!»

«Aber es ist wahr! Ich dachte, ich könnte damit etwas für Sie erreichen – ich dachte, wenn die Leute sehen, daß Sie nach Craythorne eingeladen werden, würden sie sich nicht mehr so abscheulich gegen Sie benehmen – was Sie aber, wie ich jetzt merke, durchaus verdienen!»

Zu ihrer Überraschung sah sie, daß er plötzlich lächelte.

«Guter Gott, ich glaube fast, Sie sagen wirklich die Wahrheit!» kam es erstaunt heraus. «Sie törichtes Kind haben wirklich geglaubt, daß Sie mit einem solchen Husarenritt gegen diese Leute ankommen?»

«Ja, das habe ich!» sagte sie. «Und es wäre mir vielleicht auch gelungen, wenn Brandon nicht krank geworden wäre und Major Rothe nicht nach England hätte zurückmüssen.»

Er schaute sie ungläubig an. «Hat Rothe denn etwas davon gewußt?»

«Nein, natürlich nicht! Ich habe ihn nur einmal gesehen, in Stokings, und es wäre nicht angebracht gewesen, ihn hineinzuziehen. Doch er hat mir einiges über Sie erzählt – daß er sie als einen seiner besten Freunde ansieht, und – und gewisse andere Dinge, die mich noch mehr darin bestärkt haben, daß man Ihnen unrecht tut . . .»

«Worauf Sie dann beschlossen, alles auf eigene Faust in Ordnung zu bringen», sagte er.

Sie merkte, daß er sie wieder mit seinem belustigten Blick ansah, und wurde zornig.

«Das ist gar nicht so lustig!» sagte sie ärgerlich. «Es wird für Sie höchst ungemütlich werden, hier zu leben, ohne von den anderen anerkannt zu werden.»

«Oh, das glaube ich nicht», sagte er gleichgültig. «Ich bin kein sehr geselliger Mensch, Miss Power – wie Sie wahrscheinlich auch schon festgestellt haben. Doch ich glaube, ich muß mich trotzdem bei Ihnen für Ihre guten Absichten bedanken.»

«Bitte, machen Sie sich deswegen keine Mühe», sagte sie kühl. «Sir John – mein Großvater – hat immer gesagt, vorgetäuschte Dankbarkeit sei schlimmer als gar keine.»

Er zog die Augenbrauen zusammen und betrachtete sie mit einem seltsamen Blick. «So war es also ihr Großvater, der Ihnen Ihre besonderen Vorstellungen von Anstand und Gerechtigkeit mitgegeben hat, Miss Power?» fragte er. «Soweit ich mich erinnere, hat mir der junge Quinlevan gesagt, daß Sie in der Obhut weiblicher Verwandter seien, die er als große Pedantinnen bezeichnete. Das hat mich von Anfang an gewundert.»

Sie wurde rot und unterbrach ihn. «Großmama und Mama», sagte sie. «Doch das ist erst seit Sir Johns Tod so. Vorher war er es, der sich um mich gekümmert hat. Und ich bin davon überzeugt, daß seine Ideen alle sehr gut waren», fügte sie hinzu. «Nur daß ich kein Junge bin, was ihm – wie Großmama sagt – lieber gewesen wäre. Aber ich kann nicht verstehen, was das für eine Rolle spielt – denn was für einen Jungen gerecht und ehrenhaft ist, sollte es auch für ein Mädchen sein.»

Er lächelte wieder und sagte ohne die gewohnte Ironie: «Nun muß *ich* mich aber schämen, Miss Power. Ich glaube fast, daß ich Ihnen eine Entschuldigung schulde statt umgekehrt. Aber wie konnte ich annehmen, daß Sie nicht so sind wie andere gutaussehende Mädchen Ihres Alters? – Die nur an ihr Vergnügen denken, ganz egal, ob dabei jemand vor die Hunde geht . . .» Er brach ab, weil er merkte, wie bestürzt sie ihn ansah.

Ihr war plötzlich eingefallen, daß Nuala ungefähr in ihrem Alter war, als er sie heiratete. Wie war es möglich, daß er jetzt schon, wo die Erinnerung an sie noch lebendig sein mußte, diese verallgemeinernde Kritik übte?

Er schien zu merken, was in ihr vorging. Nach einer Weile sagte er: «Denken Sie an Nuala? Sie sollten so gut wie ich wissen, ob diese Beschreibung auf sie zutrifft.»

Sie schüttelte den Kopf, denn sein Ton beunruhigte sie. «Nein, ich weiß es nicht», sagte sie. «Ich habe sie nie kennengelernt.» Dann sagte sie zögernd: «Man hat mir erzählt, daß sie sehr schön war . . .»

«Das war sie», sagte er kurz und kalt, und sie merkte, daß er nicht weiter darüber sprechen wollte. Sie fragte sich, ob seine plötzliche Veränderung darauf zurückzuführen war, daß ihr Verlust ihn noch so schmerzte und er deswegen nicht darüber sprechen wollte – oder ob es Gleichgültigkeit oder sogar Ablehnung gegenüber seiner toten Frau war. Er ließ ihr keine Zeit, darüber nachzudenken, denn er fuhr im gleichen schroffen Ton fort: «Aber kommen wir zur Sache. Ich hoffe, Sie sind von Ihren Begleitern, die ich vorher habe davonreiten sehen, nicht allein gelassen worden?»

«O nein», versicherte sie ihm. «Ich werde sie später wieder treffen – das war so abgemacht. Betsy hatte nur Angst, noch weiter mitzukommen, weil sie Mr. Darlington versprochen hatte . . .»

Sie brach schnell ab, weil sie merkte, daß sie auf dem besten Wege war, ihn schon wieder zu kränken.

Doch er beendete an ihrer Stelle den Satz: «Weil sie Mr. Darlington versprochen hatte, daß sie nichts mit mir zu tun haben wolle. Glauben Sie denn, das überrascht mich? Nein, gewiß nicht. Das einzige, was mich überrascht, ist, wie Sie es fertiggebracht haben, sie zu überreden, überhaupt so weit mitzukommen – und wieso sie neulich in Craythorne so entgegenkommend war. Denn das war doch sicher auch Ihr Werk?»

«Ja», sagte sie und fügte lächelnd hinzu: «Doch ich muß gestehen, daß es nicht schwer war, denn sie hält Sie für eine romantische Gestalt.»

Sein Blick war fast zornig, als er sagte: «Das ist wohl nicht Ihr Ernst, Miss Power?»

«Doch, doch, ganz bestimmt, es ist wahr!»

Er lächelte bitter und sagte: «Nun, ganz egal, was neulich war, jetzt machen Sie sicher Spaß!» Dann fügte er grimmig hinzu: «Ich hoffe nur, daß Sie Miss Motts törichten Glauben nicht teilen. Es ist kein Körnchen Wahrheit daran – wie Sie eines Tages zu Ihrem eigenen Schaden feststellen könnten.»

«Oh, das weiß ich genau», sagte sie schnell. «Sir John hat mir immer gesagt, daß so große und kräftige Männer wie Sie nie ein poetisches Gemüt hätten und meist viel prosaischer seien als die kleinen, schwächlichen Männer, nach denen sich ein Mädchen nie umdrehen würde. Vor allem nicht, wenn sie nur die Helden aus den Romanen im Kopf hat. Doch ich habe auch kein so romantisches Gemüt wie Betsy – Miss Mott. Großmama behauptet immer, ich sei so entsetzlich sachlich. Praktischer Sinn ist in ihren Augen für ein wohlerzogenes Mädchen unpassend.»

Sie sah ihn erwartungsvoll an und entdeckte ein kleines Lächeln in seinen grauen Augen.

«Wenn Ihr Sinn für das Praktische bedeutet, daß Sie ungebetene Gäste in die Häuser Ihrer ahnungslosen Verwandten einladen, könnte Ihre Großmutter wohl recht haben», sagte er.

«Finden Sie? Ich finde es nicht. Ich glaube immer noch, daß es eine ausgezeichnete Idee war und daß es nur schiefgegangen ist, weil niemand mir dabei geholfen hat. Auch jetzt noch weiß niemand mit Sicherheit, daß meine Tante Bella Sie nicht selbst nach Craythorne eingeladen hat, denn ich habe sie dazu überredet, mich nicht zu verraten.»

«Überredet oder gezwungen?»

«Wozu diese Wortklauberei?» sagte sie. «Nein, sie ist wirklich ein herzensguter Mensch, nur daß sie schreckliche Angst vor Ihnen hat und auch davor, was die Leute sagen werden . . .» Sie hielt inne und sagte dann nachdenklich: «Ich frage mich sogar, ob es nicht gut wäre, wenn Sie sie in Craythorne besuchten, um sich bei ihr zu entschuldigen, daß Sie ohne ihr Wissen gekommen sind! Ich glaube sicher, daß sie das gut aufnehmen würde. Und wenn Sie höflich zu ihr sind, würde sie sogar beginnen, Sie zu mögen, und hätte vielleicht nichts mehr dagegen, daß Sie mit Brandon . . .»

«Wie geht es Brandon jetzt?» unterbrach er sie, ohne auf ihren Vorschlag einzugehen.

«Ach, nicht besonders gut», sagte sie. «Er hatte starke Halsschmerzen, und Dr. Culreavy hat darauf bestanden, daß er im Bett bleibt, was der arme Junge natürlich fürchterlich langweilig findet. Ich glaube, er würde sich über Ihren Besuch ganz bestimmt sehr freuen», fügte sie beharrlich hinzu.

Sie sah, wie seine Mundwinkel zuckten und seine Augen milder blickten. «Ich sehe, daß Sie mich immer noch rehabilitieren wollen», sagte er. «Geben Sie sich nie geschlagen, Miss Power?»

«Fast nie. Sir John hat immer gesagt . . .»

Er hob abwehrend die Hand und unterbrach sie. «Danke, ich kann mir vorstellen, was Sir John zu diesem Thema gesagt hat. Ich zweifle trotzdem daran, daß Ihr neuester Plan seine Billigung gefunden hätte.»

«Vielleicht», sagte sie trotzig. «Doch wir wollen darüber nicht debattieren. Die Hauptsache ist – Sie werden doch kommen, nicht wahr?»

«Ich werde nichts dergleichen tun. Mrs. Quinlevan war neulich höchst aufgeregt, und ich habe nicht die Absicht, den gleichen Fehler noch mal zu machen.» Nach einer Weile fügte er hinzu: «Sie können aber Brandon sagen, es täte mir leid, daß er krank ist. Wenn er Lust hat, morgens einmal herüberzureiten, würde ich mich freuen.»

«Vielen Dank!» sagte sie. «Darüber wird er sicher sehr froh sein, denn er kann es nicht verstehen, daß er Sie nur wegen der dummen Vorurteile dieser Leute nicht sehen soll.» Dann nahm sie ihre Zügel auf und sagte mit schelmischem Blick: «Werden Sie dann bei uns anderen in Craythorne auch den Bann aufheben, wenn ich bei Tante Bella durchsetze, daß Sie nachmittags einmal zum Tee eingeladen werden?»

«Ich würde so eine Einladung als das auffassen, was sie wert ist, Miss Power – als einen Ihrer gutgemeinten Späße.»

«O nein – wie schade! Sie können sich aber darauf verlassen, daß ich ohne Tante Bellas Einwilligung keine weiteren Einladungen mehr verschicken werde. Ich habe mir dabei zu sehr die Finger verbrannt. Doch es wäre wirklich besser, wenn Sie beide Freunde würden. Ein Familienstreit ist immer Anlaß zum Klatsch, und wenn Tante Bella will, daß der Skandal um Ihre Heirat mit Nuala vergessen wird, dann wäre sie besser beraten, mit Ihnen in gutem Einvernehmen zu leben und nicht diesen dummen Streit aufrechtzuerhalten!» Sie sah, daß er sie mit einem merkwürdigen Blick anschaute, und fragte unwillkürlich: «Was habe ich nun schon wieder gesagt, daß Sie mich so – komisch ansehen?»

«Ich habe mir nur überlegt – ist es Ihnen denn nie eingefallen, mir übelzunehmen, daß ich das Vermögen Ihrer Cousine geerbt habe? Sie könnten ja selbst jetzt Herrin von The Place of the Oaks sein. Sie haben mir einmal gesagt, daß es nicht der Fall sei, doch . . .»

«Doch damals habe ich es nicht geglaubt», vollendete sie den Satz. «Nein, ich nehme es Ihnen nicht übel. Vielleicht, wenn ich nicht selbst auch etwas bekäme, doch Großmama ist sehr begütert, und wenn sie sich nicht aus irgendeinem Grund furchtbar über mich ärgert, wird sie sehr gut für mich vorsorgen.» Sie schaute ihn offen an und fügte hinzu: «Wenn ich das Vermögen meiner Cousine nicht habe, hat das auch einen Vorteil: Die Leute können, wenn ich heirate, nicht behaupten, ich hätte den Antrag nur bekommen, weil ich eine Erbin sei.»

Während sie dies sagte, bekamen seine Augen einen Ausdruck, der sie beunruhigte. Unter diesem geraden, durchdringenden Blick wurde die ganze Verkrampftheit ihrer Beziehung plötzlich gelöst, und es entstand ein neues Gefühl, das sie wehrlos machte.

Er schwieg eine Weile und sagte dann in knappem Ton: «Ich glaube kaum, daß man von *Ihnen* jemals so etwas sagen wird.» Dann wendete er den Kopf seiner Stute in die Richtung, in der Betsy davongeritten war, und sagte: «Ich werde Sie begleiten, bis Ihre Freundin in Sicht ist. Kommen Sie!»

Er spornte Juno zu einem raschen Trab an und hielt es offensichtlich für selbstverständlich, daß sie ihm folgen würde. Sie schwiegen beide, bis sie Betsy sahen, die ihr Pferd auf einer kleinen Erhöhung angehalten hatte und nun angestrengt nach der Freundin Ausschau hielt. Shannon zügelte sein Pferd, drehte sich im Sattel um und sagte in völlig verändertem, hartem Ton: «Ich werde Sie jetzt verlassen. Darf ich Ihnen einen Rat geben? Ich bin nicht ein geeignetes Objekt für Altruismus, Miss Power. Sie beziehen mich am besten in Ihre Pläne nicht mehr ein.»

Sie blickten sich an, doch ihr Blick senkte sich zuerst, weil sie fühlte, daß sie rot wurde. Ehe sie wieder aufschaute, hatte er sein Pferd gewendet und war davongaloppiert. Sie selbst ritt den Weg zu Betsy etwas langsamer hinauf.

In Miss Motts Gesicht zeigte sich Erleichterung, aber auch Neugierde, als Georgina auf sie zukam.

«Was hat er zu dir gesagt? War er sehr verärgert?» flüsterte sie, als sie ihre Pferde in Richtung auf Mott House in Schritt setzten.

Der Reitknecht ritt in gemessenem Abstand hinter ihnen her, so daß er einer leise geführten Unterhaltung nicht folgen konnte, doch Georgina war nicht gesprächig.

«Nein», sagte sie kurz. «Nicht – verärgert.»

«Er hat aber ärgerlich ausgesehen – oder zumindest sehr seltsam», sagte Miss Mott beharrlich. «Ich denke . . .»

«Am besten denkst du gar nichts! Du hast nicht den Mut gehabt mitzukommen, deswegen hast du jetzt auch kein Recht, Fragen zu stellen», sagte Georgina, deren Stimme merkwürdig unsicher war.

Sie bemerkte Betsys bestürzten Blick und mußte sich sehr zusammennehmen. Es wäre ganz nach Miss Motts Geschmack, jedem, den es interessierte, von ihrer Verwirrung zu berichten. Sie durfte sich deswegen nichts anmerken lassen, doch es fiel ihr sehr schwer, sich so zu verstellen. Sie mußte sich gelassen geben, dabei war sie alles andere als gelassen. In dem kurzen Augenblick, als Shannon sie angesehen hatte, war ihr ganz schwindlig geworden, und ihr Herz hatte schneller geschlagen.

Sie wünschte sich nun inbrünstig, daß sie nicht so unvorsichtig gewesen wäre, sich mit ihm einzulassen. Schon vor einiger Zeit hatte sie zu ihrem Erstaunen festgestellt, daß sie sich für ihn interessieren könnte. Nun aber merkte sie zu ihrem Schrecken, daß sie sich in ihn verliebt hatte. Und sein Blick, der sie beim Abschied so verwirrte, hatte ihr gezeigt, daß ihre Gefühle wahrscheinlich erwidert wurden.

13

Über ihre Begegnung mit Shannon gab sie Brandon nur einen kurzen Bericht, der wenig mehr enthielt als die Mitteilung, daß Shannon bereit sei, ihn in The Place of the Oaks zu sehen. Mrs. Quinlevan selbst sagte sie gar nichts. Sie hielt es für richtiger, daß ihre Tante nichts von der Unternehmung erfuhr, und hatte deshalb Betsy zu strengem Stillschweigen verpflichtet – ohne jedoch anzunehmen, daß sie ihr Versprechen halten würde.

Ihre Annahme war nur zu berechtigt. Zwei Tage später kam Mrs. Quinlevan von einem Klatsch mit Lady Mott nach Hause und fragte sie mit allen Anzeichen des Entsetzens, ob es tatsächlich stimme, daß sie Shannon in The Place of the Oaks getroffen habe.

«Lucinda sagt, Betsy sei sich nicht sicher gewesen, ob es ein Stelldichein war», sagte sie aufgeregt. «Oder vielmehr, sie konnte nichts Genaues aus Betsy herausbekommen, der ein Wort darüber herausgerutscht war. Doch sie war sicher, daß du Shannon gesehen hast . . .»

«Es war kein Stelldichein», sagte Georgina heftig. «Betsy Mott ist eine dumme Ziege. Wenn sie schon ihre Zunge nicht in Zaum halten kann und über Dinge spricht, die sie nichts angehen, könnte sie wenigstens die Wahrheit sagen. Shannon hat nichts davon gewußt, daß ich ihn sehen wollte. Ich wollte mich für die Kränkung entschuldigen, die er durch meine Schuld erfahren hat, und das habe ich getan, und das war alles.»

Mrs. Quinlevan ließ sich in den nächsten Sessel fallen und schaute Georgina entgeistert an.

«Aber meine Liebe, du wirst doch sicher wissen, wie ungehörig es ist, so etwas zu tun!» klagte sie. «Ich schwöre dir, daß ich einer Ohnmacht nahe war, als Lucinda es mir anvertraut hat. Sicher ist sie nicht so böswillig und erzählt es weiter, doch du weißt ja, wie gerne Betsy schwatzt. Ich bin sicher, daß es die ganze Nachbarschaft schon weiß.»

«Das hoffe ich sogar!» schleuderte Georgina ihr entgegen, worauf Mrs. Quinlevan, die vergeblich versuchte, ihre Hutbänder zu lösen, entsetzt aufstöhnte. «Ja, ich hoffe es!» wiederholte Georgina. «Sie sollen alle wissen, daß wenigstens ein Mensch da ist, der sich ein Gewissen daraus macht, wenn jemand so schmachvoll behandelt wird wie er an jenem Abend. Und wenn sie über mich herfallen wollen, weil ich etwas getan habe, was Sir John als richtig angesehen hätte, dann ist es mir völlig egal. Im Gegenteil, ich bin sogar froh darüber!» erklärte Georgina schonungslos.

«Ja, aber Sir John ist tot, meine Liebe», sagte ihre Tante in kläglichem Ton, wobei es ihr endlich gelang, die Hutbänder aufzuknüpfen und den eleganten Gegenstand achtlos in die nächste Ecke zu werfen, was ein schlimmes Zeichen für ihre Gemütsverfassung war. «Wir müssen jetzt an deine Großmama denken, und ich bin sicher, daß Lady Mercer so etwas nie billigen würde. Wobei ich allerdings zugeben muß, daß er sich neulich sehr anständig benommen hat. Recht muß Recht bleiben – er war so elegant gekleidet wie jeder andere der Herren, und das war sicher ein Kompliment für mich. Denn Lucinda sagt, daß man ihn sonst immer nur in einer Jagdjacke und schmutzigen Stiefeln sieht, mit einem dieser schrecklichen Belcher-Halstücher statt einer ordentlichen Krawatte . . .» Sie brach ab und hob zerstreut ihre mollige Hand. «Oh, wo war ich stehengeblieben? Ich wollte doch etwas ganz anderes sagen!»

«Ich weiß genau, was Sie sagen wollten, deswegen brauchen Sie sich gar nicht erst die Mühe zu machen», sagte Georgina, die unwillkürlich lächeln mußte. «Es ist Ihrer Verfassung bestimmt nicht zuträglich, wenn Sie sich durch diesen Klatsch so aufregen lassen. Und im übrigen kann ich Ihnen versichern, daß ich nicht vorhabe, Mr. Shannon wiederzusehen.»

«Ja doch, meine Liebe, du wirst ihn wiedersehen», entgegnete Mrs. Quinlevan, «denn Lady Eliza hat ihm eine Einladung für ihren Ball geschickt, und er hat sie angenommen.» Georgina schaute sie ungläubig an, doch ihre Tante nickte bestätigend mit dem Kopf. «Ja, er hat sie wirklich angenommen», sagte sie, «denn sie hat es Lucinda selbst gesagt. Und Lucinda meint, daß sie damit nur uns andere schockieren wolle – natürlich nicht Major Rothe, der ein großer Freund von ihm ist.»

«Ist denn Major Rothe wieder in Stokings?» unterbrach sie Georgina, die versuchte, einen Sinn in die zusammenhanglose Erzählung ihrer Tante zu bringen. «Ich dachte, er wollte nicht zurückkehren.»

«Ja, das haben wir alle gedacht, doch es scheint seinem Bruder besserzugehen, und Lucinda sagt, Lady Eliza habe ihr erklärt, daß er wegen

Shannon käme, den er während seines letzten Aufenthalts hier kaum gesehen hat. Aber wenn das stimmt, verstehe ich nicht, weshalb er nicht in The Place of the Oaks wohnt – denn dann wäre Lady Eliza nicht verpflichtet, Mr. Shannon nach Stokings einzuladen.»

«Sie ist absolut nicht dazu verpflichtet», bemerkte Georgina mit leiser und recht kühler Stimme. «Sie hat es nur getan, weil sie es wollte, da bin ich mir ganz sicher.»

Mrs. Quinlevan starrte sie an. «Mein liebes Kind, du weißt nicht, was du sagst!» erklärte sie entrüstet. «Ich weiß, daß sie mit jedem Mann flirtet, der ihr gefällt – in dieser schockierenden Londoner Art – doch Mr. Shannon ist gänzlich unter ihrer Würde!»

«O ja», stimmte Georgina ihr zu. «Der Ansicht ist sie sicher auch. Und trotzdem will sie ihn um ihren Finger wickeln.» Ihr wurde bewußt, wie bitter sie das sagte und wie erstaunt Mrs. Quinlevan sie anschaute, deswegen fügte sie eilig hinzu: «Natürlich ist es mir ganz egal – Lady Eliza soll tun, was sie will. Doch ich glaube, daß Colonel Malladon . . .»

«O nein, meine Liebe, Colonel Malladon wird gar nichts dazu sagen», versicherte ihr Mrs. Quinlevan. «Er hat es nie vermocht, ihrer Herr zu werden, und ich glaube, er versucht es schon gar nicht mehr. Doch man sollte meinen – nach alldem, was der armen Nuala geschehen ist, als sie in ihrer Obhut war –, daß sie sich bezüglich Mr. Shannon keinem Gerede aussetzt. Ich bin deshalb davon überzeugt, daß sie ihn nur aus Gutherzigkeit eingeladen hat.»

Georgina hatte zwar eine besondere Meinung von der Gutherzigkeit Lady Elizas, doch sie zog es vor, sich nicht in eine weitere Debatte mit ihrer Tante einzulassen. Deswegen entschuldigte sie sich unter einem Vorwand und verließ den Raum.

Die Nachricht, daß Shannon bei Lady Elizas Ball anwesend sein würde, gab ihr jedoch reichlich zu denken. Sie glaubte gut zu wissen, was Lady Eliza dazu veranlaßt hatte, ihm eine Einladungskarte zu schicken – doch was ihn bewogen hatte, diese Einladung nach seinen schlechten Erfahrungen in Craythorne anzunehmen, konnte sie nur ahnen.

Sie wünschte natürlich, daß er es getan hatte, um sie dort zu sehen, doch nach reiflicher und nüchterner Überlegung kam sie zu dem Schluß, daß es nur den einen Grund haben konnte: Er wollte sein Ansehen in der Nachbarschaft verbessern.

Trotz dieser Ungewißheit tat sie natürlich eine Woche später alles, um bei dem Ball in Stokings gut abzuschneiden.

Mrs. Quinlevan hatte ihr angeboten, sich von Anson die Haare frisieren zu lassen, da sie geschickter war als jede andere Zofe. Darüber hinaus hatte sie viel Zeit darauf verwendet, für ihr dreiviertellanges Tüllkleid – das sie über einem hellgelben Unterrock trug – die passenden

Bänder herauszusuchen. Sogar Mrs. Quinlevan, die sie immer als sehr gutaussehendes Mädchen bezeichnete – obwohl natürlich nicht zu vergleichen mit ihrer armen Nuala –, mußte zugeben, daß Nuala an diesem Abend nicht vermocht hätte, sie in den Schatten zu stellen. Mrs. Quinlevan, die sich der gesellschaftlichen Bedeutung dieses Balls bewußt war, hatte ihre blonden Locken zu einem Tituskopf frisieren lassen, sie trug ein Kleid mit hoher Taille, einen Shawl mit Silbernetzgewebe, dänische Satinslipper und lange französische Glacéhandschuhe.

Der außergewöhnliche Anblick, den ihre Nichte bot, war jedoch dazu angetan, Mrs. Quinlevans Befürchtungen bezüglich dieses Balles zu verstärken. Sie hatte mit Unbehagen bemerkt, mit wieviel Aufmerksamkeit Peter Hession Georgina während der Party in Craythorne bedachte, und es paßte ihr auch nicht, daß er so oft in ihrem Haus zu Besuch war. Sie hatte nun das unangenehme Gefühl, daß er an diesem Abend einen offiziellen Antrag machen könnte, was sie natürlich Lady Mercer und Mrs. Power mitteilen müßte. Was dann erfolgen würde, war ihr nur zu klar. Die beiden Damen in Bath, denen daran gelegen war, Georgina angemessen zu verheiraten, würden sicher nichts gegen Mr. Hessions Vermögen, Person oder auch Lebensstellung einzuwenden haben, und daher mußte es als sicher angenommen werden, daß sie diese Heirat billigen würden.

Auch war ihr Lady Hessions wohlwollendes Gebaren Georgina gegenüber an dem Abend in Craythorne nicht entgangen, und wenn Lady Hession diese Heirat begünstigte, war Sir Landers Einwilligung so gut wie sicher, denn dieser Herr setzte den Wünschen seiner Frau selten etwas entgegen.

Über Georginas Empfindungen war sie sich weniger sicher, doch selbst diesbezüglich war die Lage wohl wenig hoffnungsvoll. Georgina schien mit Mr. Hession in bestem Einvernehmen zu stehen – trotz gelegentlicher Meinungsverschiedenheiten, die aus der Überheblichkeit des jungen Mannes resultierten, der unter dem Einfluß seiner Eltern stand. Obwohl Georgina keine spezielle Vorliebe gezeigt hatte, war Mrs. Quinlevan davon überzeugt, daß Lady Mercers und Mrs. Powers Meinung genug Gewicht hätte, sich ihr gegenüber durchzusetzen.

Alles in allem schien es ihr, als ob ihr schöner Plan, Brandon mit seiner Cousine zu verheiraten, auf dem besten Wege war, durchkreuzt zu werden. Da sie sich mit diesen Problemen auseinanderzusetzen hatte, erschien ihr alles andere als unwichtig – selbst ihre Angst vor Shannon. Daher verschwendete sie während der Fahrt nach Stokings kaum einen Gedanken an ihn. Statt dessen überlegte sie sich, wie es anzustellen sei, daß Mr. Hession nicht die Gelegenheit bekäme, mehr als einmal mit Georgina zu tanzen.

Als sie in Stokings ankamen, sahen sie, daß das Haus vom Dachgeschoß bis zum Keller erleuchtet war und daß in regelmäßiger Folge die Wagen vor der Eingangstür vorfuhren. Mrs. Quinlevan und Georgina stiegen aus ihrem Landaulet, schritten über die breiten Stufen zur Tür und traten in das Haus ein. Wie The Place of the Oaks war auch Stokings im Tudor-Stil erbaut worden, doch war hier nicht alles beim alten belassen worden. Lady Eliza hatte es sich, als sie hier Herrin wurde, zur Aufgabe gemacht, weitgehende Änderungen vorzunehmen. Die Innenausstattung, die sie planmäßig modernisiert hatte, war schon zum Gespräch der Nachbarschaft geworden. Bei ihrem ersten Besuch hatte Georgina bis auf die Halle und den Roten Salon wenig gesehen. Doch schon damals, bei Tageslicht, hatten die Räume mit ihren Drachenmustern auf den roten Seidentapeten, den Boulletischen mit Porzellantigern und Pagoden sie sehr beeindruckt.

Nun aber, da alle Räume für den Empfang der Gäste geöffnet waren und von Hunderten von Kerzen erleuchtet wurden, staunte sie, als sie die große Halle betrat. Lady Eliza, die offensichtlich von ihren Besuchen in dem monströs ausgeschmückten Pavillon des Prinzregenten in Brighton beeinflußt war, hatte versucht, seine orientalische Prächtigkeit auf den gänzlich verschiedenen Tudorbau von Stokings zu übertragen. Das Resultat war eine Phantasmagorie aus Blau, Karminrot und Gelb, aus glänzenden Lüstertönen und üppigen Dekorationen chinesischer Sonnen, Pagoden, Wasserlilien und Drachen. Als sie die Treppe zum Ballsaal hinaufgingen, sahen sie an der Tür Lady Eliza stehen, die ihre Gäste in einem karminroten Seidengewand empfing, das ganz auf die Farben der Räume abgestimmt war. Ihr Kopfputz bestand aus Spitzen, glitzernden Brillanten und Staußenfedern, die von ihrer Stirn herabnickten. Sie begrüßte sie mit ihrer gewohnten Lebhaftigkeit, doch hatte Georgina das Gefühl, daß sie mit maliziösem Blick gemustert wurde.

«Ich sehe, daß Sie sich heute besonders schöngemacht haben», sagte Lady Eliza spöttisch. «Doch sollten Sie nicht zu erwartungsvoll sein, denn Shannon wagt es vielleicht gar nicht, sich blicken zu lassen – nach der Abfuhr, die er neulich in Craythorne bekommen hat. Es wäre besser, Sie würden sich mit Peter Hession zufriedengeben, der heute wirklich blendend aussieht!»

Georgina, die hochrot geworden war, als sie merkte, worauf Lady Elizas Worte hinzielten, blieb es erspart, eine Antwort zu geben, denn Mrs. Quinlevan, die gerade dabei war, Colonel Malladon ein paar höfliche Worte zu sagen, drehte sich abrupt um und erklärte ungehalten: «Lady Eliza, ich bitte Sie, keine so absurden Bemerkungen zu machen! Was hat denn Shannon meiner Nichte zu bedeuten? Ich versichere Ihnen, daß *sie* sich bestimmt nicht für ihn interessiert!»

Lady Eliza lachte. «Nein?» fragte sie. «Ich hoffe, daß Sie recht haben, meine liebe Bella! Doch ich habe die seltsamsten Geschichten gehört, müssen Sie wissen – von Ausritten, die zu merkwürdigen Begegnungen geführt haben, und – doch natürlich bin ich nicht bereit, den Klatsch zu wiederholen, der mir zugetragen wurde!»

Sie wandte sich dem nächsten Gast zu, und Mrs. Quinlevan ging mit Georgina in den Ballsaal. Hier wurden sie von Sir Manning Hartily aufgehalten, der um die Ehre bat, mit Miss Power die Quadrille tanzen zu dürfen.

«Ich kann mich glücklich preisen, daß ich Sie jetzt schon entdeckt habe!» sagte er strahlend. «Denn sicher werden die jungen Männer Sie den ganzen Abend bestürmen, und Sie haben dann wohl keine Zeit mehr für einen so alten Knacker wie mich!»

«Aber, Sir Manning, wie können Sie so etwas sagen!» rief Mrs. Quinlevan aus und bemühte sich, die mangelnde Begeisterung ihrer Nichte durch übergroße Herzlichkeit auszugleichen. «Ich bin sicher, daß es Georgina immer als Ehre ansehen wird, mit Ihnen tanzen zu dürfen – ein so eleganter Tänzer, wie Sie es sind!»

«Nun, ich glaube tatsächlich, daß ich mich nicht verstecken muß», sagte Sir Manning geschmeichelt. «Ich kann immer noch mit den jungen Burschen mithalten, Madam, und kann die ganze Nacht tanzen – Walzer, Quadrille und alles, was die andern auch tun. Tanzen Sie Walzer, Miss Power?»

«Nein, Sir», sagte Georgina wahrheitsgemäß und überließ es Mrs. Quinlevan, sich in langatmigen Erörterungen über die Unziemlichkeit der modernen Tänze zu ergehen.

«Denn», so gab sie Sir Manning zu bedenken, «was kann geschmackloser für ein wohlerzogenes junges Mädchen sein, als sich in aller Öffentlichkeit im Arm eines jungen Mannes über den Tanzboden drehen zu lassen.»

Sie bemerkte zu spät, daß sie den falschen Kurs eingeschlagen hatte, denn Sir Manning erwies sich als ein großer Freund des Walzertanzens – jedenfalls soweit sein Leibesumfang es zuließ –, und er hielt so altmodische Ansichten wie die eben von Mrs. Quinlevan geäußerten als unter der Würde eines Mannes von allerfeinster Lebensart.

Zum Glück jedoch betrat gerade in diesem Augenblick ihr Bruder, Mr. Jeremy Barnwall, der ein alter Freund von Sir Manning war, den Raum. Im Sturm der Begrüßung und der Frage nach den letzten Londoner Ondits vergaß man Mrs. Quinlevans Schnitzer.

Georgina hatte ihren Onkel Jeremy noch nicht kennengelernt, da er nach seiner überstürzten Abreise nicht mehr nach Irland gekommen war. Sie begrüßte ihn mit angemessener Herzlichkeit, die jedoch sofort einen Dämpfer bekam, als sie – nach aufmerksamer Musterung durch ihren Onkel – hörte, wie er zu seiner Schwester sagte: «Bei dir stimmt's wohl nicht ganz im Oberstübchen, Bella! Wie kannst du nur glauben, daß Brandon für sie in Frage kommt? Gottverdammich, so wie die aussieht, werden doch die jungen Burschen nur so um sie herumschwärmen!»

«Was höre ich? Brandon? Wer ist Brandon?» fragte Sir Manning aufgeräumt, wurde jedoch im selben Augenblick von einem jungen Mann beiseite gedrängt, der sich am Rand der Gruppe aufgehalten hatte und auf eine Gelegenheit wartete, sich ins Gespräch zu mischen. Sir Manning drehte sich zornig um und schaute in das bestürzte Gesicht von Mr. Peter Hession.

«Verzeihung, Sir Manning. Guten Abend Mrs. Quinlevan, Miss Power, Mr. Barnwall!» stieß Peter hervor, der offensichtlich von seiner eigenen Ungezogenheit ebenso überwältigt war wie Sir Manning.

Trotzdem verschwand der vorwurfsvolle Ausdruck nicht aus seinen Augen, der sich seiner bemächtigt hatte, bevor er Sir Manning anrempelte. Es war unschwer zu erraten, daß Mr. Hession mitgehört hatte, was Mr. Barnwall bezüglich Brandon zu seiner Schwester sagte.

Es war zweifellos Mr. Hessions Absicht gewesen, Georgina zu den ländlichen Tänzen aufzufordern, zu denen man sich gerade aufstellte, doch vor lauter Verwirrung über sein eigenes Benehmen verschlug es ihm die Sprache, und er hatte das Nachsehen, als er wenig später Georgina am Arm eines anderen jungen Mannes erblickte. Dieser für ihn ärgerliche Umstand war in höchstem Maße befriedigend für Mrs. Quinlevan. Kaum war Peter außer Hörweite, vertraute sie ihrem Bruder an, daß sie befürchte, dieser junge Mann würde Georgina demnächst einen Heiratsantrag machen.

Mr. Barnwell zog die Brauen in die Höhe, schürzte die Lippen und bemerkte freundlich: «Das ist doch kein Grund zur Aufregung, Bella. Ich habe es dir ja gleich gesagt, als du mir von deinem Plan erzählt hast. Wenn er es nicht ist, wird es ein anderer junger Bursche sein. Das Mädchen ist bildschön.»

Mrs. Quinlevan entfuhr ein Ausruf der Entrüstung. «Man sollte meinen, daß dir der arme Brandon ganz egal ist!» sagte sie vorwurfsvoll. «Wenn du nur die geringste Anstrengung gemacht hättest, mir zu helfen, anstatt Hals über Kopf nach London abzufahren, hätten wir die Angelegenheit schon längst geregelt. Und ich muß sagen, ich nehme es dir sehr übel, daß du mich nicht von deiner Rückkehr nach Kerry benachrichtigt hast. Jetzt muß ich dir hier begegnen, als seien wir flüchtige Bekannte!»

«Verdammt noch mal, Bella, du weißt doch, daß ich ein Zugvogel bin», verteidigte sich Mr. Barnwall. «Ich weiß nie, wo ich im nächsten Moment sein werde. Bin nur schnell vorbeigekommen, um für einen Freund ein Pferd zu kaufen. Und ich dachte, wo ich schon mal hier bin, könnte ich auch bei Lady Elizas Ball vorbeischauen . . .»

«Nun, dann hoffe ich wenigstens, daß du jetzt dein möglichstes tun wirst, um zu verhindern, daß Georgina mehr als einmal mit Peter Hession tanzt und daß sie keine Gelegenheit bekommt, privat mit ihm zu sprechen.» Sie fügte mahnend hinzu: «Immerhin ist Brandon dein einziger Neffe, und da ich als verwitwete Mutter allein in der Welt bin und meines Sohnes Interesse wahren muß . . .»

«Aber nicht während eines Balles, Bella!» sagte Mr. Barnwall ungehalten. «Merkst du denn nicht, daß dies der falsche Ort ist, um eine Tragödie in Szene zu setzen? Nein!» fügte er entschieden hinzu, als er merkte, daß sie etwas entgegnen wollte. «Laß mich jetzt in Frieden! Ich tue, was ich kann, für dich, das verspreche ich dir, doch du kämpfst auf verlorenem Posten, das müßtest du allmählich einsehen!»

Er machte sich von ihr los und begrüßte Sir Humphrey und Lady Mott, die gerade mit Betsy den Raum betreten hatten, mit überströmender Herzlichkeit, was Mrs. Quinlevan allein darauf zurückführte, daß er den Wunsch hatte, ihr zu entkommen.

Kurz darauf hatte sie sich auf einem der Salonsessel niedergelassen, die an den Wänden des Ballsaales aufgestellt worden waren, um den Gästen, die nicht am Tanz teilnehmen wollten, die Möglichkeit zum Zuschauen zu geben. Sie gesellte sich zu einer Gruppe von Ballbesuchern, zu denen auch Lady Hession gehörte. Lady Hession, die diesen Ball für wichtig genug gehalten hatte, um ihre Abreise nach London zu verschieben, hatte sich mit einem Staatsgewand aus purpurrotem Taft geschmückt, zu dem sie einen gleichfarbigen Turban trug. Da sie überzeugt davon war, alle anderen Damen bei weitem in den Schatten zu stellen, war sie ausgezeichneter Stimmung und ergriff die erste Gelegenheit, um Mrs. Quinlevan zu dem strahlenden Aussehen von Georgina hocherfreut zu gratulieren.

«Ich bin davon überzeugt, daß sie und mein Peter einen glänzenden Eindruck machen werden, wenn sie heute abend zusammen tanzen. Peter hat mir nämlich anvertraut, daß er sie nicht nur zu den ländlichen Tänzen auffordern will, sondern auch zur Quadrille.»

Mrs. Quinlevan schüttelte energisch den Kopf. «Nun, da wird sie ihn wohl enttäuschen müssen», sagte sie gelassen und stellte dabei zufrieden fest, daß Georgina sich gerade in den sicheren Händen von Major Rothe befand. «Denn wir waren kaum zur Tür hereingekommen, da hat schon Sir Manning Hartily um ihre Hand für die Quadrille gebeten.»

«Tatsächlich!» sagte Lady Hession und hob ihre Brauen. «Das tut mir aber leid, denn ich bin überzeugt davon, daß es ihr sehr viel mehr Spaß gemacht hätte, mit meinem Peter zu tanzen. Er ist bekannt als ausgezeichneter Tänzer, und sogar bei Almacks in London, wo so viele Meister dieser Kunst zusammenkommen, wird er wegen seines besonderen Geschicks gelobt. Allerdings», fügte sie hinzu und versuchte sich schalkhaft zu geben, «wenn Miss Power ihre Hand nur so – sagen wir reifen – Herren wie Sir Manning und Major Rothe leiht, wird mein Peter nichts zu befürchten haben.»

Mrs. Quinlevan fühlte sich herausgefordert und konnte es nicht lassen, eine Bemerkung anzubringen, die Mr. Barnwall streng verurteilt hätte.

«Es wundert mich, daß Sie so etwas sagen, Lady Hession», entgegnete sie. «Georgina verhält sich zwar gegenüber allen jungen Männern, die sich zu ihren Bewunderern zählen, außerordentlich höflich, doch es müßte Ihnen schon aufgefallen sein, daß sie für ihren Vetter Brandon ganz besonders herzliche Gefühle empfindet. Sie gehört nämlich nicht zu jenen oberflächlichen jungen Mädchen, die sich ständig auf Parties und Bällen herumtreiben, sondern sie ist sehr glücklich, wenn sie, sooft es geht, einen ruhigen Tag mit ihrem Vetter verbringen kann.»

Lady Hession schüttelte ungläubig den Kopf. «Brandon!» rief sie aus, und es klang nicht nur überrascht, sondern auch empört.

«Aber, meine liebe Mrs. Quinlevan, das ist doch nicht möglich! Ich möchte ja nichts gegen den Jungen sagen, aber Sie glauben doch selbst nicht, daß er in dem Alter ist, an eine Heirat zu denken! Er wird doch nicht einmal neunzehn sein!»

«Er ist neunzehn», sagte Mrs. Quinlevan, die diese ungeschminkten Worte als kränkend empfand, «und er ist sehr reif für sein Alter – sehr viel reifer, möchte ich sagen, als all die jungen Männer, die nichts im Sinn haben als elegante Anzüge, Pferderennen oder gar Glücksspiele!»

Lady Hession warf ihr einen warnenden Blick zu. «Sicherlich», sagte sie, «kommt es Ihnen nicht in den Sinn, meinem Peter vorzuwerfen, zu diesen Männern zu gehören!» Unter ihren furchterregenden Augen trat Mrs. Quinlevan schnell den Rückzug an und murmelte ein paar gegenteilige Worte, was ihr ein zufriedenes Kopfnicken von Lady Hession einbrachte. «Gut, gut», sagte sie konziliant, «wir wollen jetzt nicht mehr darüber sprechen. Ich war immer der Meinung, daß man seiner Gastgeberin zuliebe wenigstens vorgeben sollte, sich auf einem Ball zu amüsieren. Sicherlich hat Lady Eliza sich sehr viel Mühe gegeben, uns diesen Abend angenehm zu machen, und es wäre undankbar, wenn wir ihr nicht zufriedene Gesichter zeigten!»

Sie ließ den Blick über den Raum schweifen und sagte, während sie den immer stärker werdenden Strom der Gäste beobachtete, voller Genugtuung: «Dieser Abend wird ihr sehr viel Lob einbringen. Ich habe schon zu Sir Landers gesagt, daß wir sicher nicht die einzigen sind, die ihre Abreise nach London verschieben. Sie haben ja auch gesehen, daß sogar Sir Manning Hartily hier ist, und für ihn ist es außerordentlich ungewöhnlich, zu dieser Zeit noch nicht in London zu sein.»

Diese Bemerkung griff eine der jüngeren Damen auf, um ein Gerücht weiterzuerzählen, das gegenwärtig in den feinen Kreisen Londons die Runde mache. Offenbar habe Sir Mannings Vermögen Einbuße erlitten, so daß er mit seinen noblen Freunden nicht mehr mithalten könne und sich daher genötigt sähe, sich nach einer reichen Frau umzusehen.

«In diesem Alter. Das kann ich nicht glauben – wer würde ihn denn schon nehmen wollen!» sagte Lady Hession hochmütig. Mrs. Quinlevan jedoch war alarmiert und schaute sich ängstlich um, ob Sir Manning sich irgendwo in der Nähe von Georgina aufhalte. Es wäre ihr nie in den Sinn gekommen, ihn auf die Liste der Herren zu setzen, denen man den freien Zugang zu ihrer Nichte verwehren mußte, doch es fiel ihr jetzt auf, daß er immer besonders aufmerksam Georgina gegenüber war. Obwohl die Erwartungen ihrer Nichte in finanzieller Hinsicht zwar nicht glänzend waren, genügten sie vielleicht, um einen Herrn von Sir Mannings Alter zufriedenzustellen.

Ihre Nervosität steigerte sich noch, als ein anderes Gerücht erörtert wurde, daß Shannon zu Lady Elizas Ball eingeladen sei. Nach dem, was Lady Eliza zu ihr und Georgina gesagt hatte, als sie sie an der Tür begrüßte, schien es tatsächlich zu stimmen, daß Shannon an diesem Abend erwartet wurde. Der Gedanke daran, was Georgina wohl diesmal einfallen würde, wenn dieser schreckliche Mann den Raum beträte, nahm ihr die letzte Ruhe, und sie mußte Zuflucht bei ihrem Fächer suchen, den sie hastig hin- und herbewegte. Als sie sich nach ihrer Nichte umsah, entdeckte sie zu ihrem Ärger, daß sie gerade mit Peter Hession tanzte. Sie tröstete sich zwar mit dem Gedanken, daß sie ja wenigstens einmal an diesem Abend mit ihm tanzen mußte, doch sie konnte nicht umhin, die beiden ängstlich zu beobachten, und beteiligte sich daher nur noch am Rande an der Unterhaltung.

Ihre Befürchtungen waren jedoch – wenigstens in diesem Augenblick – völlig grundlos, denn Peter Hession war keineswegs geneigt, seiner Partnerin süße Nichtigkeiten ins Ohr zu flüstern. Im Gegenteil, er befand sich gerade im heftigsten Streit mit ihr.

«Brandon Quinlevan!» hatte er ihr ebenso wütend wie ungläubig entgegengeschleudert. «Sie wollen mir doch nicht sagen, daß Sie – oder irgend jemand anders – im Ernst meinen, er käme für Sie in Frage! Es hätte mich ja beinahe hingesetzt, als ich das gehört habe! Ein Mädchen wie Sie – und dieser – dieser hinkende Schwächling!»

Georgina wurde bedrohlich rot, und wenn Mr. Hession aufmerksam gewesen wäre – was er jedoch auch bei ruhigerer Gemütslage nicht war –, hätte er sich vielleicht bezähmt und sich schnell einem weniger brisanten Thema zugewandt. So vermochte er noch nicht einmal den drohenden Ton aus ihrer Stimme herauszuhören, als sie zu ihm sagte: «Ich verstehe nicht, weshalb Sie sich für meine Angelegenheiten interessieren, Mr. Hession!»

«Nun, ich interessiere mich eben dafür», sagte er trotzig, «und ich sollte meinen, daß Sie es inzwischen auch schon gemerkt haben! Ich kann Ihnen außerdem verraten, daß es mir gar nicht paßt, wenn Sie mit diesem Knaben unter einem Dach leben – noch dazu, wenn Ihre Tante ihn Ihnen ständig anpreist. Er mag einen hellen Kopf haben – dagegen ist gar nichts zu sagen. Aber, guter Gott, er ist doch nichts für Sie!»

«Ich würde es begrüßen – ich würde es außerordentlich begrüßen, wenn Sie nicht mehr über dieses Thema sprechen würden, Mr. Hession!» unterbrach ihn Georgina, diesmal jedoch so unwillig, daß es ihrem Partner auffiel. «Ich glaube, Sie maßen sich reichlich viel an!»

«Ich bitte um Verzeihung, wenn ich Sie gekränkt habe», sagte Peter, der immer noch viel zu erregt war, um mehr als eine höfliche Geste zu machen. «Aber es ist nicht zu ertragen, Ihren Namen in aller Öffentlichkeit im Zusammenhang mit dem des jungen Quinlevan zu hören – als ob es schon eine abgemachte Sache sei. Ich wundere mich, daß Mr. Barnwall so wenig Anstand hat!»

«Mr. Barnwall», sagte Georgina zornig, «ist nicht der einzige Mensch, der wenig Anstand zeigt! Wenn Sie nicht sofort dieses Thema wechseln, Mr. Hession, werde ich den Tanz abbrechen! Sie mögen es vielleicht für angemessen halten, solche Dinge in der Öffentlichkeit zu besprechen – ich jedoch nicht!»

Um die Wahrheit zu sagen, war sie wegen seiner abschätzigen Bemerkungen über Brandon viel ungehaltener als über die Art und Weise, sich öffentlich darüber zu unterhalten. Und es gab in diesem Augenblick noch einen dritten Grund für ihre Erregung, denn sie hatte gerade gesehen, daß Shannon den Raum betreten hatte. Der Abend war schon so weit vorgeschritten, daß Lady Eliza und ihr Mann nicht länger am Ende der großen Treppe standen, um ihre Gäste zu empfangen. Sie waren beide im Ballsaal, und Georgina sah, daß Lady Eliza, die Shannon offensichtlich genau im gleichen Moment entdeckt hatte, schnell durch den Raum ging, um ihn zu begrüßen.

Shannon, der im selben korrekten Abendanzug erschienen war wie bei der Party in Craythorne, blieb einen Augenblick unter der Tür stehen und machte ein Gesicht, das Georgina nur als finster bezeichnen konnte. Es schien, als sei er keineswegs gekommen, um hier angenehm aufzufallen. Da sie wußte, daß er die Einladung sicher nicht angenommen hatte, um Lady Eliza einen Gefallen zu tun, blieb ihr nur noch der beunruhigende Gedanke, daß er ihretwegen gekommen sei.

Während dieser Überlegungen waren ihre Tanzschritte völlig außer Takt geraten, so daß der erstaunte Peter Hession sie ermahnen mußte, besser aufzupassen. Als der Tanz einige Minuten später zu Ende war, sah sie, daß Shannon sich immer noch mit Lady Eliza unterhielt. Sie schaute noch kecker drein als sonst und lachte und scherzte so unbekümmert mit ihm, als sei es ganz selbstverständlich, Shannon in ihr Haus eingeladen zu haben. Die Damen jedoch, die an den Wänden des Ballsaals auf ihren Sesseln saßen, steckten eifrig die Köpfe zusammen, und man merkte ihnen an, daß sie empörte Kommentare abgaben. Und auch unter den Jüngeren schien sich niemand bereit zu finden, der älteren Generation die Stirn zu bieten und sich mit dem Neuankömmling zu unterhalten. Georgina sah sich nach Major Rothe um, doch sie konnte ihn nicht entdecken und nahm an, daß er sich zu einer Partie Whist in einen der Nebenräume begeben habe. Sie faßte sofort einen Entschluß, und als Mr. Hession ihr den Arm bot, um sie zu Mrs. Quinlevan zurückzuführen, sagte sie in bestimmtem Ton: «Bitte bringen Sie mich zu Lady Eliza.»

«Lady Eliza?» Peter schaute sich um und sah, daß sich die Gastgeberin mit Shannon unterhielt. Entrüstet sagte er: «O nein! Ich denke, das tue ich nicht, Miss Power! Sie spricht gerade mit Shannon. Reichlich komisch, ihn hierher zu bitten, meine ich. Doch auf jeden Fall sollen *Sie* nichts mit ihm zu tun haben. Ich werde Sie zu Ihrer Tante bringen.»

«Nein, das werden Sie nicht!» sagte Georgina. «Wenn Sie mich nicht zu Lady Eliza bringen wollen, gehe ich eben alleine.» Sie schaute ihn provozierend an und fragte: «Haben Sie Angst, Mr. Shannon kennenzulernen? Ich versichere Ihnen, daß er nicht beißt.»

Peter errötete. «Angst habe ich keineswegs», sagte er. «Doch ich sehe nicht ein, warum ich mit dem Burschen etwas zu tun haben sollte. Er wird von niemand empfangen, das wissen Sie doch!»

«Er wird hier empfangen», erklärte Georgina unbeirrbar. Dann reckte sie ihr Kinn in die Höhe und sagte: «Und ich erinnere Sie daran, daß er auch in Craythorne empfangen wurde. Ich werde mit ihm sprechen!»

Als Mr. Hession sich diesem Ultimatum gegenübergestellt sah, konnte er nichts anderes tun, als sie zögernd durch den Raum zu begleiten. Mißbilligend bemerkte er das strahlende Lächeln, das sie für Shannon übrig hatte. Als sie ihn mit einer lässigen Handbewegung vorstellte und sagte: «Ich glaube, Sie kennen Mr. Hession noch nicht, Mr. Shannon?», blickte er finster drein und murmelte nur ein paar förmliche Worte.

Shannons Reaktion war ähnlich kühl, so daß Lady Eliza sich genötigt sah, der verlegenen Pause, die dann entstand, mit ihrem klirrenden Lachen ein Ende zu machen.

«Du lieber Himmel, das kann man ja nicht mit ansehen – schauen Sie sich doch nicht an wie trotzige Schulbuben!» sagte sie. «Shannon, wirklich – Sie haben schon ihre Chance gehabt. Sie sind mit der einen Miss Power davongelaufen und werden wohl nicht so toll sein, es noch einmal zu tun. Diesmal ist Mr. Hession dran, und wenn ich seiner Mama glauben darf, ist die Sache schon so gut wie abgemacht. Deswegen wäre es besser, Sie würden mit Anstand den Rückzug antreten.» Sie drehte sich um, weil sie gemerkt hatte, daß jemand neben sie getreten war. Während Georgina wie erstarrt dastand, rief sie gutgelaunt: «Meine Güte, Sir Manning! Was haben denn Sie im Sinn, sich wie ein Schatten heranzuschleichen? Darf ich Mr. Shannon vorstellen? Sir Manning Hartily . . .»

Sir Manning machte eine leichte Verbeugung, bestritt jegliche Ähnlichkeit mit einem Schatten und erklärte zielbewußt, daß er gekommen sei, um, wie versprochen, Miss Powers Hand für die Quadrille zu erbitten. Da er kein Mann von Feingefühl war, hatte er nicht gemerkt, in welche Situation er hineingeplatzt war. Die Luft knisterte nur so vor Feindseligkeit, so daß man hätte meinen können, es sei gerade ein Mord geschehen. Tatsächlich hätte Georgina, die über Lady Elizas gemeinen Trick wütend war, sie kaltlächelnd erwürgen können. Mr. Hession war zwar überrascht, konnte Lady Elizas Meinung jedoch nur billigen, während Shannon, der argwöhnisch dem bösen Treiben zusah, auf einmal einen harten und unerbittlichen Ausdruck bekam.

Sogar Lady Eliza schien unter seinem grimmigen Blick nervös zu werden, und ihr Lachen brach jäh ab. Sir Manning jedoch bemerkte in froher Ahnungslosigkeit nichts davon und sagte zu seiner Partnerin, daß sie sich beeilen müßten, weil die Paare schon dabei seien, sich aufzustellen. Georgina blieb nichts anderes übrig, als sich fortführen zu lassen, mußte sich jedoch bezähmen, ihre Hand nicht Sir Manning zu entziehen, um Lady Elizas Falschmeldung zu korrigieren. Sie konnte es jedoch nicht, ohne unter den Tanzenden Unruhe zu verursachen, und ihr Anstand verbot es ihr, solch einen Wirbel zu machen.

Statt dessen stellte sie sich mit unglücklichem Gesicht zum Tanz auf, blickte aber noch einmal zurück und sah, daß Shannon verschwunden war und Lady Eliza – hochrot im Gesicht und übertrieben munter – mit Sir Humphrey Mott sprach.

In den ersten Minuten war Georgina nicht imstande, ihrem Partner zuzuhören. Ihr war jetzt klargeworden, daß Lady Eliza alles versuchte, um eine engere Verbindung zwischen ihr und Shannon zu verhindern.

Ihr war jedoch ebenso klar, daß diese Bemühungen, was Shannon betraf, nicht den geringsten Erfolg haben würden. Der Ausdruck, den seine grauen Augen angenommen hatten, als Lady Eliza von Georginas angeblicher Bindung an Peter Hession sprach, war viel zu eindeutig gewesen, und Georgina hatte einen Augenblick das seltsame Gefühl gehabt, von seinem Blick versengt zu werden. Das war sicher auch Lady Eliza nicht entgangen.

Sie ahnte, daß sie sich an diesen Abend noch lange würde erinnern müssen – sei es im Guten oder Schlechten. Sir Manning ließ ihr jedoch keine Zeit mehr, ihren Gedanken nachzuhängen, und holte sie jäh in die Wirklichkeit zurück, als er ihr sagte, daß er sie nun schon dreimal gefragt habe, wann sie nach Bath zurückgehen werde. Sie entschuldigte sich hastig für ihre Geistesabwesenheit und sagte: «Bälle sind immer so verwirrend, finden Sie nicht auch, Sir Manning? Aber vielleicht geht es Ihnen nicht so – bei Ihrer Routine.»

Sir Manning schaute sie argwöhnisch an, als denke er, daß sie ihn abspeisen wolle, und er sagte: «Nun, wenn Sie es mir nicht sagen wollen . . .»

«Ihnen was sagen wollen? Oh – wann ich nach Bath zurückkehre? Das weiß ich selbst noch nicht. Solange Mama und Großmama mich dort nicht brauchen . . .»

«Vielleicht tauche ich selbst in nächster Zeit dort einmal auf», sagte er und schaute sie dabei erwartungsvoll an. «Es ist genauso, wie Sie sagen – London kann in der Saison verteufelt langweilig sein, wenn man schon so viel mitgemacht hat. Es könnte also sein, daß ich mal bei Ihnen vorbeischaue. Great Pulteney Street, nicht wahr? Lady Mercer? Ich glaube nicht, daß ich schon das Vergnügen hatte, sie kennenzulernen, doch es wird mir eine Ehre sein, sie einmal zu besuchen. Sicher haben wir viele gemeinsame Freunde – Sie selbst eingeschlossen, mein liebes kleines Mädchen!» Als er dies sagte, drückte er bedeutungsvoll ihre Hand.

Georgina wurde von den gleichen unseligen Gedanken befallen wie zuvor ihre Tante Bella: Ihr ging auf, daß sich hinter Sir Mannings Aufmerksamkeit etwas Ernsteres verbergen könnte als reiner Flirt. Bestimmt nahm er an, daß sie von seiner erfolgreichen gesellschaftlichen Karriere geblendet war, ebenso von seiner intimen Kenntnis der eleganten Welt und von seinem exzellenten modischen Geschmack.

Sicherlich, es wurden jeden Tag Ehen geschlossen, bei denen ein beträchtlicher Altersunterschied bestand, doch sie hatte keine Lust, auf diese Weise ins Gespräch zu kommen. Sie sagte sich daher, je schneller sie Sir Manning reinen Wein einschenkte, desto besser würde es für alle Beteiligten sein.

Also bemühte sie sich, für den Rest des Tanzes so reserviert wie möglich zu erscheinen, und als er vorbei war, gelang es ihr, sich mit Betsy Mott davonzumachen. Betsy hatte das Mißgeschick gehabt, den Spitzenvolant ihres Kleides zu zerreißen, und sie bat Georgina, sie zu einem Vorraum zu begleiten, um den Schaden zu beheben.

«Ich kann mir nicht die Zeit nehmen, nach oben zu gehen, um Lady Elizas Zofe darum zu bitten», sagte sie atemlos, «denn ich habe den nächsten Tanz mit Robert verabredet und möchte ihn auf keinen Fall enttäuschen.» Sie gingen beide in einen kleinen Raum im hinteren Teil des Hauses, der wie die anderen im orientalischen Stil eingerichtet war – spärlich beleuchtet von einer einzigen Lampe in Form einer Wasserlilie, die ihr Licht über die versammelten Drachen und Mandarine warf. Dort schwatzte Betsy munter weiter: «Mr. Shannon ist hier! Hast du ihn schon gesehen? Natürlich kann ich es nicht wagen, mit ihm zu sprechen – nach dem schrecklichen Streit, den ich seinetwegen mit Robert hatte. Ich hoffe, er wird mich nicht zum Tanz bitten! Meinst du, daß er es tun wird?»

Georgina sagte nur kurz, daß er es sicher nicht tun würde, denn sie wollte sich nicht weiter mit Betsy über dieses Thema unterhalten. Sie war gerade dabei, Betsys Kleid mit ein paar Nadeln in Ordnung zu bringen, die ihre Freundin aus ihrem Retikül hervorholte, als sich eilige Schritte dem Raum näherten und Mr. Hession unter der Tür erschien.

«Miss Power! Ich muß mit Ihnen sprechen!» rief er schnell und ignorierte Betsy, die ihn überrascht anschaute und fragte: «Mein Gott, Peter, was ist denn mit dir los? Man könnte ja meinen, daß das Haus in Brand steht!»

Mr. Hession blickte sie gebieterisch an. «Geh fort, Betsy!» befahl er. «Ich möchte mit Miss Power sprechen.»

Betsy schaute ihn erstaunt an. «Das werde ich nicht tun!» erklärte sie in bestimmtem Ton. «Es wäre sehr ungehörig, dich hier mit Georgina allein zu lassen. Mama würde es mir nicht verzeihen, wenn ich es täte.»

«Wenn du nicht sofort gehst, wirst du es noch bedauern!» rief Mr. Hession und ging drohend ein paar Schritte auf sie zu. «Ärgere mich nicht, Bet, los – geh fort! Was ich zu Miss Power zu sagen habe», fügte er erhaben hinzu, «ist nicht für deine Ohren bestimmt.»

Georgina, die etwas fassungslos dem Wortwechsel folgte, glaubte im ersten Augenblick, den roten Champagner für Mr. Hessions Benehmen verantwortlich machen zu müssen. Doch als sie ihn genauer ansah, merkte sie, daß ihre Theorie falsch war und daß es vielmehr Eifersucht und Leidenschaft waren, die diesem jungen Mann zu schaffen machten. Sein Benehmen beunruhigte sie jedoch nicht, sondern amüsierte sie nur, doch Miss Mott schien geneigt, die Worte ihres alten Spielgefährten ernst zu nehmen. Noch ehe Georgina sie daran hindern konnnte, eilte sie aus dem Raum und murmelte dabei ein paar drohende Worte, daß sie nun alles seiner Mutter sagen werde.

Georgina mußte lächeln und versuchte ihr zu folgen, doch Mr. Hession verstellte ihr den Weg und erklärte in aller Eindeutigkeit, daß er gekommen sei, um sich mit ihr auszusprechen.

«Ich kann es nicht ertragen, daß Sie den ganzen Abend mit mir böse sind!» sagte er. «Ich weiß, daß ich das von Brandon nicht hätte sagen dürfen – ich mag Brandon sehr gern und habe ihn immer gemocht, aber Teufel noch mal, Sie können ihn doch nicht heiraten! Ihre Tante muß ja wirklich nicht ganz bei Trost sein, überhaupt an so etwas zu denken!»

Georgina wurde hochrot. «Ich habe Ihnen vorhin schon gesagt, daß ich keine Lust habe, mich darüber mit Ihnen zu unterhalten, Mr. Hession», sagte sie. «Und nun lassen Sie mich bitte gehen . . .»

«Aber ich will nicht – bitte!» sagte Mr. Hession verzweifelt. «Verdammt, Miss Power – Georgina – merken Sie denn nicht, daß ich schon ganz erledigt bin Ihretwegen? Das ist einfach nicht zu ertragen – erst dieses Gerede über Sie und Brandon und dann dieser Shannon. Man sollte meinen, nach alldem, was er Nuala angetan hat, daß Sie nicht dulden würden, einen Raum mit ihm zu teilen, doch Sie . . .»

«Mr. Shannon geht Sie ebensowenig an wie mein Vetter Brandon!» sagte Georgina. «Sie sind sehr lästig, Mr. Hession!»

Sie versuchte noch einmal, an ihm vorbeizukommen, doch diesmal ergriff er sie beim Arm, und ehe sie sich's versah, machte er den Versuch, sie zu umarmen. Georgina war ein großes und kräftiges Mädchen, doch hinderten ihre Kleider sie daran, sich so zu wehren, wie sie wollte. Sie hätte riskiert, ihre Frisur zu ruinieren und ihre Kleider zu zerreißen, und das wäre von den anderen Gästen bemerkt worden. Wahrscheinlich wäre es ihm gelungen, sie zu küssen, wenn sich nicht plötzlich eine schwere Hand auf seine Schulter gelegt hätte, die ihn fortstieß und quer durch den Raum schleuderte. Georgina, die Mühe hatte, ihre Balance wiederzufinden, schaute auf und erschrak, denn vor ihr stand Shannon. Er blickte Mr. Hession spöttisch an. Der hatte sich gerade vom Sofa aufgerappelt, wo er gelandet war, und machte Miene, auf den Eindringling loszustürzen.

Seine Kampfgelüste wurden jedoch sofort von Shannon gedämpft, der ihn grob anfuhr: «Ich würde es Ihnen nicht raten. Ich habe etwas Erfahrung in solchen Dingen und gebe Ihnen keine Chance.»

Peter hielt inne und sah ihn unsicher an, weil ihm bewußt wurde, daß Shannon recht hatte. Er war kein Feigling, doch der Anblick von Shannons furchtgebietender Gestalt genügte, um einen Mann seiner mäßigen Größe zögern zu lassen. Außerdem wurde ihm die Fragwürdigkeit seiner eigenen moralischen Position bewußt. Für Shannon wäre es nicht schwierig, sein Dazwischentreten zu rechtfertigen, da er einer jungen Dame zu Hilfe kam, die sich gegen erzwungene Aufmerksamkeiten zu wehren hatte. Er selbst jedoch sah keine Möglichkeit, sein Benehmen zu entschuldigen.

Er bezähmte seine Wut und sagte steif: «Wenn Sie meinen, daß ich so töricht bin und hier Händel mit Ihnen anfange, irren Sie sich, mein Herr! Trotzdem hatten Sie kein Recht, sich in eine private Unterhaltung einzumischen.»

«Unterhaltung ist schwerlich der richtige Ausdruck dafür», sagte Shannon mit kaltem Zorn. «Und wenn es Ihnen in den Sinn kommen sollte, noch einmal so etwas zu wagen, wird es mir ein Vergnügen sein, Sie in die nächste Pferdeschwemme zu befördern, mein Junge!» Ohne seinen grimmigen Ausdruck zu ändern, wandte er sich dann an Georgina. «Und für Sie möchte ich hinzufügen, Miss Power, daß Sie sich nicht so oft in prekären Situationen befänden, wenn Sie sich nicht so bereitwillig mit jungen Männern in spärlich beleuchteten Räumen . . .»

«Das habe ich nicht getan!» unterbrach sie ihn entrüstet. «Das heißt – es war überhaupt nicht meine Schuld! Betsy wollte gehen, und als ich versucht habe, ihr zu folgen . . .» Sie fühlte, wie ihr das Blut ins Gesicht schoß, und sagte aufgebracht: «Ich wußte ja, daß Sie mich wieder ins Unrecht setzen würden! Doch wenn Sie mir nicht nachspioniert hätten, dann hätten Sie auch nicht gewußt, daß ich hier bin! Das halte ich nicht für das Benehmen eines Gentlemans!»

Als Mr. Hession sah, wie beherzt sie ihren Retter angriff, faßte er wieder Mut und pflichtete ihr eifrig bei: «Sie hat recht – verdammt noch mal, das war nicht Ihre Angelegenheit!»

«O Peter, seien Sie doch still!» unterbrach ihn Georgina ungehalten. «Ich wünschte, Sie würden jetzt fortgehen und mich in Frieden lassen. Sie haben heute abend schon genug Scherereien gemacht!»

«Um Sie hier allein mit ihm zu lassen?» rief Mr. Hession entrüstet aus. «Das werde ich sicher nicht tun! Das wäre ja noch schöner!»

Georgina beachtete ihn nicht. Sie schaute Shannon an, der zunächst etwas ironisch dreinblickte, dann jedoch in seinen grauen Augen eine Sanftheit hatte, die ihr Herz höher schlagen ließ. Für einen Augenblick vergaß sie alles, was um sie war – die orientalische Pracht des Zimmers, Lady Elizas Ball und sogar den wütenden Mr. Hession –, und sie hatte das Gefühl, daß sie irgendwo in einem weiten, unbekannten Raum mit Shannon ganz allein sei.

14

Es war jedoch nur ein kurzer Augenblick, denn sie wurde sofort wieder in die Wirklichkeit zurückgeholt, als Lady Eliza mit energischem Schritt das Zimmer betrat. Sie blickte von dem hitzigen Mr. Hession zu der gedankenverlorenen Georgina und richtete dann ihren maliziösen Blick auf Shannon, der sie keineswegs freundlich ansah.

«Dann ist es also doch wahr!» sagte sie. «Ich dachte schon, daß die kleine Mott sich getäuscht hatte, doch sie scheint tatsächlich die Wahrheit gesagt zu haben. Und Sie, Shannon – nein, lassen Sie mich raten –, ausgerechnet Sie haben die Rolle des fahrenden Ritters übernommen, der herbeigaloppiert, um das bedrängte Mädchen zu retten! Du lieber Himmel! Das ist ja zum Totlachen! Ihr steht alle drei wirklich da, als ob ihr gewillt wärt, eure Rolle bitterernst zu Ende zu spielen!»

Sie hielt plötzlich inne, weil sogar ihre Selbstsicherheit vor Shannons verächtlichem Blick ins Wanken geriet. Georgina, die durch diese neue Lage völlig verwirrt war, konnte im Augenblick überhaupt nichts sagen, und es war Mr. Hession, der Lady Eliza zu Hilfe kam, indem er sein Benehmen auf sehr ungelenke und einfältige Weise zu rechtfertigen versuchte. Dies war für Lady Eliza, die sich schnell wieder gefaßt hatte, eine willkommene Gelegenheit, ihn mit scherzhaften Worten auszuschimpfen.

«Oh, Sie brauchen mir gar nichts weiter zu sagen, Sie schlimmer Bube!» erklärte sie. «Ich weiß genau, wie euch jungen Männern zumute ist, wenn ihr verrückt nach jemand seid. Doch Sie sollten Ihre kleinen Scherze wirklich nicht unter meinem Dach treiben. Wenn Sie die geringste Achtung vor meinem Ruf als ehrbare Gastgeberin haben, gehen Sie jetzt sofort in den Ballsaal zurück – und Sie auch, Shannon», sagte sie und wandte sich ihm zu. «Und wenn Sie dort angekommen sind, bitte ich darum, daß Sie sich beide artig benehmen, um die Geschichte zu entschärfen, die Miss Betsy nur zu bereitwillig herumerzählt. Peter – Sie sind der Jüngere, gehen Sie zuerst.»

Mr. Hession, der sich bei der Aufforderung, seinem Rivalen das Feld zu überlassen, verstockt zeigte und keine Miene machte, hinauszugehen, wurde nicht weiter auf seine Standhaftigkeit geprüft, denn Shannon drehte sich plötzlich wortlos um und verließ den Raum. Mr. Hession wurde allmählich bewußt, welch peinliche Folgen sein verliebtes Draufgängertum haben würde, und er war nur zu froh, unter ein paar entschuldigenden Worten Shannons Beispiel folgen zu können. So sah sich Georgina im nächsten Augenblick Lady Eliza allein gegenüber.

Georgina war durch die Ereignisse der letzten Minuten zu verstört, um zu sprechen, besonders durch das, was sie in Shannons Augen gelesen hatte. Sie hätte viel darum gegeben, ein paar Minuten allein zu sein, und mußte sich sehr zusammennehmen, um Lady Eliza nicht merken zu lassen, wie ihr zumute war.

Lady Elizas wachem Blick entging jedoch nichts. Sie klopfte ungeduldig mit ihrem Fächer gegen ihre Hand und sagte schließlich mit sanfter Stimme: «Sie haben doch sicher nichts dagegen, wenn ich offen mit Ihnen spreche. Ich bin einige Jahre älter als Sie und habe bedeutend mehr Erfahrung. Es käme mir ausgesprochen gemein vor, wenn ich nicht wenigstens den Versuch machen würde, Sie zu warnen. Wollen Sie sich nicht einen Moment hinsetzen?»

Sie deutete auf ein Sofa, das mit gelbweißem Satin bezogen war und dessen Lehnen in geschnitzten Tigerköpfen endeten. Georgina folgte jedoch nicht ihrem Wink. Sie versuchte ihre unruhigen Gedanken zu sammeln und sagte, so höflich sie konnte: «Offen gestanden, nein, Lady Eliza. Ich bin für den nächsten Tanz verabredet.»

«Mein liebes Kind, wenn Sie Angst vor dem haben, was ich Ihnen sagen will, müssen Sie in einer schlimmeren Verfassung sein, als ich glaubte», sagte Lady Eliza. Sie setzte sich hin und deutete neben sich auf das Sofa. «Ich verspreche Ihnen, daß ich Sie nur ein paar Minuten aufhalten werde», fuhr sie fort, «und daß ich nicht vorhabe, Sie zu schelten. Nach dem, was Betsy mir erzählt hat, glaube ich sogar sicher, daß Sie nicht die geringste schuld an dem haben, was vorgefallen ist. Junge Männer, die sich einbilden, ein Mädchen zu lieben, sind immer unberechenbar – das weiß ich nur zu gut. Nun setzen Sie sich bitte hierher neben mich und hören Sie mich an.»

Als Georgina Lady Elizas Lächeln sah, hatte sie das Gefühl, es wäre besser, sich nicht neben sie zu setzen. Doch sie konnte jetzt nicht einfach den Raum verlassen, ohne sich der gröbsten Unhöflichkeit schuldig zu machen. Daher näherte sie sich zögernd dem Sofa und setzte sich hin.

«So ist es schon viel besser», sagte Lady Eliza beifällig. «Ich habe Sie jetzt sicher beunruhigt, weil ich diese Dinge so ernst nehme – doch es ist wirklich eine böse Sache, wenn man sieht, wie ein junges Mädchen dabei ist, sein zukünftiges Glück durch ihre Unvorsichtigkeit aufs Spiel zu setzen. Was Nuala betrifft, so wußte ich damals nicht, was ich jetzt über Shannon weiß, und ich glaubte auch nicht, daß sie so dumm sein würde, sich zu einer Flucht hinreißen zu lassen . . .»

Georgina, die bei der Erwähnung von Shannons Namen starr geworden war, fiel ihr ins Wort und sagte, so kühl sie konnte: «Ich weiß wirklich nicht, warum Sie glauben, daß dies alles mit mir etwas zu tun haben könnte, Madam. Was Mr. Shannon getan hat, hätte jeder andere Gentleman getan, der mich in derselben mißlichen Lage vorgefunden hätte.»

Lady Eliza schüttelte den Kopf. «Meine Liebe, ich bin kein Dummerchen!» sagte sie. «Da steckt mehr dahinter – das mußte jeder sehen, der Augen im Kopf hat, das habe ich doch sofort gemerkt, als ich vorhin hereinkam. Sie können mit dem jungen Peter Hession so viel flirten, wie Sie wollen, und es wird nichts Schlimmeres dabei herauskommen als ein gestohlener Kuß – und sicher eine zerknirschte Entschuldigung, begleitet von einem förmlichen Antrag, wenn Sie ihn das nächste Mal sehen. Doch, bitte, glauben Sie mir, daß dieselbe Einstellung Shannon gegenüber nicht nur gefährlich, sondern absolut tollkühn ist. Sie kennen ihn nicht . . .»

«Ich kenne ihn nicht gut, doch ich kenne ihn wahrscheinlich besser als Sie, wenn Sie meinen, daß mir irgendwelche Gefahr von ihm droht», sagte Georgina, die sich bemühen mußte, ihren Zorn zu unterdrücken.

Sie wollte noch weitersprechen, doch Lady Eliza unterbrach sie und gab ihren Augen einen betont ernsten Ausdruck.

«Mein liebes Kind, ich bin sicher, daß Ihre Cousine Nuala ebenso dachte», sagte sie. «Als sie ihn geheiratet hat, konnte sie seinen wahren Charakter gar nicht kennen. Das hat sie mir in Brüssel kurz vor ihrem Tod auch selbst gesagt. Sie war damals sehr, sehr unglücklich und war vollkommen verändert, denn ihre Freunde kannten sie nur als strahlendes, glückliches Mädchen.»

«Das mag sein, Madam», sagte Georgina, die sich immer noch bezähmen mußte, um sich ihren Ärger nicht anmerken zu lassen. «Doch ich weiß genau – und sicher Sie auch –, daß es viele Menschen gibt, die erst nach der Heirat entdecken, daß sie nicht zusammenpassen, ohne daß einer von beiden dabei schuld hätte.»

Lady Eliza schüttelte wieder den Kopf und zuckte resignierend die Achseln. «Nun, wenn Sie ihn verteidigen wollen, kann ich nichts anderes tun, als ganz offen mit Ihnen zu sprechen», sagte sie. Sie legte eine Hand auf Georginas Schoß und fuhr mit gedämpfter Stimme fort: «Sie müssen mir glauben, daß es mir sehr unangenehm ist, so eine Geschichte weiterzuerzählen, aber ich habe das Gefühl, daß ich es unter diesen Umständen tun muß. Es war damals in aller Öffentlichkeit die Rede davon, daß Shannon am Tod seiner Frau nicht unschuldig war.»

Einen Augenblick glaubte Georgina, nicht recht gehört zu haben, doch dann sagte sie wie betäubt: «Nicht unschuldig? Aber – was wollen Sie damit sagen, Madam? Daß er . . .»

«Sie ermordet hat?» Lady Eliza sagte die Worte, die Georgina nicht herausgebracht hatte. «Nein, so deutlich möchte ich das nicht ausdrükken. Ich sage nur, daß der Verdacht da war. Sie starb unter sehr merkwürdigen Umständen, müssen Sie wissen – es hieß, an inneren Störungen und Fieber – doch es war kein Arzt da, der die Ursache dieses Fiebers herausgefunden hatte. Nachdem Shannon sie in Brüssel so schnell begraben hat und noch in derselben Nacht verschwand und nach Griechenland oder sonstwohin reiste, redete man allgemein von Gift. Wenn in Brüssel damals nicht diese Unruhen gewesen wären – es war kurz vor der Schlacht von Waterloo – wären auch sicher Untersuchungen angestellt worden.» Sie schaute in Georginas völlig verstörtes Gesicht und streichelte ihr begütigend die Hand. «Das muß natürlich ein furchtbarer Schock für Sie sein», sagte sie. «Shannon ist ein sehr rauher Mensch, doch könnte man daraus noch nicht schließen, daß er zu einem so furchtbaren Verbrechen fähig ist. Wenn man allerdings bedenkt, was es dabei für ihn zu gewinnen gab . . .»

Georgina konnte nicht länger ruhig dasitzen und sprang auf. «Ich glaube Ihnen nicht!» sagte sie heftig. «Das kann nicht sein! Ich bitte Sie, Madam, wollen Sie mir damit etwa sagen, daß Shannon vorhat, mich zu ermorden?»

«Keineswegs», sagte Lady Eliza und schaute Georgina mitleidig an. «Es kann sein, daß er wirklich an Ihnen hängt – mehr als an Nuala, denn er hat Nuala nie mit so einem Blick angesehen wie Sie eben, als ich ins Zimmer kam. Aber, mein liebes Kind – was hat das zu sagen? Wie stark auch seine Neigung zu Ihnen sein mag – Sie können doch nicht daran denken, sich mit einem Mann zu verbinden, der zu einem Mord fähig ist! Ein abscheulicher Mord an einem jungen Mädchen, dem er geschworen hatte, es als seine Frau . . .»

Georgina starrte wie betäubt auf den Lackparavent neben der Tür, auf dem ein Mandarin in flammendrotem Gewand dargestellt war. Ihr war übel geworden. Obwohl sie sich vorgenommen hatte, Lady Elizas Worten nicht zu glauben, mußte sie daran denken, daß Shannon von seiner Frau nie in besonders liebevollen Worten gesprochen hatte. Im Gegenteil, es war ihr aufgefallen, daß er es stets vermieden hatte, von ihr zu sprechen. Ob es sein Schuldgefühl war, das ihn so reagieren ließ? Sie wollte es jedoch nicht wahrhaben und sagte vorwurfsvoll zu Lady Eliza: «Sie wollen mir doch nicht sagen, daß Sie einen Mann in Ihr Haus eingeladen haben, von dem Sie so etwas behaupten!»

Lady Eliza zuckte mit den Achseln und sagte in ihrem üblichen leichtfertigen Ton: «Ach, was das betrifft, muß ich gestehen, daß ich ein ziemlich schlimmer Mensch bin. Ich habe mir gedacht, daß es ganz amüsant wäre, einen solchen Rohling zu zähmen. Habe ich Sie sehr schockiert? Sie wissen nicht, wie es in London zugeht, meine Liebe. Die meisten von uns sind bereit, alles zu tun, um nicht vor Langeweile zu sterben. Und Sie müssen zugeben, daß ein solches Abenteuer mich über Monate hinaus beschäftigen würde. Doch ich würde dabei sehr wenig riskieren – höchstens meinen Ruf, und da passe ich schon auf, daß der keinen zu großen Schaden nimmt. Aber Sie, mein liebes Kind – bei Ihnen steht Ihre ganze Zukunft auf dem Spiel. Ich würde mir schwere Vorwürfe machen, wenn ich Sie nicht gewarnt hätte, und glauben Sie mir, ich würde notfalls auch mit Ihrer Tante Bella sprechen. Allerdings fiele mir das sehr schwer – nach dem, was sie durch Nualas Verlust erlitten hat, möchte ich ihr nicht noch weiteren Kummer machen.»

Georgina konnte sie nicht mehr mit anhören. Sie sagte in einem viel bestimmteren Ton, als sie sich zugetraut hätte: «Ich glaube wirklich nicht, daß es nötig sein wird, Lady Eliza. Ich habe kein Interesse an Mr. Shannon, und ich bitte Sie, diese Geschichte unter keinen Umständen meiner Tante zu erzählen.»

Dann drehte sie sich um, verließ den Raum und eilte sofort in den Ballsaal, um Lady Eliza keine Gelegenheit mehr zu geben, mit ihr allein zu sprechen.

Obwohl sie nicht dazu in Stimmung war, mußte sie sich jetzt zu einem konventionellen Geplauder bereit finden, denn sie wurde sofort von einem eifrigen jungen Herrn abgefangen – einem der Londoner Beaus, mit denen sich Lady Eliza gerühmt hatte –, dem sie den nächsten Tanz versprochen hatte. Für die nächste halbe Stunde mußte sie sich zu einem Lächeln zwingen und hatte auf die Galanterien ihres Partners einzugehen, obwohl sie mit ihren Gedanken immer noch bei dem Gespräch war, das sie eben mit Lady Eliza gehabt hatte. Sie war einen kurzen Augenblick geneigt, die Eröffnungen ihrer Gastgeberin als reine Bosheit abzutun, doch dann mußte sie sich eingestehen, daß selbst eine so leichtfertige Frau wie Lady Eliza es nicht wagen konnte, ohne Grund so schwere Verdächtigungen auszusprechen. Daß es mit Shannons Ehe nicht zum besten bestellt war, hatte sie immer schon geahnt, doch ihr Gefühl sagte ihr, daß er zu einer so furchtbaren Tat nicht fähig war. Seine Manieren waren rauh, und er war wohl auch in seinem Wesen kompromißlos, so daß er sicher für ein Mädchen, das von ihrer Familie und ihren Bewunderern verwöhnt worden war, nicht immer bequem war. Doch daß er kaltblütig ihren Tod bewirkt haben konnte, wollte sie nicht glauben.

Als der Tanz zu Ende war, wurde sie sofort von ihrer Tante Bella angesprochen, die sie erregt fragte, was es mit der Geschichte auf sich habe, die überall herumerzählt werde.

«Die dumme kleine Mott hat gesagt, daß Peter Hession dir heute abend einen Antrag gemacht hat!» sagte sie fast unter Tränen. «Oh, meine Liebe, sag mir bitte, daß es nicht wahr ist! Aber ich habe es mir fast gedacht, als ich sah, daß du mit der Kleinen hinausgingst – sicher war das alles schon verabredet, um dem jungen Hession die Möglichkeit zu geben, dich allein zu sprechen. Ich wollte dir auch folgen, aber diese langweilige Lady Kilmarnan hielt mich fest, und es gelang mir nicht, ihr zu entkommen.»

Georgina sagte beschwichtigend: «Bitte, regen Sie sich nicht auf, Madam – so viel Wirbel ist die ganze Sache nicht wert. Es wurde mir kein Antrag gemacht . . .»

Während sie dies sagte, schaute sie sich im Ballsaal um und sah, daß Mr. Hession an der Tür stand und unschlüssig zu ihr herüberschaute, als überlege er sich, ob er auf sie zugehen solle. Sie erinnerte sich daran, was Lady Hession ihr gesagt hatte, und wußte, daß sie jetzt nicht noch eine Szene mit Peter riskieren konnte. Deswegen wandte sie sich schnell wieder ihrer Tante zu.

«Offen gestanden ist es so, Madam», sagte sie, «daß ich die unangenehme Aufgabe hatte, Mr. Hession davon zu überzeugen, daß hier nicht der rechte Ort sei, um über solche Dinge zu sprechen. Das hat mich so aufgeregt, daß ich jetzt starke Kopfschmerzen habe. Hätten Sie sehr viel dagegen, wenn wir jetzt schon gehen würden? Ich glaube, ich bin zu verwirrt, um heute abend noch tanzen zu können.»

Mrs. Quinlevans Gesicht erhellte sich bei diesen Worten, denn sie hatte ebenfalls bemerkt, daß Mr. Hession zu ihrer Nichte herschaute, und war nur zu glücklich, sie aus der Reichweite dieses unbezähmbaren Draufgängers zu bringen.

«Natürlich bleiben wir nicht, wenn du dich nicht wohl fühlst», sagte sie eifrig. «Wenn man nicht in Stimmung ist, kann man ja nicht immerzu lächeln und über belanglose Dinge sprechen. Ich bin sicher, daß Lady Eliza es verstehen wird.»

Georgina war sicher, daß Lady Eliza viel mehr verstand, als Mrs. Quinlevan auch nur ahnte, doch das war ihr im Augenblick gleich. Zum erstenmal in ihrem Leben hatte sie das Gefühl, sofort allein sein zu müssen, um nicht in Tränen auszubrechen.

Leider hatte sie jedoch noch die langsame Fahrt nach Craythorne zu ertragen, hinter den dicken, faulen Pferden ihrer Tante, und dazu Mrs. Quinlevans weitläufige Erörterungen über junge Männer, die so wenig Anstand hätten und sich noch nicht mal bei einem Ball zurückhalten könnten. Es kam ihr vor wie eine Ewigkeit, bis sie endlich die Tür ihres Zimmers hinter sich schließen und ihren Tränen freien Lauf lassen konnte.

Als sie sich ausgeweint hatte, fühlte sie sich schon viel wohler und redete sich ein, kein Wort von dem zu glauben, was Lady Eliza ihr gesagt hatte. Und als sie einschlief, mußte sie immerzu daran denken, wie Shannon sie angesehen hatte, bevor Lady Eliza ins Zimmer kam.

Warum die Erinnerung an diesen Blick sie so glücklich machte, konnte sie allerdings selbst nicht verstehen, denn die Tatsache, daß

Shannon sie liebte, würde ja ihre Probleme auch nicht leichter machen – selbst wenn Lady Eliza nicht recht hatte.

In einem Zustand zwischen Wachen und Schlafen hatte die Vernunft jedoch wenig Gewicht, und so konnte sie wenigstens in diesem kurzen Augenblick ihrer Phantasie freien Raum lassen und verdrängte alles, was der Tag an Widrigem und Häßlichem gebracht hatte, zugunsten von schöneren Gedanken.

15

Als sie jedoch am nächsten Morgen zum Frühstück hinunterging, sah sie sich gezwungen, die ganze trostlose Angelegenheit noch einmal bei klarem Tageslicht zu überdenken. Neben ihrem Teller lag nämlich ein Brief ihrer Großmutter. Wenn sie sich schon dem Gedanken hingegeben hatte, daß der Morgen eine Lösung ihrer Probleme bringen könnte, so wurden diese Hoffnungen von Lady Mercers Brief jäh zerstört.

Ihre Großmutter schrieb ihr, es sei ihr durch eine Person, die ihr Vertrauen habe, zu Ohren gekommen, daß sich Georgina während ihres Aufenthaltes in Kerry in höchst unziemlicher Weise mit dem *Gentleman* eingelassen habe (das Wort war dick unterstrichen, um die Ironie des Ausdrucks zu betonen), der ihre unglückliche Cousine Nuala geheiratet hätte. Dieser empörende Mangel an Benehmen sei natürlich nicht vorauszusehen gewesen, als sie den Besuch bei ihren Verwandten billigte, und nun sei sie der Meinung, es wäre für Georgina dringend geboten, sofort nach Bath zurückzukehren.

«Man hat mir mitgeteilt», hieß es weiter, «daß Sir Landers und Lady Hession – die, wie ich festgestellt habe, die Tochter einer meiner liebsten Freundinnen ist, die jedoch unglücklicherweise schon lange nicht mehr lebt – dabei sind, zu ihrem alljährlichen Besuch nach London aufzubrechen. Ich bin davon überzeugt, daß Lady Hession, der ich gleichzeitig schreibe, einverstanden sein wird, Dich auf ihrer Reise mitzunehmen, und ich werde alle notwendigen Vorkehrungen für Deine Weiterfahrt nach Bath treffen, wenn Du in ihrer Begleitung nach England gekommen bist. Bitte halte Dich zu ihrer Verfügung bereit. Natürlich werde ich auch Mrs. Quinlevan schreiben, um sie davon zu unterrichten, daß Dein Besuch bei ihr beendet ist. Ich möchte hinzufügen, daß ich *schmerzlich enttäuscht* von der Art und Weise bin, wie sie ihren Pflichten Dir gegenüber nachgekommen ist.»

Es bedurfte nur eines schnellen Blickes über den Tisch, um festzustellen, daß Mrs. Quinlevan in diesem Augenblick ebenfalls einen Brief las, der aus Lady Mercers Feder stammte. Das dickliche Gesicht ihrer Tante war unter der lila Spitzenhaube sehr blaß geworden, und sie hatte schon begonnen, einige Klagelaute auszustoßen, bevor Georgina zu ihr hinübergeschaut hatte.

«Oh nein! Wie empörend, so etwas zu sagen! Als ob ich – als ob du . . . Oh, meine Liebe, ich habe einen schrecklichen Brief von deiner Großmama bekommen!» jammerte sie. «Sie schreibt, daß du sofort nach Bath zurückkommen mußt und daß ich – o Gott! Wo ist mein Riechfläschchen? Ich fürchte, ich bekomme sofort einen Anfall!»

Georgina war in den nächsten Minuten damit beschäftigt, ihrer erregten Tante Beistand zu leisten, und hatte dabei Gelegenheit, ihrer eigenen Erregung Herr zu werden. Als Mrs. Quinlevan wieder ruhiger geworden war, um einige tränenreiche Fragen an sie zu stellen, konnte sie ihr daher mit ziemlicher Gelassenheit antworten.

«Wer kann so gemein gewesen sein, Lady Mercer diesen abscheulichen Klatsch mitzuteilen?» fragte Mrs. Quinlevan. «Ich kann nicht glauben, daß es Lucinda Mott war, denn sie hat mir feierlich geschworen, die Geschichte, die sie von Betsy gehört hat, nicht weiterzuerzählen. Und ich weiß, daß sie der vertrauenswürdigste Mensch ist, den man sich vorstellen kann. Und es kann auch nicht sein, daß Betsy es gewagt hat, sich mit so einer Geschichte an deine Großmama zu wenden, die ihr ja völlig fremd ist . . .»

«Nein, es war sicher nicht Betsy», stimmte ihr Georgina zu. Nachdem sie den ersten Schock überwunden hatte, arbeitete ihr Gehirn mit seltsamer Klarheit und so konnte sie mit einer Ruhe, die sie selbst überraschte, zu ihrer Tante sagen: «Es wird Lady Eliza gewesen sein. Niemand anderer aus unserer Bekanntschaft wäre zu so etwas fähig.»

«Lady Eliza!» rief Mrs. Quinlevan und sah sie überrascht an. «Doch warum sollte sie . . .? Oh, meine Liebe, ich scheue mich davor, so etwas zu dir zu sagen, doch Lady Eliza hat bei weitem nicht das weibliche Zartgefühl, sich wegen deines unvorsichtigen Benehmens Mr. Shannon gegenüber Sorge zu machen.»

«Ja», sagte Georgina zustimmend. «Da muß ich Ihnen recht geben, Madam. Doch der Brief an Großmama hat bestimmt nichts damit zu tun, daß sie Sorge um meinen Ruf hat.» Sie bemerkte, daß ihre Tante sie fragend anblickte, hatte aber keine Lust, sich in Erörterungen einzulassen, die notwendig dazu geführt hätten, preiszugeben, was Lady Eliza ihr am Abend zuvor gesagt hatte. Deswegen sagte sie schnell: «Doch letzten Endes spielt es keine Rolle, wer das Klatschmaul war. Die Frage ist nur – was soll ich tun?»

Mrs. Quinlevan hatte ihr Taschentuch gefunden und drückte es an ihre überquellenden Augen.

«Oh, meine Liebe, du mußt natürlich nach Bath zurückkehren!» sagte sie. «Du kannst nicht die Wünsche deiner Großmama ignorieren. Obwohl – vielleicht, wenn ich ihr schreibe, daß sie sich gänzlich täuscht?» Doch der kleine Hoffnungsstrahl, der einen Augenblick ihr Gesicht erhellt hatte, war gleich wieder verschwunden. «Aber leider ist dafür keine Zeit mehr», sagte sie niedergeschlagen. «Lady Hession hat mir gestern gesagt, daß sie und Sir Landers nicht später als Donnerstag fahren wollen, und das ist schon übermorgen.»

Während ihre Tante dies sagte, hatte Georgina sich schnell überlegt, welche Möglichkeiten ihr noch blieben, und sie kam zu dem Ergebnis, daß Mrs. Quinlevan die Situation richtig einschätzte. Selbst wenn ihre Tante Lady Mercers Wünsche nicht respektierte und sie weiter in Craythorne behielt, war dieser offene Widerstand zwecklos. Sie hatte gewiß keine Lust, in eine Ehe mit Brandon hineingedrängt zu werden, und was Shannon betraf . . . Doch diesen Gedanken tat sie schnell ab. So gerne sie es auch wollte, sie konnte die Worte nicht vergessen, die Lady Eliza am Abend zuvor zu ihr gesagt hatte: ‹Es war damals in aller Öffentlichkeit die Rede davon, daß Shannon am Tod seiner Frau nicht unschuldig war.› Sie wußte genau, daß es Lady Elizas Bosheit und Selbstsucht waren, die sie dazu bewogen hatten, ihr dies zu sagen und auch den Brief an Lady Mercer zu schreiben, doch sie hatte das Bedürfnis, von ihm selbst zu hören, daß dieser abscheuliche Vorwurf zu Unrecht bestand.

Und wenn er ihr diese Bestätigung gäbe? Das war eine Frage, die sie sich nicht beantworten konnte. Daß er sie liebte, bezweifelte sie nicht, denn das hatte sie ihm angesehen, doch daß er ihr die Ehe antragen würde, wenn sie in Kerry bliebe – das stand auf einem ganz anderen Blatt. Sie konnte nicht glauben, daß er es tun würde, denn er würde es kaum wagen, noch einmal ein junges Mädchen aus gutem Hause gegen den Willen ihrer Familie zu heiraten. Er hatte sich schon einmal die Finger dabei verbrannt – oder wenn man es häßlich ausdrücken wollte, er hatte das Vermögen, das er haben wollte, bekommen –, und es schien ihr unwahrscheinlich, daß er so ein Risiko noch einmal eingehen würde.

Sie war durch diese Fragen tief beunruhigt und ertrug es kaum, daß Mrs. Quinlevan jetzt noch versteckte Anspielungen auf ihr Verhältnis zu Brandon machte, denn sie hoffte natürlich, daß es vor ihrer Abreise zwischen ihnen noch zu einer Einigung käme. Zu allem Überdruß brachte der Nachmittag noch weitere Komplikationen durch den Besuch von Lady Hession in Craythorne.

Diese furchtbare Frau wurde in den Salon geführt, wo Mrs. Quinlevan und Georgina saßen. Sie erschien in einem apfelgrünen Reisekleid mit reichbesetztem Hut in der gleichen Farbe und eröffnete auf der Stelle, daß sie ebenfalls einen Brief von Lady Mercer empfangen habe.

«Ich brauche Ihnen nicht zu sagen», erklärte sie Georgina mit freundlicher Herablassung, «daß Sir Landers und ich nur zu glücklich sind, während unserer Reise das Vergnügen Ihrer Begleitung zu haben. Ich habe heute morgen, als ich den Brief von Lady Mercer bekam, alles mit Sir Landers besprochen, und er ist wie ich der Meinung, daß wir Sie selbstverständlich nach Bath bringen werden. Es spielt keine Rolle, daß wir dann etwas später in London ankommen. Sowohl Sir Landers als auch mir liegt viel daran, die Bekanntschaft von Lady Mercer und Ihrer lieben Mama zu machen. Ich nehme an, Sie können sich denken, warum!» sagte sie mit einem majestätischen und zugleich ein wenig schalkhaften Blick in Georginas Richtung.

Georgina konnte es sich allerdings denken, doch sie bezähmte ihren Unmut und erklärte gelassen, daß sie es bedaure, Lady Hession so viele Umstände machen zu müssen.

Lady Hession antwortete mit affektiertem Lachen: «Oh, meine Liebe, reden wir bitte nicht von Umständen. Ich bin Ihnen wirklich sehr zugetan. Doch ich sehe, daß Sie wegen gestern abend immer noch etwas verstimmt sind, und ich habe auch Peter gesagt, daß es so sein würde. ‹Verlaß dich darauf›, habe ich ihm gesagt, ‹Miss Power hat sehr ziemliche Vorstellungen von dem, was sich gehört, und du hast dir keinen guten Dienst getan, ihr deine Gefühle zu zeigen, bevor du dich in aller Form an ihre Vormunde gewandt hast.› Doch so ist es eben mit diesen feurigen jungen Männern, meine Liebe!»

Georgina, die gezwungen war, sich diese Eröffnungen höflich mit anzuhören, konnte ihrer Tante nur einen flehenden Blick zuwerfen. Mrs. Quinlevan beachtete sie jedoch nicht und hatte nichts Eiligeres zu tun, als Brandons Namen ins Gespräch zu bringen, worauf die zwei Damen von neuem anhuben, sich über die Vorzüge ihrer beiden Söhne zu ergehen. Georgina saß peinlich berührt daneben und war sichtlich erleichtert, als Lady Hession sich schließlich erhob und damit zu verstehen gab, daß ihr Besuch beendet sei. Als sie sich verabschiedete, kündigte sie an, daß ihr Wagen am Donnerstagmorgen um neun Uhr nach Craythorne geschickt würde, um Georgina abzuholen.

Als sie gegangen war, hörte Mrs. Quinlevan immer noch nicht auf, ihre Argumente zugunsten Brandons vorzubringen, so daß Georgina in ihrer Verzweiflung zu Brandon floh, der es sich im gelben Damenzimmer in einem Lehnstuhl bequem gemacht hatte und sich von der Frühlingssonne bescheinen ließ. Georgina war so voll von den Problemen, die sie bedrängten, daß sie nicht umhin konnte, ihm alles zu erzählen, doch sagte sie natürlich nichts von ihren Gefühlen für Shannon.

Als sie ihm berichtete, was Lady Eliza ihr gesagt hatte, runzelte er unwillig die Stirn und rief empört: «Das ist ja unerhört! Wie kann sie es wagen, dir so etwas zu erzählen! Das würde ja heißen, daß Shannon Nuala vergiftet hat. Ausgerechnet er! Er mag ein rauher Bursche sein, doch ein abgefeimter Schurke ist er nicht!»

«Das habe ich mir auch gedacht», sagte sie hoffnungsvoll. «Es ist ganz ausgeschlossen, daß er so etwas getan hat.» Sie hielt inne, weil sie bemerkte, daß Brandon sie plötzlich argwöhnisch anschaute.

«Aber warum hat sie ausgerechnet dir so etwas erzählt, noch dazu auf einem Ball, nachdem sie darüber so lange geschwiegen hat?» fragte er. «Ist sie so verrückt, sich einzubilden, daß du und Shannon . . .» Er sah, wie sie rot wurde, und brach verdutzt ab. «Guter Gott, Georgie», platzte er heraus, als er seine Sprache wiedergefunden hatte, «du willst mir doch nicht sagen, daß du dich in ihn verliebt hast!»

Sie versuchte es verwirrt zu leugnen, doch es mißlang ihr so kläglich, daß er die Hand hob, um sie zum Schweigen zu bringen.

«Nein, versuche es nicht abzustreiten!» sagte er. «Das hat keinen Zweck, mein Mädchen, man sieht es dir ja an!»

Sie reckte ihr Kinn in die Höhe. «Gut – vielleicht habe ich Interesse an ihm – ein bißchen», räumte sie ein. «Doch was geht es dich an, wenn ich bitten darf?»

«Jetzt werde doch nicht gleich hochmütig», mahnte er sie. «Sicher ist es nicht meine Sache, doch ich mag ihn gern und mag auch dich gern, und wenn ich sehe, daß du deinen Kopf in ein Hornissennest steckst, möchte ich dich natürlich davon abhalten. Lieber Himmel, was würde das für eine Aufregung geben, wenn meine Mutter es wüßte. Ganz zu schweigen von deiner eigenen Mutter und Lady Mercer . . .»

«Sie werden kaum etwas davon erfahren», sagte Georgina, die sich darüber ärgerte, daß sie sich verraten hatte, andererseits aber das Bedürfnis hatte, ihr Herz auszuschütten. «Die Hessions werden am Donnerstag abreisen, und ich muß mit ihnen fahren, deswegen hat die ganze Sache sowieso ein Ende – oder», fügte sie hinzu, weil ihr ein neuer Gedanke kam, «sie wird ein Ende haben, wenn es mir nicht gelingt, Shannon vorher zu sehen. Brandon, ich muß von ihm selbst hören, ob diese furchtbare Geschichte, die Lady Eliza mir gestern abend erzählt hat, wahr ist.»

«Was hätte das denn für einen Sinn?» fragte Brandon sie. «Wenn es wahr ist, wird er es dir kaum sagen – obwohl ich natürlich keinen Augenblick daran glaube.»

«Ich auch nicht», sagte Georgina bestimmt. «Doch wenigstens weiß er dann, was man sich von ihm erzählt, und ich werde wissen . . .»

Sie brach ab, weil sie der prüfende und verständnisvolle Blick ihres Vetters irritierte. «Du wirst wissen, ob er sich genauso Hals über Kopf in dich verliebt hat, wie du dich in ihn, nicht wahr?» fragte er. «Gut, wenn du meine Meinung hören willst, so ist das nicht der Fall. Du bist zwar ein recht gutaussehendes Mädchen, aber du bist ja von Anfang an ständig mit ihm aneinandergeraten, und soweit ich informiert bin, ist daß nicht gerade die richtige Methode, um einen Mann zu fesseln.» Er stutzte, als er sah, daß Georgina sich in den nächsten Sessel fallen ließ und merkwürdig feuchte Augen bekam. «Was ist denn los?» fragte er überrascht. «Du wirst doch nicht weinen, oder?»

«Nein», sagte Georgina erbost und wischte sich schnell über die Augen. «Es ist mir ganz egal, was du denkst, Brandon – ich muß Shannon unbedingt sehen, bevor ich wegfahre! Kann ich mir morgen früh dein Pferd ausleihen? Ich werde nach The Place of the Oaks hinüberreiten und kann ihn vielleicht noch erreichen bevor er aufbricht.»

«Alleine?» fragte Brandon. «Du weißt, daß ich nicht mitkommen kann, denn Culreavy hat mir Ausgangsverbot gegeben, und selbst wenn das nicht der Fall wäre, zweifle ich daran, daß ich zu einem Ausritt schon fähig wäre. Es wäre wirklich besser, du würdest es dir aus dem Sinn schlagen.»

«Nein, das tue ich nicht», sagte Georgina eigensinnig. «Und ich sehe auch gar nicht ein, warum. Ich werde nicht länger als zehn Minuten dort bleiben, und wenn Tante Bella nach mir fragt, kannst du ihr sagen, daß ich noch ein letztes Mal übers Land geritten bin.»

Nichts, was Brandon noch vorbrachte, konnte sie von ihrem Vorhaben abbringen, und am nächsten Morgen, lange bevor Mrs. Quinlevan aufgestanden war, ging sie zum Stall hinunter und stellte zu ihrer Befriedigung fest, daß Brandon die Anweisung gegeben hatte, sein Pferd zu satteln. Sie wies Gradys Angebot, sie zu begleiten, mit Bestimmtheit zurück und trabte einige Minuten später durch den Frühnebel in Richtung auf The Place of the Oaks zu.

Man sah jetzt schon, daß es ein schöner Tag werden würde, und selbst Brandons sanfter Gaul schien durch den frischen Morgen angeregt zu sein. Die Lerchen sangen in der Luft, und die Blüten des Weißdorns schienen wie Sterne durch den zarten Dunst. Georgina wurde von Minute zu Minute froher, und sie malte sich aus, wie Shannon sie empfangen und was er zu ihr sagen würde. Was auch geschehen würde – sie wußte, daß Shannon ihre Gefühle erwiderte und daß kein Jota von dem stimmte, was Lady Eliza ihr in der Ballnacht erzählt hatte.

Als sie sich jedoch The Place of the Oaks näherte, schwand ihre euphorische Stimmung, und sie sah sich gezwungen, darüber nachzudenken, was sie ihm sagen wollte. Je näher sie dem Haus kam, desto klarer wurde ihr, daß sie etwas tat, was sich ein gut erzogenes Mädchen eigentlich nicht leisten konnte. Sie erinnerte sich jetzt daran, daß Shannon öfter recht eindeutige Bemerkungen über ihr fragwürdiges Benehmen gemacht hatte, und sie war gerade dabei, ihr Pferd zu wenden und feige zurück nach Craythorne zu reiten, als Shannon plötzlich auf seinem Fuchs vor ihr auftauchte, so daß sie ihr Pferd anhalten mußte. Er war sofort neben ihr und bedachte sie mit einem Gruß, der kaum als herzlich zu bezeichnen war.

«Was machen Sie hier?» fragte er.

«Ich wollte Sie sehen», antwortete sie und fühlte, wie ihr das Herz schneller schlug. Wie immer reagierte sie auf seine Gegenwart leicht gereizt.

«Dann wäre es besser, wenn Sie nach Craythorne zurückkehrten», sagte er schroff, «denn ich habe nicht den Wunsch, *Sie* zu sehen, mein Kind!»

Sie wurde rot, doch diesmal vor Ärger. «Sie könnten wirklich so höflich sein und warten, was ich Ihnen zu sagen habe, ehe Sie mich zum Teufel schicken!» rief sie aus.

Das leichte Lächeln, das sich bei ihren Worten gezeigt hatte, verschwand sofort wieder und machte einer Bitterkeit Platz, die sie noch nie zuvor an ihm gesehen hatte.

«Ich schicke Sie nicht zum Teufel, Miss Power», sagte er. «Im Gegenteil, ich tue mein Bestes, um Sie von diesen Regionen fernzuhalten – allerdings mit wenig Beihilfe Ihrerseits, muß ich hinzufügen.»

Sie sagte entschieden: «Wenn Sie damit meinen, daß Sie Klatsch vermeiden wollen, so klingt das aus Ihrem Mund recht merkwürdig. Ich bin davon überzeugt, daß Sie sich nie darum gekümmert haben, was die Leute von Ihnen denken könnten – und ich habe ebenfalls nicht die Absicht, mich danach zu richten.» Sein Fuchs, der sich darauf gefreut hatte, endlich ins Freie zu kommen, war offenbar nicht gewillt, ruhig dazustehen, denn er machte Shannon in diesem Augenblick Schwierigkeiten. Georgina sagte impulsiv: «Ach, steigen wir doch ab und gehen ein Stück zu Fuß. Man kann sich ja so nicht richtig unterhalten.»

Er schaute sie spöttisch an und sagte: «Nun gut, ich sehe, daß die kleine Szene in Stokings immer noch in Ihrem Kopf rumort. Der Sache wollen wir am besten gleich ein Ende machen.»

Er schwang sich aus dem Sattel und band den ungeduldigen Fuchs an die große krumme Weide, vor der sie gehalten hatten. Dann half er Georgina vom Pferd. Einen Augenblick, als er sie mit seinem festen Griff anfaßte, hatte sie das Gefühl, er würde sie in den Arm nehmen, doch im nächsten Moment hatte er sie schon losgelassen und beschäftigte sich mit ihrem Pferd.

Als er es angebunden hatte, sagte er im gleichen knappen Ton wie zuvor: «Wir werden fünf Minuten lang gehen, und dann werden Sie nach Craythorne zurückkehren, Miss Power. Hatten Sie den Eindruck, daß die dumme kleine Szene, die ich für Sie in Stokings arrangiert habe, von Bedeutung war? Ich kann Ihnen versichern, daß das nicht der Fall war. Ich bin allgemein als nicht sehr ritterlicher Mensch bekannt, doch es scheint so, daß ich immer gerade dann auftauche, wenn Sie sich in einer kritischen Situation befinden. Mehr steckt nicht dahinter, glauben Sie mir.»

Sie hatte das Ende ihres dunkelblauen Reitkleids über den Arm gelegt und bemühte sich, mit seinen langen Schritten mitzukommen. Nach einer Weile sagte sie etwas atemlos: «Sie sind in großer Eile, nicht wahr?»

Er hielt inne und schaute sie schuldbewußt an, und als sie das sah, faßte sie wieder Mut und sagte etwas boshaft: «Oh, ich habe nicht Ihren Schritt gemeint, obwohl ich zugeben muß, daß ich bei diesem Tempo in ein paar Minuten kein Wort mehr herausbringen werde – doch genau das bezwecken Sie wohl! Nein, ich meinte, Sie müßten wohl sehr in Eile sein, weil Sie mir etwas erklären wollen, wonach ich gar nicht gefragt habe. Woher wollen Sie wissen, daß ich wegen des Vorfalls in Stokings mit Ihnen sprechen will?»

Er zog die Brauen zusammen und fragte: «So ist es nicht deswegen?»

«Keineswegs – doch wenn Sie schon darüber sprechen wollen», fügte sie verbindlich hinzu, «muß ich Ihnen sagen, daß Sie sich gerade einige seltsame Freiheiten mit der Wahrheit erlaubt haben. Zum Beispiel war es ja nicht so, daß Sie zufällig auftauchten, als ich mit Peter Hession zusammen war. Wäre es nicht zutreffender zu sagen, daß Sie ihm folgten, als Sie sahen, daß er mir folgte?»

Sie schaute ihn unvermittelt an und war so überrascht von seinem Blick, daß ihr Lächeln sofort verschwand. Er war kein Mann, der seine Gefühle zeigte, und sie hätte nie gedacht, daß seine Augen jemals so unglücklich dreinschauen könnten. Doch dieser Blick wich sofort wieder, und er sagte spöttisch: «Wenn es Ihnen beliebt, können Sie es auch so darstellen. Meinen Sie mich in die Liste Ihrer Bewunderer einreihen zu können, Miss Power?»

Sie sah ihn unwillig an und sagte: «Ich wünschte, Sie würden nicht ‹Miss Power› zu mir sagen, denn ich habe das Gefühl, daß Sie an Nuala denken, wenn Sie das tun!»

«Ich habe keine Ursache, an sie zu denken.»

Sie war betroffen, wie grimmig er das sagte, und mußte sofort an die entsetzliche Verdächtigung Lady Elizas denken.

«Sie haben sie nicht – geliebt?» fragte sie mit einer rauhen Stimme, die sie kaum als ihre eigene erkannte.

«Nein, das habe ich nicht.»

Die Kälte seines Tons war furchtbar, und sie fühlte, wie ihr ein Schauer über den Rücken lief. Sie ging eine Weile stumm neben ihm her, schaute ihn dann mit bangem Blick an und sagte: «Lady Eliza hat mir erzählt ...»

Der spöttische Ausdruck war wieder in seinen Augen, als er sagte: «Oh, ich kann mir gut vorstellen, was Ihnen Lady Eliza erzählt hat. Sie können es sich sparen, es mir zu berichten.»

«Dann ist es also – wahr?»

Sie fühlte, daß ihr Herz stockte, als sie auf seine Antwort wartete, und als sie kam, war es wie ein Stoß.

«Ja.»

«Alles?»

«O ja. Bis ins allerschlimmste Detail. Bei Gott, Sie sind wirklich ahnungslos, wenn Sie ihr nicht geglaubt haben! Was haben Sie denn für dumme Kindergedanken in Ihrem Kopf genährt, um nicht sofort zu sehen, wessen ich fähig bin?»

Sie ging mechanisch weiter. Über ihr war der blaue Himmel von Kerry mit seinen kleinen Schäfchenwolken, die auf der Erde ihre Schatten warfen, und am Fuß der alten Mauer, an der sie entlanggingen, sprossen Veilchen neben dem Farnkraut hervor, doch sie sah nichts um sich herum. Sie fühlte nur, wie sich ein schweres Gewicht auf ihr Herz legte und ihr den Atem nahm. Wenn das, was Lady Eliza ihr gesagt hatte, die Wahrheit war – und sie hatte eben die Bestätigung aus seinem eigenen Mund bekommen –, dann mußte sie ihn und alles, was sie einmal für ihn gefühlt hatte, vergessen.

Sie konnte es nicht länger ertragen, neben ihm herzugehen. Sie blieb plötzlich stehen und sagte mit verzerrter Stimme: «Ich muß jetzt gehen.»

«Ja», sagte er grimmig. «Das habe ich Ihnen schon gesagt. Kommen Sie!»

Er nahm ihren Arm und drehte sie zu sich herum. Als sie ihm gegenüberstand, blickte sie ihn an, und ohne daß sie es wollte, kam es aus ihr heraus: «Aber Sie dürfen mich bitte nicht anlügen! Es war kein Zufall neulich, ich habe mich nicht geirrt. Ich habe es in Ihren Augen gesehen ...»

Er lachte bitter. «O ja – wenn Sie das tröstet! Sie können mich auf Ihre Liste setzen, meine Liebe. Aber ich kenne Sie viel zu gut, und weiß, daß Ihnen das keine Genugtuung bereitet.»

Er faßte ihre Handgelenke, als ob er sie trotz allem an sich ziehen wollte, doch dann ließ er sie wieder los und sagte rauh: «Dafür ist es jetzt zu spät. Wenn alles anders gewesen wäre – aber das war es nicht!»

Er schritt zu der Stelle zurück, wo die Pferde angebunden waren. Als sie zu ihm kam, hatte er ihr Pferd schon losgemacht und wartete, um ihr in den Sattel zu helfen. Als sie oben saß, nahm sie die Zügel hoch und blickte zu ihm nieder.

«Ich werde morgen früh abreisen», sagte sie und mußte sich bemühen, daß ihre Stimme nicht zitterte. «Zurück nach England!»

Als er das hörte, versteinerten sich seine Züge. «Dann adieu und glückliche Reise. Ich glaube kaum, daß wir uns wiedersehen werden.»

Sie versuchte zu lächeln. «Oh, doch. Eines Tages werde ich wieder hierher zu Besuch kommen – und Sie werden The Place of the Oaks so in der Hand haben, wie Sie es sich wünschen, und alles wird . . .»

Alles wird anders sein, schrie es in ihr. Er wird verheiratet sein, oder ich werde es satt haben, mit Großmamas Vorwürfen zu leben, und werde die Frau eines ehrbaren jungen Mannes wie Mr. Smallwoods oder Peter Hession sein . . .

Sie unterdrückte ein Schluchzen, wendete ihr Pferd und trabte an in Richtung auf Craythorne. Nur einmal schaute sie zurück. Shannon hatte sich schon in den Sattel geschwungen und ritt langsam und beherrscht in der entgegengesetzten Richtung davon.

Sie kehrte nicht sofort nach Craythorne zurück, denn sie hatte das Gefühl, sich nicht sofort den Fragen ihrer Tante stellen zu können. Deswegen machte sie einen Umweg über abgelegene Seitenwege, ritt an verträumten kleinen Bächen entlang und durch einsame Schluchten. Die Mittagsstunde war schon lange vorbei, als sie ihr Pferd in den Stall brachte und zum Haus hinaufging.

Als sie in die Halle kam, begegnete sie Brandon, der ihr aus dem gelben Zimmer entgegenhinkte und sie vor seiner Mutter warnte, die wegen ihres langen Ausbleibens in höchster Aufregung sei.

«Und zu allem Übel hat sie jetzt auch noch Peter Hession am Hals», sagte er. «Er erklärte, daß er gekommen sei, um dich zu sehen, und er geht nicht weg, bevor du da bist.» Er sah, wie blaß sie war, und fragte scharf: «Hast du Shannon gesehen?»

«Ja.»

Sie biß sich auf die Lippen. Er warf ihr einen prüfenden Blick zu und stieß erregt hervor: «Mein Gott, du willst mir doch nicht sagen, daß diese Geschichte wahr ist!»

Sie nickte stumm und ging auf die Treppe zu, um jede weitere Unterhaltung zu vermeiden. Doch in diesem Augenblick kam Mrs. Quinlevan aus dem Grünen Salon herausgeeilt und rief ihr zu: «Georgina! Meine Liebe! Wo bist du bloß gewesen? Wir waren in furchtbarer Sorge um dich. Brandon hat mir gesagt, daß du ausgeritten bist – doch zu dieser Zeit und noch dazu allein! Und dann kam auch noch dieser ekelhafte junge Hession, der nicht von der Stelle weicht und mir erklärt, daß er nicht geht, es sei denn, ich gäbe ihm die Erlaubnis, dich zu suchen. Denn wir waren, wie du dir vorstellen kannst, beide davon überzeugt, daß dir ein Unglück zugestoßen ist!»

Sie gestikulierte erregt mit ihrer Hand, die, wie Georgina bemerkte, das Riechfläschchen umklammert hielt. «Bitte, komm sofort mit mir herein und sprech mit ihm, damit er uns endlich in Frieden läßt!» beschwor sie sie. «Er sagt, daß er sich bei dir entschuldigen möchte – doch warum das in meinem Haus stattfinden soll, wenn Lady Hession ihm während der Reise nach Bath sicherlich jede Gelegenheit dazu geben wird, verstehe ich nicht.»

Georgina, die erleichtert darüber war, daß Mrs. Quinlevans Klage über Mr. Hession sie davon abhielt, sich eingehender nach ihren Unternehmungen zu erkundigen, zeigte sich sofort bereit, den Besucher zu sehen, und ging in den Grünen Salon, dicht gefolgt von Mrs. Quinlevan. Hier fand sie Peter vor, der durch die Unterhaltung in der Halle schon auf ihr Erscheinen vorbereitet war. Er hatte sich zu dieser wichtigen Gelegenheit in einen tadellos sitzenden tiefschwarzen Rock aus extrafeinem Stoff geworfen, dazu trug er Pantalons im frechsten Gelb und ein kunstvoll gefaltetes Halstuch. Das Gesicht allerdings, das sich zwischen dem hohen Hemdkragen heraushob, wirkte wie das eines recht schuldbewußten und trotzigen Bürschchens und keineswegs wie das eines eleganten Beaus, der er sicher sein wollte.

«Miss Power!» rief er aus und stürzte, als sie eintrat, auf sie zu. «Ich bin verdammt froh, daß Sie kommen! Ich habe mir schon die schlimmsten Gedanken gemacht, was Ihnen alles passiert ist!» Er blickte etwas finster in Mrs. Quinlevans Richtung. «Ihrer Tante hat es gar nicht gepaßt, daß ich hier bin», fuhr er fort, «doch was sollte ich tun, da mir niemand sagen konnte, was mit Ihnen los ist. Verflixt noch mal, es hätte ja sein können, daß ich gebraucht werde!»

Georgina setzte sich nicht, und weder sie noch Mrs. Quinlevan forderten Mr. Hession zum Sitzen auf.

«Ich bin Ihnen sehr verbunden für Ihre Sorge, doch es war wirklich unnötig», sagte sie und war selbst erstaunt, wie zwanglos ihr die förmlichen Worte von den Lippen kamen. «Ich bin nur noch ein letztes Mal übers Land geritten und habe dabei die Zeit vergessen.» Sie warf einen Blick auf Mrs. Quinlevan, die starr und steif neben ihr stand – ihrer Pflicht bewußt, den Raum nicht verlassen zu dürfen, und keinesfalls gewillt, es zu tun. Georgina fügte hinzu: «Es tut mir sehr leid, daß Sie so lange warten mußten, doch wie Sie sehen, bin ich nicht angezogen, um jetzt Besuch empfangen zu können.»

Mr. Hession war jedoch nicht gesinnt, dem deutlichen Wink, den sie ihm gegeben hatte, zu folgen.

«Ja, schon gut, aber ich bin gekommen, um mich bei Ihnen zu entschuldigen», sagte er aufbegehrend. «Und ich kann nicht gehen, bis ich das nicht getan habe. Ich wäre schon gestern gekommen, doch meine

Mutter hat mir erklärt, daß Sie zuerst mit Ihnen sprechen wolle, um Sie zu besänftigen – doch ich glaube, daß es ihr nicht gelungen ist», fügte er hinzu und schaute sie fragend an. «Ich habe ihr gesagt, daß es besser wäre, ich würde selbst kommen!»

«Wenn Sie damit andeuten wollen, daß ich böse mit Ihnen bin, so kann ich Ihnen versichern, daß das nicht der Fall ist», sagte Georgina, die kaum in der Lage war, Mr. Hession mit der nötigen Höflichkeit zu begegnen, denn sie wünschte nichts sehnlicher, als allein gelassen zu werden, um sich von ihrem Schock zu erholen. «Nur sind wir im Augenblick etwas durcheinander wegen meiner plötzlichen Abreise und – und glauben Sie mir, ich würde es wirklich vorziehen, diesen ganzen Vorfall zu vergessen!»

In diesem Augenblick hatte Mrs. Quinlevan den Eindruck, daß es Zeit sei, in das Geschehen einzugreifen, und sie fügte in strengem, tugendhaftem Ton hinzu, daß sie ihre Pflichten genau kenne und ihm keine Gelegenheit geben könne, ein privates Gespräch mit ihrer Nichte zu führen, bevor er nicht die Erlaubnis dazu von ihrer Mama und Lady Mercer bekommen habe.

«Sicher wären sie sofort bereit, es Ihnen zu gestatten, doch solange Sie in meinem Haus sind, müssen die Anstandsregeln beachtet werden.» Das sagte sie in einer Schroffheit, die verriet, wie ungerecht sie es Brandon gegenüber empfand, daß Mr. Hession die Reise nach Bath in Georginas Gesellschaft machen konnte.

Mr. Hession war sichtlich verlegen und erklärte, daß es keineswegs seine Absicht sei, die Anstandsregeln zu mißachten. Da er sich zwei wenig entgegenkommenden Gesichtern gegenübersah, erschien es ihm nun an der Zeit, den Rückzug anzutreten. Er verabschiedete sich daher und versprach, den Wagen, der Miss Power am nächsten Morgen abholen sollte, zu Pferd zu begleiten.

Sobald er ihnen den Rücken gekehrt hatte, wollte die aufgeregte Mrs. Quinlevan Georgina darüber belehren, daß es unangebracht sei, den Antrag eines jungen Mannes anzunehmen, der sich eines ausschweifenden Lebensstils schuldig mache. «So lächerlich macht er sich, meine Liebe, solche Herren nachzuäffen, die sich nur für Wagenrennen, Faustkämpfe und ähnlich vulgäre Sportarten interessieren und sicherlich die schlechtesten Ehemänner abgeben.» Sobald Georgina ihren Redefluß eingedämmt hatte, entschuldigte sie sich und ging in ihr Zimmer, um sich – wie sie hoffte – durch ein herzhaftes Weinen zu erleichtern.

Die Tränen kamen jedoch nicht. Statt dessen ging sie ruhelos im Zimmer auf und ab und mußte immer wieder an Shannons höhnische Worte denken: «Bei Gott, Sie sind wirklich ahnungslos, wenn Sie ihr nicht geglaubt haben! Was haben Sie denn für dumme Kindergedanken in Ihrem Kopf genährt, um nicht sofort zu sehen, wessen ich fähig bin?» Sie hatte es aus seinem eigenen Mund gehört, daß er der furchtbaren Tat schuldig war, der Lady Eliza ihn verdächtigt hatte, und die Tatsache, daß er fast im gleichen Atemzug seine Liebe zu ihr eingestanden hatte, trug nur noch zu ihrem Schmerz bei.

Sie glaubte, sie hätte es besser ertragen können, wenn sie gewußt hätte, daß sie ihm gleichgültig sei. Dann wäre ihr der Stolz zu Hilfe gekommen. Doch nun war das schmerzende Gefühl da, was hätte sein können, wenn . . .

«Wenn er nur nicht ein Schurke wäre!» sagte sie wütend zu sich selbst. «Ein Mann, der keine Moral und kein Herz hat, ein Mann, den ich verachten sollte. Und ich verachte ihn auch – ich tue es!»

Mit diesem entschlossenen Vorsatz wandte sie sich den vielen Obliegenheiten zu, die ihre Abreise mit sich brachte, und sie beschloß, Shannon fortan aus ihrem Gedächtnis zu verbannen. Das gelang ihr um so leichter, als sie sich noch einmal mit ihrer Tante Bella zu beschäftigen hatte und mit den Dienstmädchen, die ihre Koffer für die Reise packen mußten. Sie konnte jedoch in dieser Nacht erst sehr spät einschlafen und wachte mit dem ersten Vogelgezwitscher auf. Sofort erinnerte sie sich daran, wie unbeschwert sie vor einigen Monaten nach Kerry gekommen war und nicht geahnt hatte, was ihr hier bevorstand.

Was sie tun würde, wenn sie nach Bath zurückgekehrt war, wußte sie selbst nicht, und sie war auch jetzt nicht in der Stimmung, um über ihre Zukunft nachzudenken. Eine Zeitlang würde sie in den Tag hinein leben müssen, und als ihr die Trostlosigkeit von alldem bewußt wurde, was sie erwartete, sank ihr Mut, und ihr Herz wurde schwer wie Blei.

16

Die Reisekutsche der Hessions fuhr pünktlich um neun Uhr vor, um sie abzuholen. Sie verabschiedete sich von Brandon und Mrs. Quinlevan, die ihr unter Tränen versicherte, daß sie unverzüglich an Lady Mercer schreiben würde, um ihr mitzuteilen, wie falsch man sie bezüglich Georginas unterrichtet habe. Wenn das einmal klargestellt sei, hoffte Mrs. Quinlevan, Georgina bald wieder in Craythorne sehen zu können, wo sie sich doch so wohl gefühlt habe.

Georgina selbst hoffte das nicht, ja sie wünschte es nicht einmal. Ganz egal, wie unangenehm das Leben für sie in Bath werden würde – es war immer noch weit erfreulicher, als in Kerry zu bleiben, wo sie

Shannon zufällig treffen könnte und wo alles sie an ihn erinnern würde. Es würde für sie viel besser sein, einen ganz klaren Bruch zu vollziehen. Und was sie auch in Bath erleben würde – sicher würde sie sich kaum mehr in einen Mann verlieben, der ihrer Gefühle nicht würdig war.

Sie hatte sich von vornherein über ihre Reise nach Bath keinen Illusionen hingegeben, und es zeigte sich dann, daß ihre Befürchtungen nur zu berechtigt waren. Es war außerordentlich unangenehm, sich in der Gesellschaft einer Familie zu befinden, mit der sie nichts gemein hatte und die es für ausgemacht hielt, daß sie bald zu ihr gehören würde. Sogar Sir Landers, der im allgemeinen sehr zurückhaltend war, machte vernehmliche Andeutungen in dieser Richtung, und auch Miss Amelia – wiewohl ganz mit ihrem kommenden Londoner Debüt beschäftigt – erklärte sich kichernd einverstanden, Georgina künftig als Schwester anzuerkennen.

Was den jungen Mr. Hession betraf, so war es seiner kaum beherrschten Verliebtheit zu entnehmen, daß er nur auf eine Gelegenheit wartete, die Erlaubnis von Lady Mercer und Mrs. Power einzuholen, um ihr einen förmlichen Antrag zu machen. Sie konnte ihm deswegen nicht böse sein, denn er war rührend bemüht, ihr zu gefallen, und war in seiner Gewißheit, bei ihr Erfolg zu haben, so treuherzig, daß sie manchmal sogar überlegte, ob sie seinen Antrag nicht doch annehmen sollte. Wenigstens wäre sie dann Herrin in ihrem eigenen Haus und nicht mehr ein unerwünschtes Familienmitglied im Haus ihrer Großmutter. Und es war wohl kaum anzunehmen, daß sie sich noch einmal verlieben würde.

Auch die sehr stürmische Überfahrt, die wegen des bewegten Meeres etwas verschoben werden mußte, war geeignet, ihr Vergnügen an der Reise noch weiter zu trüben. Als dann endlich die Kutsche in der Great Pulteney Street in Bath hielt, war sie erleichtert, von der engen Gemeinschaft mit den Hessions befreit zu sein, und fand es nicht mehr so schlimm, sich nun dem Zorn ihrer Großmutter stellen zu müssen. Ihre Reisebegleiter hatten Zimmer im York House genommen, und da es bei der Ankunft in Bath schon sehr spät war, fuhren sie, gleich nachdem sie Georgina an Lady Mercers Tür abgesetzt hatten, ins Hotel. Natürlich versäumte Lady Hession nicht, ihr majestätisch kundzutun, daß es ihnen ein Vergnügen sein würde, sie am nächsten Morgen zu besuchen.

Lady Mercer hatte sich schon in ihr Schlafzimmer zurückgezogen, als Georgina das Haus betrat, doch als sie Finch begrüßt hatte und hinaufeilte, fand sie ihre Mutter noch im Salon vor. Es gehörte nicht viel dazu, um sofort zu merken, daß sie in Ungnade gefallen war. Natürlich war ihre Mutter glücklich, sie zu sehen, und es war auch nicht so, daß sie sie sofort ausschimpfte, aber sie hatte sich so viele Jahre vor Lady Mercer fürchten müssen, daß sie gänzlich unfähig war, sich der Meinung ihrer Mutter entgegenzustellen – und wie diese Meinung war, konnte Georgina nur zu gut dem tränenreichen Blick entnehmen, mit dem ihre Mutter sie begrüßte.

«Deine Großmutter ist sehr verärgert», erklärte ihr Mrs. Power betrübt. «Sicher ist sie nur deswegen so früh zu Bett gegangen, weil sie es nicht ertragen konnte, dich heute abend zu sehen. Natürlich will ich dir keine Vorwürfe machen, denn ich bin überzeugt, daß diese niederträchtigen Berichte über dich bei weitem übertrieben sind – doch, meine Liebe, ich wünschte, du hättest etwas mehr Vorsicht walten lassen, damit deine Großmama sich nicht so furchtbar aufgeregt hätte!» Sie schaute Georgina ängstlich an und fuhr fort: «Es ist doch nicht wahr, meine Liebe, sag es mir bitte! Du kannst doch für diesen schrecklichen Mann nichts empfinden?»

«Nein, ich empfinde nichts für ihn», sagte Georgina bestimmt. «Ich wäre sogar außerordentlich froh, ihn nie wiedersehen zu müssen!»

Mrs. Powers Gesicht erhellte sich. «Oh, ich kann dir gar nicht sagen, wie glücklich ich darüber bin», rief sie aus. «Ich habe doch deiner Großmama immer wieder gesagt, daß diese ganze Geschichte sicher reine Erfindung sei. Nicht daß ich etwas gegen Lady Eliza Malladon sagen möchte, die es sicher für ihre Pflicht hielt, es deiner Großmama zu schreiben. Sonst hätte sie sich ja wohl auch nicht an eine Dame gewandt, die ihr völlig unbekannt ist . . .»

Als Georgina hörte, daß ihr Verdacht begründet war, blitzten ihre Augen so gefährlich, daß Mrs. Power, die dies bemerkte, sie fragend ansah. Doch Georgina hatte keine Lust, sich auf eine Erörterung über Lady Eliza einzulassen, und gab ihrer Mutter keine Erklärung ab. Sie ließ ihrem Redestrom freien Lauf, denn nun konnte Mrs. Power nicht mehr an sich halten und gestand ihr, wie glücklich sie sei, daß sie kein Interesse an Mr. Shannon habe und sich nun deswegen keine Sorgen mehr machen müsse. Nach angemessener Zeit zog sich Georgina dann, unter dem Vorwand von der Reise ermüdet zu sein, auf ihr Zimmer zurück.

Als sie am nächsten Morgen hinunterkam, stellte sie zu ihrer Erleichterung fest, daß ihre Mutter Lady Mercer schon das Wichtigste mitgeteilt hatte. Auf Lady Mercer schienen diese Neuigkeiten jedoch keinen großen Eindruck zu machen, denn sie erwies sich Georgina gegenüber als wenig freundlich. Man hatte ihr den Wind aus den Segeln genommen, und das behagte ihr nicht.

Er war ihr Glück, daß die Geschehnisse dieses Tages ihr neue Munition gegen ihre Enkelin verschafften. Beim Frühstück hatte sie noch auf

Georginas Weigerung, den Antrag von Mr. Smallwoods anzunehmen, zurückgreifen müssen, um ihrer Unzufriedenheit Ausdruck geben zu können. Doch die Ankunft von Lady Hession und Mr. Peter Hession in der Great Pulteney Street und die Ereignisse, die diesem Besuch folgten, waren geeignet, ihren Gedanken eine andere Richtung zu geben.

Der Zufall wollte es, daß Georgina gerade in ihrem Zimmer war, als die Gäste gemeldet wurden. Mr. Hession ergriff daher sofort die Gelegenheit, die beiden älteren Damen um ihre Einwilligung zu bitten, bevor er sich an Georgina selbst wandte.

Man konnte nicht behaupten, daß Lady Mercer von diesem jungen Mann einen sehr vorteilhaften Eindruck hatte, da er – wie sie später zu Mrs. Power sagte – dem Dandytum verfallen sei und sich in ihrer Gegenwart verschiedener Redensarten bediente, die nicht in den Salon einer Dame paßten. Doch alle persönlichen Einwände gegen Mr. Hession wurden letztlich bei weitem aufgewogen durch die Tatsache, daß er eine höchst vorteilhafte Partie war: der einzige Sohn eines Baronets, dessen Besitz sehr ansehnlich war und dessen Verhältnisse in bester Ordnung waren. Darüber hinaus war er der Enkel einer ihrer ältesten Freundinnen. Wie Lady Hession Georgina schon in Kerry mitgeteilt hatte, war Lady Hessions Mutter eine Freundin von Lady Mercer, und obwohl Amelia Court schon lange tot war und die Verbindung zwischen den Familien nicht gepflegt worden war, neigte Lady Mercer der Ansicht zu, daß ein junger Mann, der das Blut von Amelia Court in sich trage, auf die Dauer keine Enttäuschung sein könne.

Für Mr. Hessions Pläne wirkte es sich auch günstig aus, daß Lady Hession und Lady Mercer sich sofort gut verstanden und bald entdeckten, daß sie bei allen besprochenen Themen einer Meinung waren. Mrs. Power jedoch, die in der Gegenwart der beiden älteren Damen vollkommen verblaßte, hatte das unselige Gefühl, daß es für Georgina gewiß nicht sehr angenehm sein würde, eine Frau wie Lady Hession zur Schwiegermutter zu bekommen. Als sie dann jedoch nach ihrer eigenen Ansicht zu Peters Antrag befragt wurde, konnte sie kein ablehnendes Wort hervorbringen.

Als man nach Georgina schickte, verabschiedete sich Lady Hession in dem sicheren Glauben, daß sie mit Lady Mercer zu einem äußerst zufriedenstellendem Ergebnis gekommen sei.

Georgina hatte, als sie in den Salon gebeten wurde, eine ziemlich genaue Vorstellung davon, was sie jetzt erwarten würde. Tatsächlich hatte sie sogar nachts mehrere Stunden wach gelegen, weil sie sich darüber klarwerden mußte, welche Antwort sie Peter Hession geben würde. Dabei bedachte sie jeden seiner Vorzüge – seine hervorragende Herkunft, sein ansehnliches Vermögen, seine gute äußere Erscheinung, seine Umgänglichkeit, seine Zuneigung zu ihr –, und sie kam zu dem Ergebnis, daß es absolut töricht wäre, seinen Antrag nicht anzunehmen. Doch als sie dann wieder an ein bestimmtes hartes Gesicht mit grauen Augen dachte, die sie so warm angesehen hatten, war all ihre Sicherheit hinweggewischt.

Während sie die Treppe zum Salon hinunterging, ärgerte sie sich jedoch über ihre Schwäche und nahm sich vor, nicht so dumm zu sein, sondern dankbar die Gelegenheit zu ergreifen und mit diesem Schritt all ihre Probleme zu lösen.

Doch sobald sie Mr. Hession sah, der sich zu diesem Anlaß besonders fein gemacht hatte, überkamen sie von neuem ihre Zweifel. Wie würde sie jemals einen Mann heiraten können, dessen modischer Geschmack sie entsetzte und dessen Hemdkragen so übertrieben hoch waren, daß es ihm nicht möglich war, überhaupt seinen Kopf zu wenden.

Als sie sich förmlich begrüßten, wußte sie genau, daß es gar keinen Sinn hatte, sich all seiner Vorzüge zu erinnern. Sie empfand nichts für ihn, und im Augenblick fühlte sie nur Ärger, weil er seine Erklärung mit einer so unglaublichen Selbstverständlichkeit vorbrachte.

«Ich hätte nicht so lange damit zurückgehalten», sagte er vertraulich, «doch meine Mutter sagte, Sie würden es sicher vorziehen, wenn ich es in aller Form täte. Ihre Mutter und Lady Mercer waren beide außerordentlich freundlich, so daß ich nicht glaube, daß es jetzt noch irgendwelche Schwierigkeiten gibt.» Er blickte sie an und war offenbar überrascht von dem widerspenstigen Ausdruck ihrer Augen, denn er fügte hastig hinzu: «Sie wissen doch, wie ich für Sie empfinde, nicht wahr? Ich habe mich ja blöd genug benommen an diesem Abend bei den Malladons – da muß es Ihnen ja aufgefallen sein, daß ich verrückt nach Ihnen bin.»

Georgina fühlte sich gedrängt, in diesem kritischen Augenblick etwas zu sagen, und erklärte zögernd: «Ja – ja, ich weiß es, aber . . .»

«Dann ist es ja nicht nötig, daß wir uns noch weiter darüber unterhalten», sagte Mr. Hession erleichtert, weil er sich verstanden fühlte. «Ich schlage vor, daß wir in ein paar Monaten heiraten – dann haben Sie Zeit, Ihre Brautkleider machen zu lassen und all den Kram . . .»

«Mr. Hession, Sie setzen zuviel als selbstverständlich voraus», sagte sie und schaute ihn dabei erstaunt und nicht sehr freundlich an. «Ich habe nicht gesagt, daß ich Sie heiraten möchte.»

Nun war es an Mr. Hession, Erstaunen zu zeigen. «Ja, aber Sie haben auch nicht gesagt, daß Sie es nicht tun würden», erinnerte er sie. «Worüber haben wir denn sonst die ganze Zeit gesprochen?»

«Sie haben über Ihre Gefühle gesprochen, doch ich glaube, Sie haben mich bisher noch nicht nach meinen Gefühlen gefragt?»

Das Erstaunen in Mr. Hessions Zügen wich reinem Entsetzen. «Aber – aber, verdammt noch mal, Sie brauchen ja gar keine zu haben – ich meine, nicht solche wie ich!» entgegnete er. «Meine Mutter sagt, daß das bei jungen Frauen nicht üblich sei – jedenfalls nicht, wenn sie anständig erzogen wurden! Gefühle brauchen Sie nicht zu haben – jedenfalls nicht, bis Sie einen Antrag bekommen haben. Sicher werden Sie mich später, wenn wir verheiratet sind, noch genügend schätzenlernen!»

Georgina, die bei diesen Worten am liebsten laut herausgelacht hätte, mußte sich sehr zurückhalten. Es kam ihr doch zu komisch vor, daß er annahm, ihre Gefühle würden plötzlich aufblühen, wenn man ihnen erst die offizielle Erlaubnis dazu gäbe. Sie gewann sich ein Lächeln ab und sagte mit etwas unsicherer Stimme: «Das könnte wohl sein, wenn ich es auf einen Versuch ankommen lassen wollte. Da ich das aber nicht vorhabe, werden wir wohl niemals wissen, ob es der Fall sein wird.»

Er starrte sie ungläubig an. «‹Da ich es aber nicht vorhabe . . .›» wiederholte er verwundert. «Aber – was wollen Sie damit sagen . . .?»

Sie zuckte die Achseln und schaute ihn bedauernd an. «Oh, Peter, glauben Sie mir, ich möchte Sie nicht kränken», sagte sie mit einer Offenheit, die ihren Worten den Stachel nahm. «Aber wir passen nicht zusammen, das müssen Sie einsehen, wenn Sie vernünftig sind.»

«Vernünftig!» unterbrach sie Mr. Hession vorwurfsvoll. «Wie kann ich das vernünftig betrachten? Ich habe mich in Sie verliebt – bis über die Ohren – das habe ich Ihnen schon von Anfang an gesagt, nicht wahr? Und Ihre Mutter ist einverstanden – Lady Mercer auch . . .»

«Doch leider wollen Sie weder meine Großmama noch meine Mama heiraten», bedeutete Georgina, der es schwerfiel, angesichts von Mr. Hessions Empörung nicht zu lächeln.

«Natürlich will ich das nicht!» stotterte er. «Was für eine blödsinnige Idee, so etwas zu sagen! Sie sind ja viel älter als ich – alle beide! Ich mache mich doch nicht lächerlich!»

«Nein, natürlich nicht», sagte sie besänftigend. «Doch Sie müssen verstehen – wenn sie etwas gegen Sie einwenden würden, müßte ich ihre Einwände sehr ernst nehmen. Aber ich kann nicht – man kann wirklich nicht von mir verlangen, daß ich Sie heirate, nur um ihnen zu gefallen!»

Der gekränkte Ausdruck wich nicht aus Mr. Hessions Gesicht. «Das habe ich auch nicht erwartet», sagte er. «So roh bin ich wirklich nicht. Aber wenn Sie sagen, daß wir nicht zusammenpassen, so stimmt das nicht. Sie wissen genauso gut wie ich, daß wir immer wunderbar miteinander ausgekommen sind. Ich habe noch nie mit einem Mädchen so gerne getanzt wie mit Ihnen, und Sie haben den besten Sitz und die besten Hände, die ich jemals bei einer Frau gesehen habe – es muß ein Vergnügen sein, mit Ihnen zur Jagd zu reiten.»

«Danke», sagte Georgina, «doch ich glaube, daß eine Ehe nicht nur aus Tanz und Jagd besteht, meinen Sie nicht auch? Es tut mir sehr leid, daß ich anderer Ansicht bin, aber ich glaube wirklich, daß wir nicht zusammenpassen.»

Zu ihrer Überraschung und beträchtlichen Verwirrung reagierte Mr. Hession auf diese deutliche Abfuhr anders, als sie erwartete, denn er war nur einen Moment entmutigt und sagte dann mit leuchtendem Blick: «Nun gut – es ist ja nicht nötig, alles heute schon festzulegen. Meine Mutter hat mich schon gewarnt und mir gesagt, daß Mädchen sich immer gerne zieren, bevor man von ihnen eine eindeutige Antwort bekommt. Ich werde im nächsten Monat mal kurz von London hierherfahren, und dann können wir alles in Ordnung bringen. Ich kann mir denken, wie Ihnen zumute ist! Ich habe letztes Jahr volle vierzehn Tage gebraucht, um mich zu entschließen, Jack Worthings Füchse zu kaufen. Ich wußte natürlich immer, daß ich es zum Schluß doch tun würde. Ich habe noch nie ein Paar Pferde gesehen, das besser zusammenpaßt!»

Nichts, was Georgina vorbrachte, konnte ihn davon überzeugen, daß sie nicht mit ihm kokettierte, und so verabschiedete er sich schließlich in recht froher Stimmung und überließ es ihr, ihrer Mutter und Lady Mercer zu berichten, was sich zwischen ihnen zugetragen hatte. Natürlich fiel der Bericht nicht zur Zufriedenheit der Damen aus. Lady Mercer erklärte mit scharfem Ton, daß sie eine Gans sei, und welchem Juwel sie denn nachjagen wolle, daß sie es wage, zwei so vorteilhafte Anträge wie die von Mr. Smallwoods und Mr. Hession abzulehnen. Wie immer, wenn ihre Tochter und ihre Mutter sich nicht einig waren, brach Mrs. Power in Tränen aus und erklärte sich selbst mit schwacher Stimme zum unglücklichsten Menschen der Welt.

«Verlaß dich darauf», sagte Lady Mercer mit strenger Miene zu Mrs. Power, nachdem sich Georgina in ihr Zimmer geflüchtet hatte, «sie denkt an diesen abscheulichen Mann, der deine Nichte zur Heirat verleitet hat. Dir kann sie etwas vormachen, Maria, aber mir nicht! Was sonst sollte sie dazu bewegen, so ein Angebot abzulehnen?»

Da Mrs. Power auf diese Frage keine Antwort wußte, konnte sie nichts dazu sagen. Sie selbst war der Ansicht, daß ihre unverständliche Tochter entschlossen war, gar nicht zu heiraten. Und das bereitete ihr beträchtliche Sorge, denn sie hatte gehofft, Georgina – wenn sie einmal einen eigenen Haushalt hätte – öfters besuchen zu können, um wenigstens hin und wieder der Fuchtel ihrer Mutter zu entkommen. Die Jahre der Witwenschaft waren für die arme Dame nicht leicht gewesen, und so fiel es ihr sehr schwer, einen Traum aufzugeben und sich den harten Realitäten zu stellen, zu denen sie wohl fortan verurteilt war: ein

Leben voller Unfrieden von morgens bis abends. Sie fragte sich, wie Georgina dazu kam, einen so vorteilhaften Antrag abzulehnen, der sie für immer von dem Zusammenleben mit ihrer Großmutter befreien könnte.

«Sicherlich würde ich bei so einer Gelegenheit mit beiden Händen zugreifen», sagte sie sich an diesem Abend, als sie sich in ihr Zimmer zurückgezogen hatte. Aber als sie in den Spiegel schaute (sie war noch nicht vierzig, doch die Schönheit, die Owen Power dazu bewogen hatte, mit ihr davonzulaufen, war lange vergangen, und in ihrem Haar machten sich schon graue Fäden bemerkbar), ermahnte sie sich in Lady Mercers strengem Ton, nicht so eine Närrin zu sein und sich einzubilden, daß sich ihr jemals noch so eine Gelegenheit bieten würde.

17

Es fügte sich dann, daß Georginas Ablehnung von Mr. Hessions Antrag nicht so viel Aufregung verursachte, wie Mrs. Power befürchtet hatte.

Dies war dem glücklichen Umstand zu verdanken, daß kurz nach Georginas Ankunft auch Sir Manning Hartily in Bath ankam. Sir Manning verlor keine Zeit und machte sogleich seine Aufwartung bei den Damen in der Great Pulteney Street, wie er es zuvor schon Georgina angekündigt hatte. Von Anfang an war klar, daß er nur deswegen zu dieser ungewöhnlichen Jahreszeit nach Bath gekommen war, um sich um Georginas Hand zu bewerben.

Diese Tatsache ließ alle Ereignisse, die mit der Zukunft Georginas zusammenhingen, für Lady Mercer in einem neuen Licht erscheinen. Obwohl Lady Mercer nichts für Sensationen übrig hatte, zeigte sie immer schon ein reges Interesse für alles, was am Hof geschah, vor allem für die Angelegenheiten, die den Prinzregenten betrafen. Er war in seiner Jugend – die ungefähr mit ihrer eigenen Jugend zusammenfiel – der Inbegriff von Glanz und höfischer Romantik für sie gewesen. Einer Romantik, an der es in ihrem Leben allzusehr gefehlt hatte.

Die Ehe mit einem rauhbeinigen Landedelmann und die darauffolgenden Jahre der Zurückgezogenheit in Herefordshire hatten es nicht vermocht, ihre jugendlichen Ideale ganz zu verwischen. Der Prinz – inzwischen ein beleibter, ausschweifender Mensch mit stark gerötetem Gesicht – war für sie immer noch der schöne Märchenprinz ihrer Jugendjahre. Daher kam es, daß sie die Ankunft von Sir Manning Hartily, der den Vorzug hatte, zum Freundeskreis des Regenten zu gehören, in höchst angenehme Aufregung versetzte.

Das Erscheinen dieses Gentleman, der sich für ihre Enkelin interessierte, war geeignet, die Ambitionen von Mr. Hession völlig vergessen zu lassen. Es war für sie vollkommen ohne Bedeutung, daß Sir Manning mehr als zwanzig Jahre älter war als Georgina. Sie ignorierte auch die Andeutungen einiger neidischer Gevatterinnen in Bath, daß Sir Manning nach Jahren eines leichtsinnigen Lebens nun nach einer reichen Erbin Ausschau halte. Nach Lady Mercers Meinung waren Georginas finanzielle Erwartungen keineswegs so glänzend, daß sich ein Mann wie Sir Manning hätte für sie interessieren können. Sie glaubte, daß er an jedem Finger mehrere junge Damen hätte, die ein weit größeres Vermögen zu erwarten hatten als Georgina. Sie war daher geneigt, sein Alter, seinen nicht sehr einwandfreien Ruf und auch seinen beträchtlichen Leibesumfang – den er allerdings durch das Tragen eines Korsetts zu verbergen suchte – zu übersehen. Sir Manning hätte sie jedoch selbst von ihren Illusionen befreien können, denn er hatte in den letzten Monaten – wie er es einigen seiner Freunde offen gestand – öfters den Versuch gemacht, ein «warmes junges Blut» zu ergattern, allerdings ohne den geringsten Erfolg. Die Damen, denen er gewöhnlich begegnete, waren entweder zu vertraut mit seinen Lebensumständen oder wurden zu sehr bewacht von Eltern, die ebenfalls in seine Situation eingeweiht waren, so daß ihm niemand in die Falle ging. In Irland war er dann auf Georgina gestoßen, die er als zufriedenstellende, wenn auch bescheidene Lösung seiner Probleme ansah. Es mochte zwar einige Jahre dauern, bis sie in den Besitz von Lady Mercers ansehnlichem Vermögen käme, doch könnte er durch eine Heirat mit ihr wenigstens seine hartnäckigsten Gläubiger beruhigen. Er glaubte, wenn er es mit Damen im Alter von Lady Mercer zu tun hatte, geschickt genug zu sein, um sie bezüglich des Ehevertrags zur Großzügigkeit zu veranlassen.

Er verzichtete also auf die Vergnügungen der Londoner Saison – wenn es auch, um die Wahrheit zu sagen, in seinem mittellosen Zustand mehr als schwierig für ihn war, in der Stadt zu bleiben – und fuhr mit seiner Karriole nach Bath, wo er im York House Quartier nahm. Er führte sich selbst bei den Damen in der Great Pulteney Street ein und wurde innerhalb einer Woche zu einem unentbehrlichen Mitglied ihres kleinen Kreises, begleitete sie in die Trinkhalle, zu Konzerten und anderen Vergnügungen, die diese wenig günstige Jahreszeit bereithielt. Er mußte nicht befürchten, zu dieser Zeit in Bath eigene Bekannte zu treffen, die ihm einen Strich durch die Rechnung machen könnten, indem sie Lady Mercer ein genaues Bild seiner gegenwärtigen finanziellen Situation gaben. Da er eine optimistische Natur war, zweifelte er nicht daran, daß er dank Lady Mercers Unterstützung bald die Hand ihrer Enkelin zugesagt bekäme.

Georgina tat alles, was in ihrer Macht stand, um diese Ambitionen zunichte zu machen, doch sie scheiterte in Anbetracht der erklärten Vorliebe ihrer Mutter und Lady Mercers für ihren Bewunderer. Schließlich blieb ihr nichts anderes mehr übrig, als Kopfschmerzen oder andere Beschwerden vorzutäuschen, wenn die Gefahr bestand, ihre Mutter und Lady Mercer bei Ausflügen in Sir Mannings Gesellschaft begleiten zu müssen. So geschah es, daß sie eines schönen Morgens im Salon allein war, als Mr. Hession – etwa zwei Wochen nach seiner Abreise nach London – in der Great Pulteney Street seine Aufwartung machte.

Sie war so mißgestimmt durch Sir Mannings überschwengliches Werben, daß sie über die Ankunft ihres jüngeren Verehrers fast froh war. Sie begrüßte ihn mit einer Herzlichkeit, die ihn ausrufen ließ: «Na also, das ist ja der beste Beweis! Ich wußte, daß Sie nur etwas Zeit brauchen würden, um mir zuzustimmen. Wie ist es Ihnen ergangen? Sie sehen etwas bedrückt aus, oder irre ich mich?»

«Allerdings», sagte Georgina, die sich Mühe geben mußte, um ihr Erstaunen über den hocheleganten Anzug Mr. Hessions nicht zu zeigen. Er hatte zu diesem besonderen Anlaß einen blauen Überrock aus extrafeinem Tuch mit langem Schoß und besonders großen Knöpfen ausgewählt, dazu ein paar blaßgelbe, enge Pantalons und eine aufsehenerregend gestreifte Weste, von der eine Uhrkette mit unzähligen Anhängern herunterhing. «Setzen Sie sich, Peter», forderte sie ihn auf. «Und versuchen Sie bitte nicht, mich zu überreden, Sie zu heiraten – wenigstens heute nicht. Ich habe davon schon genug gehabt, eine ganze Woche lang!»

«Wieso, was, zum Teufel, meinen Sie denn?» fragte Mr. Hession überrascht. «Ich war ja gar nicht in Ihrer Nähe und habe Ihnen auch keinen Brief geschickt. Oh, Sie meinen, jemand anderer hat Sie belästigt?» Plötzlich hatte er es begriffen und fragte verärgert: «Wer ist es?»

«Sir Manning Hartily», sagte sie halb verzweifelt und halb belustigt. Peter lachte laut auf, und sie erklärte unwillig: «Sie haben gut lachen, aber für mich ist es wirklich sehr unangenehm. Mama und Großmama sind außerordentlich eingenommen von ihm.»

«Was? Dieser alte Hofnarr?» fragte er ungläubig. «Das kann ich nicht glauben! Sie werden doch nicht annehmen, daß ein Mädchen wie Sie – ich meine, es wäre etwas anderes, wenn Sie eine griesgrämige alte Jungfer wären, die sich nichts anderes mehr erhoffen kann! Doch was soll eine junge hübsche Dame wie Sie mit diesem alten Plumpsack anfangen? Außerdem ist er doppelt so alt wie Sie!»

«Das weiß ich doch», sagte Georgina seufzend. «Doch ich versichere Ihnen, Großmama hält ihn für die Eleganz in Person.»

«Die hat nicht alle Tassen im Schrank», erklärte Mr. Hession wenig respektvoll. «Ich möchte nicht sagen, daß er nicht erstklassig angezogen ist, doch du lieber Gott, wer sich von Weston anziehen läßt, kann gar nicht anders aussehen. Jeder andere Schneider würde verzweifeln, wenn er für den Dickwanst einen Rock machen sollte.»

Während er das sagte, warf er einen wohlgefälligen Blick auf seine eigene schlanke Gestalt, was ihm ein erheitertes Glucksen von Georgina eintrug. Mr. Hession errötete leicht und fragte sie, ob ihr irgend etwas an ihm nicht gefalle.

«Aber keineswegs!» versicherte sie ihm. «Sie sind das Eleganteste, was man sich vorstellen kann. Doch Sie müssen es mir verzeihen – ich bin auf dem Land aufgewachsen, wo die Männer nicht so – ausgesucht gekleidet sind.»

«Da sind Sie aber auf dem Holzweg», sagte Mr. Hession ernsthaft und beschrieb ihr in allen Details die Stiefel, die er sich gerade bei Hoby bestellt hatte, um sie auf dem Land zu tragen. «Mit weißen, besonders langen Stulpen – der letzte Schrei!»

Diese Beschreibung wurde jedoch unterbrochen durch das Erscheinen von Lady Mercer und Mrs. Power, die gerade von Meylers Bibliothek zurückkamen, wo sie das Vergnügen hatten, sich mit Sir Manning zu unterhalten. Der Anblick von Georgina, die allein mit Mr. Hession im Salon saß, anstatt – wie angenommen – mit Kopfweh im Bett zu liegen, erregte Lady Mercers Mißfallen.

Mr. Hession, der vierzehn Tage zuvor Bath in der glücklichen Meinung verlassen hatte, daß die beiden Damen seinen Antrag voll und ganz unterstützen, wurde nun eine Viertelstunde einer kühlen und förmlichen Konversation unterzogen. Dabei ließ man ihn deutlich merken, daß man sein Benehmen tadelte, mit Georgina – die es besser hätte wissen müssen – allein im Salon gewesen zu sein. Georgina sah sich daher genötigt, ihm zu Hilfe zu kommen, und das tat sie mit so viel Wärme, daß Mrs. Power später – als Mr. Hession sich verabschiedet hatte – die Überzeugung äußerte, ihre Tochter würde sich letztlich doch für ihn entscheiden.

«Denn Sir Manning», wagte sie zu bemerken, «ist doch etwas zu alt für sie.»

Dazu hatte Lady Mercer lediglich zu sagen, daß sie eine Närrin sei und im übrigen Sir Manning nicht immer so schmachtend ansehen solle.

«Du hast dich heute morgen wirklich ziemlich verdächtig gemacht», sagte sie mit vernichtendem Blick, «als du jedem seiner Worte mit so viel Anteilnahme gefolgt bist. Versuche bitte, mehr Haltung zu bewahren, Maria!»

Sie fügte düster hinzu, daß Georgina ihnen sicher nicht den Gefallen täte, Mr. Hessions Antrag anzunehmen. Im übrigen sei sie der Meinung, daß sie ihn gegen Sir Manning ausspiele und insgeheim dem schrecklichen Menschen in Irland nachweine.

Sicher war es nicht gerecht, Georgina vorzuwerfen, daß sie Shannon nachweine, doch Lady Mercers Behauptung stimmte insofern, als Georgina keineswegs glücklich war und die nächsten Tage es ihr auch nicht leichter machten, ihn zu vergessen. Sie hatte sich wohl hundertmal vorgeredet, ihn vergessen zu müssen, doch ohne es zu wollen, mußte sie immer wieder an ihn denken. Sie konnte nicht leugnen, daß er eines gemeinen Verbrechens schuldig war, denn er hatte es ja selbst zugegeben, doch sie glaubte immer noch, daß es für diese Tat irgendwelche mildernden Umstände gab. Daß dieser Glaube ziemlich absurd war, mußte sie selbst zugeben, und sie beschimpfte sich wegen ihrer Nachsicht.

Doch wie hart sie auch mit sich selbst ins Gericht ging – nichts konnte die düstere Wolke vertreiben, die seit ihrer Ankunft von Kerry über ihr zu hängen schien.

Von Ihren Freunden in Irland hörte sie wenig Neues. Sie hatte zwar einen langen Brief von Mrs. Quinlevan bekommen, doch da er hauptsächlich aus Wehklagen über Lady Elizas perfide Tat bestand und aus der Versicherung, wie innig Brandon ihr zugetan sei, erfuhr sie im Grund nichts, was sie nicht schon gewußt hatte. Eine Nachricht von Betsy Mott war ähnlich enttäuschend, denn sie bestand allein aus der Mitteilung, daß Sir Humphrey endlich die Einwilligung zu einem offiziellen Antrag ihres lieben Robert gegeben habe. Sie habe ihn natürlich angenommen, und die Ankündigung des Verlöbnisses werde bald – wie sie ihrer Freundin mit vielen Ausrufungszeichen versicherte – in der *Gazette* erscheinen.

Brandon, der es verabscheute, Briefe zu schreiben, hatte sie nicht mit einer einzigen Zeile bedacht.

Eines Morgens Anfang Juni jedoch, als es ihr einmal nicht gelungen war, sich eine Entschuldigung dafür auszudenken, ihre Mutter und Lady Mercer nicht zur Trinkhalle zu begleiten, tauchte ein unerwarteter Besucher auf, den sie aus Irland kannte. Die drei Damen hatten kaum die Halle betreten, als Georgina einen großen Herrn mittleren Alters in gutgeschnittenem blauem Überrock und Angola-Pantalons erblickte, der sich gerade mit einem pensionierten General unterhielt – ein Mann, den man in den Gesellschaftskreisen von Bath, in denen Lady Mercer verkehrte, gut kannte. Georgina erkannte sofort Mr. Jeremy Barnwall und konnte einen kleinen Freudenschrei nicht zurückhalten, was ihr einen mißbilligenden Blick von Lady Mercer eintrug.

«Es ist Onkel Jeremy», erklärte Georgina. «Der Bruder von Tante Bella – Mr. Barnwall. Ich hatte keine Ahnung, daß er in Bath ist!»

Lady Mercer bedachte Mr. Barnwalls umfangreiche Gestalt mit nicht sehr freundlichen Blicken und äußerte die Meinung, daß es sehr tadelnswert von ihm sei, sich nicht in der Great Pulteney gezeigt zu haben, wenn er wirklich der Herr sei, von dem Georgina spreche. Da Lady Mercer Mr. Barnwall jedoch nie kennengelernt hatte und in all den Jahren, seit ihre Tochter mit seiner Familie verbunden war, auch nicht den Wunsch geäußert hatte, dies zu tun, konnte Georgina diese Unterlassungssünde nicht sehr ernst nehmen. Sie war auf jeden Fall fest entschlossen, mit ihrem Onkel zu sprechen, und als General Tufts sich verabschiedet hatte, versuchte sie, Mr. Barnwalls Aufmerksamkeit auf sich zu lenken.

Sie hatte Erfolg, denn Mr. Barnwall kam, als er sie erblickte, zögernd auf sie zu und grüßte sie höflich. Sie stellte ihn ihrer Mutter und Lady Mercer vor und verlangte, nachdem diese Formalitäten vollzogen waren, sogleich Neuigkeiten aus Irland zu hören.

Mr. Barnwall schüttelte den Kopf. «Ich habe leider keine», sagte er bedauernd. «Ich bin kein Briefschreiber. Zwar kam vor einer Woche eine Nachricht von Bella, aber Sie wissen ja, wie unleserlich sie schreibt – ich konnte die Hälfte davon nicht entziffern. Das übliche, nehme ich an – Brandons Gesundheitszustand und die Aufregungen mit den Dienstboten. In dem Winkel der Welt ist ja nie viel los.»

Er schien nicht geneigt, den Grund seines Aufenthalts in Bath zu erklären, und machte nur vage Versprechungen, in der Great Pulteney Street seine Aufwartung zu machen, da er sofort nach Kerry reisen müsse, wo seine Anwesenheit erforderlich sei. Sir Manning jedoch, der sich zu den Damen gesellte, als Mr. Barnwall sich gerade verabschiedet hatte, war in der Lage, sie über den Zweck seiner Reise nach Bath aufzuklären.

«Er ist pleite», sagte er lakonisch. «Ich habe es von Larraby gehört. Es wäre für ihn besser gewesen, bei Pharao oder Whist zu bleiben. Ich habe immer schon gesagt, daß Basset sein Ruin sein würde. Er ist hierhergekommen, um sich zu erholen. Ist im Pelikan abgestiegen oder einem ähnlichen altmodischen Quartier. Er hat sich an den alten Tufts angehängt, hörte ich gerade, und ist von London in seiner alten Chaise hierhergefahren, um das Geld für die Postkutsche zu sparen. Doch Tufts läßt sich nichts gefallen. Der arme Jerry wird nach Irland zurückmüssen.»

«Ja, das sagte er», bestätigte Lady Mercer.

Sie blickte Mr. Barnwall, der gerade die Halle verließ, mißbilligend nach und erklärte, daß das Kartenspiel der Fluch der modernen Gesellschaft sei. Dem konnte Sir Manning nur zustimmen, hoffte dabei allerdings inständig, daß ihr nichts von seinen eigenen Spielverlusten zu Ohren kommen würde, bevor es ihm gelänge, sich öffentlich mit ihrer Enkelin zu verloben.

Es wurde bezüglich Mr. Barnwalls nichts weiter gesagt, doch Georgina war, nachdem sie wieder in der Great Pulteney Street angekommen waren, für den Rest das Tages gedrückter Stimmung. Das unerwartete Erscheinen ihres Onkels in Bath hatte sie lebhaft an Lady Elizas Ball in Stokings erinnert, wo sie ihn zuletzt gesehen hatte. In dieser Nacht schlief sie nur wenig, und am nächsten Morgen, als Lady Mercer ihr am Frühstückstisch vorschlug, sie und ihre Mutter zu Einkäufen in der Milsom Street zu begleiten, konnte sie mit gutem Gewissen sagen, daß sie sich im Augenblick nicht wohl fühle, um das Haus zu verlassen.

Diesen Umstand betrachtete sie als glücklich, denn kurz vor Ende der Mahlzeit kam Finch herein und brachte die Post. Unter den Briefen befand sich auch ein beträchtlich dicker von Brandon, und als sie das Siegel gebrochen hatte und das Papier entfaltete, fiel ihr Auge sogleich auf den Namen von Shannon. Da sie wußte, daß sie diesen Brief wahrscheinlich nicht lesen konnte, ohne rot zu werden, und da sie keine Lust hatte, neugierige Fragen von Lady Mercer zu beantworten, erklärte sie, daß Brandon einen umfangreichen Brief geschrieben habe, den sie nicht sogleich lesen könne.

Lady Mercer sagte, es käme ihr merkwürdig vor, daß Brandon so viel zu schreiben habe, worauf Georgina ihr beipflichten mußte. Sie saß wie auf Kohlen, bis sich die Tür endlich hinter ihrer Mutter und Lady Mercer geschlossen hatte und sie endlich in den Salon flüchten konnte.

Ihr Vetter begann ohne die üblichen Formalitäten und kam gleich zur Sache.

«Liebe Cousine», schrieb er, «ich bin der Ansicht, daß ich Dir schreiben muß, was ich bezüglich Shannons erfahren habe. Es wird bestimmt teuflisch viel Staub aufwirbeln, wenn es erst einmal herauskommt, und das wird sofort der Fall sein, wenn er die notwendigen rechtlichen Schritte unternommen hat. Bisher wissen nur ich und Rothe etwas darüber. Ich muß Dir sagen, daß er vorhat, The Place of the Oaks an Dich zu übergeben und nach Amerika zu gehen. Es ist das Hirnverbrannteste, was er tun kann, denn Du wirst gar nicht wissen, wie Du mit dem Besitz zurechtkommen sollst, und außerdem hast Du ein eigenes Vermögen von Lady Mercer zu erwarten, während er keinen Penny hat. Doch ich hätte genausogut gegen eine Wand reden können, als ich es ihm sagte. Er sagt, daß The Place of the Oaks Dir gehören würde, wenn er Nuala nicht geheiratet hätte, und daß er nicht wünsche, aus diesem Schritt einen Nutzen zu ziehen.»

Er ist pleite…

... sagte Sir Manning lakonisch. Ein wenig erfreulicher Zustand.

Woher kommt die Pleite? Sie kommt vom hebräischen «peleta», was «Entrinnen, Rettung» heißt. Die Pleite als Rettung? Nun, «pleite gehen» hieß einst, die rettende Flucht vor dem Schuldturm ergreifen, in den Zahlungsunfähige geworfen wurden.

Kein Geld haben, das ist auch ohne Schuldturm schlimm.

Georgina, die bis zu dieser Stelle gekommen war, war so bestürzt, daß der Brief in ihren Händen zitterte und sie kaum begreifen konnte, was sie las. Einen Augenblick glaubte sie, daß dieser Entschluß Shannons nur mit seiner Zuneigung zu ihr zu erklären sei, doch dann kam sie zu dem Schluß, daß es sein Schuldgefühl Nuala gegenüber sei, das ihn dazu führte.

Hastig las sie weiter: «Es ist aber alles durcheinander, was ich schreibe, denn ich hätte Dir zuerst erzählen sollen, daß alles so ist, wie ich vermutet hatte, und daß diese Idee, die Du Dir wegen Shannon und Nuala in den Kopf gesetzt hast, völlig abwegig ist. Du hast Rothe kennengelernt, also wirst Du wissen, daß man sich auf sein Wort verlassen kann. Er wohnt zur Zeit bei Shannon in The Place of the Oaks, und da ich fast jeden Tag hinüberreite, hatte ich öfter Gelegenheit, mit ihm alleine zu sprechen.

Gestern habe ich ihn direkt auf diese Geschichte angesprochen, die Lady E. Dir erzählt hatte, als Du in Stokings warst. Er sagte mir, daß er selbst zur Zeit von Nualas Tod in Brüssel war und daß keine Rede davon sein könne, daß Shannon am Tod seiner Frau schuldig sei. Im Gegenteil, er sei sogar außerordentlich beunruhigt gewesen und hätte nicht weniger als drei Ärzte gerufen, um ihr zu helfen, und zwar die besten Ärzte der ganzen Stadt. Rothe sagte ferner, daß so ein Gerücht nur von Lady E. selbst erfunden sein könne, denn er hätte nie etwas davon gehört, und es hätte auch keinen Grund dafür gegeben. Lady E. – Ich weiß nicht, wie ich mich für Deine Ohren ausdrücken muß, damit es auch delikat klingt – hatte offenbar von Anfang an einen Narren an Shannon gefressen, und da er sie immer kühl abgewiesen hat, wollte sie ihre Rache haben. Vor allem als sie entdeckte, was mit Dir und ihm los ist. Es ist typisch für die Frauen, einem Mann so in den Rücken zu fallen!

Und was Deine Behauptung betrifft, daß er es Dir selbst gesagt hat, so wette ich zehn zu eins, daß Du in Deiner typischen unbesonnenen Art Deine voreiligen Schlüsse gezogen hast. Ich muß auch sagen, es kam mir von Anfang an höchst unwahrscheinlich vor, daß ein Mann, der einen Mord begangen hat, es sofort zugibt, wenn man ihn danach fragt. Ich nehme an, daß er das Gefühl hat, er hätte Nuala nicht heiraten dürfen, denn Rothe ist davon überzeugt, daß es von seiner Seite keine Liebesheirat war. Doch damals war er in einer verdammt üblen Lage, da Cartan nicht für ihn vorgesorgt hatte. Und wahrscheinlich war es nicht das schlimmste, Nuala zu heiraten, die es sich ja in den Kopf gesetzt hatte, ihn einzufangen. Du hast sie ja nicht gekannt, aber sie war ein verteufelt hübsches Mädchen, und ihr war jedes Mittel recht, um ihren Willen durchzusetzen. Wahrscheinlich hätte man ein Heiliger sein müssen, um die Gelegenheit, sie und The Place of the Oaks mit einem Streich zu bekommen, nicht zu ergreifen. Und daß Shannon kein Heiliger ist, weißt Du ja.

Ich fragte Rothe, was man tun könne, damit Lady E. diese Geschichte nicht weiterverbreitet, und er meinte, es sei das beste, Shannon davon gar nichts zu erzählen, jedoch Colonel Malladon bei Gelegenheit eine Andeutung zu machen. Er ist, glaube ich, der Meinung, daß alles nur Deinetwegen geschehen ist und daß sie es nun, wo Du nicht mehr da bist, gar nicht mehr weitererzählen wird. Wahrscheinlich weiß er genau, was zwischen Dir und Shannon los ist. Das konnte ihm ja auch nicht entgehen, nachdem Shannon die Idee hatte, The Place of the Oaks an Dich zu übergeben. Nebenbei gesagt, ist Shannon, seit Du hier weg bist, so schwermütig, als habe er seinen besten Freund verloren, und auch Rothe sagt, daß er ihn noch nie so erlebt hat.

Nach meiner Meinung solltest Du wieder herkommen und Dich mit ihm in irgendeiner Form aussprechen. Sicher wäre hier die Hölle los, wenn Du Dich entschließen würdest, ihn zu heiraten. Natürlich ist es nur meine Annahme, daß es das ist, was er eigentlich will, denn er hat mir gegenüber Deinen Namen nie erwähnt – abgesehen von dieser Angelegenheit mit The Place of the Oaks, und auch dann nur, weil Rothe die Sache zur Sprache gebracht hat. Ich muß allerdings sagen, ich habe nicht den Eindruck, daß ihr beide auch nur im geringsten zusammenpaßt, doch das ist Deine Sache, und ich wäre verteufelt froh, wenn alles in Ordnung käme, denn ich hätte es gar nicht gerne, wenn er zu seinem Wort stehen und nach Amerika gehen würde . . .»

Georgina konnte nicht weiterlesen. Sie stand auf, zerknüllte den Brief in der Hand und mußte mit den Tränen kämpfen. Es war typisch für Brandon, dachte sie resigniert, ihr in aller Ruhe vorzuschlagen, nach Irland zu kommen. Es bestand nicht die geringste Möglichkeit, daß ihre Mutter und ihre Großmutter dazu ihre Einwilligung geben würden, und ohne ihre Erlaubnis konnte sie nichts unternehmen.

Sie ging erregt im Salon auf und ab, blieb aber wieder stehen, um den zerknüllten Brief glattzustreichen und einen von Brandons wenig zartfühlenden Sätzen wieder zu lesen: «Und was Deine Behauptung betrifft, daß er es Dir selbst gesagt hat, so wette ich zehn zu eins, daß Du in Deiner typischen unbesonnenen Art Deine voreiligen Schlüsse gezogen hast.» Sie versuchte sich genau an die Situation zu erinnern, als sie zuletzt Shannon gesprochen hatte. Könnte es wirklich sein, daß sie seine Worte falsch gedeutet hatte? Betraf sein Schuldgefühl nur die von Lady Eliza oft geäußerten Vorwürfe, daß er Nuala nur wegen ihres Vermögens geheiratet hatte? Sie erinnerte sich jetzt daran, daß er sie unterbrochen hatte, bevor es ihr gelungen war, ihm alles zu erzählen, was Lady

Eliza ihr gesagt hatte. Sie hatte ihm ja nur angedeutet, daß Lady Eliza ihr gewisse Dinge anvertraute, und er hatte ihr daraufhin sogleich geantwortet, daß diese Dinge auf Wahrheit beruhten.

Sie warf den Brief auf den Tisch und preßte beide Hände an ihr brennendes Gesicht.

«Oh, wie dumm ich doch gewesen bin!» rief sie aus. «Natürlich ist es so! Es muß so sein! Er dachte, ich spräche von Lady Elizas Andeutungen, daß er nur deswegen mit Nuala davongelaufen sei, weil sie ein Vermögen erben würde. Kein einziges Wort, das er sagte, hat auf etwas anderes hingewiesen! Wenn ich ihm nur alles deutlicher gesagt hätte!»

Sie nahm den Brief wieder in die Hand, schritt unruhig auf und ab und versuchte ihre Gedanken zu ordnen. Ja, sie mußte ihm schreiben und ihm sagen, daß sie The Place of the Oaks nicht annehmen würde. Doch wäre das der richtige Weg, um das Mißverständnis zwischen ihnen zu klären? Selbst wenn sie ihm klarmachen konnte, daß sie bei ihrem letzten Zusammentreffen seine Worte falsch aufgefaßt hatte, würde er sicher weiter darauf beharren, daß er kein Recht habe, sie zu heiraten. Nie würde sie ihn durch einen Brief davon überzeugen können, daß ihr das Mißgeschick seiner Geburt völlig egal sei, und nie würde sie ihm so erklären können, daß er sich über seine Ehe mit Nuala keine Gedanken machen müsse. Sie konnte verstehen, daß er der Versuchung nicht widerstand, zu einer schönen Frau auch noch ihr Vermögen zu gewinnen, noch dazu, da sie ihn zu dieser Ehe überredet hatte. Nein, sie wußte nur zu genau, daß ein Brief keinen Zweck hätte. Er würde auf seinem Standpunkt beharren, nach Amerika fahren, und sie würde ihn nie wiedersehen.

18

Sie versuchte immer noch verzweifelt, einen Ausweg zu finden, als sie von dem Geräusch von Wagenrädern aufgeschreckt wurde, das von der Straße heraufkam. Wenige Augenblicke später kündigte Finch die Ankunft von Sir Manning Hartily an und führte den Gentleman herein. Sir Manning schien erleichtert, sie allein vorzufinden, machte ihr Komplimente wegen ihres guten Aussehens und begann dann mit einer förmlichen Rede, von der sie schon wußte, daß sie in einem offiziellen Antrag enden würde.

«Sie müssen nicht meinen, meine liebe Miss Power», sagte er und nahm unter beängstigendem Knirschen seines Korsetts ihr gegenüber in einem Sessel Platz, «daß ich nur deswegen so aufmerksam zu Ihrer werten Mama und Lady Mercer war, weil ich mich gerne in ihrer Gesellschaft befand. Nein, in der Tat, ich hatte ein Auge», sagte er und wagte dabei einen schelmischen Blick, «auf – wenn ich so sagen darf – jüngeres Wild. Mit anderen Worten, meine Liebe – auf Ihre eigene liebliche Person. Von dem Augenblick an, als ich in Stokings den Vorzug hatte, einen Blick auf Ihr vollkommenes Gesicht und Ihre herrliche Gestalt . . .»

«Ach, hören Sie bitte auf!» unterbrach ihn Georgina, die unter dieser neuerlichen Strapaze vollkommen ihre guten Manieren vergaß. Sir Manning rollte erstaunt die Augen, und sie beeilte sich, ihre Unhöflichkeit wiedergutzumachen, indem sie sagte: «Es tut mir sehr leid, wenn ich unfreundlich erscheine, aber ich bin heute morgen nicht in der Lage, mir schöne Reden anzuhören, Sir Manning! Ich habe –» sie blickte auf den Brief, den sie immer noch in der Hand hielt – «einige sehr unangenehmen Nachrichten gehabt.»

«Nein, um Gottes willen, ist das wahr?» rief Sir Manning aus. «Vielleicht aus Irland? Ihre Verwandten? Doch ich habe Jerry Barnwall erst gestern abend getroffen, und er hat mir nichts davon gesagt, daß dort etwas nicht in Ordnung ist.»

Er unterbrach sich und schaute Georgina, die plötzlich ganz fröhlich aussah, verdutzt an.

«Onkel Jeremy!» stieß sie hervor. «Natürlich, warum habe ich denn daran nicht gedacht! Genau das ist es!» Sie sprang auf. «Sir Manning, wollen Sie mir einen großen Gefallen tun?» fragte sie.

Sir Manning starrte sie zweifelnd an. «Natürlich, es ist mir eine Freude», stammelte er. «Alles, was in meiner Macht steht! Aber ich muß sagen, daß ich nicht ganz verstehe . . .»

«Das ist eine sehr lange und sehr komplizierte Geschichte», sagte Georgina ungeduldig, «und ich habe jetzt keine Zeit, Ihnen alles zu erklären. Sie wissen doch sicher, wo mein Onkel Barnwall abgestiegen ist? Ich glaube, Sie haben gestern gesagt, im Pelikan? Wollen Sie mich bitte dorthin fahren – bitte sofort? Das heißt, sobald ich von oben meinen Hut und meine Handschuhe geholt habe?»

Sir Manning, der überhaupt nicht mehr wußte, was er von der Geschichte halten sollte, versicherte ihr nochmals, daß er glücklich sei, ihr zu helfen, doch daß es ihm seltsam erscheine, daß sie nicht warten könne, bis ihre Mutter oder Lady Mercer da sei, um sie zum Pelikan zu begleiten.

«Es ist nicht ganz schicklich für eine junge Dame, einen Herrn allein im Hotel zu besuchen», ermahnte er sie. «Onkel oder nicht, das spielt keine Rolle. Lady Mercer würde es sicher nicht gerne sehen.»

«Natürlich nicht», gab Georgina zu. «Und genau deswegen muß ich mich auf Sie verlassen können, lieber Sir Manning, denn Sie dürfen kein Sterbenswörtchen verraten. Doch wir müssen uns wirklich beeilen, sonst bin ich nicht rechtzeitig zurück, wenn sie und Mama zurückkommen. Bitte entschuldigen Sie mich nur einen Moment. Ich nehme an, Ihr Wagen steht vor der Tür?»

Ohne auf eine Antwort zu warten, stürzte sie hinaus und kehrte einige Minuten später zurück. Sir Manning stand immer noch völlig verwirrt im Salon.

«Ich verstehe das alles nicht!» erklärte er. «Verteufelt merkwürdige Geschichte! Was wollen Sie denn mit Barnwall? Und warum sollten Ihre Verwandten Ihnen geschrieben haben statt ihm?»

«Ich nehme an, sie wußten nicht, wo er sich in Bath aufhalten wird», sagte Georgina schnell improvisierend. «Lieber Sir Manning, ich kann Ihnen die Sache nicht erklären, doch ich bin sicher, daß ich mich auf Sie verlassen kann! Nicht wahr?»

Sie warf ihm einen schmeichelnden Blick zu, der seine Bedenken im Nu dahinschmelzen ließ. Eifrig folgte er ihr zur Eingangstür, wo er sich Hut, Handschuhe und Stock von Finch geben ließ; er wußte nicht, ob er geschmeichelt oder beunruhigt sein sollte. Finch seinerseits ließ leichte Überraschung erkennen als er sah, daß Miss Georgina das Haus allein mit Sir Manning verließ – eine Tatsache, die Georgina darauf aufmerksam machte, daß er die Angelegenheit sehr wohl Lady Mercer verraten könnte, wenn sie ihre Enkelin nicht zu Hause vorfände. Auch fiel ihr ein, daß sie – wenn sie nicht das Glück hatte, vor ihrer Großmutter und ihrer Mutter in Great Pulteney Street einzutreffen – jederzeit von einer der Busenfreundinnen Lady Mercers entdeckt werden könnte, wenn sie mit Sir Manning in einem offenen Wagen durch die Stadt fuhr. Sie würde sich also auf jeden Fall eine überzeugende Erklärung für ihre Unternehmung ausdenken müssen. Im Augenblick jedoch war sie viel zu beschäftigt, ihre Idee weiterzuspinnen, die ihr gekommen war, als Sir Manning Mr. Barnwall erwähnt hatte. Sie wußte, daß sie nur ein paar Minuten Zeit haben würde, sich eine Geschichte auszudenken, die überzeugend genug wäre, um Mr. Barnwall zu veranlassen, sie ohne Wissen ihrer Mutter oder Lady Mercers nach Irland zu bringen. Sie war so in Gedanken, daß sie Sir Manning, der sich um eine Unterhaltung mit ihr bemühte, nur ganz wahllose Antworten gab.

So geschah es, daß sie, als die beiden Grauschimmel vor dem Pelikan anhielten, ohne es zu wollen, bejaht hatte, es sei ihr Vetter Brandon, den ein Mißgeschick befallen habe.

«Aber wenn das so ist», wandte Sir Manning ein, «dann kann ich nicht verstehen, weshalb Sie es so eilig haben, Barnwall zu sehen. Er kann ja schließlich nichts daran ändern. Und er ist ja sowieso schon dabei, nach Irland aufzubrechen.»

«Ja, das weiß ich, doch ich kann es Ihnen nicht erklären, Sir Manning, weil – weil es eine Familienangelegenheit ist, die ich nicht gut mit Ihnen besprechen kann. Nein, Sie dürfen nicht mit hineinkommen!» erklärte sie hastig, als sie sah, daß er die Pferde einem Stallknecht übergeben und vom Wagen absteigen wollte. «Wenn Sie nur bitte so gut sind und hier eine Viertelstunde auf mich warten . . .»

Sie sprang vom Wagen hinab, ohne sich seine Vorhaltungen anzuhören, eilte hinein und ließ Mr. Barnwall ihre Visitenkarte bringen, wobei sie inbrünstig hoffte, daß er nicht schon fortgegangen war. Sie hatte jedoch Glück, und nach ein paar Minuten wurde sie in ein Empfangszimmer im ersten Stock geführt, wo sie Mr. Barnwall vorfand, der ihre Karte etwas mißtrauisch betrachtete. Er trug einen eleganten, reich verschnürten Brokat-Morgenrock, wofür er sich gleich entschuldigte und dann, auf die Karte deutend, hinzufügte: «Ich habe es für einen Irrtum gehalten. Sie sind doch nicht allein gekommen?»

«Doch», sagte sie. «Ich mußte allein kommen. Das heißt, Sir Manning Hartily hat mich in seiner Karriole hierhergefahren, doch er weiß nicht, warum ich Sie sehen wollte, denn wenn er es gewußt hätte, so hätte er mich sicher nicht hierhergebracht!»

Das Unbehagen, das ihre Ankunft im Pelikan bei Mr. Barnwall ausgelöst hatte, schien sich durch diese geheimnisvolle Andeutung nicht zu vermindern, doch er gewann wenigstens so weit wieder die Fassung, daß er ihr einen Stuhl anbot und sich auch setzte.

«So, er hätte Sie also nicht hierhergebracht», sagte er und betrachtete sie prüfend mit seinen blauen Augen. «Ich finde, Sie sollten mir alles erzählen, meine Liebe. Was ist los? Haben Sie mit der alten Eule Streit bekommen – mit Ihrer Großmutter, ich meine Lady Mercer? Eine schreckliche Frau, doch ich kann nicht verstehen, warum es Ihnen etwas helfen kann, wenn Sie ihr davonlaufen und es mir erzählen.»

Georgina suchte in ihrem Retikül nach dem Taschentuch und war erleichtert, daß die Tränen, die sie für die bevorstehende Szene notwendig brauchte, dank der Aufregungen dieses Morgens schon bereitstanden.

«Wirklich, Sir, Sie müssen mir glauben, daß ich mich auch an jemand anders wenden würde, doch ich habe niemand!» sagte sie flehentlich. «Großmama hat sich in den Kopf gesetzt, mich an Sir Manning zu verheiraten, und Mama wagt nicht, dagegen etwas einzuwenden . . .»

«Manning? Manning Hartily?» sagte Mr. Barnwall entsetzt. «Unsinn!» erklärte er dann entschieden. «Der ist ja alt genug, um Ihr Vater zu sein. Und hat außerdem keinen roten Heller. Ihre Großmutter muß nicht ganz bei Trost sein, wenn sie überhaupt an so etwas denkt.»

«Ja, der Meinung bin ich auch», sagte Georgina eifrig. «Doch sie ist von ihm sehr eingenommen – und Mama auch. Sie wollen nichts davon wissen, daß ich Brandon heirate!»

Mr. Barnwall, der bis dahin ein recht verdrießliches Gesicht gemacht hatte, weil es ihm nicht paßte, in eine Sache hineingezogen zu werden, die ihn nichts anging, wurde auf einmal hellhörig.

«Brandon?» fragte er erstaunt. «Dann war es doch kein Hirngespinst von Bella, die mir damals erzählt hat, daß es zwischen euch beiden ernst werden könnte!» Er schaute Georgina etwas wohlwollender an. «Wollen Sie denn Brandon heiraten, meine Liebe?» fragte er.

«O ja», sagte sie seufzend und schämte sich wegen ihrer List. «Wir waren gerade dabei, uns einig zu werden, doch Großmama wollte nichts davon wissen und ließ mich nach Bath bringen. Und nun will sie, daß ich Sir Manning heirate, und ich bin so schrecklich unglücklich!»

Mr. Barnwall machte ein nachdenkliches Gesicht. «Sie müssen Sir Manning natürlich nicht heiraten, wenn Sie nicht wollen, meine Liebe», sagte er väterlich. «Doch wenn Sie sich beharrlich weigern, wird Ihre Großmama es allmählich leid, Sie zu bedrängen.»

«O nein, Großmama nie!» entgegnete Georgina mit tragischer Miene. «Und selbst wenn sie es leid würde – es ist dann immer noch Mr. Hession da.»

«Mr. Hession?» sagte Mr. Barnwall verständnislos. «Oh, Sie meinen Sir Landers jungen Sohn? Was, zum Teufel, hat der denn dabei zu sagen?»

«Auch er möchte mich heiraten», gestand Georgina und schlug in mädchenhafter Verlegenheit die Augen nieder. «Und Großmama sagt, daß die Familie sehr angesehen sei, der Besitz ebenfalls ansehnlich, und daß Brandon nichts erben würde als Craythorne . . .»

«Ich verstehe, ich verstehe.»

Mr. Barnwall stand auf und ging im Zimmer auf und ab. Georgina beobachtete ihn insgeheim und konnte sich denken, was jetzt in ihm vorging. Als mittelloser Mann mußte er sich jetzt überlegen, wie nützlich es für ihn sein könnte, wenn sein Neffe eine junge Dame mit beträchtlichen finanziellen Erwartungen heiraten würde. Sie hatte heftige Gewissensbisse, ihn so zu täuschen, doch wußte sie genau, daß dies der einzige Weg für sie war, ans Ziel zu kommen, denn die Zeit war noch nicht reif, die Wahrheit zu sagen.

«Wenn Sie mich nur mit nach Irland nehmen könnten», sagte sie vorsichtig. «Wenn Mama und Großmama erst einmal sehen, daß es mein Ernst ist, Sir Manning nicht zu heiraten . . .»

Mr. Barnwalls erste Reaktion auf diesen Vorschlag war nicht sehr ermutigend.

«Ihnen dabei helfen, davonzulaufen?» rief er aus. «Nein, nein! Sie sind ein schlimmes Mädchen, an so etwas zu denken. Nein, meine Liebe – Vernunft und Überredung werden sie schließlich zur Einsicht bringen!»

Georgina schaute auf ihre Hände, die sie fest umklammert im Schoß hielt. «Sie kennen meine Großmutter nicht, Sir», sagte sie traurig. «Wenn sie sich einmal etwas in den Kopf gesetzt hat, kann sie nichts davon abbringen – und ich bin leider abhängig von ihr.»

Mr. Barnwall, der immer noch unruhig auf und ab ging, sagte verständnisvoll: «Ja, sicher, es ist eine unangenehme Situation für Sie, doch ich verstehe immer noch nicht, was es Ihnen nützt, wenn Sie sich nach Irland flüchten. Sie sind noch nicht mündig, nicht wahr? Sie könnten ja Brandon nie ohne die Einwilligung der alten Dame heiraten.»

«Nein, das könnte ich nicht», gab Georgina zu. «Doch wenn Großmama sieht, daß ich fest entschlossen bin, niemand anderen zu heiraten als Brandon, wird sie nachgeben. Doch wie ich das allein durch Vernunft erreichen soll, weiß ich nicht. Sie ist ja so überwältigend stark, und es ist niemand da, der sich auf meine Seite stellt. Wenn ich jedoch nach Irland gehe, muß sie einsehen, daß es mir Ernst ist – und außerdem», fügte sie geschickt hinzu, «fürchtet sie sich vor einem Skandal. Wenn es mir gelingen würde, ihr zu entfliehen, würde sie mich nicht zurückholen, weil dann jeder erfahren würde, was ich getan habe. Sie würde dann nachgeben und mir erlauben, Brandon zu heiraten.»

Sie hielt inne und schaute ihren Onkel etwas bange an. Mr. Barnwall runzelte die Stirn, doch man konnte sehen, daß ihm ihre Argumente einleuchteten. Es war ihm wohl klar, daß ein junges Mädchen, das sich dem Druck der Familie ausgesetzt sah, letztlich sehr wohl unterliegen könnte. Auch dachte Mr. Barnwall – was Georgina aber nicht wissen konnte – an die tränenreichen Vorwürfe seiner Schwester, die er sicher über sich ergehen lassen müßte, wenn sie erführe, daß Brandon die Chance seines Lebens verpaßt hatte. Sie würde ihm immer vorwerfen, daß Brandon nicht zu einem Vermögen gekommen sei, nur weil sein Onkel nicht bereit war, sich für ihn einzusetzen.

Er setzte sich plötzlich hin und schlug sich auf den Schenkel. «Ich will Ihnen etwas sagen», erklärte er in bestimmtem Ton, «ich werde es tun! Verdammt scheußliche Sache, wenn ein hübsches Mädchen wie Sie Manning Hartily in die Arme getrieben wird. Nichts gegen Manning – ein enorm gefälliger Bursche –, doch kein Mann für Sie, meine Liebe. Er ist von der Gicht geplagt – der kommt für Sie gar nicht in Frage.»

Georgina konnte sich kaum zurückhalten, nicht aufzuspringen und ihm in die Arme zu fallen. Sie bezähmte sich jedoch und äußerte ihre Dankbarkeit in weniger überschwenglicher Weise. Mr. Barnwall, der sich in der Rolle des St. Georg gefiel, der den Drachen Sir Manning bekämpfte, wurde zusätzlich noch durch Georginas betörende Blicke belohnt und hätte sicher gerne diesen Moment noch weiter ausgekostet. Georgina jedoch, deren praktischer Sinn sich auch hier wieder bewies, dachte sofort an alles, was noch zu tun sei, und holte ihn aus seinen Träumen wieder auf die Erde. Sie überlegte schnell, ob es nicht – aus Gründen des Anstands – nützlich sei, ihre Zofe mit auf die Reise zu nehmen, doch sie verwarf diesen Plan schnell wieder, denn sie glaubte nicht, sich auf die Diskretion des Mädchens verlassen zu können. Und jede vorzeitige Preisgabe des Plans würde notwendig zu einem Verbot führen.

Mr. Barnwall, dessen Begriffe von Anstand nicht die allerstrengsten waren und dessen strapazierter Geldbeutel zusätzliche finanzielle Lasten nicht erlaubte, neigte Georginas Auffassung zu, zumal er nicht glaubte, daß Lady Mercer von Georginas Flucht weniger schockiert wäre, wenn man die Zofe mitnähme.

«Aber wir müssen uns jetzt schnell alles Weitere überlegen», drängte Georgina und beeilte sich, zu einem anderen Thema überzugehen, damit sich bei ihrem Onkel nicht doch noch Skrupel einstellten. «Denn Großmama und Mama könnten jeden Augenblick zurückkommen, und draußen wartet Sir Manning auf mich . . .»

Mr. Barnwall, der sich bis jetzt über die merkwürdige Situation, in die sich Sir Manning begeben hatte, noch keine Gedanken gemacht hatte, unterbrach sie, um sich zu erkundigen, wie es ihr gelungen sei, ihn zu so einer Handlung zu überreden.

«Oh, ich habe ihm eine schreckliche Geschichte erzählt», gestand sie. «Er denkt, daß Tante Bella mir schlechte Nachrichten aus Irland geschickt hat, bezüglich einer sehr delikaten Familienangelegenheit!»

Mr. Barnwall lachte und sagte nachsichtig: «Gut, gut – ich glaube, wenn es um eine gute Sache geht, ist auch etwas List gerechtfertigt.»

Georgina war froh, daß sie bei diesen Worten nicht rot wurde. Sie stimmte ihm zu und brachte das Gespräch schnell wieder auf die Vorbereitungen, die vor ihrer Abfahrt getroffen werden mußten. Es war ihre Idee, daß Mr. Barnwall sie am nächsten Morgen vor Sonnenaufgang in einer gemieteten Postchaise an der Ecke der Straße erwarten sollte. Wenn alles regulär verliefe, würde ihre Abwesenheit erst Stunden später entdeckt werden, und auch dann würden noch weitere Stunden vergehen, bis irgend etwas Entscheidendes geschähe. Die Aufregung würde zunächst viel zu groß sein, so daß niemand einen klaren Kopf hätte, um einen Beschluß zu fassen.

«Das gibt uns genügend Vorsprung, und bevor man uns einholt, sind wir längst in Sicherheit auf einem Postschiff nach Irland.»

Dann überlegte sie eine Weile und sagte: «Wenn ich jetzt einen Brief schreibe, wäre es Ihnen möglich, hier einen der Dienstleute zu veranlassen, ihn morgen nachmittag, nicht früher als um drei Uhr, in der Great Pulteney Street abzuliefern? Ich möchte zwar die arme Mama nicht zu sehr in Aufregung versetzen, doch ich kann es nicht wagen, in meinem Zimmer eine Nachricht liegen zu lassen, denn sie könnte durch einen unglücklichen Zufall gefunden werden, bevor wir unterwegs sind.»

Er war mit ihrem Vorschlag einverstanden, und sie setzte sich hin und schrieb hastig ein paar Zeilen an ihre Mutter, versicherte ihr, daß sie in Sicherheit sei, auf dem Weg nach Craythorne, in Begleitung von Mr. Barnwall. Sie schrieb nichts davon, was sie dort vorhatte, und erklärte nur, daß es ihr sehr leid täte, ihr so viel Kummer zu machen, doch sie könne weder Sir Mannings noch Mr. Hessions Antrag annehmen.

Nachdem sie den Brief versiegelt hatte, ließ sie ihn in Mr. Barnwalls Verwahrung und verabschiedete sich, um wieder zu Sir Manning zurückzukehren. Er wartete ungeduldig, und man sah ihm an, daß er beunruhigt war.

«Die Sache gefällt mir nicht, meine liebe Miss Power!» sagte er vorwurfsvoll, als sie neben ihm auf den Wagen stieg.» Ganz egal, wie eilig Sie es hatten, Mr. Barnwall zu sehen, Sie hätten warten sollen. Sie hätten ihm ja eine Nachricht schicken können! Er wäre sicher sehr gerne in der Great Pulteney Street vorbeigekommen. Ich kenne Jerry doch, er ist ein sehr gefälliger Bursche!»

«Genau das sagte er auch von Ihnen», erklärte Georgina beifällig. «Und ich muß sagen, er hat recht, Sir Manning, denn ich kann mich bei Ihnen gar nicht genug bedanken für Ihre Freundlichkeit. Ich wüßte wirklich nicht, was ich ohne Sie getan hätte!»

Sie hatte sich schon den Kopf darüber zerbrochen, wie sie es ihm beibringen sollte, daß er Lady Mercer und ihrer Mutter nichts von dem kleinen Ausflug erzählte, doch zu ihrer Erleichterung löste er selbst das Problem, indem er etwas ängstlich bemerkte: «Übrigens ist es nicht notwendig, Lady Mercer zu sagen, daß ich Sie heute morgen hierhergefahren habe, Miss Power – das heißt, wenn ihr nicht eine ihrer Klatschbasen die ganze Geschichte sowieso erzählt. Ihre Großmutter ist ja verdammt kleinlich. Ich möchte nicht, daß sie meinetwegen in Aufregung gerät.»

«Ich glaube, man sollte ihr sagen, daß Sie vorbeigekommen sind und mich zu einer Ausfahrt eingeladen haben, als Sie sahen, daß ich heute morgen in schlechter Stimmung war», meinte Georgina. «Es besteht auch gar kein Grund, sie zu beunruhigen, denn ich habe von meinem Onkel Barnwall gehört, daß die ganze Sache gar nicht so schlimm ist, wie ich befürchtete.»

Sie war froh, daß sie Sir Manning mit dieser vagen Erklärung abspeisen konnte, denn ein Mann mit mehr Verstand hätte so ein Märchen nicht hingenommen. Sir Manning jedoch hatte in erster Linie Angst vor Lady Mercer, denn er wußte zu gut, was ihn erwarten würde, wenn sie erführe, daß er ihrer Enkelin erlaubt hatte, einen Herrn allein im Hotel zu besuchen. Daher war er sehr erleichtert über ihre kleine List.

Als Sir Manning Georgina in der Great Pulteney Street abgesetzt hatte und sie in ihrem Zimmer ihre Hutbänder löste, dachte sie sich, daß man das, was sie heute morgen angestellt hatte, ja noch mit «kleine List» bezeichnen könnte. Doch was würde Sir Manning sagen, wenn er etwas von ihrem geplanten Unternehmen erführe?

Sie hatte ihren ahnungslosen Onkel angeschwindelt, sie hatte Brandon in die Sache hineingezogen, der nicht die geringste Absicht hatte, sie zu heiraten – eine Situation, die für ihn sehr unangenehm werden könnte. Und schließlich hatte sie sich dazu entschlossen, von zu Hause davonzulaufen, nur um einen Mann zu treffen, den ihre Verwandten strikt ablehnten und der, soviel sie wußte, gar nicht den Wunsch hatte, sie zu sehen. Und sie hatte das alles getan, ohne einen Moment zu zögern – als sei so ein tadelnswertes Benehmen für sie selbstverständlich. Als sie sich hinsetzte und in Ruhe darüber nachdachte, was sie getan hatte, war sie so entsetzt, daß sie nur noch in Tränen ausbrechen konnte.

Als sie dann jedoch Brandons Brief noch einmal las, war sie davon überzeugt, daß – so verwerflich ihr Benehmen auch war – gar keine andere Möglichkeit für sie bestand, wenn sie verhindern wollte, daß Shannon ihr The Place of the Oaks übertrug und nach Amerika ging. Sie wußte ganz genau, daß Lady Mercer ihr nie erlaubt hätte, nach Irland zurückzukehren – und allein konnte sie nicht fahren, schon allein aus finanziellen Gründen. Sie hatte selbst sehr wenig Geld, das sicherlich für so eine Reise nicht genügen würde, und wenn sie Mr. Barnwall den wahren Grund ihrer Unternehmung genannt hätte, wäre er sicher nicht bereit gewesen, sie mitzunehmen.

All diese Überlegungen waren geeignet, sie etwas zu trösten, und daher beschloß sie, sich naheliegenderen Problemen zuzuwenden. Zum Beispiel hatte sie sich Gedanken darüber zu machen, wie sie sich und das Gepäck am nächsten Morgen am besten aus dem Haus herausschmuggeln könnte.

Das erste Problem wäre nicht allzuschwer zu lösen, denn Lady Mercer und Mrs. Power hatten beide einen gesunden Schlaf und standen für gewöhnlich spät auf; auch die Dienstboten würden nocht nicht unterwegs sein, wenn sie sich mit Mr. Barnwall treffen würde.

Das zweite Problem war bedeutend komplizierter. Es wäre für sie unmöglich, selbst einen Koffer in ihr Zimmer zu tragen, ohne daß jemand es bemerkte, und so würde sie sich damit begnügen müssen, abends, wenn alles zu Bett gegangen war, zwei ihrer Hutschachteln zu packen und das Nötigste darin unterzubringen. In Irland würde sie dann natürlich, was ihre Garderobe betraf, in schlimme Verlegenheit kommen. Doch da sie keine Ahnung hatte, was sie tun würde, wenn sie einmal dort wäre, und wie lange sie bleiben würde, vertraute sie auf ihr Glück und auf Mrs. Quinlevan, die sicher dafür sorgte, daß sie während ihres Besuchs angemessen angezogen sei.

Als sie diese Beschlüsse gefaßt hatte, mußte sie nur noch eine Ausrede für ihre morgendliche Unternehmung ausdenken, die sich für Lady Mercers Ohren eignete. Und im übrigen mußte sie sich in Geduld fassen, bis die Stunde ihres Aufbruchs gekommen war.

19

Am nächsten Morgen, als es gerade dämmerte, schlich sie sich mit ihren Hutschachteln die Treppe hinab, verließ das Haus und ging schnell die Straße hinunter zu dem vereinbarten Treffpunkt. Als sie an der Straßenecke angekommen war und sah, daß keine Chaise dort wartete, bekam sie einen furchtbaren Schreck und dachte, daß Mr. Barnwall sich nun doch noch mal alles überlegt hatte. Doch kurz darauf erschien der Wagen, und sie war von ihren Ängsten befreit. Ihr Onkel half ihr hinein, und wenig später hatte man die Great Pulteney Street hinter sich gelassen.

Sie saß jedoch kaum neben ihm, da mußte sie schon erkennen, daß sie noch nicht aus dem Schlimmsten heraus war. Mr. Barnwall, der fast vierundzwanzig Stunden Zeit gehabt hatte, sich zu überlegen, was es bedeutete, einer jungen Dame bei ihrer Flucht von zu Hause zu helfen, war in nervöser Stimmung. Daher verbrachte er eine knappe Stunde damit, seine Begleiterin dazu zu bewegen, ihren Entschluß rückgängig zu machen.

«Im Grunde genommen wäre es richtig», erklärte er ihr, «wenn Brandon hierherkäme und nicht andersherum. Dann könntet ihr beide Hand in Hand einen Vorstoß machen, um die alte Dame zu einer Sinnesänderung zu bewegen. Sie können mir glauben, das wäre viel besser. Ihr beide zusammen könntet es erreichen. Brandon ist doch ein verdammt netter junger Mann, und ich würde mich nicht wundern, wenn er dem alten Drachen sofort gefallen würde.»

So ging es eine Weile fort, und als er merkte, daß Georgina nicht umzustimmen war, verfiel er in ungehaltenes Gebrumme. Sie fürchtete nun, daß die ganze Reise ungemütlich werden würde – eine Befürchtung, die sich noch verstärkte, als der Himmel sich nach kurzer Zeit bewölkte und es stetig zu regnen begann. Mr. Barnwall setzte sich in seine Wagenecke zurück und schwieg beharrlich, so daß Georgina nun Zeit hatte, sich zu überlegen, welchen Kurs sie einschlagen sollte, wenn sie in Craythorne angekommen war. Der Zweck dieser Reise war es natürlich, sich mit Shannon auszusprechen, doch sie konnte sich nicht vorstellen, daß sie den Mut haben würde, dies Mrs. Quinlevan zu gestehen. Es war jedoch ebenso ausgeschlossen, bei der Lüge zu bleiben, durch die sie Mr. Barnwall überredet hatte, sie mit nach Irland zu nehmen. Sie konnte alles drehen und wenden, wie sie wollte, sie kam bei all ihren Gedanken immer zu dem Schluß, daß sie in einer höchst fatalen Lage war. Wenn sie einmal in Craythorne war, würde sie sich sicher wünschen, die Reise nie gemacht zu haben.

Obwohl sie sich all dieser Dinge bewußt war, konnte sie sich nicht dazu entschließen, Mr. Barnwall nachzugeben und mit ihm zum Haus ihrer Großmutter zurückzukehren, bevor die Flucht entdeckt sei. Der Gedanke an Shannon, wie er Tausende von Meilen von ihr entfernt in Amerika sein würde, ohne einen Penny, ließ sie die Zähne zusammenbeißen und auf ihrem Entschluß beharren. Diese Entschlossenheit half ihr auf der weiteren Reise über sämtliche Unannehmlichkeiten hinweg – über Mr. Barnwalls schlechte Laune, über das trostlose Wetter, über die stürmische Überfahrt, bei der ihr und Mr. Barnwall entsetzlich übel war. Alle Poststationen schienen sich gegen sie verschworen zu haben, denn der Pferdewechsel vollzog sich immer mit äußerster Langsamkeit, und schließlich mußten sie auf dem Weg nach Kerry noch ein Nachtquartier beziehen, das Mr. Barnwall angewidert als Spelunke bezeichnete. Dieses letzte Hindernis stellte sich ihnen in den Weg, als bei ihrer Chaise der Lenkbaum brach und der Schaden nicht vor dem nächsten Morgen behoben werden konnte.

Natürlich bekam Georgina jetzt Angst, daß durch diese Verzögerung der Vorsprung, den sie durch ihren frühen Aufbruch gewonnen hatten, so stark verringert war, daß sie eingeholt werden könnten. Diese Befürchtungen drückten so auf ihre Stimmung, daß sie mit Mr. Barnwall, der ebenfalls schlecht aufgelegt war, in Streit geriet. Als die Chaise schließlich vor den Toren von Craythorne hielt, waren sie beide so gereizt, daß sie kaum noch miteinander sprachen.

Es war schon spät, denn sie hatten wegen der Reparaturen am Wagen nicht früh aufbrechen können. Georgina, die neben Mr. Barnwall die Stufen zur Eingangstür hinaufging, war angesichts der bevorstehenden Ereignisse so aufgeregt, daß ihre Knie zitterten. Ihre Beklemmung wuchs noch, als Murtaugh – der an Stelle von Higgins als Butler angestellt worden war – die Tür öffnete und sie so erstaunt ansah, daß Mr. Barnwall ihn anfuhr: «Stehen Sie nicht so dämlich da! Wir hatten eine schlechte Fahrt, und ich will jetzt mein Essen haben. Wo ist Ihre Herrin?»

Murtaugh, der immer noch wie vom Donner gerührt dastand, als Georgina und Mr. Barnwall an ihm vorbei in die Halle gingen, stotterte: «Fort – fortgefahren, Sir. Zum Dinner nach Mott House. Verzeihung, Sir, hat die Herrin Sie erwartet? Und – und die junge Dame, Sir?»

«Nein, das hat sie nicht», sagte Mr. Barnwall ärgerlich. «Typisch für diese Frau, nicht dazusein, wenn sie gebraucht wird. Und ich wette, daß im ganzen Haus nichts zu essen aufzutreiben ist. Am besten werde ich gleich zu mir nach Hause fahren und sehen, was Mrs. Banting für mich tun kann. Einen schönen Teller Ham and Eggs wird sie schon für mich machen können – wenn nicht mehr. Hier, Sie!» rief er einem verdutzten Diener zu, der im Hintergrund der Halle erschienen war und die Ankömmlinge aus seinem sturen Bauerngesicht anstarrte. «Bringen Sie Miss Powers Gepäck hinein und sagen Sie dem Kutscher, daß er mich zu meinem eigenen Haus fahren soll!»

Der Diener, der von Murtaugh einen auffordernden Wink bekam, hastete herbei, um diesem Befehl zu folgen. Im gleichen Augenblick öffnete sich die Tür des Gelben Zimmers und Brandon erschien, mit zerstreutem Ausdruck, ein Buch in der Hand.

«Was ist denn das für ein höllischer Lärm, Murtaugh?» fragte er. «Wer ruft denn da?» Dann entdeckte er Georgina und seinen Onkel und riß die Augen auf. «Onkel Jerry! Und Georgie! Was zum Teufel . . .»

«Du brauchst uns gar nicht anzustarren, als seien wir vom Mond gefallen», sagte Mr. Barnwall mürrisch. «Ihr beide habt mir verdammt viel Verdruß gemacht, das kann ich dir sagen, aber ich warne dich – jetzt, wo ich das Mädel hierhergebracht habe, will ich mit der ganzen Sache nichts mehr zu tun haben.» Als er sah, daß Murtaugh damit beschäftigt war, das Hereinschaffen von Georginas Gepäck zu überwachen, sagte er mit leiser Stimme zu Brandon und blickte dabei betont mißbilligend auf Georgina: «Verdammt eigensinniges Persönchen, wenn du meine Meinung hören willst. Ich bin froh, daß ich sie nicht heiraten muß. Das wird für dich ein Hundeleben, mein Junge! An deiner Stelle würde ich es mir zweimal überlegen, ehe ich so etwas täte!»

«Ehe ich was täte?» fragte Brandon und schaute verständnislos von seinem Onkel zu Georgina, die mit einer Handbewegung anzudeuten versuchte, er solle die Sache auf sich beruhen lassen.

Mr. Barnwall zog die Brauen zusammen und blickte ihn mit seinen hellblauen Augen vorwurfsvoll an. «Nun sag mir nicht, du hättest von allem keine Ahnung!» sagte er streng. «Ich weiß ja, was ihr beide zusammen ausgeheckt habt!»

«So, Sie wissen es?» sagte Brandon. «Dann wissen Sie mehr als ich. Was, zum Teufel, soll das alles bedeuten, Georgina? Bist du in Begleitung meines Onkels hierhergekommen?»

«Sie hat mich dazu gezwungen», sagte Mr. Barnwall düster, da Georgina nur verstört dastand und ihren Vetter flehentlich anschaute. «Sie hat mir gesagt, daß dieser Hartily sie bekommen würde, wenn ich ihr nicht beistünde. Und wenn die sich mal etwas in den Kopf gesetzt hat, ist sie nicht zur Vernunft zu bringen. Da kann passieren, was will. Ich werde dir etwas sagen, mein Junge, auch wenn ich dir ein angenehmes Leben gönne – wenn es bedeutet, daß du dich auf Gedeih und Verderb an dieses eigensinnige Frauenzimmer ketten sollst, dann würde ich es nicht tun. Das ist das Geld nicht wert – ein Mann kann immer noch einen anderen Ausweg finden.»

Er brach ab und schaute seinen Neffen, der plötzlich beängstigend rot geworden war, argwöhnisch an. Man merkte, daß Brandon Mühe hatte, sich zurückzuhalten, doch schließlich konnte er nicht mehr anders und lachte schallend los.

«Oh, Georgie! Du Mordskerl!» rief er und wischte sich über die Augen, die vor lauter Lachen naß wurden. «Du hast ihn doch nicht reingelegt und ihm erzählt, daß du mich heiraten würdest, damit er dich hierherbringt?»

Auch ohne daß Georgina etwas sagte, war ihm klar, was los war, denn nun war auch sie hochrot geworden. Sogar Mr. Barnwall, der im allgemeinen keine sehr schnelle Auffassungsgabe hatte, mußte wohl gemerkt haben, daß an dieser Romeo-und-Julia-Geschichte etwas faul war, denn er blickte kampflustig von Brandon zu Georgina und wieder zurück zu Brandon.

«Was denn? Was denn?» fragte er. «Du willst mir doch nicht sagen, daß sie dich jetzt doch nicht heiraten will?»

«Brandon, sei ruhig!» bat Georgina ihn, die sich ihrer schlimmen Tat bewußt war, jedoch am liebsten auch mitgelacht hätte. «Ich werde dir später alles erklären. Aber jetzt mußt du einsehen, daß Onkel Jeremy völlig ausgehungert ist und sein Dinner haben will . . .»

Sie brach ab, als sich eine andere Stimme ins Gespräch mischte. Es war Murtaugh, der neben dem jungen Diener stand, der die beiden völlig ungenügenden Hutkoffer in die Halle getragen hatte.

«Ich bitte um Entschuldigung, Miss», sagte er befremdet, «doch es scheint ein leichtes Mißverständnis bezüglich Ihres Gepäcks zu bestehen. Der Kutscher behauptet steif und fest, daß Sie nicht mehr mitgebracht haben als diese – diese . . .»

«Er hat völlig recht», sagte Georgina hastig und wagte es nicht, Brandon anzusehen. «Ich – ich mußte sehr – sehr plötzlich abreisen.»

«Ja, den Eindruck habe ich allerdings auch!» sagte Brandon und hatte Mühe, einen weiteren Heiterkeitsausbruch zu unterdrücken. «Lassen Sie das Gepäck in das Blaue Schlafzimmer bringen, Murtaugh, und sagen Sie Mrs. Hopkins, daß Miss Power und Mr. Barnwall gekommen sind. Und daß beide Gäste so bald wie möglich etwas zu Essen brauchen . . .»

«Nein, nein! Nicht für mich!» sagte Mr. Barnwall und hob abwehrend die Hand. «Ich fahre sofort nach Hause. Du kannst Bella sagen, daß ich morgen vorbeikomme.» Dann fügte er streng hinzu: «Ich weiß nicht, was ihr beiden euch ausgeheckt habt, mein Junge, und ich will es auch gar nicht wissen! Es wird einen Heidenkrach geben, wenn Lady Mercer erfährt, was ich bei dieser Sache für eine Rolle gespielt habe. Ich will dir nur einen guten Rat geben. Wenn du dieses junge Mädchen nicht heiraten willst, dann schick sie mit dem nächsten Schiff heim. Das heißt», fuhr er fort und warf Georgina einen böchst ungnädigen Blick zu, «wenn sie dir den Gefallen tut zu gehen – was ich allerdings bezweifle.»

Er drehte sich um, ging zur Tür und ließ Georgina zurück, die ihren verspäteten Dank für seine Hilfe hinter ihm herstammelte. Brandon fing wieder an zu lachen und nahm ihren Arm.

«Komm mit mir», sagte er. «Ich will jetzt die ganze Geschichte von dir hören. Murtaugh, sagen Sie Mrs. Hopkins, daß ich mit meiner Cousine im Damenzimmer bin. Sie kann Miss Power vielleicht dort ein Tablett hinbringen. Bist du hungrig?» fragte er Georgina, als er sie in das Zimmer führte und ihr half, Hut und Mantel abzulegen. «Ja, ich sterbe fast vor Hunger!» gestand sie. «Aber, Brandon, ich bin so durcheinander, daß ich bestimmt keinen Bissen hinunterbringe! Wie abscheulich von dir, mich so auszulachen! Und daß du einfach nicht verstehen wolltest, was ich meine! Du hättest doch wenigstens heute abend so tun können, als wolltest du mich heiraten. Wir hätten uns ja später etwas anderes ausdenken können – es wäre uns schon etwas eingefallen. Statt dessen hast du mich in eine üble Klemme gebracht!»

«Ich glaube, da hast du dich selbst hineingebracht», sagte Brandon, der die Situation sichtlich genoß. «Wie konnte ich denn ahnen, was für teuflische Tricks du dir ausgedacht hast? Guter Gott, war es denn nötig, so einen Dummkopf wie meinen Onkel dafür auszusuchen. Und was hast du ihm getan, daß er dich nicht leiden kann?»

«Ach, daran konnte ich nichts ändern!» sagte Georgina, die sich jetzt hinsetzte und ihr Kinn trotzig in die Höhe reckte. «Nachdem er Zeit gehabt hatte, sich alles noch mal zu überlegen, wollte er unbedingt, daß ich zu Großmama und Mama zurückkehre, und das wollte ich natürlich nicht tun. Wie hätte ich auch – ich wäre ja sonst nicht hierhergekommen!» sie blickte ihn etwas verärgert an. «Du hast gut fragen, wieso ich Onkel Jeremy darum gebeten habe. Wenn du ehrlich bist, warst du ja keine Hilfe für mich und hast mir nur erklärt, daß ich hierherkommen müßte. Wie hast du dir um alles in der Welt vorgestellt, daß ich es sonst hätte machen können? Ich habe ja kein Geld. Mama und Großmama wären mit meiner Reise hierher niemals einverstanden gewesen – ich hätte noch nicht einmal wagen können, es ihnen zu sagen!»

«Wissen sie denn nicht, wo du bist?» fragte Brandon erstaunt. «Meine Güte, das mag ja eine feine Aufregung gegeben haben, als sie gemerkt haben, daß du nicht da bist!» Der Gedanke an den Aufruhr in der Great Pulteney Street erheiterte ihn so, daß er einen Lachkrampf bekam. «Ich kann nicht mehr!» ächzte er, als er sah, wie wütend Georgina ihn anblickte. «Das ist zuviel – wenn ich mir vorstelle, wie du und Onkel Jeremy insgeheim mit der Postkutsche davongefahren seid! Wie ein paar liebeskranke . . .»

«Turteltauben», ergänzte Georgina den Satz, da sie ihm trotz allem Groll nicht böse sein konnte. «Nur daß wir keine waren», sagte sie. «Er war die ganze Zeit fürchterlich verdrossen. Ich habe gedacht, es würde vielleicht besser werden, wenn wir unterwegs sind, doch das war nicht der Fall – und dazu noch das grauenhafte Wetter und die kaputte Kutsche . . .

«Hör auf!» sagte Brandon, der Angst hatte, wieder einen Lachkrampf zu bekommen. «Wir müssen jetzt mal ernst bleiben, Georgie, denn bevor Mama kommt, müssen wir uns etwas ausdenken. Sie wird sofort fragen, wieso du hier bist, und wir haben nicht mehr viel Zeit, uns das zu überlegen.»

«Wir werden wahrscheinlich nichts anderes sagen können, als daß ich hierhergekommen bin, um dich zu heiraten, denn das wird Onkel Jeremy ihr erzählen», gab Georgina zu bedenken. «Ich werde ihr natürlich auch sagen, daß Sir Manning mich heiraten will . . .»

Brandon grinste. «Das ist nicht dein Ernst! Das darf doch nicht wahr sein!»

«Doch, doch, es stimmt! Und Großmama ist der Meinung, daß ich den Antrag annehmen soll, denn sie mag Sir Manning viel lieber als Peter Hession. Deswegen werde ich Tante Bella erklären, daß es mein einziger Ausweg war, hierherzukommen und dich zu heiraten – doch daß ich mich jetzt, da ich hier bin, anders besonnen habe . . .» Sie brach plötzlich ab und sprang von ihrem Sessel auf. «Oh!» rief sie. «Ich bin wirklich verrückt, daß ich hier sitze und von solchen Dingen rede. Sicher hat Großmama schon längst jemand per Eilpost hierhergeschickt, um mich nach Bath zurückzubringen. Brandon, ich muß Shannon sofort sehen! Willst du mich bitte nach The Place of the Oaks fahren?»

«Jetzt?» fragte Brandon. «Das würde ich dir nicht raten. Außerdem ist er gar nicht da.»

«Nicht da?» Sie schaute ihn ängstlich an. «Er ist doch nicht schon nach Amerika gefahren?»

«Nein, nein, das nicht. Obwohl ich nicht glaube, daß Rothe ihn noch länger daran hindern kann. Nein, er ist im Augenblick in Kenmare, zusammen mit Rothe. Sie werden erst sehr spät erwartet, deswegen brauchst du dich gar nicht aufzuregen – es hat heute keinen Zweck mehr, hinzufahren.» Als sie sich wieder hinsetzte, schaute er sie neugierig an. «Was willst du ihm denn sagen, wenn du dort bist?» fragte er. «Ich nehme an, du empfindest immer noch so für ihn wie damals, als du hier wegfuhrst?»

Sie nickte und wurde rot. Er merkte, wie sie ihn bittend anschaute, und schüttelte den Kopf.

«Nein, ich kann dir nicht sagen, was er empfindet», erklärte er. «Du weißt, daß er es mir nicht anvertrauen würde – und nach dem, was Rothe sagt, ist er auch ihm gegenüber zugeknöpft.» Er wurde auf einmal ernst. «Ich weiß, daß es so aussah, als wäre das alles ein Scherz für mich, Georgie», sagte er. «Doch um dir die Wahrheit zu sagen – es ist keineswegs ein Scherz. Shannon ist fest entschlossen, es zu tun, und nach meiner Meinung ist das keine Lösung. Oh, ich weiß, es wäre dir sicher angenehm, ein großes Vermögen zu haben und unabhängig zu sein, doch Lady Mercer wird dir ein schönes Stück Geld hinterlassen, während Shannon schließlich keinen Penny haben wird.»

«Es ist gar nicht nötig, mir das auseinanderzusetzen», erklärte Georgina entschieden. «Ich werde nicht erlauben, daß er mir The Place of the Oaks überschreibt.»

«Ja, aber wie willst du ihn daran hindern? Ich weiß, du glaubst, daß du durch eine Heirat mit ihm alle Probleme löst. Aber ich wette, daß er es nicht tun will. Er wird nicht einen neuen Skandal heraufbeschwören wollen und dir damit die Aussicht auf dein Erbe nehmen. Auf der anderen Seite verstehe ich nicht, warum er diese irrsinnige Idee hätte, The Place of the Oaks an dich zu überschreiben, wenn er nicht verrückt nach dir wäre. Rothe sagt auch, daß irgend etwas mit ihm nicht stimmt – er sagt, er sei noch nie so nervös gewesen wie jetzt.»

In diesem Augenblick wurden sie von Nora Quill gestört, die mit einem Tablett erschien, auf dem eine Kanne Tee, Hammelpastete und ein Schälchen Obst waren. Sie hielt sich eine Weile bei ihnen auf, um ihre Freude darüber zu bekunden, daß Georgina wieder in Craythorne war, und wohl auch, um zu erfahren, was der Grund dieser unerwarteten Rückkehr sei. Als sie schließlich dazu bewegt werden konnte, den Raum zu verlassen, blieb den beiden nur noch sehr wenig Zeit, um einen

Schlachtplan zu entwerfen, denn Mrs. Quinlevan konnte jeden Augenblick von Mott House zurückkommen.

Sie beschlossen, zusammen am nächsten Morgen nach The Place of the Oaks hinüberzufahren, unter dem Vorwand, einen Landausflug zu machen. Shannon würde zu der Zeit sicher zu Hause sein, denn er hatte Brandon gesagt, daß er heute einen Anwalt aus Cork erwarte.

«Ich nehme an, um einen Übergabevertrag für The Place of the Oaks aufzusetzen», sagte Brandon. «Obwohl er es mir natürlich nicht gesagt hat. Auf jeden Fall wird er nicht, wie üblich, seinen Inspektionsritt machen. Wenn ich mit dir hinüberfahre, macht es einen besseren Eindruck – doch dann lass' ich euch allein, damit ihr alles besprechen könnt.» Er schaute sie etwas neugierig an. «Ich glaube, es wird verdammt unangenehm für dich sein, ihm in seinem eigenen Haus gegenüberzutreten», sagte er offen. «Ich kenne kein anderes Mädchen, das so etwas tun würde. Doch ich nehme an, daß du nicht die weite Fahrt gemacht hast, um jetzt feige zu werden.»

«Nein, ich werde nicht feige sein», sagte Georgina und wünschte, daß sie etwas mutiger wäre, denn ihr Herz saß ihr im Hals, wenn sie an die unangenehme Unterredung dachte, die ihr bevorstand. «Ich muß ja hingehen – wie könnte ich ihn sonst davon abhalten, mir The Place of the Oaks zu übertragen?»

«Und wie könntest du ihm sonst eine Gelegenheit geben, dir einen Antrag zu machen», sagte Brandon fröhlich. «Du steckst ganz schön in der Klemme, wenn er es nicht tut, nicht wahr? Deine Großmutter wird kochen vor Wut, weil du davongelaufen bist. Doch wenn sie erst erfährt, daß du Shannon heiraten willst – nein, ich möchte wirklich nicht in deiner Haut stecken!»

«Nun, du steckst nicht in meiner Haut, und es ist nicht gerade hilfreich für mich, wenn du über solche Dinge sprichst», sagte Georgina ziemlich streng. Sie hatte ihre Lebensgeister durch Tee und Hammelpastete etwas gestärkt und war nun wieder imstande, den Schwierigkeiten ins Auge zu sehen. «Die Hauptsache ist, daß wir uns jetzt darüber klarwerden, was ich Tante Bella sage, wenn sie hereinkommt. Ich habe es noch einmal überdacht – es hat keinen Zweck, ihr diese verrückte Geschichte zu erzählen, daß ich hierhergekommen bin, um dich zu heiraten. Sie war immer so nett zu mir, ich kann sie einfach nicht belügen. Ich werde einfach sagen, daß ich weggelaufen bin, weil ich dazu gezwungen werden sollte, Sir Manning Hartily zu heiraten.» Sie schaute ihren Vetter reumütig an. «O mein Gott, ich komme mir vor wie ein Schuft!» sagte sie. «Großmama wird ein furchtbares Donnerwetter über sie ergehen lassen, wenn sie mich nicht sofort nach Bath zurückschickt, und ich bin überzeugt, daß sie viel zu gutherzig ist, um das zu tun!»

Und mit dieser Annahme sollte sie recht behalten. Mrs. Quinlevan,die einen angenehmen Abend bei den Motts verbracht hatte, war genau in der Verfassung, um die Nöte ihrer Nichte richtig einzuschätzen. Man hatte eben das Verlöbnis von Metsy mit Mr. Robert Darlington gefeiert, und so befand sie sich in der romantischsten Stimmung. Sie fand es empörend, daß Georgina in die Ehe mit einem Mann gedrängt werden sollte, der ihr Vater sein könnte.

«Das ist das Unglaublichste, was ich je gehört habe», rief sie, nachdem man ihr die entschärfte Version von Georginas Flucht nach Craythorne mitgeteilt hatte. «Ich bin wirklich erstaunt, meine Liebe, daß deine Großmama so etwas tun kann, denn sie ist ein Mensch mit ausgeprägtem Verstand und müßte wissen, daß solche Ehen nie gut enden. Ich erinnere mich noch genau an die arme Caroline Mullingar, die es nie ertragen konnte, mit diesem abscheulichen Namen angesprochen zu werden – sie konnte ihn schon nicht leiden, bevor sie den Mann überhaupt gesehen hatte. Als sie in der Kirche aufgefordert wurde, ihm ewige Treue zu schwören, wurde sie auf der Stelle ohnmächtig. Und keine sechs Monate später lief sie mit einem pensionierten Offizier davon. Nicht daß ich glaube, meine Liebe, daß du jemals so etwas Törichtes machen könntest!»

So redete sie eine Weile drauflos und vergaß dabei ganz, in welch prekären Lage sie war, da ja Lady Mercer und ihre Tochter sicherlich eine Erklärung von ihr verlangen würden. Sie betrachtete wohlgefällig die beiden jungen Leute, die vor ihr auf dem Sofa saßen, und Georgina kam zu der Überzeugung, daß ihr genau der Gedanke gekommen war, der ihr nicht hätte kommen sollen. Bestimmt dachte sie jetzt, daß ihre junge Nichte sich nur deswegen in dieses Haus geflüchtet hatte, weil sie den Entschluß gefaßt hatte, Brandon zu heiraten.

Mrs. Quinlevan machte der Unterhaltung schließlich ein Ende, indem sie sagte, daß Georgina sicher todmüde sei und wohl gerne in ihr Schlafzimmer ginge. Diesen Vorschlag griff Georgina dankbar auf. Sie war in der Tat froh, daß sie sich früh in ihr Zimmer zurückziehen konnte, obwohl sie ahnte, daß sie nicht viel Schlaf finden würde. Und mit dieser Annahme sollte sie recht behalten, denn erst gegen Mitternacht fiel sie in einen unruhigen Schlaf, und am nächsten Morgen war sie lange vor dem ersten Hahnenschrei wieder wach. Voller Bangen wartete sie nun auf die Stunde, da sie und Brandon nach The Place of the Oaks aufbrechen würden.

20

Sie hatten für ihren Ausflug schönes Wetter, doch die Fahrt verlief nahezu in völligem Schweigen. Georgina war offensichtlich vollständig damit beschäftigt, das Taschentuch, das sie in ihrer Hand hielt, auseinander- und wieder zusammenzufalten. Und Brandon war nicht minder aufgeregt, denn es war ihm sehr unangenehm, sich in die Angelegenheiten seines von ihm bewunderten älteren Freundes einmischen zu müssen.

Da er und Georgina sich gegenseitig ihre Beklemmung nicht gestehen wollten, kam der Einspänner stetig voran, so daß man noch zu früher Stunde in die Einfahrt von The Place of the Oaks einbog. Ein Stalljunge, der beim Geräusch der Wagenräder herbeikam und das Pferd hielt, schien überrascht, Brandon vom Fahrersitz steigen zu sehen, doch starrte er erstaunt die junge Dame an, der Brandon vom Wagen half. Der gleiche erstaunte Ausdruck zeigte sich auf dem Gesicht des stämmigen Dieners, der den jungen Leuten die Tür öffnete.

«Guten Morgen, Sturgess», sagte Brandon, der sich bemühte, die Situation zu meistern, jedoch nicht verhindern konnte, ebenso verlegen auszusehen, wie er sich fühlte. «Ist Mr. Shannon da?»

«Ja, Sir», sagte Sturgess und schaute argwöhnisch auf Georgina, deren Anstrengungen, selbstsicher zu wirken, ebensowenig Erfolg hatten wie die Brandons. «Doch – erwartet er Sie, Sir? Ich glaube, er ist beschäftigt. Ich muß erst fragen . . .»

«Das müssen Sie nicht», ertönte im Hintergrund eine Stimme, die bei Georgina sofort wildes Herzklopfen erregte. Sie schaute auf und sah Shannon, der offensichtlich gerade aus dem Arbeitszimmer herauskam und sie mit einem unergründlichen Blick ansah. Einen kurzen Augenblick hatte sie gedacht, daß sie in diesen grauen Augen ein frohes, ungläubiges Staunen entdeckt hatte, doch die Augen, die sie jetzt anblickten, wirkten gleichgültig und fast spöttisch. «Was führt Sie zu dieser Stunde hierher, Brandon?» fuhr Shannon fort. Er bedeutete Sturgess mit einem kurzen Nicken, daß er nicht mehr gebraucht wurde, und führte seine Gäste in die Bibliothek. «Und Sie, Miss Power? Ich wußte nicht, daß Sie nach Irland zurückgekehrt sind.»

«Ja, ich bin gestern abend gekommen», sagte sie mit einer Stimme, die trotz aller Bemühung um Gelassenheit bedenklich zitterte. «Ich – ich mußte Sie sehen!»

«Mich sehen?»

Er blickte sie so überrascht und streng an, daß sie den Mut verlor und Brandon flehend ansah. Er kam ihr sofort ritterlich zu Hilfe und sagte etwas verwirrt: «Ja, Sir. Ich hatte ihr nämlich geschrieben – verdammt noch mal, ich hatte das Gefühl, schreiben zu müssen. Weil Sie ihr The Place of the Oaks übertragen wollten . . .»

Diesmal traf Brandon ein vernichtender Blick, und auch er verlor die Fassung.

«Ja, ich weiß, ich hatte natürlich nicht das Recht, mich einzumischen . . .» begann er trotzig.

«Das stimmt allerdings, Sie hatten kein Recht», sagte Shannon grimmig. «Das war verdammt unüberlegt, mein Junge!»

«Das glaube ich nicht!» erklärte Georgina, die all ihre Kraft zusammennahm, um diesen Angriff auf ihren Vetter abzufangen. Zu ihrer Erleichterung stellte sie fest, daß ihr Mut sofort wieder da war, wenn sie mit Shannon streiten konnte.

«Immerhin», fuhr sie fort, «betrifft diese Angelegenheit mich ebensosehr wie Sie, und mir scheint, daß es mein gutes Recht ist, etwas davon zu erfahren!» Sie schaute sich nach einem Stuhl um. «Haben Sie nicht vor, uns Platz anzubieten?» fragte sie. «Oder wollen Sie uns hier die ganze Zeit stehen lassen?»

Auf Shannons Gesicht zeigte sich ein widerwilliges Grinsen. «Nein, Sie kleine Hexe, das habe ich nicht vor, obwohl es Ihnen recht geschähe, wenn ich es täte.» Und als Georgina und Brandon sich nebeneinander aufs Sofa setzten, fragte er: «Was haben Sie mir denn zu sagen? Wenn es etwas mit The Place of the Oaks zu tun hat, können Sie sich die Mühe sparen, denn diesbezüglich steht mein Entschluß fest.»

«So?» fragte Georgina und schaute ihn abschätzend an. Sie kam zu der Überzeugung, daß ein direkter Angriff die bessere Taktik sei, und erklärte: «Nun, um die Wahrheit zu sagen, will ich nicht deswegen mit Ihnen sprechen.» Sie bemerkte, wie Brandon sie überrascht ansah, fuhr aber in aller Ruhe fort: «Tatsächlich kam ich hierher, um mich bei Ihnen zu entschuldigen.»

Shannon zog die Brauen zusammen. «Sich zu entschuldigen? Wofür denn?»

«Dafür, daß ich Sie das letzte Mal, als wir uns sahen, so verkannt habe. Doch im Grunde war es Ihre Schuld, denn Sie haben mich unterbrochen, bevor ich Ihnen sagen konnte, was Lady Eliza mir erzählt hatte.»

Brandon, der ganz blaß wurde, als er merkte, welches Thema seine unberechenbare Cousine jetzt anschnitt, stand hastig auf. Er stammelte kaum hörbar, daß er nachsehen wolle, wo Major Rothe sei.

«Sie werden ihn nicht finden, er ist zum Angeln fortgegangen», sagte Shannon und runzelte die Stirn. «Was ist mit Ihnen los, Brandon? Setzen Sie sich!»

«Nein – wirklich – es ist nicht meine Sache!» brachte Brandon hervor. «Ich habe es von Anfang an nicht geglaubt, Sir. Das habe ich auch meiner Cousine gesagt.»

«Was geglaubt?» fragte Shannon. «Entweder Sie sind verrückt geworden, Brandon, oder ich! Und was hat Lady Eliza damit zu tun?»

«Sie – hat einige verdammt häßliche Andeutungen meiner Cousine gegenüber gemacht», sagte Brandon mit beschwichtigender Stimme. Er schaute Georgina stirnrunzelnd an und sagte: «Es ist nicht nötig, es zu wiederholen, Georgie!»

«O doch, es ist allerdings nötig!» sagte Georgina. «Sonst ist nämlich Mr. Shannon weiter der Meinung, ich sei darüber schockiert, daß er meine Cousine Nuala geheiratet hat, ohne sie zu lieben!» Sie wandte sich an Shannon. «Und das ist keineswegs der Fall», sagte sie freundlich. «Ich weiß, daß ich in der Welt noch nicht viel Erfahrung habe. Aber mir ist durchaus bewußt, daß viele Herren – auch die angesehensten – öfters Damen heiraten, für die sie nicht viel übrig haben, nur um sich in den Besitz eines Vermögens zu bringen. Und ich glaube, daß mir Sir Manning Hartily nur deswegen einen Antrag gemacht hat. Und Großmama, die der Inbegriff der Schicklichkeit ist, ist außerordentlich darum besorgt, daß ich ihn annehme . . .»

Diesmal hatte sie die Genugtuung, daß sich auf dem scharfgezeichneten Gesicht ihr gegenüber unverhüllter Zorn zeigte.

«Manning Hartily! Das ist nicht Ihr Ernst! Dieser Plumpsack kann Ihnen doch keinen Antrag machen!»

«Doch, das hat er getan», versicherte ihm Georgina. «Und nichts würde Großmama und Mama besser gefallen, als eine Lady Hartily aus mir zu machen.»

Shannon, der die Fassung schnell wiedererlangt hatte, sagte ironisch: «Das dürfte weit übertrieben sein, mein Kind! Niemand, der bei Sinnen ist, kann so eine Ehe in Erwägung ziehen.»

«O doch, das können die beiden!» erwiderte sie. «Das ist auch einer der Gründe, weswegen ich davongelaufen bin . . .»

«Davongelaufen!» Shannon sprang auf und schaute sie entsetzt an. «Guter Gott, Sie wollen mir doch nicht sagen, daß Ihre Großmutter nicht weiß, wo Sie sind – daß Sie allein hierhergereist sind?»

«O nein, ich bin mit Onkel Jeremy gekommen», beruhigte sie ihn. «Und Großmama weiß inzwischen auch, wo ich bin – das heißt, sie weiß, daß ich in Craythorne bin. Ich habe ihr eine Nachricht hinterlassen.»

Shannon stellte sich vor den Kamin und steckte die Hände in die Taschen seiner Reithosen, als müsse er sich bezähmen, Georgina nicht sofort durchzuschütteln. Er war mit dieser Erklärung keineswegs zufrieden. «Und all das, weil Sie sich bei mir entschuldigen wollten?» fragte er.

«Inwiefern haben Sie mich denn so sehr verkannt, Miss Power, daß Sie zu dieser außergewöhnlichen Maßnahme gegriffen haben?»

Sie zog ihre Brauen hoch und sagte voller Widerwillen: «Ich wünschte, Sie würden mich nicht in dieser ekelhaften Weise mit ‹Miss Power› anreden. Sie wissen, daß ich es nicht mag. Und es ist auch gar nicht nötig, daß Sie sich weiter an Nuala erinnern, denn sie ist tot, und da Sie sie nicht getötet haben, besteht kein Grund, daß Sie sich deswegen beunruhigen.»

«Und da ich – was nicht getan habe?» fragte er wie vom Donner gerührt. «Natürlich habe ich sie nicht getötet», stieß er hervor. «Aber was – wer?» Seine Augen verengten sich plötzlich. «Eliza Malladon!» rief er aus. «Das war es also! Und, mein Gott, Sie haben geglaubt, Sie haben wirklich geglaubt . . .»

«Was sollte ich denn machen, wenn Sie mir selbst versichert haben, daß es wahr ist?» fragte sie.

«Aber ich wußte doch nicht – das schwöre ich Ihnen, wenn Malladon es nicht fertigbringt, dieser Teufelin den Hals umzudrehen, werde ich es eines Tages tun! Wird diese Geschichte schon in der Nachbarschaft herumerzählt?»

«O nein, das glaube ich nicht», sagte Georgina gelassen. «Ich bin jetzt davon überzeugt, daß sie es mir nur erzählt hat, weil sie glaubte, Sie interessieren sich zu sehr für mich – obwohl ich annehme», fügte sie mit gespielter Naivität hinzu, «daß sie auch diesbezüglich nicht recht hatte.»

Er gab ihr keine Antwort. Sein Mund zuckte leicht, und das ermutigte sie so, daß sie weiterreden wollte, doch sie wurde in diesem Augenblick von Sturgess unterbrochen, der unter der Tür erschien.

Er machte einen ziemlich verstörten Eindruck, der jedoch allen drei Personen in diesem Raum erklärlich wurde, als er mit ausdrucksloser Miene ankündigte: «Lady Mercer.»

Brandon war der erste, der sich wieder gefaßt hatte. «Guter Gott!» rief er aus und stürzte zum offenen Fenster. Doch sofort wurde er von Shannons eisernem Griff zurückgehalten.

«Hiergeblieben, mein Freund, das tun Sie nicht!» erklärte Shannon grimmig. «Sie sind als Beschützer hierhergekommen, und nun werden Sie diese Rolle zu Ende spielen.» Dann sagte er zu Sturgess: «Führen Sie Lady Mercer herein.»

Diese Aufforderung erwies sich jedoch als unnötig, denn schon im nächsten Augenblick erschien die alte Dame in einem olivgrünen Mantel und mit einem flachen Hut, beides noch bedeckt mit Straßenstaub. Ihre Augen richteten sich sofort auf Georgina, und während Shannon einige formelle Begrüßungsworte murmelte, rief sie empört aus: «So bist du also wirklich hier, du böses Mädchen!» Sie ließ sich auf das Sofa fallen, von dem Georgina erschreckt aufgesprungen war. «Ich bin völlig erledigt! Völlig zerstört! Sie müssen mich entschuldigen, Mr. Shannon – wenn Sie, wie ich annehme, Mr. Shannon sind –, daß ich nicht die Aufforderung abwarte, Platz zu nehmen. Der Schock, meine Enkelin hier zu finden . . .»

«Sehr verständlich, Madam», sagte Shannon trocken. «Kann ich Ihnen eine Erfrischung anbieten – ein Glas Sherry vielleicht?»

«Nein», erklärte Lady Mercer mit Schaudern und setzte sich gerade auf. «Nichts könnte mich dazu bewegen, in diesem Haus auch nur einen einzigen Schluck zu trinken, Sir! Sie hatten die Niedertracht, ein wohlerzogenes Mädchen von ihrem behüteten Zuhause wegzulocken . . .»

«Aber er hat mich doch nicht weggelockt, Großmama!» fiel Georgina ein, die bei dieser unbegründeten Beschuldigung zornig wurde. «Er hatte nicht die geringste Ahnung, daß ich hierherkommen würde. Nicht wahr, Shannon?»

«Das stimmt», gab Shannon zu. «Doch ich glaube, daß mein Wort in dieser Angelegenheit bei Lady Mercer wenig Gewicht haben wird.»

«Sie haben vollkommen recht, Sir – darauf gebe ich gar nichts!» sagte sie bissig. «Ich bin überzeugt davon, daß meine Enkelin – so mangelhaft ihre Erziehung auch gewesen sein mag – niemals allen Anstand in so schamloser Weise verletzt hätte und dazu noch zwei äußerst vorteilhafte Heiratsangebote ausschlug, wenn sie nicht dazu ermutigt worden wäre. Und das von einem, wenn ich es unumwunden ausdrücken darf, anerkannten Mädchenjäger!»

«Nein, wirklich, Lady Mercer!» rief Brandon aufgebracht. Er hatte seine Sprache wiedergefunden, als er sah, wie sein Freund angegriffen wurde. «Da sind Sie völlig auf der falschen Spur! Mark hat mit der ganzen Sache überhaupt nichts zu tun. Ich war es, der Georgie den Brief geschrieben hat und sie dazu veranlaßte, hierherzukommen.»

«Sie sind, wie ich annehme, der junge Quinlevan», sagte Lady Mercer ungehalten. «Inwiefern Sie in diese höchst peinliche Affäre verwickelt sind, interessiert mich nicht. Ich habe diesbezüglich schon eine äußerst unangenehme Unterredung mit Ihrer Mutter gehabt. Da sie einen erstaunlichen Mangel an Prinzipien gezeigt hat, indem sie meine Enkelin bei sich aufnahm und sie unterstützte, kann ich mir sehr gut vorstellen, daß auch Sie in dieser Angelegenheit eine wenig rühmliche Rolle gespielt haben.»

Georgina schaute sie empört an. «Mein Gott!» rief sie aus. «Ich hoffe, Sie haben Tante Bella nicht verärgert, Großmama! Sie hat wirklich an allem keine schuld. Was sollte sie denn sonst tun, als ich vor ihrer Tür stand? Sie mußte mich ja bei sich aufnehmen! Ist sie sehr aufgeregt?»

«Als ich sie verließ», erklärte Lady Mercer streng, «befand sie sich im Salon und war mit einem Weinkrampf beschäftigt. Wenn ich in meinem Alter die Unannehmlichkeiten einer längeren Reise überstanden habe und dazu noch all die Aufregungen, so kann ich erwarten, daß auch Arabella Quinlevan die Fassung bewahrt. Das ist im Augenblick jedoch nicht von Belang. Draußen wartet der Landaulet deiner Tante, Georgina. Bitte geh hinaus und warte auf mich – ich habe noch ein paar Worte mit Mr. Shannon zu reden.»

Georgina warf Shannon einen verzweifelten Blick zu und bemerkte, wie gleichmütig er ihre Großmutter ansah. Das machte ihr Mut, und sie sagte energisch: «Nein, Großmama. Ich kann hier noch nicht fort. Ich bin nach Irland gekommen, um etwas sehr Wichtiges mit Mr. Shannon zu besprechen.»

«Das kann ich mir vorstellen!» sagte Lady Mercer mit geringschätzigem Lächeln. «Ich nehme jedoch an, daß *er* etwas weniger begierig sein wird, diese wichtige Angelegenheit mit dir zu besprechen, wenn ich ihm mitteile, daß er daraus keinen pekuniären Nutzen ziehen kann. Es verhält sich nämlich so, daß ich mein Testament zugunsten deiner Mama ändern werde, die wenigstens ein angemessenes Gefühl dafür hat, was sie ihrem Namen und ihrer Erziehung schuldig ist.» Sie beschloß ihre Rede majestätisch, mit dem vollen Bewußtsein, daß ihre Worte wie eine Bombe einschlagen würden. «Sie wird nämlich bald die Frau von Sir Manning Hartily sein!»

Wenn sie gehofft hatte, daß diese Eröffnung auf Shannon Eindruck machen würde, hatte sie sich schwer getäuscht. Er vernahm die Nachricht mit der größten Gelassenheit. Es war Georgina, die schließlich mit schwacher Stimme hervorbrachte: «Mama! Aber er wollte doch mich heiraten!»

Lady Mercer blickte sie strafend an. «Ich finde diese Feststellung äußerst taktlos, Georgina», sagte sie. «Ich bin gewiß, daß Sir Manning immer euch beide mit seinen Aufmerksamkeiten ausgezeichnet hat. Wieso kannst du überhaupt annehmen, daß ein Gentleman von seinen tadellosen Manieren ein Interesse daran hat, sich mit einer jungen Frau zu verbinden, die so unerhört war, in Begleitung eines Mannes von zu Hause davonzulaufen? Darüber hinaus muß ich dir auch sagen, daß Lady Hession und Mr. Hession unglücklicherweise gerade zu dem Zeitpunkt vor meiner Tür erschienen, als deine Mama und ich die Nachricht lasen, die du hinterlassen hast. Es war natürlich unmöglich, ihnen die Wahrheit vorzuenthalten. Lady Hession, die eine Frau von vortrefflichen Prinzipien ist, erklärte sofort, daß ein junges Mädchen, das sich so unglaublich kompromittiert hat wie du, nicht länger hoffen kann, eine Ehe mit einem Herrn von untadeliger Herkunft und Vermögen zu schließen. Mr. Peter Hession schien weniger einsichtig zu sein, doch ich bin gewiß, daß seine Mama ihn bald von der Richtigkeit ihrer Meinung überzeugt haben wird.»

Brandon, der dieser Rede mit wachsendem Zorn zugehört hatte, konnte sich nicht länger bezähmen und platzte heraus: «Nun, bei Jupiter, das ist nicht der Fall, Madam! Es ist nicht wahr, daß nun kein Gentleman Georgina mehr einen Antrag machen wird. Ich tue es selbst, wenn sie mich haben will! Ich will mit einer Dame Ihres Alters nicht unhöflich sein, doch verdammt noch mal, sie kann jetzt mit Ihnen nicht mehr unter einem Dach leben, wenn Sie so von ihr denken!»

Georgina, die über diesen völlig unerwarteten Antrag bestürzt war, wurde rot und schaute ihren Vetter etwas verwirrt an. Es erwies sich jedoch nicht nötig, darauf zu antworten, denn nun erklang Shannons ruhige Stimme. «Es besteht keine Ursache, solche Opfer zu bringen, mein Junge!» erklärte er. «Ich schätze, daß es Miss Power nicht an Angeboten fehlen wird, im Gegensatz zu dem, was ihre Großmutter glaubt.» Er blickte die alte Dame ziemlich belustigt an und fragte: «Was würden Sie sagen, Madam, welche Aussichten eine junge Dame hätte, die sich Herrin dieses Besitzes nennen könnte? Würde nicht solch ein Vermögen selbst eine Dame von so strikten Grundsätzen wie Lady Hession bereuen lassen, daß sie die Werbung ihres Sohnes vereitelt hat?»

Lady Mercer schaute ihn verblüfft an. «Die Herrin dieses Besitzes!» stieß sie hervor. «Aber wie sollte das möglich sein. Dieser Besitz gehört doch, soviel ich weiß, Ihnen!»

«Das stimmt, im Augenblick gehört er noch mir», sagte Shannon kühl. «Doch morgen sieht die Sache schon anders aus, denn dann werde ich diesen Besitz Miss Power überschreiben. Dann, Madam, können Sie sich so viele Schikanen ausdenken, wie Sie wollen, sie wird von Ihnen völlig unabhängig sein. Ich weiß, daß sie nicht mündig ist, und so muß sie sich noch eine Weile den Wünschen ihrer Vormunde fügen, doch ihr Vermögen wird in der Hand von Treuhändern sein, die völlig aus der Reichweite von Ihnen oder von ihrer Mutter sind.»

Georgina konnte nicht länger still sein. Sie sprang auf und sagte mit aller Bestimmtheit, die sie aufbringen konnte: «Ich werde es nicht annehmen! Haben Sie mich verstanden, Shannon? Ich werde es nicht tun! Wenn Sie mir den Besitz überschreiben können, dann kann auch ich es tun – und das werde ich. Sie können nach Amerika fahren, oder wohin Sie wollen . . .»

Sie brach ab und schaute ihn unsicher an. Sie hatte in seinen Augen ein vielversprechendes Funkeln entdeckt.

«Also gut», sagte er gelassen. «Wenn Sie es unbedingt wollen, scheint es nur eine Lösung für das Problem zu geben. Wir können ja nicht den

Rest unseres Lebens damit zubringen, die Rechtsanwälte zu bereichern, indem wir diesen Besitz zwischen uns hin und her schieben. Wenn Sie einverstanden wären, mich zu heiraten, könnten wir alle Hindernisse aus dem Weg räumen.»

Georgina verschlug es den Atem. «Welch abscheuliche Weise, mir einen Antrag zu machen!» sagte sie entrüstet. «Ist das der einzige Grund, den Sie vorbringen können?»

«O nein!» entgegnete er schnell. «Ich habe mehrere andere. Der eine ist, daß ich es nicht gerne sehe, wenn Sie mit Ihrer Großmutter oder Sir Manning Hartily unter einem Dach leben müssen. Ich war zu der Überzeugung gekommen, daß Ihnen nichts Schlimmeres passieren könnte, als mich zu heiraten, doch ich sehe nun ein, daß ich mich geirrt habe. Sie würden sicher mit dem ersten besten Halunken davonlaufen, der Ihnen einen Antrag macht, nur um Ihrer Großmutter oder Ihrer Mutter zu entfliehen. Und ich schmeichle mir wenigstens, vor jedem anderen Mann dieser Art einen Vorzug zu haben.»

«Und der wäre?» fragte Georgina scheu.

Doch bevor er antworten konnte oder Lady Mercer ihren empörten Gefühlen Ausdruck geben konnte, die seine Worte erregt hatten, wurde die Unterhaltung noch einmal durch Sturgess unterbrochen.

«Mrs. Quinlevan – Mr. Barnwall!» verkündete er.

21

Die Angekündigten erschienen, noch ehe sie hereingebeten wurden, denn sie hielten es wohl – wie zuvor Lady Mercer – angesichts der Dringlichkeit ihres Begehrens nicht für nötig, den Konventionen zu gehorchen. Mrs. Quinlevan, die schnell einen Umhang über ihr lila Hauskleid geworfen hatte und deren Hut ziemlich schief saß, schien so erregt zu sein, daß sie kaum sprechen konnte. Daher war es Mr. Barnwall, der sich zuerst an Shannon wandte und dabei die Anwesenden unsicher anblickte. «Ich muß mich tausendmal entschuldigen, Sir! Bei Ihnen einfach ohne Aufforderung einzudringen – zu dieser frühen Stunde –, doch verdammt noch mal, Sie wissen ja, wie die Frauen sind! Sie hat darauf bestanden, daß ich sie sofort hierherfahre – es war gar nichts zu machen – sie hat mit schweren Anfällen gedroht . . .»

«Bitte, beunruhigen Sie sich nicht», unterbrach ihn Shannon. «Sie sind durchaus willkommen, das versichere ich Ihnen.» Er wandte sich zu Mrs. Quinlevan. «Möchten Sie nicht Platz nehmen, Madam? Vielleicht ein Glas Wein . . .»

«Nein, nein – danke sehr. Ich möchte mich nicht setzen!» sagte Mrs. Quinlevan schwer atmend, wobei sich ihr feindseliger Blick mehr auf Lady Mercer als auf ihren Gastgeber richtete. «Nicht in demselben Raum mit dieser Frau!» Sie streckte die Hand nach Lady Mercer aus, doch es bekam dem dramatischen Effekt schlecht, daß sie darin ein Riechfläschchen umklammert hielt. Mit größter Entrüstung rief sie aus: «Wie wagen Sie es – wie wagen Sie es, Madam, meine Unpäßlichkeit auszunutzen und mir meinen Wagen und meine Pferde zu nehmen, um hierherzufahren! Wenn Sie nur einen Funken Menschlichkeit besäßen, wären Sie bei mir geblieben, denn Sie mußten sehen, wie furchtbar mich Ihre ganz und gar unberechtigten Vorwürfe getroffen haben. Ja – unberechtigt, denn ich hatte keine Ahnung, daß dieses arme Kind vorhatte, bei mir Zuflucht zu suchen. Ich war so ahnungslos wie ein – wie ein . . .»

«Ein ungeborenes Baby», ergänzte Mr. Barnwall hilfreich. Auch er wandte sich jetzt an Lady Mercer. «Sie hat vollkommen recht, Madam», versicherte er. «Meine Schwester war völlig ahnungslos. Wenn irgend jemand daran schuld ist, dann bin ich es. Doch, verdammt noch mal, wenn Sie sich zu diesem Kind so benommen haben wie zu Bella, dann wundere ich mich nicht, daß sie davongelaufen ist! Verdammt ungehörig, so etwas zu tun – eine Dame in ihrer Not allein zu lassen und währenddessen mit ihrem Wagen hierherzufahren!»

«Wenn ich gewußt hätte, Sir», sagte Lady Mercer und sah ihn eisig an, «daß Ihre Schwester wegen ein paar deutlicher Worte so aus der Fassung gerät, dann wäre ich natürlich geblieben. Da sie sich jedoch erholt zu haben scheint und ich meine Enkelin sofort aus dieser kompromittierenden Situation befreien mußte, in die sie sich begeben hat, kann ich meine Entscheidung nicht bedauern. Mein einziger Fehler scheint es gewesen zu sein», schloß sie mit Nachdruck, «daß ich den Postwagen, mit dem ich nach Craythorne gekommen war, weggeschickt habe, im Glauben, daß man mir hier Gastlichkeit und Beistand zukommen lassen würde.»

Georgina, die dieser beißenden Rede verstört zugehört hatte, ging jetzt auf Mrs. Quinlevan zu und rief erregt: «Sie irren sich, Madam, meine Tante hat sich keineswegs erholt.» Sie legte ihren Arm um Mrs. Quinlevan und sagte mitleidig: «Liebe Tante Bella, setzen Sie sich in diesen Sessel. Und vielleicht mögen Sie doch ein Glas Wein, wie Mr. Shannon es Ihnen vorgeschlagen hat . . .»

Sie blickte zu Shannon hinüber, der sofort den Klingelzug betätigte und Sturgess herbeirief. Da dieser mit erstaunlicher Schnelligkeit zur Stelle war, mußte man annehmen, daß er sich nicht weit von der interessanten Szene entfernt hatte, die sich in der Bibliothek abspielte.

Georgina hatte Mrs. Quinlevan inzwischen auf einem Sessel untergebracht, doch da er genau gegenüber dem Sofa stand, auf dem Lady Mercer saß, gingen die Feindseligkeiten zwischen den beiden Damen, die sich sehr böse Blicke zuwarfen, weiter. Mr. Barnwall, der die Aufforderung seines Gastgebers, sich ebenfalls hinzusetzen, befolgt hatte, brach das unheilschwangere Schweigen, indem er verwirrt fragte: «Aber ich weiß wirklich nicht, weshalb wir hierhergekommen sind. Ich konnte mir keinen Vers darauf machen, als Bella mir sagte, wir müßten sofort hierherfahren. Sie sagt, daß die Kleine Brandon nicht heiraten will. Gut, das kann ich verstehen. Ich dachte von Anfang an, daß da etwas nicht stimmt, und als wir gestern in Craythorne ankamen und mein Neffe von allem keine Ahnung zu haben schien, war mein Verdacht bestätigt. Doch was hat Shannon mit alldem zu tun?»

«Mr. Shannon, Sir», teilte ihm Lady Mercer mit eisiger Stimme mit, «hat soeben die ungeheuerliche Frechheit besessen, meiner Enkelin in diesem Raum und unter meinen Augen einen Heiratsantrag zu machen. Doch das hat mich kaum überrascht, da sie sich ihm ja an den Hals geworfen hat, indem sie unter Mißachtung allen Anstands hierhergekommen ist!»

Georgina, deren Augen gefährlich blitzten, unterbrach sie empört: «O nein, Großmama, wie können Sie sagen, daß Sie nicht überrascht waren! Sie waren sich doch so sicher, daß er kein Interesse mehr an mir haben würde, nachdem Sie mir angekündigt hatten, mich zu enterben?»

Sie hätte in ihrem Zorn noch weitergeredet, doch Shannon brachte sie zum Schweigen, indem er seine Hand auf ihre Schulter legte und mit kühlem Ton sagte: «Mir scheint, daß wir jetzt genug gestritten haben. Lady Mercer, Sie haben recht, ich habe ihrer Enkelin tatsächlich einen Antrag gemacht. Ich werde natürlich ihre Mutter um ihre Einwilligung bitten. Wenn es notwendig ist, auch Ihre zu bekommen, hoffe ich, daß Sie sie mir geben werden. Doch ich muß Ihnen sagen, daß unsere Hochzeit eines Tages auf jeden Fall stattfinden wird, es sei denn, daß Ihre Enkelin es nicht will. Wahrscheinlich werden Sie sich eine Menge unnötiger Aufregungen ersparen, wenn Sie nicht verlangen, damit zu warten, bis sie ihre Volljährigkeit erreicht hat. Denn nach meiner bisherigen Erfahrung mit ihrem Charakter bin ich zu der Überzeugung gekommen, daß sie außerordentlich willensstark ist, mitunter sogar auf lästige Weise eigensinnig . . .»

«Schuft!» rief Georgina dazwischen und wurde rot.

«Nein, in der Tat», sagte Mr. Barnwall eifrig, «das hätte ich selbst nicht treffender sagen können, Sir! Verdammt halsstarriges Mädchen – nichts mit ihr zu machen, wenn sie sich mal etwas in den Kopf gesetzt hat!» Er wandte sich an Lady Mercer. «Es ist ja nicht meine Sache, Madam», sagte er, «doch wenn ich Sie wäre, würde ich ihnen kein Hindernis in den Weg legen. Bedenken Sie doch, wieviel Unannehmlichkeiten sie Ihnen schon gemacht hat – die ganze Reise hierher, wo Sie statt dessen bestimmt viel lieber zu Hause am Kamin gesessen hätten. Obwohl sie ein gutaussehendes Mädchen ist, wird sie – ohne Vermögen und dazu mit diesem teuflischen Eigensinn – kaum mehr einen anderen Mann finden, der sie so gut versorgen kann und es auf sich nimmt, sich für ein ganzes Leben an sie zu ketten. The Place of the Oaks ist ein feiner Besitz – der beste in der ganzen Gegend, obwohl kein Titel damit verbunden ist.»

Das Erscheinen von Sturgess, der mit dem Sherry kam, unterbrach die Unterhaltung zunächst. Als er gegangen war, zeigte Mrs. Quinlevan, die sich durch das ausgezeichnete Getränk wieder gestärkt fühlte, eine beängstigende Neigung, ihren Streit mit Lady Mercer wiederaufzunehmen. Sie erklärte kampflustig, es auf keinen Fall zuzulassen, daß ihre Nichte nur um eines Besitzes willen heiraten müßte. Wenn ihre Großmutter so roh sei und sie ohne einen Pfennig Geld ins Leben stellte, würde sie selbst ihr in Craythorne ein Zuhause geben und alles für sie tun, um einen geeigneten Mann für sie zu finden.

«Aber du verstehst es nicht, Mama!» sagte Brandon ungeduldig. «Es ist gar nicht nötig, daß Georgie jemand heiraten muß, den sie nicht liebt. Shannon ist bereit, ihr morgen The Place of the Oaks zu überschreiben, wenn sie will. Doch ich finde es viel besser, wenn sie ihn heiratet. Dann wird Mark auch hierbleiben können . . .»

Seine Mutter unterbrach ihn und starrte ihn ungläubig an. «The Place of the Oaks an sie überschreiben? Aber nein, was sagst du da, Brandon! Das kann doch nicht sein. Niemand könnte so hochherzig sein!»

«Hochherzig? Vernarrt!» sagte Lady Mercer, die plötzlich aufstand und ihren Mantel raffte, als sei sie mit ihrer Geduld am Ende. «Nur ein Verrückter würde so etwas tun! Aber ich will mit der ganzen Sache nichts mehr zu tun haben. Sie, Sir . . .» sagte sie und blickte Shannon böse an, «werden diesen Tag noch einmal bereuen!»

«Oh, ich glaube nicht», sagte Shannon belustigt. «Ob der Besitz meiner Frau gehört oder mir – es wird mir schon gelingen, sie einigermaßen in Zaum zu halten. Doch ich darf wohl meinen, daß es für Sie bedeutend gemütlicher werden wird, wenn Sie sich nicht weiter mit ihr aufzuregen haben.» Er bemerkte, daß Lady Mercer, die gerade dabei war, seine Rede mir einem majestätischen Abgang zu beantworten, mitten im Hinausgehen anhielt, weil sie sich wohl plötzlich daran erinnerte, daß ihr keine Kutsche zur Verfügung stand. Er fragte daher höflich: «Darf ich für Sie einen Wagen holen lassen, der Sie – hinbringt, wohin es Ihnen beliebt, Madam?»

«Danke – nein!» sagte Lady Mercer bissig und blickte ihn haßerfüllt an. Sie wandte sich an Mr. Barnwall: «Wenn Sie bereit wären, Sir, mich mit dem Wagen, in dem Sie Ihre Schwester hierherbrachten, zu dem nächsten anständigen Gasthof zu bringen, wäre ich Ihnen sehr verpflichtet», sagte sie. «Mrs. Quinlevan kann dann Gebrauch von ihrer eigenen Kutsche machen – eine Angelegenheit, die ja für sie von so außerordentlicher Bedeutung zu sein scheint . . .»

Mrs. Quinlevans Haare begannen sich sofort wieder zu sträuben. «Sicher hätte ich Ihnen den Wagen gerne überlassen», sagte sie steif, «wenn Sie mich darum gebeten hätten. Doch nicht in dieser Weise . . .» Sie bemerkte Shannons warnenden Blick und sagte hastig: «Nun gut – es spielt keine Rolle. Schließlich ist nichts Schlimmes passiert, und alles wird noch ein gutes Ende nehmen. Denn es hat für Brandon natürlich keinen Sinn, an eine Heirat mit seiner Cousine zu denken, wenn sie ohne Vermögen ist – und das wird sie sein, wenn Sie sich ihr gegenüber so schäbig verhalten. Und wenn sie The Place of the Oaks bekommen wird, ist es besser, daß Mr. Shannon sie selbst heiratet, denn das scheint mir nur gerecht zu sein. Und ich warne Sie, Lady Mercer – wenn Sie Ihrer Enkelin nicht eine angemessene Hochzeit ausrichten, werde ich das selbst von Craythorne aus in erstklassigem Stil tun. Das wird mir ein großes Vergnügen sein – und sei es nur, um dieser abscheulichen Lady Hession eins auszuwischen, die so gewiß war, daß ihr Peter meinen Brandon bei der lieben Georgina ausstechen könnte.»

Sie schimpfte immer noch vor sich hin, als Shannon, der Lady Mercer und Mr. Barnwall hinausbegleitet hatte, wieder erschien und sie mit Entschlossenheit zu ihrem Wagen brachte.

«Sie sind gar nicht so schlimm, wie man Sie mir geschildert hat», sagte sie und schaute ihn beim Abschied vertrauensvoll an. «Denn Major Rothe hat Sir Humphrey Mott, auf dessen Urteil ich mich verlassen kann, schon davon überzeugt. Ich bin so froh darüber, daß ich die liebe Georgina in meiner Nähe haben werde, und es ist mir ganz egal, wer ihr Mann ist!»

Shannon mußte immer noch über diese Bemerkung lächeln, als er in die Bibliothek kam. Er fand Brandon und Georgina in angeregter Unterhaltung vor.

«Sie will hierbleiben. Ich habe ihr aber gesagt, daß sie sofort mit mir nach Craythorne kommen muß!» sagte Brandon stirnrunzelnd. «Habe ich nicht recht, Sir? Wenn meine Mutter nicht so aufgeregt wäre, hätte sie sie auch mitgenommen. Und wenn sie nicht vernünftig genug ist, den Leuten hier nicht noch mehr Anlaß zum Klatsch zu geben, bin ich es um so mehr. Es wird sowieso einen Wirbel geben, wenn sie erfahren, daß ihr beide heiratet!»

«Sie haben ganz recht», sagte Shannon. «Gehen Sie jetzt zum Stall und sagen Sie Hanger, daß Sie Ihren Wagen haben wollen. Wenn Sie an der Eingangstür angekommen sind, wird ihre Cousine sicher bereit sein, mit Ihnen zu kommen.» Georgina versuchte zu protestieren, doch Brandon grinste nur und hinkte hinaus. Shannon machte allen weiteren Einsprüchen ihrerseits ein Ende, indem er sie heftig umarmte und sie so stürmisch küßte, daß ihr der Atem verging.

«Oh!» sagte sie, als er sie losließ, und vergrub ihr Gesicht in seinem Mantel. «Wahrscheinlich sollte ich so etwas nicht sagen, aber ich glaube, daß ich das von dem Augenblick an von dir wollte, als du in diesen Raum hereinkamst!» Sie schaute ihn erwartungsvoll an. «Ist es sehr schamlos von mir? Du hast mir noch nicht einmal gesagt, daß du mich liebst!»

Shannon küßte sie noch einmal so liebevoll, daß sie keinen Zweifel mehr an seinen Gefühlen hatte. Dann sagte er: «Ich sagte dir ja schon, daß ich einen Vorteil vor allen anderen Männern habe, die vielleicht um deine Hand gebeten hätten, wenn du in das Haus deiner Großmutter zurückgekehrt wärst!»

Diese Erklärung erschien Georgina wohl allzu simpel, denn sie gab zu bedenken, daß Sir Manning ihr bei seinem Antrag eine sehr schöne Rede gehalten habe, wobei er auch die «Vollkommenheit ihres Gesichts und ihre herrliche Gestalt» pries.

«Aber ich erinnere mich daran, daß du den Antrag von Sir Manning nicht annehmen wolltest», meinte Shannon lächelnd.

Sie schüttelte den Kopf. «Nein, denn ich hätte mich kaum in ihn verlieben können!» sagte sie und drehte emsig an einem seiner Mantelknöpfe herum. «Doch wäre es nett für mich, sicher zu sein, daß du mir nicht nur deswegen einen Antrag gemacht hast, weil es dir letzten Endes doch schwerfiel, The Place of the Oaks aufzugeben.»

Er griff sie fest am Arm. «Glaubst du das wirklich, Georgina?»

«Na ja – eigentlich nicht. Aber warum möchtest du mich denn heiraten?» fragte sie naiv. «Du hast ja gesagt, daß ich lästig sei – du hast das öfter von mir gesagt . . .»

Sie sah, daß es in seinem Gesicht leicht zuckte. «Ach, ich kann keine schönen Reden halten», sagte er mit einer so rauhen Stimme, wie sie es noch nie gehört hatte. «Ich wußte sofort, als ich dich sah, daß du mein Mädchen bist – nur hatte ich kein Recht, ich hatte nie das Recht, es dir zu sagen. Doch jetzt habe ich es mir genommen – sollen die Leute sagen, was sie wollen! Ich lass' dich nicht mehr gehn, ganz egal, wieviel Aufruhr es gibt!»

Sie schaute ihn scheu an und war sehr zufrieden mit dem, was sie sah. Selbst Brandons Schritte in der Halle holten sie nicht aus ihrer Versunkenheit, und als Brandon langsam die Tür öffnete, war sie noch in Shannons Arm.

«Oh!» sagte er und schaute die beiden ziemlich mißbilligend an. «Ich dachte, das hättet Ihr inzwischen schon erledigt. Bist du bereit, mitzukommen, Georgie?»

«Sie ist es nicht», sagte Shannon und ließ sie los. «Doch sie wird sicher mitkommen. Nein, mein Herz», sagte er mit freundlicher Strenge, als sie etwas einwenden wollte, «du wirst vom heutigen Tag an ein Muster an gutem Benehmen werden. Mir macht es nichts aus, von der Gesellschaft gemieden zu werden, doch habe ich sehr viel dagegen, wenn das bei meiner Frau der Fall ist, und daher werden wir, wenigstens vorläufig, ein vorbildliches Paar werden. Geh jetzt mit Brandon zurück nach Craythorne. Wenn ich von Bath zurückgekommen bin, wo ich die zukünftige Lady Hartily sehen werde und sie um ihre Einwilligung bitte, werde ich dich sofort aufsuchen.»

«Das klingt sehr seriös und unbefriedigend», sagte Georgina mit leichtem Seufzen. «Mir wäre es lieber, du würdest nicht dorthin fahren – jedenfalls jetzt noch nicht.»

«Aber natürlich muß er hinfahren!» sagte Brandon hart. «Sei doch kein solcher Dummkopf, Georgie!» Er schaute Shannon zweifelnd an. «Sind Sie sicher, daß Sie die Sache ausfechten wollen, Sir?» – «Ganz sicher.» – «Nun gut, das müssen Sie wissen. Ich kann es nicht verstehen. Sie werden verdammt viel Schwierigkeiten mit ihr haben!»

«Zweifellos», sagte Shannon. «Doch ich glaube, daß ich mich genügend stärken werde, um es zu ertragen. Wenn Sie nur einen Moment draußen in der Halle warten wollen, Brandon – ich glaube, ich habe jetzt noch eine kleine zusätzliche Stärkung nötig, bevor ich Ihre Cousine gehen lassen kann.»

«Eine kleine zusätzliche – Oh!» Brandon grinste. «Oh, sehr gut, Sir. Ich schätze, eine oder zwei Minuten spielen keine Rolle.»

Er verließ den Raum.

Als sich die Tür hinter ihm schloß, sagte Georgina anerkennend: «Das war sehr geschickt von dir!»

«Ich glaube auch», sagte er befriedigend. «Und nun, meine Liebe, wirst du dich bemühen, mich davon zu überzeugen, daß du mir während der langen und zweifellos stürmischen Jahre unserer Ehe nicht allzu viele Schwierigkeiten machen wirst!»

«O ja», sagte Georgina, seufzte zufrieden und ließ sich bereitwillig von ihm in die Arme nehmen.

rororo

GEORGETTE HEYER

Die bezaubernde Arabella [357]
Die Vernunftehe [477]
Die drei Ehen der Grand Sophy [531]
Geliebte Hasardeurin [569]
Der Page und die Herzogin [643]
Die spanische Braut [698]
Venetia und der Wüstling [728]
Penelope und der Dandy [736]
Die widerspenstige Witwe [757]
Frühlingsluft [790]
April Lady [854]
Falsches Spiel [881]
Serena und das Ungeheuer [892]
Lord «Sherry» [910]
Ehevertrag [949]
Liebe unverzollt [979]
Barbara und die Schlacht von Waterloo [1003]
Der schweigsame Gentleman [1053]
Heiratsmarkt [1104]
Die galante Entführung [1170]
Verführung zur Ehe [1212]
Die Jungfernfalle [1289]
Brautjagd [1370]
Verlobung zu dritt [1416]
Damenwahl [1480]
Die Liebesschule [1515]
Skandal im Ballsaal [1618]
Mord mit stumpfer Waffe [1627]
Der schwarze Falter [1689]
Ein Mädchen ohne Mitgift [1727]
Der Mörder von nebenan [1752]
Eskapaden [1800]
Findelkind [1837]
Mord ohne Mörder [1859]
Lord Ajax [1900]
Der Tip des Toten [1919]
Herzdame [1954]
Der Tote am Pranger [1971]
Junggesellentage [4009]
Mord vor dem Dinner [4026]
Der Trumpf des Toten [4069]
Zärtliches Duell [4125]
. . . und sie fanden einen Toten [4162]
Warum den Butler erschießen? Detektivroman [4217]
Mord beim Bridge Detektivroman [4325]
Lord John [4560]

Elizabeth Goudge

Der Rosmarinbaum
(1866)

Der Vogel im Baum
(4035)

Das Gasthaus am Fluß
(4085)

Das Herz der Familie
(4147)

Inselzauber
(4228)

Das Mädchen vom Meer
(4296)

Der grüne Delphin
(4472)

rororo

989/1

55/11